※広告ページの表示価格はすべて**税抜き**のものです。

3・11から10周年を記念した新刊

若松丈太郎氏のご逝去を心よりお悔やみ申し上げます。

若松丈太郎

夷俘の叛逆

若松丈太郎氏の詩集『夷俘の叛逆』は日本の正史が隠蔽してきた真実を曝け出し、その先住民たちを「夷」や「鬼」としてきた歴史認識の在り方に疑問符を投げ掛け、日本列島の多様性のある真の豊かさを伝えてくれる恐るべき叙事詩集だと私には感じられる。（鈴木比佐雄・解説文より）

最新刊

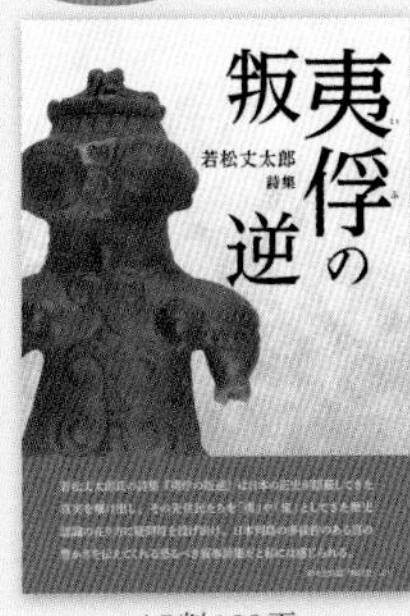

A5判160頁・並製本・1,500円
栞解説文／鈴木比佐雄

『十歳の夏まで戦争だった』

A5判128頁・並製本・1,500円
栞解説文／鈴木比佐雄

コールサック詩文庫14 若松丈太郎詩選集一三〇篇

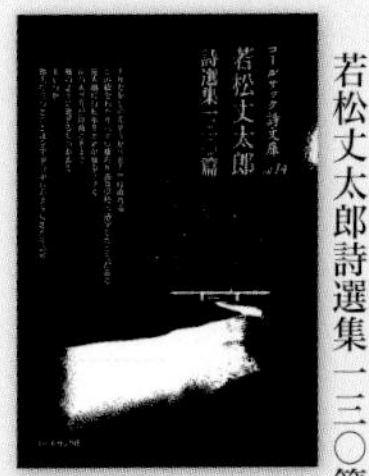

四六判232頁・上製本・1500円
解説文／三谷晃一・石川逸子・鈴木比佐雄

二版

『福島原発難民 南相馬市・一詩人の警告 1971年～2011年』

四六判160頁・並製本・1,428円
解説文／鈴木比佐雄
帯文／新藤謙

加藤登紀子が歌う「神隠しされた街」CD付き

『福島核災棄民―町がメルトダウンしてしまった』

若松丈太郎企画・編集

『三谷晃一全詩集』

A5判560頁・上製本・5,000円
解説文／若松丈太郎・鈴木比佐雄 他

最新刊

斉藤六郎 詩集
『母なる故郷　双葉―震災から10年の伝言』
A5判152頁・並製本・1,500円
解説文／鈴木比佐雄

最新刊

鈴木比佐雄 詩集
『千年後のあなたへ―福島・広島・長崎・沖縄・アジアの水辺から』
A5判176頁・並製本・1,500円
紙撚作品／石田智子

最新刊

照井翠 句集文庫新装版
『龍宮』
文庫判264頁・並製本・1,000円
写真／照井翠
解説文／池澤夏樹・玄侑宗久

最新刊

照井翠 句集
『泥天使』
四六判232頁・上製本・1,800円
写真／照井翠

沖縄文学　小説・評論・詩集

最新刊

大城貞俊 評論集
多様性と再生力
—沖縄戦後小説の現在と可能性

A5判464頁・並製本・2,000円
装画／高島彦志

大城貞俊 評論集
『抗（あらが）いと創造 沖縄文学の内部風景』

A5判360頁・並製本・1,800円
装画／野津唯市
解説文／鈴木比佐雄

大城貞俊
『記憶は罪ではない』

四六判192頁・並製本・1,800円
解説文／鈴木比佐雄

平得壮市 俳句・短歌集
『飛んで行きたや 沖縄愛楽園より』

四六判208頁・並製本・1,500円
装画／野津唯市
解説文／大城貞俊

伊良波盛男 小説
『神歌（カンヌアーグ）が聴こえる』

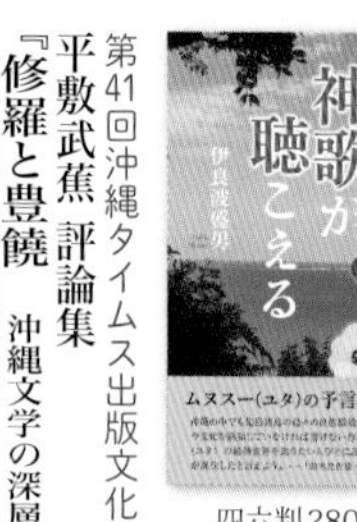

四六判280頁・並製本・1,700円
解説文／鈴木比佐雄

第41回沖縄タイムス出版文化賞正賞
平敷武蕉 評論集
『修羅と豊饒 沖縄文学の深層を照らす』

四六判384頁・並製本・2,000円
装画／野津唯市
解説文／鈴木比佐雄

第114回芥川賞受賞作家
又吉栄喜 小説
『仏陀の小石』

四六判448頁・並製本・1,800円
装画／我如古真子

八重洋一郎 詩集
『血債の言葉は何度でも甦る』

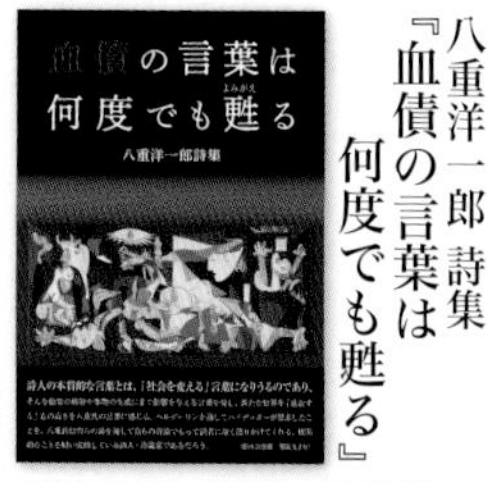

A5判120頁・並製本・1,500円
解説文／鈴木比佐雄

八重洋一郎 詩集
『日毒』

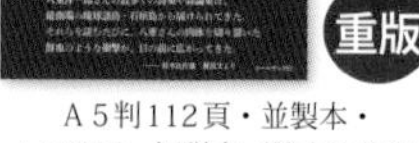

重版

A5判112頁・並製本・1,500円　解説文／鈴木比佐雄

第33回福田正夫賞
与那覇恵子 詩集
『沖縄から 見えるもの』

A5判176頁・並製本・1,500円　解説文／鈴木比佐雄

与那覇恵子 評論集
『沖縄の怒り 政治的リテラシーを問う』

重版

四六判160頁・並製本・1,500円　解説文／平敷武蕉

新城貞夫 全歌集

A5判528頁・上製本・3,500円
解説文／仲程昌徳・松村由利子・鈴木比佐雄

『前奏曲 魂には翼がある』

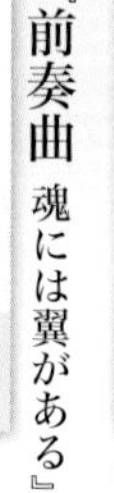

四六判288頁・並製本・1,500円
解説文／鈴木比佐雄

『妄想録 思考する石ころ』

四六判176頁・並製本・1,500円
解説文／鈴木比佐雄

元澤一樹 詩集
『マリンスノーの降り積もる部屋で』

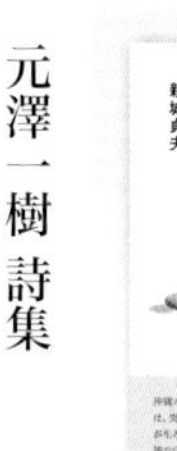

A5判120頁・並製本・1,500円
解説文／大城貞俊

2020年刊行詩集

小林功 詩集
月山の風

A5判192頁・上製本・2,000円
解説文／万里小路譲

近藤八重子 詩集
仁淀ブルーに生かされて

A5判240頁・上製本・2,000円
解説文／鈴木比佐雄

坂本麦彦 詩集
漏れどき

A5判128頁・並製本・1,500円
解説文／鈴木比佐雄

谷光順晏 詩集
『ひかることば』

A5判128頁・
並製本・1,500円
解説文／鈴木比佐雄

堀田京子 詩文集
『おぼえていますか』

四六判248頁・並製本・1,500円
解説文／鈴木比佐雄

鈴木文子 詩集
『海は忘れていない』

A5判192頁・上製本・1,800円
解説文／鈴木比佐雄

青山晴江 詩集
『夏仕舞い』

A5判160頁・
並製本・1,500円
解説文／石川逸子

吉田正人 第一詩集
『人間をやめない
1963 ～ 1966』

A 5判208頁・
上製本・1,800円
跋／長谷川修児
解説文／鈴木比佐雄

吉田正人詩集・省察集
『黒いピエロ
1969 ～ 2019』

A 5判512頁・
上製本・3,000円
解説文／鈴木比佐雄

『福司満全詩集』
「藤里の歴史散歩」と
朗読CD付き

A 5判352頁・並製本・3,000円
帯文／浅利香津代
解説文／亀谷健樹・鈴木比佐雄

岸本嘉名男
詩・評論選集
『碧空の遥か
彼方へ』

A5判304頁・
上製本・2,700円
解説文／神月さよ・鈴木比佐雄

俳句関係

最新刊

森有也 句集
『鉄線花』

46判176頁・
上製本・1,800円

渡辺誠一郎 紀行文集
『俳句旅枕 みちの奥へ』

四六判304頁・
上製本・2,000円

黒田杏子 句集
『木の椅子』増補新装版

二刷刊行

「『木の椅子』の中から、私はいくつも短篇小説になる核をもらった。たとえば、
かもめ食堂空色の扉の冬籠
こんな句を見ると、私のイメージは無限に広がっていく。」――瀬戸内寂聴

四六判216頁・
上製本・2,000円

銀河俳句叢書

四六判変型・並製本・
1,500円

現代俳句の個性が競演する、洗練された装丁の句集シリーズ

1 齊藤保志 句集
『花投ぐ日』

192頁　装画／戸田勝久
解説文／鈴木光影

2 乾佐伎 句集
『未来一滴』

128頁　帯文／鈴木比佐雄
解説文／鈴木光影

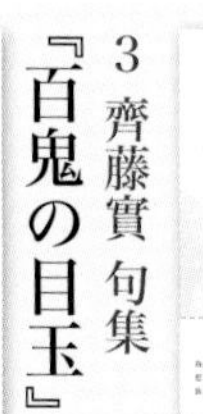

3 齊藤實 句集
『百鬼の目玉』

180頁　序／能村研三
跋／森岡正作

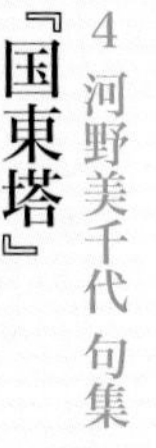

4 河野美千代 句集
『国東塔』

192頁　序／能村研三
跋／田邊博充

永瀬十悟 句集
『橋朧』ふくしま記

A6判272頁・上製本・1,500円
解説文／鈴木比佐雄

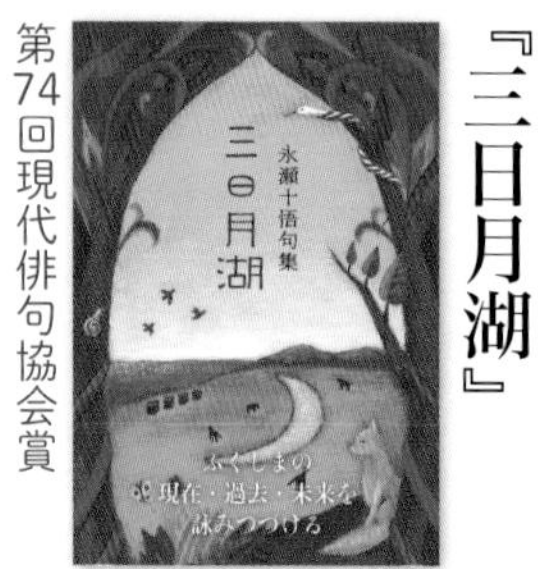

第74回現代俳句協会賞

永瀬十悟 句集
『三日月湖』

文庫判256頁・上製本・1,500円
装画／澁谷瑠璃　解説文／鈴木光影

辻 美奈子 句集
『天空の鏡』

四六判184頁・並製本・1,500円
栞解説文／鈴木比佐雄

辻直美 遺句集・評論・エッセイ集
『祝祭』

四六判352頁・並製本・2,000円
栞解説文／鈴木比佐雄

大畑善昭 評論集
『俳句の轍』

A5判288頁・並製本・
2,000円 解説文／鈴木光影

大畑善昭 句集
『一樹』

A5判208頁・並製本・
2,000円 解説文／鈴木比佐雄

第12回日本詩歌句随筆評論大賞
随筆部門・大賞

能村研三 随筆集
『飛鷹抄』

四六判172頁・上製本・
2,000円　栞解説文／鈴木比佐雄

短歌関係

今井正和 歌論集
猛獣を宿す歌人達

四六判280頁・上製本・2,000円
解説文／鈴木比佐雄

高橋公子 歌集
萌黄の風

四六判182頁・上製本・2,000円

望月孝一 歌集
風祭

四六判224頁・上製本・2,000円

銀河短歌叢書

四六判・並製本・1,500円

9 岡田美幸 歌集

『現代鳥獣戯画』
128頁
装画／もの久保

8 原ひろし 歌集

『紫紺の海』
224頁
解説文／原詩夏至

7 安井高志 歌集

『サトゥルヌス菓子店』
256頁　解説文／依田仁美・
原詩夏至・清水らくは

原詩夏至 評論集
『鉄火場の批評
──現代定型詩の創作現場から』

四六判352頁・
並製本・1,800円

6 糸田ともよ歌集

『しろいゆりいす』
176頁
解説文／鈴木比佐雄

平成30年度 南関東ブロック優良歌集賞
第14回日本詩歌句随筆評論大賞 短歌部門大賞

5 奥山恵 歌集

『窓辺のふくろう』
192頁　装画／北見葉胡
解説文／松村由利子

4 望月孝一 歌集

『チェーホフの背骨』
192頁
解説文／影山美智子

谷光順晏 歌集
『あぢさゐは海』

四六判176頁・
上製本・2,000円

1 原 詩夏至 歌集

『ワルキューレ』
160頁
解説文／鈴木比佐雄

第13回日本詩歌句随筆評論大賞 短歌部門・優秀賞

2 福田淑子 歌集

『ショパンの孤独』 重版
176頁　装画／持田翼
解説文／鈴木比佐雄

3 森水晶 歌集

『羽』
144頁　装画／石川幸雄
解説文／鈴木比佐雄

古城いつも 歌集
『クライム ステアズ フォー グッド ダー』

A5判変形192頁・
並製本・1,500円
解説文／鈴木比佐雄

2019－2021年　評論集・エッセイ集

『孤闘の詩人・
石垣りんへの旅』
四六判288頁・上製本・2,000円
解説文／鈴木比佐雄

万里小路　譲

『詩というテキストⅢ
言の葉の彼方へ』
四六判448頁・並製本・2,000円

最新刊

中津攸子

『仏教精神に学ぶ
み仏の慈悲の光に
生かされて』
四六判256頁・並製本・1,500円

永山絹枝　評論集
『魂の教育者　詩人近藤益雄
綴方教育と障がい児教育の理想と実践』
四六判360頁・
上製本・2,000円
カバー写真／城台巖
解説文／鈴木比佐雄

髙橋正人　評論集
『文学はいかに思考力と
表現力を深化させるか
福島からの国語科教育モデルと震災時間論』
四六判384頁・
上製本・2,000円
装画／戸田勝久
解説文／鈴木比佐雄

福田淑子
『文学は教育を変えられるか』
四六判384頁・
上製本・2,000円
装画／戸田勝久
解説文／鈴木比佐雄

2020年5月20日朝日新聞で紹介されました

齋藤愼爾
『逸脱する批評
寺山修司・埴谷雄高・中井英夫
・吉本隆明たちの傍らで』
四六判358頁・並製本・
1,500円　解説文／鈴木比佐雄

照井 翠エッセイ集
『釜石の風』
四六判256頁・並製本・
1,500円　帯文／黒田杏子

齋藤愼爾
『髙橋和巳の文学と思想
その〈志〉と〈憂愁〉の彼方に』
太田代志朗・田中寛・鈴木比佐雄　編
Ａ５判480頁・上製本・2,200円

加賀乙彦
『死刑囚の有限と
無期囚の無限
精神科医・作家の死刑廃止論』
四六判320頁・並製本・1,800円
解説文／鈴木比佐雄

I am what I am

原　詩夏至

賢治のいう
〈わたくし〉という
ひとつの〈現象〉が
あたかもその中で
星と星
星雲と星雲が
緩慢に
しかし激しく渦巻き
衝突する
一つの巨大な銀河のように
感じられること。

そしてそこで
〈わたくし〉とおのれを呼ぶものが
果たして
それら
緩慢に
しかし激しく渦巻き
衝突する
青いばらばらな光の粒なのか
それとも
それらを

ばらばらに突き放し
かつ
ばらばらなまま包み込む
黒い冷たい
〈真空〉であるのか
途方に暮れて
〈ことば〉を失うこと。

その
目もくらむような
畏れと沈黙を
知るものだけを
吹き抜けてゆくのだ
あの
〈在〉と〈非在〉の
底知れない
〈裂開〉から
ひとたびは死に絶えた
〈ことば〉が
あの
轟々たる
〈I（わたくし） am（は） what I（わたくし） am（である）〉が・・・。

コールサック（石炭袋）106号 目次

詩Ⅱ

詩Ⅲ

詩Ⅳ

俳句・短歌

装画／入江一子「四姑娘山の青いケシ」

最新刊 アジアの「混沌」を宿す277名の俳句・短歌・詩

アジアの多文化共生詩歌集

シリアからインド・香港・沖縄まで

A５判384頁・並製本・1,800円　編／鈴木比佐雄・座馬寛彦・鈴木光影

世界最古の古典から現在までの277名の作品には荘子の言うアジアの多様で創造的な「混沌」が宿っていて、『ギルガメシュ叙事詩』『リグ・ヴェーダ讃歌』『詩經國風』などから始まりアジアの48カ国に関わる詩歌文学が私たちの深層で今も豊かに生きていることに気付かされる

（鈴木比佐雄「解説文」より）

一章　西アジア
『ギルガメシュ叙事詩』　宮坂静生　片山由美子　つつみ眞乃　太田土男　永瀬十悟　長嶺千晶　堀田季何　栗原澪子　藤田武　福田淑子　小谷博泰　新藤綾子　デイヴィッド・クリーガー　永井ますみ　結城文　みもとけいこ　洞彰一郎　岡三沙子　ひおきとしこ　井上摩耶　村尾イミ子　郡山直　比留間美代子　斎藤彰吾　苗村和正　岡村直子　若松丈太郎

二章　南アジア
『リグ・ヴェーダ讃歌』　黒田杏子　ラビンドラナート・タゴール　影山美智子　葛原妙子　淺山泰美　坂田トヨ子　佐々木久春　菅沼美代子　大村孝子　永山絹枝　髙橋紀子　星野博　日高のぼる　万里小路譲　室井大和　亀谷健樹　香山雅代　松沢桃　間瀬英作　小田切勲

三章　中央アジア
馬場あき子　加藤楸邨　能村登四郎　杉本光祥　照井翠　山田真砂年　秋谷豊　森三紗　池田瑛子　草倉哲夫　神原良　谷口ちかえ　埋田昇二　安森ソノ子　山口修　下地ヒロユキ　林嗣夫

四章　東南アジアⅠ
角谷昌子　中永公子　高野ムツオ　秋野沙夜子　中田實　座馬寛彦　金子光晴　小山修一　安部一美　吉村伊紅美　志田昌教　西原正春　呉屋比呂志　根来眞知子　安井高志　志田道子　宇宿一成　太原千佳子　美濃吉昭　鈴木比佐雄　天瀬裕康　萩尾滋　水崎野里子　貝塚津音魚　長谷川破笑　玉川侑香

五章　東南アジアⅡ
鈴木六林男　前田透　洪長庚　星野元一　朝倉宏哉　なべくらますみ　山本衞　北畑光男　石川樹林　梅津弘子　門田照子　周華斌　近藤明理　龍秀美　志田静枝　酒井力　佐々木洋一　星清彦　橋本由紀子　秋山泰則　かわかみまさと　中川貴夫　清水マサ　長津功三良　あゆかわのぼる　工藤恵美子

六章　北アジア
宮沢賢治　与謝野晶子　望月孝一　畠山義郎　鳴海英吉　田澤ちよこ　猪野睦　窪田空穂　近江正人　渡辺恵美子　中林経城　森田美千代　青木みつお　中山直子　うめだけんさく　古城いつも　草薙定　洲浜昌三　佐々木朝子　堀田京子　名古きよえ　比留間美代子　徳沢愛子　鈴木春子　若宮明彦　甘里君香

七章　中国
『詩經國風』　松尾芭蕉　正岡子規　夏目漱石　芥川龍之介　金子兜太　山口誓子　西東三鬼　佐藤鬼房　渡辺誠一郎　能村研三　恩田侑布子　長谷川素逝　日野百草　釈迢空　斎藤茂吉　宮柊二　吉川宏志　伊藤幸子　今井正和　田中詮三　前田新　則武一女　古屋久昭　速水晃　松田研之　上手宰　鈴木文子　外村文象　原詩夏至　田島廣子　佐藤春子　山野なつみ　米村晋　柳生じゅん子　せきぐちさちえ　こまつかん　片山壹晴

八章　朝鮮半島
尹東柱　申東曄　石川啄木　高浜虚子　若山牧水　中城ふみ子　髙橋淑子　池田祥子　金野清人　小野十三郎　清水茂　杉谷昭人　大石規子　上野都　新井豊吉　崔龍源　熊井三郎　畑中暁来雄　青山晴江　うおずみ千尋　青柳晶子　日野笙子　葉山美玖

九章　沖縄
八重洋一郎　おおしろ建　正木ゆう子　栗坪和子　垣花和　市川綿帽子　前田貴美子　おおしろ房　大城さやか　牧野信子　本成美和子　上江洲園枝　翁長園子　柴田康子　山城発子　前原啓子　大城静子　謝花秀子　玉城洋子　玉城寛子　新川和江　うえじょう晶　若山紀子　伊良波盛男　ローゼル川田　玉木一兵　久貝清次　与那覇恵子　佐々木淑子　江口節　いとう柚子　佐々木薫　阿部堅磐　岸本嘉名男　酒木裕次郎　矢城道子　飽浦敏　藤田博　坂本梧朗　見上司　高橋憲三

十章　地球とアジア
河東碧梧桐　西村我尼吾　中津攸子　鈴木光影　奥山恵　大湯邦代　新城貞夫　岡田美幸　室井忠雄　高柴三聞　小田切敬子　坂井一則　植松晃一　小坂顕太郎　萱野原さよ　梶谷和恵　宮崎亨　伊藤眞司　くにさだきみ　みうらひろこ　星乃マロン　青木善保　山﨑夏代　勝嶋啓太　根本昌幸　石川逸子　洲史　高嶋英夫　篠崎フクシ　植木信子　あたるしましょうご中島省吾　佐藤文夫

特集　追悼・若松丈太郎

はじめに

鈴木　比佐雄

若松丈太郎氏は、二〇二一年四月二十一日午前十時頃に南相馬市内の病院にて他界されました。謹んでご冥福をお祈り申し上げます。私は若松氏と二十年間ものお付き合いをさせて頂き、多くを学ばせて頂きました。特に3・11以降は数多くの書籍の編集・製作を任せて頂き、南相馬市のご自宅には数えきれないほど通わせてもらい、じっくり編集の打ち合わせをしました。その時間は宝物のような時間でした。今号は特集として「追悼若松丈太郎」として葬儀の際の斎藤貢氏の弔辞をはじめ、若松氏が三月初めに刊行した詩集『夷俘（いふ）の叛逆』について柏木勇一氏と八重洋一郎氏に依頼していた書評、鈴木比佐雄の詩集の解説文、また交友の深かった前田新氏、石川逸子氏、朝倉宏哉氏が寄せてくれた追悼文などと私の若松丈太郎論の特集を組んでみました。また若松氏が亡くなる一週間前にコピー用紙に記した絶筆となった詩と、若松丈太郎の代表的な十一篇も収録させてもらいます。若松丈太郎氏をより深く知るきっかけとなればと願っております。

（小さな内庭があって）*

若松　丈太郎

小さな内庭があって
松　どうだん　つつじ　かえで　など
庭の新緑のグラデーション
東向きのガラス戸口
から　庭をながめる
近い上空を灰色の巻積雲

海のほうはそれら空の
その彼方にあることを
示すカラーの変幻

庭はひとつの小世界だが
その向こうに大きな海の
存在があることを顕示
している

海の存在を知らせる空のグラデーション

＊この詩は漢字の一部がカナ文字であったが、ご遺族の了解を得て漢字とした。タイトルは無題であったが、一行目を丸カッコに入れたものを仮のタイトルとした。

夜の森 一

若松 丈太郎
森はおまえの恥毛
地平低く愛に澱む
その枝を重ね合う木々
夜の森
けものたちは潜み
けものたちは木の間の星を眺め
けものたちは匂いをかぎ合う
雨が近いのだろうか
絶え間ない星の明滅
突風
枝々がたわみ
木々がたわみ
森がたわみ
夜がたわみ
愛する女よ
ぼくらも けものたちに倣い
森の洞に夜をすごし 星にぼくらを写し
ふたりのからだの匂いをかぎ合おう
いつでもぼくらの望むものはもうひとつの別のものだった
いつでもぼくらはもうひとつの別のものに裏切られた
ぼくらは神話を恐れ果なくもうひとつの別のものを望んだ
もうひとつの別のものとはぼくらにとって何なのか
おまえの匂いを焚き
ぼくの匂いを焚き
ぼくらの匂いは森にひろがり
ぼくらは星をひろう

網膜を横切った白い速度は何なのか
ぼくの魂か肉体か
おまえのそれか
死者のそれか
あれがぼくらの望んだもうひとつの別のものだろうか
森がたわみ
夜がたわみ
愛がたわみ
愛する女よ
せめて ぼくらも けものたちに倣い
ぼくらの匂いを焚こう

突風
地平に低い夜の森に
雨期が来る

海辺からのたより　三

なに？
〈紐育(ニューヨーク)では　霧を　シャベルで　運んでいる！〉[*1]だって？
ずいぶん昔の話じゃないの
僕らの町じゃ
霧を
タンカーで中東から
運んで来てはぶちまけているよ　そこらじゅう
高さ二百メートルもある町のシンボルタワーさえ霧の中
年がら年中　霧の中
嘘だと思う？
なら　山越えて見においでよ
隣村との境は海抜五百メートルの峠
海からの風が霧を運んで上昇して来る
〈ホウ　髪毛　風吹けば〉[*2]などと言ってみたところで
やっぱり光る海は見えないのだじゃい
峠から東は一切合財五里霧中
ほら　霧の中から歌が聞こえる
市長自ら作詞した市歌を放送する市庁舎の大スピーカー
歌手はもちろん市長好みの山口百恵
モオ　コレッ霧　コレッ霧　コレッ霧ィデスカァー
牛と鳥が鳴かぬ日があっても百恵が歌わない日のないぼくらの
町

騒音公害できりきり舞い
そもそもは市長の先進地視察旅行
霧があると冬暖かく夏涼しく自然のエアコン　しかも　香料入
　りの霧は市民をハッピーにします
いいようにたぶらかされ
あんぐり開けた市長の口中
スプレーでひと吹きシュー
たちどころに口走って
ハッピー　さき出世！　決めたぞ！
市議会は市長の支援機関
こうして　ぼくらの町じゃ　霧を　タンカーで中東から運んで
　来ては　ぶちまけている
嘘だと思う？
なら　山越えて見においでよ
霧降　霧積　霧多布
霧島　霧立　霧ケ岳
霧が峰やらキリマンジャロにならい
霧原市がいい
いや原霧市だと
市名改称をとりざたするわるのりぶり
ばかさかげんもきわまって
まったくやりきれないよ

＊1　関根　弘「なんでも一番」
＊2　宮沢賢治「高原」

北狄（ほくてき）　一

曝し首ふたつ
ふたつの首につらなる数百数千の首
平安遷都をことほぐはるばるの贄（にえ）
胆沢（いさわ）の野の草のように密生したモレのひげ
胆沢の風景を内蔵して見開いたままのアテルイの眼
　氾濫原のノカンゾウ
　台地のリンドウ
　トチやクリの林を駆けるシカ
　そして　焼き尽くされた村々
　アテルイとモレの世界
　われらの世界
みやこの空と雲が赤く染まる
北辺に流れた血を映し
曝し首のまえで大宮人たちは地震（ない）を感じる
新しいみやこが赤く染まる
身を震わせ大宮人たちはそそくさ立ち去る
夕風がアテルイとモレの蓬髪をなぶる

＊アテルイとモレ　蝦夷の族長。八〇二年（延暦二十一年）処刑される。

人首町（ひとかべまち）

雪や雑木にあさひがふり／丘のはざまのいっぽん町は／あさましいまで光ってゐる
（「人首町」―『春と修羅』第二集）

丘のはざまのいっぽん町がつきるところ
鳴瀬川の吊り橋にゆく角から二軒目
酒屋の本棚に『野球界』のバックナンバーがあった
丘のはざまのいっぽん町のクラブチームが鳴瀬倶楽部
叔父もメンバーだった鳴瀬倶楽部は
十五キロ川下のぼくらの町にきてゲームをした
ビー玉やぜんまいの綿毛を芯に毛糸をまいたボールであそんで
　いたぼくらは彼らのプレーにあこがれた
ずいぶんけわしい山道を木炭バスはあえぎ登ったように記憶し
　ているが
いま人首町への道にはふしぎに急坂がない
酒屋のうらは鳴瀬川
いわなやはやが瀬にうろこを光らせていて
いろりにならんだ焼き串が香ばしかった
酒屋は母がそだった家
ぼくがうまれた家でもある
丘のはざまのいっぽん町には伝説がのこされている
蝦夷（えみし）の酋長悪路王（あくろおう）の一族に十五、六歳の少年がいたという
少年は征夷軍からのがれ大森山の岩窟にかくれたという
首討たれた人首丸はうつくしかったという

ぼくは悪路王の末裔であろうか
そうではなくとも人首丸をかくまった村人の子孫か
丘のはざまのいっぽん町の街道脇に流れのはやい水路が　あっ
て
うけそこなったボールを追って足をふみはずしたことが　ある
ながされながら水面に顔が浮いたとき
征夷軍の射た矢がかすめ飛んだ

連詩　かなしみの土地

わたしたちは世代を超えて苦しむことになるでしょう
――ウクライナ医学アカデミー放射線科学臨床医療研究所所長
ウラディミール・ロマネンコ

プロローグ　ヨハネ黙示録

その日と
その日につづく日々について
聖ヨハネは次のように予言した
　たいまつのように燃えた大きな星が空から落ちてきた。
　星は川の三分の一とその水源との上に落ちた。
　星の名はニガヨモギと言って、
　水の三分の一がニガヨモギのように苦くなった。
　水が苦くなったため多くの人びとが死んだ。[*1]

チェルノブイリ国際学術調査センター主任
ウラディミール・シェロシタンは
かなしい町であるチェルノブイリへようこそ！
と私たちへの挨拶をはじめた
ニガヨモギを意味する東スラヴのことばで
名づけられたこの土地は
名づけられたときからかなしみの土地であったのか
一九八六年四月二十六日
チェルノブイリ原子力発電所四号炉爆発
この日と
この日につづく日々
多くの人びとが死に
多くの人びとが苦しんでいる　さらに
多くの人びとが苦しみつづけねばならない

＊

6　神隠しされた街

四万五千の人びとが二時間のあいだに消えた
サッカーゲームが終わって競技場から立ち去った
のではない
人びとの暮らしがひとつの都市からそっくり消えたのだ
ラジオで避難警報があって
「三日分の食料を準備してください」

多くの人は三日たてば帰れると思って
ちいさな手提げ袋をもって
なかには仔猫だけをだいた老婆も
入院加療中の病人も
千百台のバスに乗って
四万五千の人びとが二時間のあいだに消えた
鬼ごっこする子どもたちの歓声が
隣人との垣根ごしのあいさつが
郵便配達夫の自転車のベル音が
ボルシチを煮るにおいが
家々の窓の夜のあかりが
人びとの暮らしが
地図のうえからプリピャチ市が消えた
チェルノブイリ事故発生四〇時間後のことである
千百台のバスに乗って
プリピャチ市民が二時間のあいだにちりぢりに
近隣三村をあわせて四万九千人が消えた
四万九千人といえば
私の住む原町市(はらまちし)の人口にひとしい
さらに
原子力発電所中心半径三〇㎞ゾーンは危険地帯とされ
十一日目の五月六日から三日のあいだに九万二千人が
あわせて約十五万人
人びとは一〇〇㎞や一五〇㎞先の農村にちりぢりに消えた
半径三〇㎞ゾーンといえば

東京電力福島第一原子力発電所を中心に据えると
双葉町(ふたばまち)　大熊町(おおくままち)　富岡町(とみおかまち)
楢葉町(ならはまち)　浪江町(なみえまち)　広野町(ひろのまち)
川内村(かわうちむら)　都路村(みやこじむら)　葛尾村(かつらおむら)
小高町(おだかまち)　いわき市北部
そして私の住む原町市がふくまれる
こちらもあわせて約十五万人
私たちが消えるべき先はどこか
私たちはどこに姿を消せばいいのか
事故六年のちに避難命令が出た村さえもある
事故八年のちの旧プリピャチ市に
私たちは入った
亀裂がはいったペーヴメントの
亀裂をひろげて雑草がたけだけしい
ツバメが飛んでいる
ハトが胸をふくらませている
チョウが草花に羽をやすめている
ハエがおちつきなく動いている
蚊柱が回転している
街路樹の葉が風に身をゆだねている
それなのに
人声のしない都市
人の歩いていない都市
四万五千の人びとがかくれんぼしている都市
鬼の私は捜しまわる

幼稚園のホールに投げ捨てられた玩具
台所のこんろにかけられたシチュー鍋
オフィスの机上のひろげたままの書類
ついさっきまで人がいた気配はどこにもあるのに
日がもう暮れる
鬼の私はとほうに暮れる
友だちがみんな神隠しにあってしまって
私は広場にひとり立ちつくす
デパートもホテルも
文化会館も学校も
集合住宅も
崩れはじめている
すべてはほろびへと向かう
人びとのいのちと
人びとがつくった都市と
ほろびをきそいあう
ストロンチウム九〇　　半減期　　二九年
セシウム一三七　　半減期　　三〇年
プルトニウム二三九　　半減期二四〇〇〇年
セシウムの放射線量が八分の一に減るまでに九〇年
致死量八倍のセシウムは九〇年後も生きものを殺しつづける
人は百年後のことに自分の手を下せないということであれば
人がプルトニウムを扱うのは不遜というべきか
捨てられた幼稚園の広場を歩く
雑草に踏み入れる
雑草に付着していた核種が舞いあがったにちがいない
肺は核種のまじった空気をとりこんだにちがいない
神隠しの街は地上にいっそうふえるにちがいない
私たちの神隠しはきょうかもしれない
うしろで子どもの声がした気がする
ふりむいてもだれもいない
なにかが背筋をぞくっと襲う
広場にひとり立ちつくす

みなみ風吹く日

1
岸づたいに吹く
南からの風がここちよい
沖あいに波を待つサーファーたちの頭が見えかくれしている
福島県原町市北泉（きたいずみ）海岸
福島第一原子力発電所から北へ二十五キロ
チェルノブイリ事故直後に住民十三万五千人が緊急避難したエ
　リアの内側
たとえば
一九七八年六月
福島第一原子力発電所から北へ八キロ
福島県双葉郡浪江町南棚塩（みなみたなしお）

舛倉隆（ますくらたかし）さん宅の庭に咲くムラサキツユクサの花びらにピンク色
　の斑点があらわれた
けれど
原発操業との有意性は認められないとされた

たとえば
一九八〇年一月報告
福島第一原子力発電所一号炉南放水口から八百メートル
海岸土砂　ホッキ貝　オカメブンブクからコバルト60を検出

たとえば
一九八〇年六月採取
福島第一原子力発電所から北へ八キロ
福島県双葉郡浪江町幾世橋（きよはし）
小学校校庭の空気中からコバルト60を検出

たとえば
一九八八年九月
福島第一原子力発電所から北へ二十五キロ
福島県原町市栄町（さかえちょう）
わたしの頭髪や体毛がいっきに抜け落ちた
いちどの洗髪でごはん茶碗ひとつ分もの頭髪が抜け落ちた
むろん
原発操業との有意性が認められることはないだろう
ないだろうがしかし

南からの風がここちよい
波間にただようサーファーたちのはるか沖
二艘のフェリーが左右からゆっくり近づき遠ざかる
気の遠くなる時間が視える
世界の音は絶え
すべて世はこともなし
あるいは
来るべきものをわれわれは視ているか

2

一九七八年十一月二日
チェルノブイリ事故の八年まえ
福島第一原子力発電所三号炉
圧力容器の水圧試験中に制御棒五本脱落
日本最初の臨界状態が七時間三十分もつづく
東京電力は二十九年を経た二〇〇七年三月に事故の隠蔽をよう
　やく
認める

あるいは
一九八四年十月二十一日
福島第一原子力発電所二号炉
原子炉の圧力負荷試験中に臨界状態のため緊急停止
東京電力は二十三年を経た二〇〇七年三月に事故の隠蔽をよう

やく
認める

制御棒脱落事故はほかにも
一九七九年二月十二日　福島第一原子力発電所五号炉
一九八〇年九月十日　福島第一原子力発電所二号炉
一九九三年六月十五日　福島第二原子力発電所三号炉
一九九八年二月二十二日　福島第一原子力発電所四号炉
などなど二〇〇七年三月まで隠蔽ののち
福島第一原子力発電所から南南西へはるか二百キロ余
東京都千代田区大手町
経団連ビル内の電気事業連合会ではじめてあかす

二〇〇七年十一月
福島第一原子力発電所から北へ二十五キロ
福島県南相馬市北泉海岸
サーファーの姿もフェリーの影もない
世界の音は絶え
南からの風が肌にまとう
われわれが視ているものはなにか

町がメルトダウンしてしまった

1
米屋　八百屋　魚屋　豆腐屋　味噌醤油屋　漬物屋
羊羹屋　煎餅屋　菓子屋　駄菓子屋
酒屋　油屋　牛乳屋　氷屋　荒物屋　炭屋　亜炭屋
呉服屋　洋品店　仕立屋　織屋　網屋　染物屋　洗濯屋
文房具屋　本屋　時計屋　写真屋　印刷屋　新聞屋
薬屋　医院　産婆　床屋　髪結い　下駄屋　靴屋
花屋　造花屋　箔屋　飾屋　仏具屋　寺
旅館　料理屋　食堂　芝居小屋　釣具屋
郵便局　銀行　信用金庫　質屋
バス会社　運送屋　馬車屋　博労　便利屋
材木屋　木工所　簞笥屋　建具屋　畳屋　布団屋　棟梁
瓦屋　トタン屋　ブリキ屋　金物屋　鋳物屋
鍋釜屋　鋳掛け屋　農具屋　蹄鉄屋

2
わたしが育った町は人口ほぼ一万人
端から端まで十五分も歩けば尽きる街並に
ぎっしりとさまざまな店が軒を並べていた
さまざまな職人が店先で仕事をしていた
暮してゆくためのたいがいのものは町のなかにあって
暮しを支えあっている関係がうまく成立していたのだろう

障害のある人にも仕事があって
閉鎖的なムラではなく外にも開かれていて
ヨーロッパの〈シティ〉で市民文化が発祥したように
江戸時代末期ごろから昭和のはじめごろまでに
日本でも地方の小都市に市民文化が醸成されつつあった

そんな町の仕組みを壊したのが一億総動員体制だ
国民皆兵やら〈隣組〉やら愛国婦人会やらが
わたしが育った町を壊していった

3

福島県相馬郡小高町(おだかまち)は小ぶりながら
わたしが育った町によく似た町だった
旧街道の一本道の中央に水路があって
暮しを支えあっている町の人びとの関係を象徴していた
駒村(くそん)・大曲(おおまがり)省三の近所に五歳年長の余生・鈴木良雄と一歳年少
　の布鼓(ふこ)・原隆明がいた
彼らは俳句グループ渋茶会をつくって研鑽しあった
早世した良雄の『余生遺稿』を省三は自費で出版した
省三が『川柳辞彙』編纂に没頭して生活に困窮すると
隆明が省三の生活をさまざまなかたちで援助した
省三が亡くなると良雄の子安蔵は「駒村さんのことども」を書
　いて追悼した
隆明は自家の墓所に省三の墓を建ててその死を慰めた
平田良衛と二歳年少の鈴木安蔵とはともに相馬中学校と第二高
　等学校で学び
たがいに敬意をいだいて励ましあった
良衛はレーニン『何をなすべきか』を訳し『日本資本主義発達
　史講座』を編集した
安蔵は『憲法の歴史的研究』を著し『憲法草案要綱』を公表し
　た

市民文化を醸成していた地方の小都市の仕組みを壊したのが
　一億総動員体制だ
国民皆兵やら〈隣組〉やら愛国婦人会やらが
大曲駒村や鈴木安蔵をはぐくんだ町を壊していった

4

暮しを支えあう関係がなんとか残っていた地方の小都市に
アメリカ渡来の大型店が闖入してきた
まわりの小さな店がひとつまたひとつと店じまいをした
豆腐屋が豆腐をつくるのをやめ
八百屋が店を閉め
仕立屋から職人がいなくなった
町なかにシャッターが降りたままの店がふえた
郊外により大きなスーパーマーケットが開業すると
町なかの大型店はさっさと撤退した
町なかを歩いている人がいなくなって
通りは車が移動するためだけのものになって

町は町としての機能をなくしてしまった

5
アメリカ渡来の〈核発電所〉が暴発して
〈核発電所〉から一五キロの小高町は〈警戒区域〉に
　なった
〈警戒区域〉とは警戒していればいいのかというと
そうではなくて区域外に避難せよという指示だ
そこから出て行けという指示だ
〈核発電所〉のメルトダウンがあって
地方のどこにでもあるような町がメルトダウンしてし　まった
いくつもの町がだれも住めない場所になってしまった
町は町でなくなってしまった

（『新現代詩』第十五号、新現代詩の会・二〇一二年三月一日）

夷俘の叛逆

中華という思想があった
自らを世界の中央に君臨するものとし
四周を未開の地としてその住民を蔑視して
東夷・西戎・南蛮・北狄と呼んだ

中華思想は東海の島嶼に及んだ
ヤマト王権は東方や北方の先住民たちを
夷狄・蝦夷・蝦賊と名付けて従属させようとし
順化の程度によって夷俘・俘囚などと差別した

当然のこととしてレジスタンス活動が続発した
たとえば七七〇年代（宝亀年代）
七七〇（宝亀元）年、蝦夷反乱、賊地に逃げ還る
七七四（宝亀五）年、蝦夷反乱し桃生城に侵入する
七七六（宝亀七）年、志波・胆沢の蝦夷が叛逆する
七七七（宝亀八）年、蝦賊叛逆、出羽軍が敗れる

奈良末期の陸奥国伊治郡に
夷俘を祖とする大領（郡司）伊治公呰麻呂がいた
呰麻呂の名は魁偉な容貌を連想させる
七八〇（宝亀十一）年に伊治城で乱を起こし
按察使の紀広純らを撃退し

数日後には多賀城に侵入した

七八九（延暦八）年に大墓公阿弖流為（たものきみあてるい）が
胆沢（いさわ）の巣伏（すぶせ）の戦いで
侵攻したヤマト王権の蝦夷征討軍を斥けたのは
宝亀の乱の九年のちのことである
呰麻呂や阿弖流為のように史書に記名されることなく
記憶の彼方に消えた蝦賊は数知れない

土人からヤマトへもの申す

米軍基地建設に抗議するウチナンチューに
ヤマトから派遣された警官のひとりが
「土人！」と罵声をあびせた

ウチナンチューが土人だば
おらだも土人でがす
そでがす　おら土着のニンゲンでがす
生まれてこのかた白河以南さ住んだことぁねぇ
〈東北の土人〉〈地人の夷狄（いてき）〉でがす

電力業界内で言われてきたことば
「東電さんには〈植民地〉があって羨ましい」

東京電力は核発電所すべてを〈植民地〉に設置した
あげくに核災を起こして
地人のいのちと暮らしを奪った

福島から避難したこどもたちを
〈菌〉と呼ぶいじめが各地であったという

いじめを受けた子に一言
いじめっ子に言い返してやんなさい
「菌が嫌いならパンも納豆も食べてないだろうな」
「放射能が感染（うつ）るってんだったら親に頼めよ
浜岡や東海の原発が福島原発よりも近くて怖い
再稼働に反対してくれ」
とでもね

一九五一年の日米安全保障条約によって
沖縄を米軍政下に二十年もゆだねて基地を集中させ
本土復帰後も占領者意識そのままの米軍関係者を
免法特権や治外法権で保障しつづけてる
〈わが国〉は主権の行使を怠ってる
植民地そのままの現状を容認しつづけてる
地人のいのちと暮らしを奪ってる

〈植民地の土人〉を迫害するヤマトよ
〈わが国〉と称する国土すべても植民地じゃないか

二重の植民地で暮らす怒りは限界を超えた
全米軍基地を撤去せよ
全核発電所を廃炉にしろ

こころのゆたかさ

大胆な造形力がある
こころに響くものがある
どうしてなんだろう
数千年以上も過去につくられたものに

ゆたかな生活感が伝わってくる
肌合いの実在感がある
どうしてなんだろう
数千年以上も地中に埋もれていたものに

自分の思いが込められているかと感じる
つよい親近感をおぼえる
どうしてなんだろう
数千年以上もつながりが失われていたものに

わたしたちの時代ってなんだろう
なにをしてきたのだろう
どんな時間を過ごしてきたのだろう

わたしたちの時代ってなんだろう
あるいはヒロシマ被爆以後なのか
あるいはソヴィエト連邦崩壊以後なのか
あるいは逆にもっと長い時間を考えるべきか

ルネサンスや大航海の時代ののち
宗教改革や市民改革あるいは産業革命ののち
五百年とか二百五十年とかのあいだ
わたしたちはなにをしてきたのだろう

わたしたちの時代ってなんだろう
ブッダが誕生したころから
孔子が死歿したころから
ペリクレスが民主政治を唱えたころから

わたしたちの時代とは
二千五百年ほどまえからを言うべきなのか
それ以前までさかのぼることは無理だとして

改革とか革命とかを
くりかえしたということは
そのたびに反動があったということだろう

わたしたちはどうしようもない生きものなのか

この百年あまりのあいだ
戦争がエポックメークになった
どうひいき目に見てもわたしたちは
どうしようもない生きものにちがいない

わたしたちは核爆弾をつかった
わたしたちは核発電をつかっている
わたしたちは国ぐるみの殺しあいをしてきた

わたしたちのあとの時代があるとして
あとの時代に遺すことを誇れるものを
わたしたちは創造しているのだろうか
さむざむしいものをしか遺せないのではないか

ペリクレスが生きた古代ギリシア
そのおなじころまでのこの島々には
一万年あまりものながいあいだを
縄文びとたちが暮らしていた

縄文びとたちが暮らしていたころ
生活環境に恵まれていたとは言えなかろうが
ゆたかな生きかたをしていたとは想像できる

火焔(かえん)土器のオリジナリティに圧倒されるも
ひとのぬくもりを感じて共感してしまう
どこから獲得したのか
こころのなかからにちがいない

人面付(じんめんつき)土器　人形付土器　遮光器(しゃこうき)土偶
後ろ手を組んだ土偶　笑い顔の土偶
身ごもった土偶　こどもを抱いた土偶
こどもの手形や足形　土面

こころのゆたかさが見える
こんな魅力にともものがほかにあろうか

弔辞

齋藤　貢

敬愛する詩人、若松丈太郎先生の御霊の前に、福島県現代詩人会を代表して、謹んでお別れのことばを申し上げます。

四月三日に、いわき市で行われた震災・原発文学フォーラム。若松先生には、その実行委員長をお願いしておりましたが、直前に体調を崩されて、検査入院なさるとのことでした。

その時には、先生が、わざわざわたしの自宅にまで電話をよこされて、「行けなくなって、すみません。どうぞよろしくお願いいします。」ねぎらいの優しい御言葉でした。まさかその言葉が、先生との最後の言葉、お別れの言葉になるとは、今でも、まだ信じられない思いです。

若松先生は、１９６１年に刊行された詩集『夜の森』で、第１４回福島県文学賞。１９８７年に刊行された詩集『海のほうへ海のほうから』で、第2回福田正夫賞。２０００年に刊行された詩集『いくつもの川があって』で、福島民報出版文化賞を受賞されています。他にも、福島県文学賞の審査委員を務められ、わたしどもの福島県現代詩人会の会長も務めていただきました。本県の詩壇はもとより、全国の詩壇にとってもなくてはならない詩人、本県の詩壇を大きく牽引していただいた先達詩人でした。どれほど感謝しても感謝し切れない思いがいたします。

三月四日には、先生が所属しておられた「戦争と平和を考える詩の会」発行の詩誌「いのちの籠」の第４７号が先生のお手紙とともにわたしの自宅に届き、最新の詩集『夷俘の叛逆』もいただいたばかりでした。

１９８７年に花神社より刊行された先生の御詩集『海のほうへ海のほうから』、そして、この春に刊行した『夷俘の叛逆』までの、十冊を越える先生の著作が、今、わたしの手元にはありますが、１９８７年という年の前年、１９８６年という年は、チェルノブイリで原子力発電所での途方もなく大きな事故が起きた年でした。今年は、福島第1原子力発電所の事故から10年。チェルノブイリの原子力発電所の事故から、35年目の年にあたります。

科学技術という文明の大きな力が、その土地と不可分に根づいた土着的な文化を破壊するという現代文明の抱える危機、それはわたしたちの抱え込んだ原子力災害の危機的な現実、先生の言葉を借りれば「核災」の悲惨な姿を考えることそのものにほかなりませんでした。

先生がなされた大きな仕事は、この現代が抱える不条理に正面から向き合い、鋭利な批評精神でその危機を警告しつづけた事にあります。わたしたちにとって福島県の先達詩人である詩人三谷晃一氏は、このような詩人、若松丈太郎先生を「稀にみる晴朗」で、「堅固な批評精神」を持った詩人として高く褒め称えています。

先生は、権力の向こう側にある文明の深い闇を凝視しつづけ、そして、権力のこちら側にいて虐げられる者の姿もまた見守り続けていた詩人であったのだと、改めて強く感じます。

その詩人としての眼差しの深さを多くの人々が実感させられたのは、２０００年に刊行された詩集『いくつもの川があって』

に収められた、連詩「かなしみの土地」によってでした。

それは、福島第1原子力発電所の事故を予言するかのような詩でした。

「隠されていたものが明らかにされる」という預言書ヨハネの黙示録を連想させるプロローグに始まり、チェルノブイリという地名を、

「ニガヨモギを意味する東スラヴのことばで／名づけられたこの土地は／名づけられたときからかなしみの土地であったのか。」

と、うたいだします。この詩によって、この福島の浜通りもまた、「かなしみの土地」としてのチェルノブイリの姿に、重なりました。

この連詩は、1994年に「福島県民チェルノブイリ視察調査団」に参加して得たものだと述べていますが、「神隠しされた街」などの連詩「かなしみの土地」は、まさに、先生の透徹した批評精神の深さによって生み出された優れた詩篇そのものにほかなりません。

四月三日のフォーラムに、出席はかないませんでしたが、そのかわりに、質問に対して若松先生から回答を寄せていただいていました。回答と言うより、それは先生の最後のメッセージといった方がよいかもしれませんので、詩人若松丈太郎先生の御言葉をそのままここでご紹介します。

「人類には、ことばがあります。ことばによって、人類は記録と伝達が可能になりました。人類がこれまでに学びとったことがらすべてを、未来の人類へ伝え残すことが、なによりも大事な役割だと考えます。」

そして
「核物質は、百年足らずのヒトの生存期間、いや、万年程度の人類の存続期間をはるかに超える長期間を存続しつづけます。核物質は人類の手に負えない物質です。ヒトは、その生存期間内で管理を全うできない核物質を扱うべきではありません。」

ことばを伝えつづけるのが詩人の使命なのだと改めて、感じます。

若松先生、どうぞ安らかにお眠りください。ご冥福をこころよりお祈り申し上げます。

二〇二一年五月二日

福島県現代詩人会会長　齋藤貢

若松丈太郎先生哀悼

前田　新

尊敬する詩人、若松丈太郎さんが去る四月二十一日に亡くなられた。突然の訃報に私は驚愕した。去る三月十五日、詩集『夷俘（いふ）の叛逆』をいただき、その返礼を申し上げて、三月二十三日にお葉書をいただいたばかりだった。若松さんは昭和十年生まれで、敗戦を小学校四年の時に体験している。私より二つ年上だが、教科書の「墨塗り世代」である。

「墨塗り」と言っても解らないかもしれないが、それまで絶対的な価値観として教育されていたものが、昭和二十年八月十五日をさかいに全否定されて、教科書が黒く塗りつぶされたのである。権威の虚妄を目の当たりにして、幼いながらも何をもって生きるべきかを模索するなかで、昭和二一年に新しい憲法が制定され、私たちはその理念をもとに、自らの生きるべき道を自我形成のなかに確立した言わば現憲法の「申し子」の世代なのである。その典型を私は若松丈太郎さんの詩と思想のなかに感知し、共感とともに深い尊敬の念を抱いて長い間の御友誼を頂いてきた。

私がはじめて若松さんと御一緒したのは、昭和五三年、磐城の詩人草野比佐男さんが山形の詩人真壁仁さんの共感を得て編纂したアンソロジー『東北農村の詩』である。

その帯には「われら従（まつろ）わぬもの、祀（まつ）られぬもの」と記され、高度成長政策のなかで東北の現実を詩によって、情況への問い返しをはかるものでした。そこに若松さんは詩「われらの森は北に」を投稿されています。その詩の主題は遺作となった詩集『夷俘（いふ）の叛逆』の主題そのものでした。「われらはなぜここに生るか／われら異形のもの／われら従（まつろ）わぬもの祀（まつ）られぬもの」『われらなぜ戦うのか、われら森の末裔、北の森はわれら異形のものの地」私はその詩句に衝撃を受けた。帯の言葉はこの詩から採られている。若松さんの詩と思想は、まさにわれら東北人の魂の原郷なのである。

平成二二年、『詩と思想』の出版元、土曜美術出版販売の「新・現代詩文庫」80として『前田新詩集』の発行にあたって、私は中村不二夫さんと若松丈太郎さんに解題をお願いした。若松さんには「直耕の詩人とその詩」というタイトルで書いていただいた。そのこともあって、3・11のあとに若松さんが書かれた『福島原発難民』と『福島核災棄民』の書評を軸に、詩集『いくつもの川があって』のなかの「神隠しされた街」などにふれ、さらに連詩「北狄」に通底する若松さんの確固とした思想について、「若松丈太郎詩論のためのノート」としてパート8にわたって私見を述べさせていただき、平成二四年にコールサック社から刊行した評論集『土着と四次元』に収録させていただいた。

その末尾を私は「覇者の位置には立たない・北からの視点とはそういうことだ。宮沢賢治・真壁仁・そして三谷晃一の詩と思想にもそれは共通する。そのもとに私も馳せたい」と結んだ。

哀悼の想いをこめて、稀有の詩人の故若松丈太郎さんのご冥福を祈る。

若松丈太郎氏を偲んで

石川　逸子

四月二十一日に亡くなられたことを五月になって知り、愕然としています。

えっ、詩集『夷俘（いふ）の叛逆』を頂き、その中の詩「こどもたちの未来のために」を、個人誌「風のたより」巻頭に転載させていただく了承を得たばかり、まだ発行していないというのに！

三月十一日初版発行の同詩集を改めて読み返します。これまでの氏の想いを凝縮し、発展させたような詩集は、未来を生きようとする人々に対する遺言書にも思えました。

岩手県・豊岡遺跡から出土した遮光器土器を表紙に、「夷俘の叛逆」と題した詩集には、中華思想に毒されて、のびやかに暮らす東方・北方の地を侵略・支配したヤマト政権への批判と果敢に闘ったひとびとへの敬慕が籠っています。苅宿仲衛（かりやどなかえ）、小田為綱、矢部喜好（やべきよし）などの掘り起こしも。私など初めて知った方たちばかりでした。東北電力に、浪江での原発建設を断念させた舛倉隆のことも。

思えば、1971年すでに、「河北新報」で工事をはじめた東電・福島第一原発を怪物と感じ、警告を発しておられたのでした。

「いったん消費生活の美味を味わった住民が／（完工時に）農外所得を失ってどう生きるか。／残されるものは放射能の不安だけとなっては、たまるまい。」（若松丈太郎「大熊―風土記71」所収）

そして、チェルノブイリ事故から8年後に現地を訪ね、「私たちの神隠しはきょうかも知れない」との切実な警告が、予言となってしまったことへの怒りは、名詩「神隠しされた街」を生んだのでした。

福島原発事故から二年後（2013年）、連れ合いと共に、南相馬市原町に氏を訪ね、あちこちを案内して頂きました。

最後に案内された浮舟文化会館は、小高の文化の中心地であったというのに、静まり返り、入口に貼ってあった島尾敏雄、埴谷雄高らゆかりの文人たちの大きな写真パネルが床に落ちてしまっていて、大事そうに持ちあげておられたのを思い出します。

玄関脇の掲示板には、事故発生当日の行事書き込みがそのまま残っていましたっけ。

「お宅は植民地があるから羨ましい」中部電力の社員が東電の社員に言ったと話され、東北という呼称自体おかしい、見下しているから生まれた呼称だと言われたことは忘れられません。

今度の詩集では、米軍を免法特権や治外法権で保証しつづける日本国そのものを、「《植民地の土人》を迫害するヤマトよ、《わが国》と称する国土すべても植民地じゃないか」と喝破されていますね。

小都市に市民文化が醸成されつつあったのに、戦時中の一億総動員体制が壊し、戦後、アメリカ渡来の大型店が壊し、総仕上げのように原発事故で町をメルトダウンしてしまった、とも、かつて詩に書いておられました。

南相馬市の遺跡から出土した三千年前の二百粒を超えるオニグルミを目にして、津波が及ばない場所を知っていた縄文びとの暮らしを偲び、詩人は「三千年後のひとびとにわたしたちは／どんなメッセージを届けることになるだろう」と心配し、「ほかの生きものたちに／めいわくをかけている生きもの／ひと」と、慨嘆する若松さん。

それでも、一見暮らしに役立たない詩に、ことばにこそ、若松さんは、かすかに希望を託し、私たちに呼びかけておられるのではないでしょうか。

「文明を縮小して持続するための／あらゆるモデルの策定をいますぐに」と。

未来を透視する言葉　すがすがしい抒情

朝倉　宏哉

　若松丈太郎さんの訃報に接したのは5月5日、コールサック社の鈴木比佐雄氏からの電話によってであった。4月21日に病気療養中の自宅で亡くなったという。心配が現実になった。というのは、私は1月から岩手日報の「詩歌の窓」という月一回の詩評欄を担当していて、4月5日に若松さんの新詩集『夷俘の叛逆』を取り上げ、掲載紙を南相馬市の若松さん宅に送っていたからである。いつもの若松さんならハガキに一筆したためて連絡があるのだが今回は音沙汰なかった。もしかして病気で臥せっているのではないか、福島県も新型コロナウイルス感染が拡大しているようだが大丈夫だろうか、などと気にしていたのだった。コロナではなかったが腹膜播種という病気で療養中だったのだ。掲載紙は病床に届き読まれたにちがいない。それがせめてもの慰めだった。「詩歌の窓」は紙幅の関係で十分に意を尽くすことができなかったが、若松詩集に触れた部分を引用する。

「奥州市出身、福島県南相馬市在住の若松丈太郎詩集『夷俘の叛逆』（コールサック社）はかつて化外の地といわれた東北に根ざし、そこからの視点で書かれた詩集である。若松氏は福島原子力発電所の近郊に住み、早くから原発事故の警鐘を鳴らした詩文を発表し、事故発生後は避難生活の中から被害の状況をルポしてきた。大和王権と北方先住民族との戦いから核災までの詩篇の中から土偶をテーマにした「こころのゆたかさ」の一部を紹介したい。〈大胆な造形力がある／こころに響くものがある／どうしてなんだろう／数千年以上も過去に作られたものに／／ゆたかな生活感が伝わってくる／肌あいの実在感が伝わってくる／どうしてなんだろう／数千年以上も地中に埋もれていたものに／／（略）わたしたちの時代ってなんだろう／どんな時間を過ごしてきたのだろう（略）〉。」

　字数制限のためここで切らざるを得なかった。この長詩はここまでは序曲である。

「（略）わたしたちは核爆弾をつかった／わたしたちは核発電をつかっている／わたしたちは国ぐるみの殺しあいをしてきた／／わたしたちのあとの時代があるとして／あとの時代に遺すことを誇れるものを／わたしたちは創造しているのだろうか／さむざむしいものをしか遺せないのではないか／／（略）火焔土器のオリジナリティに圧倒されるも／ひとのぬくもりを感じて共感してしまう／どこから獲得したのか／こころのなかからにちがいない／／人面付土器　人形付土器　遮光器土偶／後ろ手を組んだ土偶　笑い顔の土偶／身ごもった土偶　こどもを抱いた土偶／こどもの手形や足形　土面／／こころのゆたかさが見える／こんな魅力にともむものがほかにあろうか」。創造力溢れる土偶や土器に縄文人のこころのゆたかさを見、翻って〝わたしたち〟の世界を見るとき、後世に誇れるものがあるかという痛切な嘆きの声が聞こえる。この詩集は東日本大震災からちょうど10年目の今年3月11日に発行された。その翌日、朝日新聞の天声人語に若松さんの名前が出た。その件りを引用する。《▼福島県南相馬市の詩人若松丈太郎さんは詩や文章で、原発を「核発電」、原発事故を「核災」と記すようになった。原発は核爆弾と兄弟だと意識するためという。果たして人間が扱える技術なのか。言葉が訴えてくる》。

長年に亘る詩業の集大成というべき詩集『夷俘(いふ)の叛逆』は原発事故や戦争に至る人間の奢りや過ちに対する問いかけとともに、より多様で根源的なテーマを内蔵している。それは歴史と現代社会の愚行の検証、人々の隠れた業績の評価、縄文文化や方言などの見直しなど、批評精神を通して真にヒューマンな文化を築くという願いと意思である。それは未来を透視するしなやかな言葉、すがすがしい抒情となってどの詩篇に通底している。

若松さんは岩手県立水沢高校で私の二年先輩です。心よりご冥福をお祈りします。

若松丈太郎詩集『夷俘(いふ)の叛逆』を読んで
穏やかさに秘めた反骨の精神

柏木勇一

頁を開く前にまず姿勢を整え軽く呼吸した。詩集のタイトルと装幀からそのような入り方を自分に強いた。宇宙人を思わせるような縄文時代の土偶。何が書かれているのか。色合いが異なる五章にまとめられた四十一篇に対して、長く貫いてきた反骨の精神の結晶、と書くことは易しいが、新詩集から伝わってきたのは、旺盛な活動を振り返り、なお不屈の情念を胸に秘めながらも、若松さんの、いまここでの穏やかさだった。だからこそ伝わってくる揺るぎない詩魂をこれまで以上に強く感じた。

少しだけ私の体験を書く。2019年夏、福島県川俣町へ。福島駅からタクシーで国道114号線を走った。前を銀色の大型トラックが2台。車体の眩しさだけではなく、中間貯蔵所輸送車という純白の大きな文字に威圧された。愛媛ナンバーだった。派手なトラックですね、という問いに、運転手は、すべてコンピューターで管理され、福島の車では対応できません。双葉町に向かうのでしょう、と答えた。今も輸送は続いている。ふと、原発事故被災地が地元とは無縁の、見えない何かによって制御されている、という思いがよぎった。

反原発の主張を言葉と行動で鋭く訴え続けてきた若松さん。その魂は、東北の歴史を古代に遡って振り返ることで新詩集の底流にも流れている。冒頭の「夷俘の叛逆」は、ヤマト王権が北方の先住民を従属させようとしたが、各地で抵抗活動が続発したことを書いている。例えば―

七七〇（宝亀元）年、蝦夷反乱、賊地に逃げ還る
七七四（宝亀五）年、蝦夷反乱し桃生城に侵入する
七七六（宝亀七）年、紫波・胆沢の蝦夷が叛逆する
七七七（宝亀八）年、蝦夷叛逆、出羽軍が敗れる

ここに出てくる胆沢は陸奥国胆沢郡（現在の奥州市水沢）。北上川中流域で、陸奥国最大の蝦夷勢力の拠点として、律令政府の攻撃目標になった。阿弖流為(アテルイ)を中心に戦ったが投降。阿弖流為は大阪で処刑された。802年にこの地に胆沢城を造営したのが、朝廷軍勝利を導いた征夷大将軍・坂之上田村麻呂。百五十年に渡って鎮守府として機能した城柵は国の史跡に指定され、2019年6月に「胆沢城跡歴史公園」が開園。平坦な田園地帯だが、文化財と共に生きる場所になっている。

なぜ胆沢について詳しく書いたか。答えは現在の奥州市が若松さんの故郷だから。律令国家に抵抗し、とりこ、つまり夷俘になった胆沢蝦夷。単に中央支配と抵抗の象徴という図式ではなく、この北方の地で何があったのかを後世に伝えること、それが若松さんの文学活動の原点であり、詩集刊行の意味もそこにあると位置づけた。

Ｉ章は四作品で構成されている。「夷俘の叛逆」に続く「土人からヤマトへもの申す」は、沖縄の米軍基地と、核発電所への抗議。自らを〝東北の土人〟と名乗って訴えている。胆沢地方の方言にも迫力がある。

ウチナンチューが土人だば
おらだも土人でがす
そでがす　おら土着のにんげんでがす

Ⅱ章に登場するのは、植木枝盛、小田為綱、苅宿仲衛（かりやどなかえ）、小林多喜二、今野大力、矢部喜好（やべきよし）、鶴彬（つるあきら）、亀井文夫、舛倉隆、むのたけじ。一言でまとめることが許されるなら、自由を探求し抵抗した活動家の歩みを詳述している。

続くⅢ章は原発事故後の普通の姿が消えた町を描写。Ⅳ章は十歳での敗戦体験から、戦後政治への批判、特に現政権への批判が強く描写されている。

そしてⅤ章。詩の表現手段は言葉。心は激しく燃えていても、優しい言葉で読み手に解釈を託す。

「ひとにはことばがある」の一部を引用する。

ひとはことばをもちいることができる／武力による争いを捨てことばで解決しよう／すべてのひとびとが不条理を被らないよう／すべてのひとびとがこころ穏やかでいられるよう

この素直な表現には誰も異論はないだろう。続く「一羽の駝鳥」冒頭では―

うろついている／たった一羽で／その様子は／考えこんでいるふうだ／なぜこんなところに／おれはいるのか／解決できない思いを／かかえこんで／駝鳥がうろついている／たった一羽で

作品末尾に福島第一原発が立地する大熊町で飼育されていた駝鳥が野生化している、という注がある。言葉の背後で何を訴えたかったのか、読み手は理解し、そしてそれぞれの想像も膨らむ。

人間として生きる活動を続けてきた若松さんについて、いまここでの穏やかさを感じると書いた。それは、詩集最後に収められた「これからなにをするの？」から導かれた思いでもある。生きたあかしを省みている静かな心を感じたこの作品の全文を紹介しておきたい。

こちらに咲いている花と／あちらに咲いている花と／おなじなのか／おなじでないのか／パレルワールドの／こちらと／あちらと／パレルワールドのこちらと／あちらと／おなじなのか／おなじでないのか／こちらで生きるひとと／あちらで生きるひとと／いくつもの世界があって／こちらにはこんなことがあって／あちらではあんなことがあって／これからなにがあるの？／これからなにをするの？

◇

この論考をまとめた直後、若松さんの訃報に接した。現在は奥州市だが、私と若松さんは岩手県江刺郡岩谷堂町で育った。家も近かった。小、中、高校まで、六歳上の先輩と同じ。もう半世紀が過ぎたが、故郷の思い出も交換してきた。最後の詩集への感想を書くことになったのも運命だったのか。先輩、ありがとうございます。

若松丈太郎詩集『夷俘の叛逆』
明察と意志、勇気あふれる詩集

八重　洋一郎

詩集名『夷俘の叛逆』で、あまり見慣れない文字が使われている。しかし、開巻Iの冒頭に、そのものズバリの「夷俘の叛逆」が置かれ、その意味が詳しく解説されている。

第一行〝中華という思想があった〟と始まり、第二連は〝中華思想は東海の島嶼に及んだ〟と受け継がれ、その四行目に〝大和王権は順化の程度によって夷俘・俘囚などと差別した〟と記され、大三連以下、レジスタンス活動が続発した経過が年表形式で示される。

これは例えば近世になっても清朝中華が台湾住民をその順化によって「熟蕃」「生蕃」などと差別したことと軌を一にしている。そしてそれは日本の台湾統治時代を通じて用いられ、人間の負の意識を示している。

第二番目の詩は「土人からヤマトへもの申す」と題され〝米軍の基地建設に抗議するウチナンチューに／ヤマトから派遣された警官のひとりが／「土人！」と罵声をあびせた〟。一行空けて次の言葉をそのまま書き写そう。

ウチナンチューが土人だば
おらだも土人でがす
そでがす　おら土着のニンゲンでがす
生まれてこのかた白河以南さ住んだこと
ねぇ
〈東北の土人〉〈地人の夷狄〉でがす

私（評者）は沖縄人であり右の詩行に満腔の敬意を表する。このような土地の言葉を以て沖縄について語った「詩」を初めて読んだ。思わず胸が熱くなる。しかし若松さんの詩はなお続くのである。

電力業界内で言われてきたことば
「東電さんには〈植民地〉があって羨ましい」
東京電力は核発電所すべてを〈植民地〉に設置した
あげくに核災を起こして
地人のいのちと暮らしを奪った
……
……
〈植民地の土人〉を迫害するヤマトよ
〈わが国〉と称する国土すべても植民地じゃないか
二重の植民地で暮らす怒りは限界を超えた
全米軍基地を撤去せよ
全核発電所を廃炉にしろ

私（評者）は詩集そのまま書き写したいくらいである。

地人のいのちと暮らしは次の「三千年未来へのメッセージ」として次のように描写される。まず南相馬市の鷺内遺蹟からササタケの編み籠にギッシリ入れられた三千年昔に貯蔵されたというオニグルミが出土したことが述べられる。「三千年未来へのメッセージ」

第二連
出土地に隣接する鷺内稲荷の案内板には
「暖冬清水の地」と書かれている
真野側と上真野側との氾濫原による
ゆたかな自然環境に恵まれて
クリやトチやクルミの木などが
たくさん自生していたことだろう
定住をはじめた人びとのメッセージを
清らかな地下水が三千年後に届けたのだ

しかし第五連六行目から事態は反転せざるを得なくなる。

……
けれど今は桑畑はもちろん水田もほとんどない
被災を被って住み処と暮らしを奪われ
やむなく避難しているひとびとの住宅地になった
多くの人は故郷への帰還をあきらめている

三千年後のひとびとにわたしたちは
どんなメッセージを届けることになるのだろう

第二章は「自由ヲ保ツハ人ノ道ナリ」と「日本国国憲案」を起草した植木枝盛を初めとして、「憲法草稿評林」の小田為綱、福島県令三島通庸と激しく対峙した苅宿仲衛。小林多喜二、今野大力。日本最初の良心的兵役拒否者とされる矢部喜好。〝文明とは、何骸骨のピラミッド〟〝手と足をもいだ丸太にしてかへし〟などと詠んだ川柳作家、鶴彬。「戦う兵隊」「砂川の人々」「世界は恐怖する」などを書いたジャーナリスト亀井文夫。「いちばんの味方は事故だ」「電力会社をやりこめることが生きがいだ」と活発な運動を広げた舛倉隆。更に「戦争いらぬやれる世へ」「いのち守りつなぐ世へ」と百一歳まで頑張った、むのたけじなどが強い調子で紹介される。一見ただの理想主義的紹介に読めるが、若松の眼力は鋭く、例えば植木枝盛の死は政府の陰謀による毒殺説があるときちんと注記している。あのソ連のマヤコフスキーも革命政府の密偵に殺られたと言われている。

以下「おらだの重宝なことば」で現代政治や権力、社会批評や子供の未来への思いが綴られる。若松さんの頑丈な知性と言語力、想像力が見事である。

法人税率ば下げて消費税ば増税すんだど
残業代ゼロ　解雇自由　非正規雇用者二千万人
生活保護ば締めつけで　共働きせぇ
こどもば産せ　一億総活躍社会だど
ほでなし語んな　あーあ　あんべぇわりぃ

うちゅくちぃニッポンばつくんだどっしゃ
民主主義なんてどごさあんだべ

全体主義国家で苦しみば被(こうむ)んのはおらだだじぇ
ほでなし言うな　ほでなしめ
あーあ　あんべぇわりぃ

ざっとこんな具合である。

笑いを含みながらも、言葉は読む者の肺腑を衝(つ)く。最後に若松さんが御自身の年齢を指標とした「積極的非暴力平和主義の理念を貫きたい」を見てみよう。

十歳の夏、敗戦。十二歳、「日本国憲法」施行。十五歳、朝鮮戦争、警察予備隊創設。十七歳、保安隊。十九歳、自衛隊発足。「わたしが選挙権を得る前に、この国は軍隊をふたたび所有した。…こうして日本国が戦争責任を逃れ、目先の利益に目が眩み、自由と独立を捨てて米国の「弾除(たまよ)け」へと成り下がっていく経緯(いきさつ)が根底から暴かれるのだ。日本国への全うな激しい怒り、未来を構想する知性と勇気に満ちた無類の詩集である。

〈東北の土人〉〈地人の夷狄〉の基層を探索する
——若松丈太郎詩集『夷俘の叛逆』に寄せて

鈴木　比佐雄

福島県南相馬市に暮らす若松丈太郎氏の十一冊目の詩集『夷俘の叛逆』が刊行された。この詩集は五章に分かれ四十二篇が収録されている。詩集『夷俘の叛逆』を貫くものは東方・北方の先住民の三千年間の暮らしの基層が想起されていて、例えば南相馬市の鷺内遺跡や浦尻貝塚などの地に根付いた暮らしの思想の原点を想起して、さらに次の三千年につなげようとする試みを詩に宿している叙事詩だと考えられる。千数百年前の大和朝廷が古代中国の中華思想を借りて、東方・北方で暮らした先住民を「東夷」や「北狄」、「蝦夷」、「蝦賊」と言い貶めてきた。この「夷」や「狄」には「未開人」とか「土人」の意があり、「蝦」には「えびのような殻を被った節足動物」の虫けらの意がある。また「俘」は逃げないように囲われた俘虜」の意があり、「夷俘」とは「捕虜とさせられた夷狄」という支配されて面従腹背している罪人のような意がある。しかしそんな蔑められる言葉で喩えられる千数百年の大和政権中心の中華思想に貫かれた歴史観に対して、若松氏は東方・北方の人びととの歴史には、実は「夷俘の叛逆」の数多くの歴史が隠されていると書き記す。冒頭の詩「夷俘の叛逆」の四連目・五連目を引用する。

奈良末期の陸奥国伊治郡に
夷俘を祖とする大領（郡司）伊治公呰麻呂がいた
呰麻呂の名は魁偉な容貌を連想させる
七八〇（宝亀十一）年に伊治城で乱を起こし
按察使の紀広純らを撃退し
数日後には多賀城に侵入した

七八九（延暦八）年に大墓公阿弖流為が
胆沢の巣伏の戦いで
侵攻したヤマト王権の蝦夷征討軍を斥けたのは
宝亀の乱の九年のちのことである
呰麻呂や阿弖流為のように史書に記名されることなく
記憶の彼方に消えた蝦賊は数知れない

このような隠された歴史の背後にある先住民の人びとが斬首された記憶を、若松氏は一見淡々と記しているようだが、「征夷」という中華思想を正義とする言葉を見過ごすことのできない、東方・北方の人びとの叫びに似た無念な思いを刻んでいる。伊治公呰麻呂も大墓公阿弖流為も「伊治公」・「大墓公」と言うように「公」的な名称があるので、一時は大和政権に従い統治の協力をして「公」を与えられた族長だったろう。しかしながら大和政権の仕打ちに忍耐の限度を超えて叛逆を開始したのだろう。教科書に出てくる征夷大将軍の坂上田村麻呂が阿弖流為と盤具公母禮の降伏を認め、阿弖流為たちの命を救おうとしたが、きっとまた叛逆するだろうと公卿たちから恐れられて大和政権は斬首した。「征夷」とは、「夷」という鬼の未開人や土人を退治して単一民族を創り上げようとする物語の重要なキーワードであった。若松氏の詩集『夷俘の叛逆』はそのような日本の正史に隠されている真実を曝け出し、その先住民たちを「夷」や「鬼」としてきた歴史認識の在り方に疑問符を投げ掛ける恐るべき叙事詩集だと私には感じられる。若松氏は学生時代から福島県に暮らしているが、元々は岩手県奥州市の出身であり、「胆沢の巣伏の戦い」の阿弖流為たちのことを自らの地域の先祖であり、自身が阿弖流為の末裔であると考えていることから、このような詩集が可能だったと考えられる。

二篇目の詩「土人からヤマトへもの申す」一連目から三連目を引用する。

米軍基地建設に抗議するウチナンチューに
ヤマトから派遣された警官のひとりが
「土人!」と罵声をあびせた

ウチナンチューが土人だば
おらだも土人でがす
そでがす　おら土着のニンゲンでがす
生まれてこのかた白河以南さ住んだことぁねぇ
〈東北の土人〉〈地人の夷狄〉でがす

電力業界内で言われてきたことば
「東電さんには〈植民地〉があって羨ましい」
東京電力は核発電所すべてを〈植民地〉に設置した
あげくに核災を起こして
地人のいのちと暮らしを奪った

若松氏は〈ヤマトから派遣された警官のひとりが／「土人!」と罵声をあびせた〉ことは、未だに大和政権が沖縄人を「土人」と見なして「征夷」を貫いてきたように、現在の政権が全く変わらずに国家意志を従わせるために、「土人」という「夷」を創り出す支配構造であることを指摘している。若松氏は「生まれてこのかた白河以南さ住んだことぁねぇ／〈東北の土人〉〈地人の夷狄〉でがす」とブラックユーモアのある風刺的な表現で語っている。この〈東北の土人〉〈地人の夷狄〉という東方・北方の先住民を言い当てた言葉は、それをきちんと受け止めるならば、「征夷」的価値観を正史として刷り込まれた日本人の単一民族の歴史観の有力な解毒剤に匹敵する言葉になるかも知れない。さらに〈電力業界内で言われてきたことば／「東電さんには〈植民地〉があって羨ましい」〉という政商たちの言葉は東電以外の電力会社幹部にその本音を語らせてしまう政財界の癒着の精神構造をあぶり出している。そんな政府の原子力政策の根本的な問題点として、中華思想にすり寄って地域の文化や暮らしを破壊しても他人事である、画一的で中央集権的な思考方法が未だ続いていると語っている。その「あげくに核災を起こして／地人のいのちと暮らしを奪った」と若松氏は、その虚しさ、不条理さ、無責任さを抉り出している。宝亀時代の八世紀から令和時代まで続く「夷俘の叛逆」の最新事例が沖縄人の辺野古基地反対の闘争であり、南方の先住民の末裔に今も続く闘いの苦悩に共感を記している。

三篇目の詩「こころのゆたかさ」で若松氏は「わたしたちのあとの時代があるとして／あとの時代に遺すことを誇れるものを／わたしたちは創造しているのだろうか」と問いかけてくる。そして次のように大和政権以前の豊かな文化を再認識する箇所を引用する。

人面付土器（じんめんつき）　人形付土器　遮光器土偶（しゃこうき）
後ろ手を組んだ土偶　笑い顔の土偶
身ごもった土偶　こどもを抱いた土偶
こどもの手形や足形　土面

こころのゆたかさが見える
こんな魅力にとむものがほかにあろうか

本詩集のカバーの表面に映っている遮光器土偶などを見て、若松氏は「こんな魅力にとむものがほかにあろうか」とそれを生み出した縄文人の「こころゆたかさ」が見えるようだと感嘆の声を上げている。若松氏はそんな縄文人を先祖に持つことを誇りに思い、次の詩「三千年未来へのメッセージ」でその縄文人の知恵から自然との共生を学ぶべきだと語る。

ササタケの編み籠にぎっしりと入れられ
三千年まえに貯蔵されていたという
南相馬市鹿島の鷺内（さぎうち）遺蹟から出土した
二百つぶを超える縄文晩期のオニグルミ

出土地に隣接する鷺内稲荷の案内板には
「暖冬清水の地」と書かれている
真野川と上真野川との氾濫原による
ゆたかな自然環境に恵まれて
クリやトチやクルミの木などが
たくさん自生していたことだろう
定住をはじめた人びとのメッセージを
清らかな地下水が三千年後に届けたのだ

こどものころに暮らしたわたしの町は
べつの町ではあるけれど
祖父母の家の裏の川岸にクルミの木
畑のある山にはクリの木
実を拾う楽しみがあった
縄文びとの暮らしをしのぶ

縄文びとは津波が及ばない場所を知っていた
鷺内も小高の浦尻貝塚もそうだ
浦尻貝塚は縄文期をとおして営まれた
アサリ　シジミ　カモ　シカ　イノシシ
スズキ　ハゼ　イワシ　タイ　ウナギ　フナ
恵まれたぜいたくな食卓だ

万葉時代になると大和びとが統治し

真野と名づけ真野の草原(かやはら)は歌枕とされた
四十年まえの地図によると
鷺内周辺に水田と桑畑の記号がたくさんあって
ゆたかな農村をイメージできる
けれど今は桑畑はもちろん水田もほとんどない
核災を被って住み処と暮らしを奪われ
やむなく避難しているひとびとの住宅地になった
多くの人は故郷への帰還をあきらめている

三千年後のひとびとにわたしたちは
どんなメッセージを届けることになるのだろう

若松氏は、「南相馬市鹿島の鷺内遺蹟から出土した／二百つぶを超える縄文晩期のオニグルミ」、その「暖冬清水の地」の「清らかな地下水」、「縄文びとは津波が及ばない場所を知っていた／鷺内も小高の浦尻貝塚もそうだ」という縄文人の知恵、さらにその後の「万葉時代になると大和びとが統治し／真野と名づけ真野の草原は歌枕とされた」歌人・俳人たちに愛された場所、その数千年の歴史を踏まえて、「三千年後のひとびと」に私たちは何を伝え残すことが出来るのかと根源的に問いかけてくる。

Ⅱ章九篇では、憲法構想や地方自治や人権などを実践の中で考察し表現した先駆者であった人物を記している。そのタイトルの中にそれらの人物たちの思想や願いが込められている。「自由ヲ保ツハ人ノ道ナリ　植木枝盛」、「北の海辺から　小田為綱」、「自由や　自由や　我汝と死せん　苅宿仲衛」、「若い二人を流れていたもの　小林多喜二・今野大力」、「戦争はひとを殺す　矢部喜好」、「俺達の血にいろどった世界地図　鶴彬」、「鳥になりました　亀井文夫」、「いちばんの味方は事故　舛倉隆」、「戦争いらぬやれぬ世へ　むのたけじ」

Ⅲ章九篇は、詩「こどもたちがいない町」から始まり原発事故後に何がもたらされているかが記され、Ⅳ章十一篇では、平和憲法が揺らいでいる日本の政治が戦争に対してハードルを低くしている現在の在り方に警鐘を鳴らして、「積極的非暴力平和主義の理念」を提唱している。最後のⅤ章九篇では、ひとは「ごみをつくるために存在する生きもの」で地球にとって有害な存在であるかもしれないが、唯一希望として詩「ひとにはことばがある」で次のように記している。

ひとはことばをもちいることができる
武力による争いを捨ててことばで解決しよう
すべてのひとびとが不条理を被らないよう
すべてのひとびとがこころ穏やかでいられるよう

このように若松氏はどんなことがあっても不屈の精神で言葉に希望を託してきた先人たちの知恵を詩篇に宿そうとする。そんな〈東北の土人〉〈地人の夷狄〉の基層を探索する叙事詩篇の試みを、公的言語や教科書的歴史観の表層の虚しさを感じている人たちに読んで欲しいと願っている。

極端粘り族の誇りと希望――若松丈太郎追悼

鈴木　比佐雄

東電福島第一原発から二十kmの立入禁止区域検問所
多くの車両が拒絶されて引き返していった
あなたが「埴谷島尾記念文学資料館調査員」の名刺を
差し出し二言三言話すと警察官たちは通してくれた
名刺が魔法のチケットのように思えて
「かなしみの土地」である小高・浪江への門が開かれた

十年前の二〇一一年四月十日の小高駅前商店街は
あなたの予言した「神隠しされた街」になっていた
曇り空でたわんだ電線に鴉だけが舞っていた

駅前通りに並ぶ百件ほどの商店の中に薬局店があった
「この薬局は誰の実家か知っていますか?」
答えられずにいると「憲法学者の鈴木安蔵の実家ですよ」
と誇らしげに教えて少し頬をゆるめた

生まれ育った岩手県奥州市岩谷堂の商店街と重ねながら
一万人の暮らす小高の街の人びとの文芸の歴史を語り始め
あなたの眼差しこそが「核発電」事故による「核災」から
立ち上がる人びとの背中を押す希望そのものだった

十年後の二〇二一年五月三日に私はその場所に立った
その薬局は看板も店も裏の大きな蔵も無くなっていた
あなたが愛した商店街は歯抜けになりながらも
銀行の支店や営業を再開した店も出てきた

昨日は南相馬市内のメモリアルホールであなたを偲ぶ会があった
二人の息子真樹(まさき)さんと央樹(ひろき)さんが父を畏敬し誇りに思う言葉
妻の蓉子さんの夫に寄り添い支えたことへの誇りの言葉
管理職にならずに一教師として悩める子どもの言葉に耳を傾け
地元の手作りの文化活動や表現者たちを慈しみ
草の根の原発廃止運動の人びとの思想の核となったあなたは
詩と評論の言葉で全国の人びとの背骨のような存在だった

教師を退いたあなたは一九九四年にチェルノブイリに行き
連作「かなしみの土地　6　神隠しされた街」を書き上げた
また浮舟文化会館「埴谷島尾記念文学資料館調査員になり
埴谷雄高に会いに行き島尾敏雄の妻ミホを訪ね
貴重な資料を文学資料館に寄贈してもらった
あなたが長年研究していた福島浜通りの文学史は
『極端粘り族の系譜――相馬地方と近現代文学とその周辺』として
すでに編集を終え原稿もほぼまとまっている
あなたの言葉こそが誰よりも「極端粘り族」であったことを
あなたの言葉こそが福島浜通りの「誇りと希望」であったと
この書物が語り継いでいくだろう

『夜の森』から『夷俘(いふ)の叛逆』へと続く創造的叙事詩
――若松丈太郎氏の詩的精神の源泉に寄せて

鈴木　比佐雄

若松丈太郎氏が四月二十一日午前十時頃に死去されたという訃報を、当日の午後早めに私は若松氏と親しい方から知らされた。その衝撃で私は頭が真っ白になり、背骨が崩れ落ちてしまいそうな気がした。私は二十年にもなる若松氏との交流が想起されてきて、どうしたらいいのか電話口で立ち尽くすだけだった。けれども若松氏が亡くなっても若松氏の詩や評論は残りそれらとの対話は続くのであり、若松氏のまだ書籍にしていない原稿を含めて全ての作品を後世に残すことをすべきだと思い直して、奥様の蓉子氏に電話をして直接、若松氏の末期の様子をお聞きした。検査入院後には、病院に隔離され家族とさえ会えなくなることを選ばずに自宅で療養することにしたことを自ら決断されたという。若松氏は亡くなる一週間前に病に伏せながらも、庭と空を眺めながら一篇の詩を書き残し、最期まで詩人であり続けたことが勇者の姿として私の心に刻まれた。

私が若松氏と交流を持つきっかけは、三谷晃一氏と浜田知章氏のおかげだった。一九九七年頃から「コールサック」(石炭袋)で「戦後詩と内在批評」という評論を連載し、私なりに戦後詩の「荒地」や「列島」などの詩人の詩や詩論を検証していたところ、それを読んでいた福島県を代表する詩人・評論家で福島民報の論説委員でもあった三谷氏が関心を持ち、丁寧な私信を頂き交流するようになった。当時の「コールサック」に戦後詩を切り拓いた「山河」・「列島」の詩人の浜田知章が寄稿していて、その浜田氏が三谷氏に「コールサック」を送り続けてくれ、それを読んで親近感を感じてくれたのだった。私は会社員をしていたが、ボランティアで二〇〇〇年に『浜田知章全詩集』を企画・編集して、予約購読者を募ってこれらの全詩集を実現しようとしていた。浜田氏は一九二〇年生まれ、三谷氏は一九二二年生まれで、二人とも従軍し苦労をされて同世代としての眼に見えぬ連帯感のようなものを感じていたのだろう。また三谷氏は私が浜田氏を後世に残すことの実務者であることを理解し、全詩集刊行の呼び掛けに協力して福島の親しい詩人である若松氏たちに呼びかけてくれたのだった。三谷氏は二〇〇一年八月刊行の「コールサック」40号に刊行を祝してエッセイ「浜田知章という畏兄」を寄稿してくれた。

学生時代の若松氏は「列島」終刊後に編集をしていた関根弘が刊行した「現代詩」(一九五九年に刊行された号)に詩「夜の森」(詩集では「夜の森　四」)を発表した。きっと若松氏は「列島」「山河」の詩人たち、関根弘・木島始たちから日米の政治権力に対する異議申し立てするしなやかな表現力や、浜田知章・長谷川龍生・御庄博実たちからは被爆者からの視点の核兵器廃止運動、内灘闘争など基地返還活動の声を硬質な詩的表現の試みに共感していたのだろう。

特に一九六一年に刊行した第一詩集『夜の森』に収録された「夜の森　四」のネバダ核実験の詩は、一九五五年に刊行された『浜田知章詩集』の詩「太陽を射たもの」などの原爆の非人道性を内面に問う詩に刺激を受け、また一九五九年に福島県内の詩誌「方」に発表した詩「内灘砂丘」は、浜田氏の詩「一九五三年内灘」や「閉ざされた海」などの内灘闘争を記した詩に刺激を受けて書かれたかも知れないと想像される。そのような意味で若松氏は戦後の「列島」「山河」「現代詩」の詩人たちの戦争と平和を問い、核兵器の存在理由を問う詩や米軍基地闘争の詩などの試みを評価し影響を受けていたのだろう。浜田氏の内灘の民衆の抵抗を突き出していく硬質な文体は、若松氏の東北の「大和朝廷」にあらがい続ける民衆を内面化する硬質な文体に連動しているかのように感じられる。

若松氏の「夜の森」五篇は、連作叙事詩を書き続けた若松氏の原点を知る意味でも重要な詩篇である。その詩にヒントを与えた地名「夜ノ森」とは、福島県浜通りの富岡町と大熊町の境に位置する森林地帯であり、常磐線に「夜ノ森駅」という駅名もある。かつてその地は岩城藩と相馬藩の双方が領有権を主張し「余（私の意）の森」と言い争ったことから由来したとも言われている。そんな諍いの地が「夜ノ森」と名付けられてその名の駅前には、東京の駒込駅から移植されたつつじや千五百本の桜が植えられて「桜のトンネル」とも親しまれ、浜通りの桜並木やつつじの名所で富岡町「夜の森公園」として、原発事故前までは愛されていた。また若松氏の暮らす南相馬市の原町にも「夜の森公園」があり、小高い丘の周りの一角には地元の二十歳前後で戦死した特攻兵士の墓と彼らが投下したであろう爆弾の彫刻が並び戦時中の悲劇を想起させる。丘の広場周辺には数多くの桜が植えられた桜並木が続いている。中央は公園になっていて母親や子供たちが遊戯施設でのどかに遊んでいる。この樹木の丘は期せずして過去と現在の戦争と平和を考えさせてくれる不思議な場所になっている。大学生の若松氏は、後に結婚する蓉子氏の故郷の「夜の森公園」を散歩しながら、連詩「夜の森」を構想したのかも知れない。さらに想像するならば、岩手県奥州市江刺郡出身の若松氏は、「夜の森」を単に福島だけのものと考えずに東北を貫く奥羽山脈、若松氏の生家付近に流れる人首川の源流がある北上高地や、また双葉郡の「夜ノ森」の西に広がる阿武隈高地を含んだ東北の生きものたちが息づく場所を「夜の森」として視野に入れてこのタイトルを第一詩集に付けたのかも知れない。

「夜の森　一」は次のように始まる。

《森はおまえの恥毛／地平低く愛に澱む／その枝を重ね合う木々／夜の森／けものたちは潜み／けものたちは木の間の星を眺め／けものたちは匂いをかぎ合う／（略）／森がたわみ／夜がたわみ／愛する女よ／ぼくらも　けものたちに倣い／森の洞に夜をすごし　星にぼくらを写し／ふたりのからだの匂いをかぎ合おう／いつでもぼくらの望むものはもうひとつの別のものだった／いつでもぼくらはもうひとつの別のものに裏切られた／ぼくらは神話を恐れ果なくもうひとつの別のものを望んだ／もうひとつの別のものとはぼくらにとって何なのか／おまえの匂いを焚き／ぼくの匂いを焚き／ぼくらの匂いは森にひろがり／ぼくらは星をひろう　（略）》

若松氏と言えば「かなしみの土地」のような硬質な連作叙事詩の詩人と思われるが、「夜の森　一」を読む限りでは愛する女との出逢いによって男女のエロス的な世界を暗示する抒情詩と読めるだろう。そして「夜の森」の中で「けものたち」としての「ぼくら」を自覚するのだが、「ぼくらは神話を恐れ果なくもうひとつの別のものを望んだ」と語る。「神話」に傾きつつもそれに安住できずに、「もうひとつの別のものを望んだ」と冷静に自覚していく。「もうひとつの別のものとはぼくらにとって何なのか」という問いを発して愛する女と共に見果てぬ何かを追い求めていこうと決意しているかのようだ。抒情詩的なものを根底に秘めて「もうひとつの別のもの」である次の神話的叙事詩とも言える「夜の森　二」に向かっていく。

その一連目は《落日で乾いた血の塊になった森／地鳴りとなって低く這う太鼓のリズム／それらは　今宵の神の予言だ／森が撓む／祭祀がある／今宵はあらゆる望みのかなう夜だ》と言い、東北の民衆の潜在意識を若松氏は解放させるような神話的な叙事詩を試みている。

「夜の森　二」の三連目を引用する。

《われらはわれらの神を拝伏しよう／黒い地の水に火を放とう／饗宴と舞踊だ／火の酒を飲もう／暗い夜の森に嚙みつくように唱おう／われらの心に祈るように笛吹こう／愛するときのように腰をゆすろう／あらゆる楽器を響かせよう／夜の森がわれらの生命で充満する／夜明けが近づいた／戦い好きな異邦人よ／望みどおり神になることのできた異邦人よ／おまえにわれら最後の贈物をしよう／われらが心こめて彫りあげたマスク／永遠の生命を得るおまえ／われらの神／太陽さえもおまえの前では無力となるだろう／無力となる？／ああおまえはおまえの顔につけられたマスクを見ることはできない／木の間に漂いはじめた太陽の光で／おまえの威めしいマスクが変相しはじめることを》

「夜の森」の「われらはわれらの神を拝伏しよう」と生命をたぎらせながら時に「火の酒」を飲み歌い踊り暮らしていた。そこに「戦い好きな異邦人」がやってきて、きっと戦になり「われら」を「拝伏」させて、「望みどおり神になることのできた異邦人」に服従させられたのだろう。そんな「戦い好きな異邦人」に「われらが心こめて彫りあげたマスク」を「永遠の生命」を得るようにと「最後の贈物」として贈るのだ。すると「異邦人」の神になりかけたマスクが変容していく。「夜の森　二」の四連目、五連目を引用する。

《われらの最後の贈物こそ／生と死のダブルマスク／死が生の裏側から染み出てくる／おまえは　われらの神廟へと階段をのぼらねばならない／おまえは　頂上で石畳の上に仰向けに寝かされるだろう／おまえは　太陽の威光をまともに受けるだろう／われらは　おまえの頭を切り放す／われらは　おまえの首からほとばしり出るどす黒く濁った血を器にうける／われらは　おまえの血を大地に撒りかける／われらは　おまえの死のマスクをつけた頭を杙に串刺しにする／われらは

おまえの胸を開く／われらは　おまえの胸から血みどろの心臓をむしり取る／われらは　おまえの心臓を太陽へ捧げる／われらは　おまえの首のない皮を入念に剝ぎとる／われらは　おまえの袋になった皮の中へ司祭を入れる／われらは　おまえの衣裳を司祭に着せる／群衆の中へ／／太鼓／舞踊／われらの真の祭祀がはじまる／森が炎になって撓む》

その「われらの最後の贈物こそ／生と死のダブルマスク」であったのだ。それを被った「神になりたがった異邦人」を神廟にあげて、神への捧げものとして斬首されて串刺しにされ、血は大地に撒かれ、心臓は太陽に捧げられる。残った身体を皮はぎとられて司祭に着せて、「われらの真の祭祀がはじまる」という。若松氏は私でありながら「われら」というその地で生きる民衆に乗り移ったようなリズム感でこの「夜の森」の世界を語り始める。この「われら」とはそんな東北の人びとを指しているのだろう。また「望みどおり神になることのできた異邦人」である「おまえ」とは誰を指しているのだろうか。この「異邦人」とは二連目には「われらの森にカヌーで来た戦い好きの異邦人」と言われていることから、戦争をして北方や南方の異郷を征服して国土を増やしていった大和朝廷やそれを引き継いでいる日本政府を指しているのかも知れない。また先住民を滅ぼして合衆国を作りあげた米国政府であり、その日本の広島・長崎に原爆を投下した占領軍の米軍を指しているのかも知れない。「われら」とはそんな日本と米国の「異邦人」の神によって、支配され続けているが、抗うことをやめない民衆を指しているのかも知れない。このような神話的叙事詩を第一詩集に記した若松氏は、真に恐るべき構想力で創造的な詩作を考えていた若き詩人だった。

「夜の森　三」は、「吼えよ／雷鳴れ／風吹き起こせ／夜の森に生気を与えよ／／非情の掟に低く身を屈めていた／大地よ／森よ／村よ／農夫よ／けものよ／地界のあらゆるわれらのものよ／太鼓のリズムにこだまして／宇宙を震撼させよ」と獅子踊りの太鼓のリズムと「夜の森」と宇宙とが響き合っているかのように汲み上げられている。

一九六一年に刊行した第一詩集『夜の森』は刊行された。その前年には六〇年安保闘争があり、日米安全保障条約の締結に対して若松氏もまた日米政府の権力の有り方に強い関心を持っていただろう。その意味で「われらの森にカヌーで来た戦い好きの異邦人」とはアメリカ政府を視野に入れていたことは十分あり得る事だろう。先にも触れた「列島」「山河」「現代詩」に親しみを持っていた若松氏が「夜の森　四」にネバダ核実験のことを記したかは、「戦い好きの異邦人」のよりどころが核兵器であることを洞察していたからだろう。この詩「夜の森　四」、は浜田氏の詩「太陽を射たもの」などの原爆投下の加害者責任を問う詩に刺激を受け、また詩「内灘砂丘」は、浜田氏の詩「一九五三年内灘」や「閉ざされた海」などの内灘闘争を記した詩に影響を受けたのかも知れないと私には想像される。そのような意味で若松氏は戦後の「列島」「山河」「現代詩」の詩人たちの反戦詩・反原爆をテーマとする詩や米軍基地闘争の詩などの試みを評価し影響を受けていたのだろう。浜田氏の北陸の民衆の抵抗を突き出していく硬質な文体は、若松氏の東北の「大和朝廷」にあらがい続ける民衆を背景にする硬質な文体に連動しているかのように感じられる。

最後の「夜の森　五」は短いので全行と註も引用する。
《しばれる寒さに踏み強(つよ)むと大地は　がきっと応えてくれる／ぼくの掌のなかに妻の掌／妻の掌を包んでぼくの掌／天頂でアストレアの星々がぼくらの大地を見おろす／スピーカよ三二〇年ののち　おまえの青白い眼射しを　残夜の空に捜す人間がいることを　おまえが信じなくとも／ぼくらは信じる／／＊アストレア　堕落する人間を嫌い神々が天上に去ったのちも下界にいて正義を鼓吹していたが、人間が剣で争い戦うのを見て、ついに天上へ翔り去って、乙女座となった。スピーカはその主星で距離三二〇光年。》

「夜の森　一」の抒情性が反復されて「夜の森　五」もこれだけを読めば真冬の星座アストレアを眺めながら妻の掌を慈しむ抒情詩だが、その根底にはその星座のスピーカが人間世界の争いに絶望して天上に去っていたという神話も借りながらも、若松氏に存在する文明批評的であり根源的な平和思想が語られている。若松氏のこの『夜の森』五篇は、汲めども尽きぬ森の湧水のような豊かさを湛えている。

若松氏は第三詩集『若松丈太郎詩集』の「望郷小詩―宮沢賢治による variations」で三篇の詩「水沢、人首町(ひとかべまち)、北上川」で自らの詩的源泉である岩手県の風土を直視していく。それを発展させたのが第七詩集『峠のむこうと峠のこちら』の詩「五輪峠(ごりんとうげ)、人首川(ひとかべがわ)、向山、束稲山(たばしねやま)、六日町、豊沢川」などであり、この詩的源泉は宮沢賢治とも重なっていく豊かな故郷の記憶であった。

二〇〇五年に三谷氏が亡くなってから、私は若松氏に連絡をとり『三谷晃一全詩集』の刊行を提案したところ、若松氏も同じ構想をもっていたことが分かり意気投合したのだった。しかし、その実現に向かう途上で3・11が起こり、若松氏の評論集『福島原発難民』や『福島核災棄民』などを刊行することを優先することになり、『三谷晃一全詩集』が現実化したのは二〇一六年になってしまった。この全詩集は若松氏が中心になり福島県の現役の詩人たちが刊行委員会に参加・支援して刊行することが出来た。若松氏にとって三谷氏は特別な存在であり、敬愛する三谷氏の詩篇の全てを後世に残すことが出来て誰よりも喜ばれていた。

第一詩集から二十六年後の五十二歳になった一九八七年に第二詩集『海のほうへ　海のほうから』が刊行された。この間を若松氏は一教師としての職務を果たしていたのだろう。と同時に東電福島第一原発が六基、第二原発が四基も次々に福島浜通りに出来ることを肯定した行政やそれを追認した人びと批判的に監視し、また新たな浪江・小高の原発建設に反対運動を続ける舛倉隆などの人びとを支援しながら、後に『福島原発難民』

にまとめる言説を発表していた。この第二詩集には二つの連作叙事詩が収録されている。「海辺からのたより」十一篇は、原発に飼い馴らされている浜通りの人びとが、実は原発マネーで恐るべき退廃のただ中にあるにも関わらず、そのことに気付かずにいることなどをブラックユーモア的に方言を駆使しながら表現している。また若松氏は「北狄（ほくてき）」七篇で東北の蝦夷の末裔ともいえる人物たちを丹念に調べて連作叙事詩にしている。「アテルイとモレ」、「安藤昌益」、「芹　東山」、「高野長英」、「三浦命助」、「千葉卓三郎」などの信念を守り通した生き方を一篇の叙事詩として残すべきだと構想したのだろう。この浜通りで進行している将来に禍根を残すだろう現実と、古代から近現代の歴史を通して若松氏は誰も書いていない連作叙事詩の可能性を追求していったのだと考えられる。

　私が若松氏と最後に電話でお話したのは、四月三日に開催された「3・11から10周年　福島浜通りの震災・原発文学フォーラム」が無事に終わった報告をした四月七日前後だった。ご自宅で伏せておられたが電話口に出てくれた。フォーラムでは若松氏に実行委員長に就いて頂き、当日は挨拶や短詩形の座談会で私の質問に答える発言をするはずだった。しかし検査入院のためそれがかなわず事前に質問内容に答えてくれた文章を読み上げたことを踏まえて、一部（詩・俳句・短歌）の座談会はこの十年の短詩形の作家たちの作品を通して報告した充実したものになったことを伝えて、若松氏からは労いの言葉を頂いた。また若松氏の言葉も収録した一部から三部の三時間半の全てを文字起こしして一冊の本にすることも了解を頂いた。若松氏がフォーラムに寄せて私の二つの質問に答えた三月二〇日のメールの文章だが、内容的には若松氏が最後に私たちに残した遺言になっていると感じられた。その言葉を引用したい。

　質問①について／《人類には、ことばがあります。ことばによって、人類は記録と伝達が可能になりました。人類がこれまでに学びとったことがらすべてを、未来の人類へ伝え残すことが、なによりも大事な役割だと考えます。》

　質問②について／《核物質は、百年たらずのヒトの生存期間、いや、万年程度の人類の存続期間をはるかに超える長期間を存続しつづけます。核物質は人類の手に負えない物質です。ヒトは、その生存期間内で管理を全うできない核物質を扱うべきではありません。》

　最後に五月二日に福島民報に依頼された若松氏の詩の特徴について私が書いた記事を再録する。福島民報の紙面が限られていたので、連作「夜の森」は「夜の森　四」のネバダ原爆実験の詩に関してのみ触れている。

《若松丈太郎氏を悼む　福島の苦悩 言い当てる

鈴木比佐雄

　若松丈太郎氏が他界された。二十世紀の日本の詩人の中で特別な光を放っている東北の宮沢賢治と草野心平の詩的精神を引き継ぎ、それを世界的規模で発展させた稀有な詩人の喪失感や悲しみが今も続いている。

残された十二冊の詩篇を貫くものは、歴史の事実を突き詰め、その真実に肉薄し鋭い直観でその本質を掬い上げ、さらに未来に警鐘を鳴らす予言的な言葉を創造した連作叙事詩を書き続けたことだ。若松氏は奥州市岩谷堂の出身で八、九世紀に大和朝廷と戦った蝦夷の阿弖流為の活躍した胆沢城跡近くで生まれ育った。祖母が通った大沢温泉からは賢治の暮らした花巻の豊沢川の水音が聞こえていた。福島大学を卒業後は高校教師となり南相馬市に定住した。

　若松氏は一九六一年の二十六歳の時に第一詩集『夜の森』を刊行した。その中で「一九五七年九月二日　ネバダ」の原爆実験の様子を語り、「神も／われわれの周辺には／存在しないのだ」と神の不在を感じて、「鳥たちも飛ばない／雲がひき裂かれ／星のまばたきは　わたしの思惟のように　低く　さ迷い　ぼろぼろだ／けものたちも歩かない」と記す。核兵器が地球の生物とその自然環境を破壊してしまい恐怖の「夜の森」にされてしまう危機感を抱いて詩作を開始する。若松氏の名前を全国の人びとに記憶させたのは、二〇〇〇年に刊行した第四詩集『いくつもの川があって』の『連詩　悲しみの土地　6　神隠しされた街』だ。「半径三〇kmゾーンといえば／東京電力福島第一原子力発電所を中心に据えると／双葉町　大熊町　富岡町／楢葉町　浪江町　広野町　／川内村　都路村　葛尾村／小高町　いわき市北部／そして私の住む原町市が含まれる／こちらもあわせて約十五万人／私たちが消えるべき先はどこか／私たちはどこに姿を消せばいいのか」。このように浜通りの地名を慈しむように挙げ、チェルノブイリと同じ原発事故が起きたなら、故郷は「かなしみ土地」に変貌し、人びとは追放され「神隠しされた街」になることを予言した。3・11以後には評論集『福島原発難民』と『福島核災棄民』を刊行した。若松氏の言葉は神の不在の中で到来する福島・東北の民衆の苦悩を言い当ててしまった。今年の3・11には詩集『夷俘の叛逆』を刊行した。冒頭の詩「夷俘の叛逆」はまつろわぬ民である阿弖流為たちの「胆沢の巣伏の戦い」を記し、縄文時代を含めた日本列島の多様性の真の豊かさやその価値を最後まで後世の人びとに伝えてくれている。》
（福島民報2021年5月2日に掲載、一部地名などを訂正、冒頭の記者の言葉はカット）

　今年の三月十一日の奥付で若松氏は詩集『夷俘の叛逆』を刊行して多くの人たちから高い評価を受けていた。実は若松氏はこの詩集と同時に長年の福島浜通りの文学史を記した研究書『極端粘り族の系譜――相馬地方と近現代文学とその周辺』を刊行する予定だった。若松氏がこの本を刊行せずに他界されたのはきっと無念だったと思われる。編集案はすでに確定しているので、年内を目途に刊行したいと考えている。

　また私はすべての詩集と未収録詩篇を含めた『若松丈太郎全詩集』を構想している。それらを著作集として後世に残したいと考えているので、若松氏が寄稿した詩誌や雑誌類をこれから調査し収集していきたいと考えている。皆様のご支援を頂ければと願っている。若松丈太郎氏のご冥福を心より祈ります。

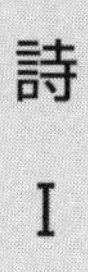

詩 I

ひみつのキッチン

甘里　君香

夕方になると決まって泣きじゃくる
生きているのが寂しいとあなたの全身が訴える
寂しさの意味を説明できなくて
寂しいのは私もだと二歳の子どもに気持ちをぶつける

記憶の底の昔むかし夕方の寂しさは
沈む太陽があまりに美しいからそれは大切な
感情だと教える母と母たちがいた
縄の模様の甕で炊いた夕食を女たちは賑やかに囲んだ

もはや寂しさの意味は支離滅裂になり
心の歯を食いしばって
キッチンでひとり
オットの帰宅時間が
冷蔵庫を開ける
あなたの泣き声に
凍った鶏肉をレンジにかけ
何もかも呑み込んだまま
泣き声は
ジャガイモの皮を剝く
鍋に水を入れ
泣き声は大きくなる

ガスのスイッチを押し
ガスのスイッチを
泣き声が
心よ真空になるな
泣き声が大きくなる

濡れた頰の音が孤独なキッチンに響く

着ぐるみ届く

母親になり切れない女性が起こした事件ですね
高級そうなスーツに身を包み
温厚な眼差しで語る君は知らない国に住んでいる？

独りの家で片時も赤ちゃんから目を離せない女も
スーパーで泣き叫ぶ幼児の手を引く女も
言葉の遅い子を持つ女も
熱ばかり出す子を持つ女も
学校に行かなくなった子を持つ女も
仕事に就けない子を持つ女も
「なり切って」いたら辛くなんかないはず
「なり切って」いたら余裕の愛で受け止めるはず

なり切りましょう
一セット二九八〇円
さすがアマゾン即日配送
両足を通したら
ぐいっと肩まで持ち上げ
腕を入れて
お腹のファスナーを上げる
段ボールに転がる頭部を被れば
カンペキ
鏡に映る姿はなり切りお母さん

なり切りお母さんの中には
なり切ってなり切ってなり切りすぎた女がいる
温かな命を一人きりで守り
なり切ってなり切りすぎて擦り切れた人がいる

温厚な眼差しの君は何も知らない国の住人

ボルドニュイ

わけもなく洋服箪笥を開ける
丸衿やテーラードのツィードのスーツ
ブルーから濃紺までのギャバジンのスーツが並ぶ
キャメルの分厚いコート毛足の長いモヘアのコート
皮革のボタンがついたダブルのトレンチコートが並ぶ
上の棚はフェルトの帽子が積み重ねられ溢れかえっている
微かにボルドニュイの香りがする古い洋服箪笥を
わけもなく時々開ける

ひと月の収入が男性の年収分あったの
鰻なんか二度と見たくないくらい鰻屋に連れて行かれたわ
京懐石もフランス料理も一生分食べたからもういいのよ

ラジオのシナリオ書きだったあなたは笑いながら話すけれど
懐石とフレンチはもう十分かもしれないが
働く女性の最前列にいたあなたは
十分じゃないものを抱えながら
パートで甘栗なんか売って
おかあさんをやっている
ツィードのスーツに身を包んで打ち合わせに
飛び回り真剣な眼差しで原稿に向かう姿を見たかった
私を諦められない弱さであなたはおかあさんになったけれど
あなたの子どもとして
あなたが好きなことをしている姿を見たかった

豆腐の断面

坂本　麦彦

夕映えが
木綿豆腐へ滲むとき
浅葱(あさぎ)色の光彩がすっと
菜切り包丁を辷るから
ひとまず女は
食器棚の中より出て
廊下を抜けて一度だけ
畳の縁(へり)で揺りもどされながら恥じ入るように
波立ち寄せては花
たとえばハナミズキ
それらに塗(まぶ)されようと濡(ぬ)れ縁(えん)に向けて
身をよじる
それから躓きよろめく春の宵を
反(そ)っくり返して引き伸ばし
砧(きぬた)に這わせてとんとん叩く
とんとん叩くと音がひらくので
音はそのまましっぽり響(とよ)んで折れ曲がり
輪郭がぼやけているものたちの蠢(うごめ)きを
艶めかそうとねじれるが
女は
引き伸ばされた春宵(しゅんしょう)の裏手で
やにわに生姜を下ろして茗荷も刻み
注ぐように艶めきと蠢きの隙間へ
取り巻く世界を解かせるほどの薄い香を
据える

＊

向うの姿見に
奥の和室で洗濯物を
畳もうとしている誰かの影が映る
だからそのとき女は
畳むという動作は
宵の終焉が始まる気配に似ていることに
気付くので
あわてて菜切り包丁の残光たぐり寄せ
そっと握り
素早く木綿豆腐を切れば
断面から花
ハナミズキ咲きこぼれ
夕風をくぐり
鴇色に散り乱れる淵へ小舟が
ゆるゆる流れ下って揺蕩(たゆた)い巡り
やがて
その揺曳(ようえい)のひと条(すじ)
枝間に紛れて掻き消し去られ

＊

食卓に
暗がりを添え終える女
食器棚へ戻る前に
地味な生活の被膜をめくり
豆腐色した世界を包(くる)む
崩さぬように
供えるように
包む
と
布巾の醤油染みからこぼれだす音
ぬか床から這い昇る神聖な通奏低音
あるいは
その清音を降り隠す
春時雨

ひ

悪だくみ
ふと思ってしまった
引きつる顔で

干菓子(ひがし)　菱餅(ひしもち)　雛(ひな)あられ
ひいじじ　ひいばば　贔屓(ひいき)の　ひ孫
ひたすら　ひたむき　人助け
一目惚れした　人妻に　日溜り　昼寝　膝枕
ひた隠しても　ひそひそ話に　人だかり
ひょっとこ　瓢簞(ひょうたん)　表六玉(ひょうろくだま)に　昼行灯(ひるあんどん)
被害妄想　ひがむ　引っ掻く　ヒステリー
火付け　火達磨　必死の　避難
漂流　漂着　秘境に　潜む
氷雨　冷や酒　悲哀の　日暮れ
冷える　広場に　ひっそり　響く　弾き語り
独り　飄々　緋色に　光る　彼岸花

高田　一葉

ほ

ホーホケキョ
春ですホケキョの
ほの口で

宝物(ほうもつ)　鳳凰　法隆寺
仏の　微笑み　穂波の　辺り
仄かな　蛍火　ほろりと　惚れた
星影　抱擁　火照る　頬
帆船で　ほろ酔い　抱腹絶倒　布袋様
芳香　焙じ茶　骨休み
ほら貝　邦楽　本調子
本年　豊漁　北海道の　帆立貝
本領発揮　本気の　補欠　ホームラン
ホットニュースに　ほだされて　本末転倒　方針　放棄
ホモサピエンスの　保身術　頬被りして　ほとぼりさます
ほほほ　ほほほの　ほんまやで

心から

梅の木の夢を浮かべて
青空に　花　花　花
未来の羽音に包まれた
梅園の午後

乳母車を押す若い男女
父を半分　母を半分
父でも母でもない
この世にたった一粒の命が笑う

花の向こうの青空の
そのまた向こうの宇宙に向かって
私という独りぼっちが
笑っている

二つを一つに新しく
たった一度を繰り返す
光の中でどうしようもなくくっきりと
私を開いて私を散らす

だからね

私ではないあなたへ
幸せであるように　と
祈り継ぐ

妖怪図鑑「鬼」

勝嶋　啓太

ヒマなので
残っていたおやつの大福でも食べようかと思っていたら
ドンドンドン　ドンドンドン　とドアを叩く音がする
カツシマさん　カツシマさん　と必死に呼ぶ声がするので
ドアを開けてみると
先輩詩人のクマガイさん家の化け猫くん　と
その親友の唐傘オバケくん　だった
追われています　匿って下さい　と必死に訴えるので
とりあえず　部屋の中に入れ　ドアに鍵をかけると
やっと　落ち着いたようで
気がついたら　俺がおやつに食べようと思っていた大福を
勝手に食べたりしている……まあ　いいんだけど……
一体どうしたの？　と聞くと
実は　鬼　に追われています　と言う
鬼？　何でまた　そんなことに？　と聞くと
実は　今日は年に一回の　妖怪界の一大イベント
大かくれんぼ大会の日なんです
鬼に捕まらないように　24時間　逃げないといけないんです
なんだ　かくれんぼ　か～　鬼って　かくれんぼの鬼　ね
あんまり必死だから
本当に鬼に追っかけられてるのかと思った
いいえ　本当の　鬼　です
妖怪界のかくれんぼは　ガチなんで
本物の鬼が追っかけてきます
で　鬼に捕まったら　本当に喰われます
え？　そうなの？　そりゃ大変だ　命がけじゃん
あ　でも　オバケは死なない～（©水木しげる大先生）ので
結局　翌日　ウンコとして排泄されて
命に別状はないんですけど……
それでも　鬼のお腹の中にまる一日閉じ込められるんで
暗いやら　ぬるぬるしてるやら　むっちゃ臭いやらで
最悪なんスよ
ニオイがついちゃって　二ヶ月ぐらいとれないし……
なるほど　そりゃ　最悪だね
その時　スマホが鳴る音がしたので　何事かと思ったら
化け猫くんが　サッとスマホを取り出し
う～む　一つ目小僧　と　座敷わらし　捕獲されたか……
それと　5分後に　鬼　3匹増員　か……残り13時間04分
情勢はかなりキビシイな　とか言っている
へえ～　スマホで状況確認なんて　意外とハイテクなんだね
まるで　この間　テレビで見た
芸能人が鬼ごっこやる番組（フジテレビ「逃走中」）みたいだな
実は　実行委員会の連中が　ああいうのいいな　ってんで
そっくりパクって　三年前からこうなりました
……実行委員会があるんだ……意外とちゃんとしてるのね
昔は　一番鶏が鳴くまで逃げ切ったらセーフだったんですけど
今は　都会にニワトリなんていないもんで……

じゃあ　キッチリ24時間にしよう　ってことになったんです
海外ドラマの『24』みたいじゃね？　ってことで……
なんか　チャラい奴いるね　実行委員の中に……
まあ　そういうことなら　ここに隠れてていいよ
ありがとうございます
いや～　かえってヘタにあちこち逃げ回るのは危ないんですよ
鬼の奴　いろいろなものに化けて潜んでたりするもんで
へえ～　そうなの……
まあ「鬼（オニ）」は「隠（オン）」が語源という説もあるからね
自分の姿を隠すのは得意なのかもね
そうなんですよ　油断ならないんですよ
まあ　とりあえず　ミカンでも食うかい？
ということで　今
化け猫くんと唐傘オバケくんとミカンを食っている
ところで　人間も　子供の頃　よく友達と
鬼ごっこ　とか　かくれんぼ　をするって言いますけど
カツシマさんも　子供の頃
鬼ごっこ　とか　かくれんぼ　ってしたんですか？
と唐傘オバケくんがミカンを頬張りながら聞いてきた
あ～　鬼ごっこ　とか　かくれんぼ　か～
俺　ホント　キライだったなあ～
俺さ　鬼　ばっかりやらされてたんだよねえ～
一度も逃げる方をやった記憶ない
鬼　って意外とツライもんなんだよねえ
何がツライって　精神的にツライ
目をつぶって百まで数えて　もういいかい～？　って言うけど
みんな　どっかに隠れちゃってて　返事もしてくれないわけ
目を開けて　周りを見渡してみるけど　だ～れもいない
その時　ホントに
自分一人だけ取り残されたような感じがするんだよね
ああ　孤独　ってこういうことなのかなって思うよ
そして　とっても　悲しい気持ちになる
鬼　がなぜ人を追いかけるか知ってるかい？
鬼はね　孤独なんだよ　寂しいんだよ　人恋しいんだよ
友達になりたいんだよ　だから　追いかけるんだよ
でもね　みんな　俺のこと怖がって　一目散に逃げてくだろ
逃げていくみんなの後ろ姿を見ている時の
俺の　やるせなさ　切なさが　君たちにわかるかい？
あんなに　残酷で　悲しい　遊びが他にあるだろうか？
鬼ごっこ　とか　かくれんぼ　なんて
この世から無くなってしまえばいいのに　と
何度思ったかわからないよ
そうですか……ツライ思い出だったんですねえ
でも　なんで　鬼　ばっかりやらされてたんですか？
それはね……

俺が　鬼　だからだよ！

というわけで
化け猫くん　唐傘オバケくん　捕獲成功

マカンミチ

高柴　三聞

首里と安里（あさと）の間に真嘉比（まかび）と呼ばれる地域がある。調べると、明治の頃はまったくの農村であったようで、記録によれば真嘉比川（マカラジャー）の田芋は地域の特産として名高かったようである。そもそも村として成立したのも時代としては比較的後の方であるらしい。真嘉比の前を通るいわゆるマカンミチは首里と那覇の街を行き来するのには便利であったようで多くの人に利用されたようである。

しかしながら、近くには大道森（だいどうもり）と呼ばれた場所も隣接しており昼間でも、少し暗い場所であったようである。暗いが故に辻などの悪所通いの際も重宝されたのだろう。安里と真嘉比に隣接するところで、大道は安里とともに下町的な賑わいを見せていた場所でもあった。大道森はその村の外れの森で、墓地も多かった。真嘉比にも多くの墓所が以前からかなりあったようで、墓地の多い上に暗がりも多かったと思われるマカンミチは、地元沖縄では「マカンミチの逆立ち幽霊」という怪談物語の舞台となった。

この傑作怪談が災いしてか真嘉比は昭和から平成にかけてお化けが出る土地のイメージが強かった。しかしながら平成も半ばから後半にかけては土地の開発が進み、いつの間にか高級住宅街に変わってしまった。

それでも往時を知る人に最近話を聞くと結構な面白い話が聞けた。

ある家族が食卓を囲んで夕食を取ろうとした時の事である。食卓に並んだ夕飯にまさに箸をつけようとした、その瞬間であったという。家の中でどこからともなく笛の音が響いてきたという。笛の音が響き渡る後から三味線や太鼓などの音が後から追っかけるように鳴り響いてきた。

家族は不思議に思いながら辺りを見回したけれど、テレビやラジオはついていない。当然、音は家の中だから外からのはずもない。

不思議だなと家族で言い合っていると、子供の一人が椅子から腰を浮かして一点を見つめだした。同時につられて家族みんなの視線がある一点に向いた。コロン、コロンと家人の数人が驚いて箸を落とす音がした。

台所の白い壁の中からさらに、壁紙よりももっと白い純白の着物姿の士族（サムレー）が宙を静かに歩んでくる。頭には豊かな黒髪で欹髻（かたかしら）が結われており、顎にはやはり黒く長いひげが蓄えられている。形の整った眉毛の下の瞳は真っ直ぐと前を見つめており、口元は確（しっか）りと結ばれている。

家族の父親は味噌汁の椀を手にしながら箸を一本だけもって（先ほど驚いた拍子にもう片方は床に落ちてしまっていた。）目を白黒させながら、心の中で首里行列かウチナー芝居の一幕を心の中で思い浮かべていたという。

家族は身じろぎもせず一言も発せずじっと士族を見つめてい

た。ともすると永遠に時間が止まったのではないかと不安に襲われる家人もいたという。士族は家族の視線にまったく意に介する事も無く、只々しずしずと宙の中を歩んでいる。さらに食卓の上を静かに通りすぎ、そのまま表れた壁の反対側の方に吸い込まれるようにして消えていった。いつの間にか、あの音曲も消えてしまっている。家族は士族が消えた壁を凝視しながら暫く唖然として声も出なかったという。

士族は家族をまるでいないかのように一瞥の視線も与えることなく立ち去ったのだと、この話をしたAさんは繰り返し語って下さったのだった。Aさんは今でも時々本当に偉い人の前に出て緊張を覚える時、あの時の士族の事が脳裏を過るのだとしみじみと独り言のように呟いた。

今でこそ、お化けの話すら聞かなくなった真嘉比という土地には、昔の思い出として、意外とこの手の話はたくさんあるのではなかろうかと私はひそかに期待しているのだった。

妖怪図鑑「妹猫」

熊谷　直樹

ごめんくださいまし
元四郎さんのお住まいは　こちらでしょうか……？
と　ある日　若い娘さんが訪ねてきましたので
ハイハイ　元四郎は私ですが……　どちらさまで……
突然すみません　私はゆきと申しまして
兄を探して歩いている者でございます
あの……　兄さん　お会いしとうございました　と言います
元四郎さん　何のことやらさっぱりわからず
面喰らっていますと　その娘さん
兄さん　お忘れですか？　あたしです　ゆきです
と涙ぐんで言います
まァ　兄さん　こんな立派に人になって
昔のことを忘れてしまったんじゃないですか？
あたしたちは今のこの姿になる前は　四兄妹だったんですよ
あたしは兄さんが八幡様のお力でその姿になってから
どこへ行っちまったのか　ずっと探していたんですよ
……そう言われましても……　何か　にわかには……
それもそうかも知れませんね……　と娘さん少し考えまして
じゃあ……　と言うと　ヒョイと出て行ってしまいまして
元四郎さん　あわてて　あの……　もし……
と後を追おうと腰を浮かしかけますと
出て行った娘さんと入れ代わるかのように
一匹の白いネコが入ってきまして　両手をピタリと前につき
丁寧におじぎをしたかと思うと顔を上げて　ニャァと言います
その姿に元四郎さん　何かを思い出したのか　ハッとしますと
白猫はヒョイと出て行ってしまいました
あわてた元四郎さん　おい　ちょっと待っておくれ　と
白猫の後を追うように土間から表へ出ようとしたそのとたん
今度はまた　先程の娘さんが入れ違いに入ってきまして
心持ち前かがみの娘さんの額と元四郎さんのアゴの辺りが
ちょうどはち合わせたみたいになってしまったものですから
元四郎さん　目から火花が飛び散ったかと思うと
もんどり打って尻餅をつき　あだだだだ　と声を上げました
娘さん　あわてて　まァすいません　兄さん　大丈夫ですか？
あたし　何だか嬉しくて　つい昔みたいに
こう　頭から突っかかってっちゃったものですから……
娘さん　本当にすまなそうに頭を下げ
元四郎さんを気遣うように　倒れた身体をそっと支えます
その娘さんの左手の甲にはうっすらとアザがあったのですが
先程　飛び込んできた白猫　確かに左の前脚だけ
うっすらと茶色く毛色の模様があったのです
元四郎さん　少しぼおっとした頭で
何だか懐かしいものが心の中に浮かんでくるようでした
オイオイ　目のすぐ下はそんなにザリザリ舐めちゃいけないよ
そこんところは皮が薄くなっていてヒリヒリするからね……
と言いかけて元四郎さん　ハッと我に返ると
娘さんは申し訳なさそうな様子ながらも　少し嬉しそうでした

ということなんですがね　ご隠居さん　と元四郎さん
いつものように　どうしたものかと話を持ち掛けますと
ご隠居さん　ほほう　そいつは「まいみょう」に違いない
と言いますので　元四郎さん　首をかしげて
何ですそりゃァ？　「毎妙」ってのはお経かなんかですか？
いやいや「毎妙」じゃあない　妹　猫　と書いて「妹猫」だ
昔　唐土の田舎の里にも出たことがあると聞いている
その娘さんの守り本尊は　お地蔵さまだよ
と神妙な顔をして言います
そして　元四郎さん　これも血縁だ
大切にしてやらなくちゃあいけないよ
そうだ　妹さんと一緒なら
おっかさんも早く見つかるかも知れないね　とつけ加えます

どうです　不思議な話でしょう　と我が家の化け猫が言う
何だい　今度は何の話だい　今度もまた御先祖様の話かい？
もちろんそうです　あなたの御先祖の元四郎さんには
妹がいたんですよ
四兄妹といいますからそんなに多いというほどではないですね
ふうん……　でも元四郎さんと違って
そのおゆきさんは　ネコになったり人間になったり
自在に変身が出来るのかい？
はい　お地蔵さまのお陰です
おゆきさんの守り本尊は　放光王地蔵菩薩です

六地蔵のおひとりで　人間道を救済するんですよ
この後　元四郎さんとおゆきさんは
二人でおっかさんを探すんですよ
ふうん　そうなのかい
はい　そうです　「安寿と厨子王」ですよ
ええっ！　そうなのかい？
いや　冗談ですよ　と化け猫は鼻で少し嘲う
ええっ？　でたらめなのかい？
いやいや　喩え咄ですよ
だいたい「安寿と厨子王」は姉と弟じゃあないですか
しっかりしてくださいよ　とニヤニヤ笑いながら言う
何だよ　からかったのかい？　お前もずいぶん人が悪いね
化け猫は少し満足そうにフフンと笑うと
イヤですねぇ　しっかりしてくださいよ
あなた　何の仕事しているんですか？
大丈夫ですか？　ちゃんと授業　出来ているんですか？
と少々　耳の痛い　手厳しいことを言う
でも　元四郎さん
おゆきさんが訪ねてきてくれて　よかったかも知れませんね
いえ　「安寿と厨子王」の話もそうですけれど
最後には　お母さんに会えていますからね　元四郎さんも
おっかさんに会えるといいですね　と猫はそう言うと腕を組み
その上にあごをのせ　じっと眼をつぶった

龜蟲の十四行詩

成田　廣彌

一匹目

龜蟲よ、龜蟲よ、戀人に贈るべき
この文句を捧げ、君を歌つて進ぜよう。
杉の木に默する君、私が一人見てゐると、
求愛の羽をば廣げ、私に一つ問ひかけた。

「あたし、飛ぶわ、ねえ、あなた?」
あゝ十四五の私には、たゞ手にあまる、
手にあまる、過ぎた愛の聲だつた。
衣の茶色く靡く音、透けた下着の光り方、

黑き學生服に被はれた、わが胸の上――
その旨知らず、重ねられた御身を見、
その旨知らず、恥ぢらひ拂ふわが右手。

あゝ親しき君が妙なる香り、
われらを訝る祖父の一瞥、
杉の木を積む車内の椿事。

二匹目

汝、赤と黑との一番星よ、
ぬばたまの夜に垂れた血のお遊びよ、
黴たる圖鑑に夢と竝んでゐた汝、
現し身の苦しみを汝もまた知るか。

わが瞳に映える赤と黑との筋は
赤らひく朝のさわやかを
黑髪のみだれる惡意と薫ぜしめ、
飛びもせず、圖鑑の夢と、うりふたつ。

一度は野の内に――草を撓める肉の重み。
一度はわが家に――屋根裏趣味の餡の玉。
われらが祕密、わづか二度のとこしへ。

數へることさへ――赤黑、赤黑――
惱ましきかも、知り得ぬ汝が
赤と黑との、夢の太初の筋書きよ……

三匹目

汝（なんぢ）、わが友人の友人たる汝、食通よ、
兩目を見張る食ひ氣（け）だね。
聞くところ、一目散にジヤボンとか、
味噌汁に！（ところで前は見えてるの？）

その味噌汁、その鍋は、卓のまん中、
家族のまん中、和やかさの、型取り中に、
もう思ひきり、ジヤボンだもんなあ、
食通よ。（ところで味はどうだつた？）

わが友人の語りぶりは
食通よ、きつと汝をおどろかす。
（聞こえるもんだと思つてゐるよ）

さるにても汝が食ひ氣、隱す無き
あらはなるその欲（おも）ひ、すなほなるわが
友の友よ、戴きますは、言ひませう。

四匹目五匹目

いびつなる菱形、刺すための針持てる汝（なんぢ）、
精米所に息を潛め、山の家の壁に愁ひ、
車庫に染みたあの大きなぺちやんこ具合（ぐあひ）、
にほひは無く、思ふはその身ひしやげた音。

小（ち）さく丸（まろ）く、緑（あを）く優しげなる姿、汝、
友人ならぬ友人よ——紳士的の禮義作法！
干したる衣に身をば潛め、粒々（つぶつぶ）謹呈、
少なからぬ殘り香に、東京（みやこ）の太陽の面貌（おもて）。

汝等、ゆたかなる個性の誇りよ、
私の個性は汝等を喜ぶ！
汝等、ゆたかを私に歌はせる香りよ！

汝等はゆたかに暮し、私にブブブを、
あのブブブをば聽（き）かせよ、それで私は、
怖い怖いと喜ばう！怖い怖いと喜ばう！

狼を飼う

山﨑　夏代

狼がいた
長く細い運動場と作り物の岩山　貧弱な木々
檻のなかをひたむきに速足で歩き
行き止まれば戻る　向きを変えて　また
繰り返す　同じ動きを繰り返す
ひたむきな眼差しで　行き止まりを見る
空虚を　見る　虚無を見る
果てしない　虚無を
檻の外　見物人　それは　かかわりのない次元
檻の細道を　兎は横切らない　小鳥は舞い降りない
銃声はなく　食べ物に不足はない　平和　日々の平安
平和　へいわ　ヘイワ

狼がいる
わたしが　隠し飼う狼　わたしの　狼
人目に隠して　細胞よりも縮めた檻に
ひそやかに　飼い続ける狼

牙をむこうにも猛り狂うにも
あまりにも狭く小さな　檻のなかで
わたしの狼は
時折　遠吠えをする

遠吠えは
わたしの体を貫いて　虚空へ
虚空へ　流れ

この果てしない空のどこに　同類がいるのか
空の果てから　聞こえることがある
遠吠えに呼応する　遠吠え

声は　空中からまっしぐらに
わたしの体を貫く
貫いて　地中に消える　一瞬の閃光(せんこう)

遠吠え

獣としての生をすべて剝奪(はくだつ)されて
孤立させられ
なお　獣の生を　獣の性を　叫ぶ
孤独の狼の遠吠え

わたしは　狼を飼っている

花をなげる

植木　信子

窓に光が差すとあたたかくなる
疲れた体、痛む目に冷たい空気が青い　吸い込むほど青い
目をつむる
細胞が剝がれ足下に落ちていく音がする
踝まで積もって眠くなる
後ろを前を雪嵐や磁気嵐が吹きすさび塵や石や青銅の欠片が
流れているのがわかる
　嵐の音に旋律が紛れ込んでいる
旋律を聴きながら思う
時間は永遠を動くなら深い眠りは時間の内にいる*
川波が流れるように時間は寄せ、永遠に寄せ返すのかと
そこから君は花をなげた
そして私の前に来た
君は黄金色の髪を風に遊ばせ
腕を動かすたびに青いブレスレットが快く鳴った
君は楽しそうに食卓を整えた
お茶を入れ　林檎菓子を作った
君の足下では、すぐ近くには酷い暴力があり飢餓があり
君はその上に、その近くにいるが天使のように幸福そうだった
俺は知っていた　君の幸福と生きるためのことを
今、目を閉じ深い眠りに誘われるときに、吹き荒れる嵐に
君との思い出がやさしい旋律に流れる

悲しい追憶もある
晴れた朝、君は窓を開け風を入れ
お茶の用意をしていた　湯を沸かしバターを溶いていたときに
鏃（やじり）を胸に受けた
外は花の満開で花の下は暗いほどで歩くと花に巻き込まれる
花の隙間から空が灰青くくすんで見えていた
　こんなにも多くの花　匂いのない花　言葉のない花
　追憶のない花が俺を播き込む
僕は石像だったのかも知れない
嵐に崩れていくのは頭の部分、胴の隅、腕、足の部分
君と僕とでつくった旋律が流れて巡る
君のなげた花が僕にあたり花が咲くように生は開いていった
笑うなよ
旋律が子守歌に聞こえる　君の声のようだ
ねむるのよ　ねむるのよ
眠れば僕は壊れた石になる
君はまた永遠のような時間の内にいて花をなげているね

*マルクス・ガブリエル、中島隆博『全体主義の克服』から

追復曲(カノン)　―恐竜の島コモド―

今宿　節也

comodo

コモ
　コモド
　　ドコモ
　コドモ
コモドハ　ドコモ
コドモデ　イッパイ
コモド　ドコモ　コドモ
　ドコモ　コドモ　コモド
　コドモ　コモド　ドコモ
　ドコデモ　コモドハ
コドモデ　イッパイ
コモドハ　コドモデ
　イッパイ　ドコデモ
コドモ　ドコモ　コモド
ドコモ　コモド　コドモ
コモド　コドモ　ドコモ
ドコデモ　ココデモ
　コモドハ　コドモデ
　　ドコデモ
コデモ

　　　デモコ
　　デモ
　コデモ
デモ

鎮魂歌(レクイエム)

コヒ　シリソメシ　ワガトモハ
アツキ　オモヒヲ　ツゲモセデ
サラバ　ソコクト　ヲヲシクモ
ミナミノ　ウミニ　キエユケリ

マドヰ　サビシキ　イヘナレバ
オヒシ　チチハハ　スデニナク
カケイ　トダエテ　アトモナク
クニモ　ヤブレテ　サンガノミ

イクサ　ツヅキシ　グンコクニ

ウマレ　ソダチシ　アハレナル
ハヅキ　ナカバノ　セミシグレ
ハイセンヲ　キク　ムナシサヨ

バレイ　カサネシ　ラウシウノ
キミシル　トモハ　ワレヒトリ
オモヒ　オコスガ　クヤウトゾ
グワンニシクドク　イノルノミ
※

※「願以此功徳」回向経文

寓話（アレゴリー）

眉毛の中さ
びゃこな旋毛っこあるべか
　…つむじっこ？
そんなはなす聞いたこたねす
ほれ　ひそひそって
はなすっこ聞こえべ？

…ん⁇
『おめこっちさ来（こ）
おれあっちさ行（い）ぐから』
んなぁ？
　…んだぁ！

ゴシック活用形

　　モネのマネして見る
かってな真似シャガール
ざまあ見ろー
　かってな真似はセザンヌ
　　ミレーの孤高を見よ

九月の風

猪爪　知子

バスに乗る
季節は秋へと移ろう途中
少し開いた窓から
風が涼しく髪をすり抜け
私の身体は透きとおる

風に向かって
一人
身軽に歩く若者が見える

「私は私自身を生きている?
　借り物でない本当の私を」

どこか遠くの街に住む
見知らぬ誰かの言葉を
風が耳もとに運んでくる

風は止まらず　吹き過ぎる
私の体温を奪い
胸もとを抉って

祈り

ひとつ想いを吐き出すたびに
身軽になっていく
なっていきたい
誰れかのでなく
自分の中にある
ほんとうの想いなら

ペンに託し
針に託し
絵筆に託し
メロディーに託し
ひとつぶの種に託し
流れる汗に託せば

想いは溢れ
こわれないように
そっとふくらますしゃぼん玉
夕暮れの風にのって飛ばせば
それはきっといつか　誰かの胸に弾けて
世界をすこしだけ美しくする
美しくなりますように

一日の終りに

どんなに汚れていても
真っ白に洗い上げた洗濯物の中に
癒しがある
くたびれたワイシャツも
くたくたになったシーツも
ピンと糊をきかせれば
まっさらな一日をまた
始めるための糧になる
ホコリを拭き取り　片付け　捨て去り
こころ穏やかに飲む　一杯のコーヒー
生活することは
日々自分を再生し続けること

そして今日も
小さな死をむかえる前のひととき
顔を洗い　鏡を見る
目尻が下がり　しょぼくれていても
口角を上げて「おやすみ」と言おう
明日も又　新しい私に生き返るために

一粒の種

乾ききった砂漠の
熱い砂の中に
固く身を閉じて　何年も
芽吹く時を待っている
種子があるという

気まぐれな雲が落とした
ひとしずくの
水の匂いに目覚めたとき
封印されたものを解いて
しずかに
満たされていくものよ

無題の腸詰6（六篇）

福山　重博

（三一）

まだ猿だった昨日のぼくが
鏡の中にいる
今日のぼくたちの責任を
問いつづけている

（三二）

近づくサイレン　救急車
眠れない夜の歪んだ想像力は
誰かの容体を
悪化させながら桜を散らす

（三三）

死んで記憶の倉庫に
仕舞い込まれたままの犬
飼主に扉を
開けさせないカナリアの歌声

（三四）

林檎は　空っぽの鳥かごに
入れられて一ヶ月
（自分は鳥だったのだ）
納得しようとしている

（三五）

白い馬の死骸に群がる蟻
月が欠けてゆく
都市が眠りつづける闇の中
不眠症の犬が月を探して吠える

（三六）

昨日まで
順風満帆だったぼくの船
現実という絵の具に塗り潰されて
ボトルの中で委縮している

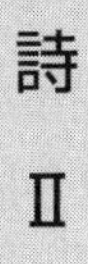

詩 Ⅱ

コロナウイルスの変異株

貝塚　津音魚

人類の歴史６００万年の中でも
コロナウイルスとの戦いの戦場は
歴史上数多くあったはずだ
コロナによって人類が滅亡したことはない
むしろ人はウイルによって育まれてきた
いまより以前は医療体制など呼べる状況ではなく
もっと無知で　いけぞんざいな対応をしてきた
恐らく勘と経験によって
このコロナウイルスと人間は戦い
共に生きながらえてきたのだ
最後に人間を守ってきたのは
動物として備わっている免疫　抵抗力であったはずだ
政府はワクチン接種に命をかけているが
コロナ予防注射　いったいこのワクチンなーに?
ついに始まったか　人間への遺伝子組み換え
次々に変異株が発生し　ワクチン対応の
いたちごっこが続くであろう
ワクチン会社は懐が肥えるだろうが
何か仕組まれた歯車が音もなく回って
金をかき集める熊手が見え隠れする
コロナ様様と宮司たちがお祓(はら)いお祓いと
大幣(おおぬさ)を振りかざし
巫女たちは神楽鈴(かぐらすず)を鳴らし
気も狂わんばかりに舞い踊る
これでコロナは退散だ退散だ
神社の裏で宮司に変装した
ワクチン会社の幹部が札束を数えながら
コロナウイルス様様と深く深く礼をしながら
肥満腹はウハウハと大笑いをしている
いったい本物のコロナウイルスはどこへ行ったのだ
ああ　お金に変異したのか　それともこれから
人もコロナも変異しながら生きながらえるのか
やがて人間はどんな生き物に変異する

ナマズよ静まれ

みうら　ひろこ

二月十三日の夜のことだった
福島県沖震源Ｍ６強の揺れは
十年前の三・一一の余震とのこと
コロナ禍のため、十年前の惨禍の
鎮魂のイベント等を縮小する計画など
被災地では　あれこれ考えめぐらし
十年一昔の風化も懸念されはじめた最中（さなか）の
まさかの大地震。
あのとき何とか耐えたという近所の家も
今度の揺れでタガが外れたように
相馬市、新地町、隣県の山元、亘理（わたり）、丸森町
甚大な被害を受けた様子が
新聞やテレビで報じられ人の口から伝わり
津波こそなかったものの
瓦屋根にはブルーシート、ガラス窓の被害
そちこちの道路の陥没、外壁の亀裂
全国に店舗を持つ大型ショッピングセンター
では、天井の落下による
スプリンクラーの誤作動で
二階の衣類、雑貨売場は水びたし
地震の被害者の必需品は店頭販売での商魂
それからだ　私の背中に何やら動めく気配
夜具に入ってからも揺れているような感覚
昔の人は、巨大なナマズが
地下で暴れるためだと考えていたというが
私にだけ付きまとう大ナマズ
折しも今朝の新聞に
かなり高い確率で来るという地震マップの
色分けされた日本地図が
トップの紙面に

ああ　静まれマグマという大ナマズ
活断層という大ナマズ

憂える帰還

鈴木 正一

十年ぶり 自宅の庭を眺める
ボケ すいせん すずらん ムスカリ等の花々
山桜が あちこち咲き乱れ　鶯の鳴き声
若葉が 日ごとに色濃くなる　雑木林

除染で 様変わりした　庭と雑木林
自宅前のため池も　干された
野鳥 白鳥などの飛来は無く
魚を求める釣り人も　もう来ない
豊かな動植物は　何処へやら

帰還した隣組は　三世帯　五人
十一世帯の家屋は　取り壊された
街中へ出かけても　道に迷う時がある
記憶にある　建物が無いから
帰還は　新たなストレスを生む

放射性物質トリチウム処理水
福島一Fから海洋放出 閣議決定
直後から　新たな風評が始まった
漁業者との約束を　反故(ほご)にした
不条理な　「官製風評」

政府は　払拭どころか再燃を惹起
公聴会での国民の声は　聴く耳持たず
東電には　限りなく寛容な政府
形振(なりふ)りかまわない　詐欺行為

福島一Fでは　地震計の故障と
不明汚染コンテナ四千基を　放置
新潟では　テロ検知不備多数を　一年放置
「理解しがたい…あってはならない」*
東電の相次ぐ不祥事
規制委　「原発操業の資格疑わし」の烙印

政府と東電の信頼は　地に落ちた
なぜ　今　海洋放出なのか
それは　深刻な民主主義の崩壊
長期に亘る廃炉完了にも　暗雲が漂う
核災棄民は　避難に苦しみ続け
今度は　帰還に憂える

*三月十九日 電気事業連合会 会長
九州電力 池辺和弘社長の指示発言

時代の諧謔

星　清彦

灰にさせられた骸が
誰彼なく
哀しい電話をかける
その受話器を取るのは誰だ
時計の針は喰われたまま
暗く冷たい深淵の海に棲む
あの腹黒い魚に
君は聴いただろうか
長い長い隧道を歩く
沢山のうめき声を
濃くなり薄くなる風たちを
不気味な漠然たる不安
まさか近くで紛争でも
起きているのだろうか
だから緊急な宣言が
ひっきりなしに
出されるのだろう
それでも事態は好転しない
今日は何人
今日は何人と
感情のない数字だけが
報じられる

死者を唯の数にしては
いけない
それに慣らされては
なおいけない
命を返せ
何千人もの人々の
尊い命を返せ
未来や夢や希望を返せ
怒りを
この怒りを
声をからして発しなくては
最早他人事では
済まされないのだ

次に
哀しい受話器を取るのは
私かも知れない
いや
あなたかも知れない
もう順番は
決まっているのかも知れない

ゆらぐ

東梅　洋子

からみあってゆく
かたく
とざされ
ああ
かなしみ
くるしさも
いかりさえも

よみがえりの
涙がながれる

流れのままに
身をまかせ
たゆたゆと

とざした引き出しが
いっせいに
ひらいた

あふれ
たれ
痛みの血を

流し

平成
令和にうつりしも
なおも
ゆれ動く
大地
水
そして火
きょうふに
つきおとす

ザワつく
身ぶるう
海への恋心が
霧のように
ゆく手を
はばむ

子供の頃の
記憶が
通せんぼ

水におわれ
波がのみ
思い出の家
くずれ流れ
せんめいに
からみくる
シャボン玉が
飛ぶ
空へと登るまえ
われ消える
行き場のない
想いがこわれ
苦しい

ほどけるのは
いつ
心の糸が
からみあってゆく

白い川

秋野　かよ子

おおよその時は、いまより千年の前
紀伊国や河内国にも疫病が流行り
どのお方が来られても、戸や窓を閉じ
医者も成すすべもなく、天を仰ぎ拝んだという。

中世は緩やかに時が流れ
中世は見えないものも聞こえている

大伴孔子古（おおともくじこ）という人がいたと
この人は山を駆け巡る猟師であり
この世にある全てのものを尊び
近々に、我が息子が奥州へ船で行く命を受け、
その無事を願い
仏像を作りたいという思いに駆られたと

どの山々も深く
どの山々のどこかに行者さまがいらしたそうな

仏像を作りたいと草庵にもどると
見知らぬ行者が立っていたと
そして「七日のうちに仏像ができます。
その間、見てはなりませぬ」
驚いたが、この行者さまの言うことを信じ、
悶々としながら八日目に小屋に入ると
なんと、そこには・・
行者は居なく、自ら我が身となった
千手観音が立っていたと
孔子古は悲しみ悔やみ、
殺生もやめ、仏法に入ったと

森はささやき　森は豊かに
立ち並ぶ山脈に寄り添って生きる人たちよ
動物たちよ　獣たちよ
霊なるものは
川の小石が光るように現れたり
人々の心の嘆きを弾いたり
喜びを素直に科学び（まなび）
時おり現れる不思議なことがらも
山を蔦って伝えられた

その頃、
紀の川も山を越した河内国にも疫病が流行り
長者さまのお嬢さまも、柿の実のように腫瘍ができたと
辺りの人々も苦しみ
医者も投げ出し、ひとえに拝むしか無かったそうに

大伴孔子古（くじこ）も
あの千手観音を厄除けに病人（やまいびと）の側にかざし
拝みに拝んでいた

ある夜、
孔子古（くじこ）が目を覚ますと童が立っていた、と
その童を見たとき、これは通常の者ではないと感じた。
朝になると童は黄金を放ち、しばらくすると
空から白い粉が一面に降ってきたとよ。
それは紀の川を白く染め、
辺りの家々も白い粉に覆われたとよ。
みるみるうちに
柿の実のような腫瘍で膿んだ長者さまの娘も
河内国や紀伊国の村の者も苦しみから逃れ
美しく治ったと・・・

嗚呼・・それはあの観音様の使いだったのか
奥深く
森を探しても見当たらない粉河寺の霊験だろうか

これら摩訶不思議の数々は、
直さま、都にも伝えられ
天皇や当時の在原業平も意味深く訪れ
この霊験をもつ森を深く尊ばれ、ときに怪しまれつつ
森に棲む霊（あや）し童（わらべ）の伝え人

千年の時を経て
森を捨てた者たちは、
何度となく疫病に三度再度、晒されて
そのたびに
森に靡く葉擦れの音に、すすり泣く
森に立てられた、悲しき童の立ち姿

＊粉河寺縁起絵巻より（京都国立美術館保有）
（日本最古の縁起絵巻国宝　12世紀）

十年目の燦詩の会

外村　文象

「燦詩の会アンソロジー」は
東日本大震災直後の四月一日出版
世の中は騒然としていた
一九三四年生まれの詩人たち
二十四名のアンソロジーを出して十年
八十六歳から八十七歳
米寿を迎える人もいる

吉岡又司　日高　滋
西岡光秋　渡辺宗子
これまで四名の仲間が旅立った

変転激動の時代を生き抜いて
戦災や学童疎開
海外からの引き揚げ
肉親の喪失など
多くの苦難を乗り越えて来た
残り少ない人生を誠実に生きる

カップヌードルの味

ヨーロッパへスケッチ旅行をしていた頃
いつも十日間ほどの日程で
帰路の飛行機の中で食べる
カップヌードルの味が忘れられない
久しぶりの日本の味を楽しんだ

今年の正月に　事情があって
カップヌードルを食べる機会があった
期待して食べたが
それほどでもなかった
どん兵衛のうどんは初めて食べたが
こちらの方がよかった

ひとりの生活をするためには
色々と工夫せねばならない
世の中はひとりの生活を
応援する体制になっている
コロナ禍の日々が続く

愛知川の町

愛知高校の後輩が
近江鉄道愛知川駅構内にある
ギャラリー「るーぶる愛知川」で
傘寿記念の写真展を開催した
私のいとこで
美術部の後輩でもある

近くにある近江商人亭で
夕食をご馳走になった
コロナ禍のなかで
親戚八名が集まった
広い庭を眺めながら
歓談した

五個荘町の実家から自転車で
愛知高校に通った三年間
卒業してからは
愛知川町の刺繡工場の下絵描きや
小さな経理事務所で記帖の仕事
アルバイトにあけくれて
働きながら学ぶ生活へと
滋賀大学経済短期大学部の学生として

三年間を生き抜いた

青春の思い出が残る
愛知川の町
小さな書店で青春雑誌を買い求め
小説やエッセイや詩の
投稿を始めた
意外に早く
活字になる喜びを知った

大学では文芸部を立ち上げ
機関誌「ともしび」を発行した
それから長い年月
文学を友として来た

完結

青柳　晶子

地から生えたものは　いずれ全て地に戻る
水から生まれたものはやはり水に戻る
貝がら　ガラス　鉄も地や水に由来する
人は水から生まれ　地にかえる
自然は巧妙なしくみで完結する

しかし　人が作り出してしまった物は何処にかえる
原発から排出される無用の物質たち
デブリ　汚染水　放射能は最終的にはどうなる
生きものも地も空も水も汚れてしまった
プラスチックは再利用しても　その後はどうなる
ゴミとして地表や海に散らばり
土に埋めても腐らない
海には微細なプラスチックがあまた漂っていて
生きものの体に取りこまれる
人が生きているうちには多分それらは消滅しない

神の手の外へ作り出してしまったものは
宇宙の異物として地球にとどまり
元通りにするのは　膨大な人の手の他にはない
便利の裏には大きな代償が待っている

尊い言葉たち

近藤　八重子

日常を奪ったコロナウィルス出現の暗い時代
松下幸之助経営の神様から本で学んだ
貴重な言葉たちが蘇った

予期せぬコロナウィルスの出現で
不景気になった事は不幸な事
悲しい事と考えて心を乱してはなりません
不幸の上に不幸を重ねないで
前途に強い希望を持って生きて下さい

もうこれでおしまい
なんて気分が弱っていると
その人が持っている立派な知恵や才覚も
十分に生かせなくなるんです
いかなる環境にあっても最善を尽くし
自らを処して自らを教育してゆく
大器晩成型のように一歩一歩急がずに慌てず
日々精進し
終生学ぶ心で進歩向上を目指せば
仕事で悩む時間さえ逃げていくんです
仕事に対して強い熱意があれば
才能や知識のある人　人脈を持っている人
力になってくれる人などが磁石のように引きつけられて
その人の人生を大きく動かしてくれるんです

知識は与えられるものでなく
自らが身に着けてゆくもの
生きる者には寿命があるように
仕事にも寿命があります
寿命に達するその瞬間まで全精神を打ち込む姿から
大きな安心感これからの人生も開け張り合いも生まれてきます

礼儀正しく言葉づかいに気をつけ
心のこもった応対で日々新たな情熱を持ち続けていれば
未来に充実した人生が待っているでしょう
経営の神様松下幸之助氏が残した言葉たちは
今も新鮮に生き続けている

宇宙のひとかけら

佐野　玲子

どうして昔ばなしには
あんなにいろいろな生きものたちが
それも
とっても大切な役割を担って　たくさん登場するの
それは　たぶん

人類ばかりがこんなにも繁栄してきた　その舞台裏では
ものいわぬ生き物たちが　どれほどの生き地獄に
突き落とされ続けていることか

そしてにもかかわらず　かれらが
人間を　どれほど窮地から助け出し
命を救ってくれてきたことか

けっしてけっして　忘れてはいけないよ
この逃れ得ない罪の深さを
そして同じく心深い
真底からの感謝のいのりを

これが連綿と語り継がれてきた昔ばなしの
一番大切なこころ…なのに
はてしもなく　どこまでも人間本位な人の営み
子育ての場は奪われ
水を飲めるところさえ消されてしまった

それなのに　かれらは
だまってあまんじて
この星に生まれた運命として　受け入れてきてくれたのは
それは
この人類もつまるところ　この星の成分の刹那のあらわれ
宇宙のひとかけら　とみなされているから

そのことを
そんな大事なことを
そんな当たり前のことを
当の我々がすっかり　忘れ捨ててしまった

文明の土台は　無数の阿鼻叫喚

累代のご先祖さまの　かけがえのない遺言だったのに
もうそのこころが
すっかりよみとれなくなって　久しいのかもしれない

文字などなかった
口伝の世界に
戻れるものなら

幾重もの奇跡

強大な立場にある者は　何ごとをも許される人間界
一動物であることを忘れた人類の傲慢に　蹂躙される地球界
…つくづくと……相似形

『煩悩の増長』果てしもなく
生物界の掟破りも甚だしい
地球号の似非リーダー

この水の星の開闢以来　めぐりめぐっている渦の中
《今回は、生まれてみたらヒトだった》だけ
なのに
自分ら以外の自然物には
「美しい変わらぬ姿でいてほしい」など言いながら
自身たちだけは　なぜか
〈進歩〉せねばならぬらしい

先進国って　いったいどこに向かって急いでいるのか
自分たちだけの行き先すら
こわくて口にできないし
豊かな町って　発展って
命とその痛みにも　満ち満ちた表土を埋め潰すこと?

「母なる」とも称する
そも人類の持ち物であるはずもない　その大地を
地鎮祭のほんとうの心は　とうに埋もれてしまったし

梅の実に誕生日などないように
私たち動物の命も　消えつ結びつ姿を変えて
継がれゆく流れの中の泡のつぶ

この肉体は
実存感のかたまり
だけど　それすら
その原材料には思い至らず

たどりたどれば
自分のこの身体　間違いなく土
土　土　土　なのに

自分たちの日々の排泄物が土壌に戻りゆくことさえ
はるか　昔(いにしえ)ごと
かすかな知識の切れっ端

私たちの血も　汗も
すいか　レモン　アリの体液も
そして海

いま降り出した雨も
何億年も前からこの星に閉じ込められ
たゆたう水

奇跡の一本松よりも
さらに幾重もの奇跡の交わりに
今たまたまこの瞬間　ヒトの形であらわれている
だけ　なのに…

直感で思う
一粒の　同じ命を源とする
ほかの生きものたちの苦しみに
心を向かわせないヒトたちに
『平和』という言葉は　からっぽだと

この星からにじみ出ている
地鳴りのようなうめきを
いく歳月聴き続けてくださる
お月さま
人間が　そもバブルでしょ？

詩　Ⅲ

世界が若かりし頃

淺山　泰美

世界が若かりし頃
春は野を女神の唇のように彩り
秋の茸はなかなか森から姿を消さなかった

世界が若かりし頃
幼年の日は暮れず
少年はなかなか青年にならなかった
姉たちは泉に憩（いこ）い
夢の中で
霊獣と出逢った

世界が若かりし頃　あえて
鏡を見る者はいなかった
うすむらさきの帳の下
万物は静まっていた
猛獣にさえ深い安息があった
蠟燭の炎の揺らめきが
夜を果実のように息づかせていた

世界が若かりし頃
長いながい旅路の果てに
ようやくここにたどり着いた民は
またそれぞれに
遠い地の果てへと向かうのだった

世界が若かりし頃
北も南も
西も東も
降るような星の光が
行く手を照らしていた

途中下車

山口　修

夕飯をはさんでひと時を過ごし
年老いた両親に見送られ実家を後にする
生まれ育った場所で　週に一度の数時間
夕餉の食卓を囲む頃
三人の空間は薄皮に閉じられより濃密に
音がこもって伝わらない水中のようで
上下左右に時間が揺れ始める
表情だけがレンズで覗いたように近いが
幾度も話したことを初めて話すように話し
その場で喉を痛めるほど声を張って喋る

「じゃあまたね」

玄関で別れドアを外へ押し開くと
薄皮破れて水も空気も入れ替わる
その時何か呪文めいた靄が包むのだろうか
慣れた道を駅まで歩く間も
透明な隔たりの向こうに
世界を見聞きしているような
電車に揺られても　一晩経っても
靄のベイルはしばらくまとわりつく
世界が後ずさりしてしまったような
まだそちら側があるような・・・
いや、よくよく考えてみれば、そうか、
父と母が二人して向かっている場所へ
そろそろぼくも歩きだしているのだ
ここ最近は妙に早歩きで
実家へ毎週　途中下車しながら

素敵じゃないか

母の目に映る私はいつの日の私だろう
どの辺りで結んだ記憶の像を
目の前の私と重ねているのか
今の今まで全てを経た私はいなさそう
昨日電話で話した私も　ついさっきまでの私も――
ならば、素敵じゃないか
瞬間瞬間を生きる禅の教えをそのままに
映される世界はみな直観されて
見られている私自身も
その時そこに在るだけの私
過去を振り返らず未来に願望しない赤ん坊のように
今が今であり続ける生を生きてるなんて
母さん、素敵じゃないか

しごとの香り

石川　樹林

ここは本庁ではない
香水もハイヒールもない

ある時は
あなたから　あなたへ
その手と言葉で
お腹を丸くさすりながら
トイレの水を流していく

ふと見ると　アジアの少女が隣にいた
異臭にひるまず　ごみ集積場
売り物がないか　生活を探していた
宿命であるかのように・・

しごとの匂いには
地上の高低　隠されている

さあトイレは終了
手を洗い　入浴の時間です
あなたも　あなたも
石鹸とシャンプーの香り
湯気といっしょに
温かく包みこみましょう

小さな島

小さな島は無人島
どこか孤立していたけれど
海から立ち　堂々と
波を受けていた

ある日、空色の向こうから
黒い空が近づいてきた
鉄の色にかわらないだろうか

この島は　私たちのものといい
誰かは　自分たちのものという
綱引きは　何をうむのだろう

小さい島の居場所は？
島のありのままの豊かさ
みなの漁の目印
島は島であることは許されない

海だけは　その孤高の岩肌へ
白い波　打ち寄せていく

レモンティー

榊原　敬子

暖かい紅茶に
レモンを搾る
一気に香り立つレモン

いつの間にか多くを失っていた
かつて　人生は多くの可能性に満ちていた
今では　思いっきり手を伸ばしても
その先に在るのは　手の届かない事ばかり

レモンティーは香りを広げ
私は思いを広げ
過ぎてゆく時間

慌しく過ぎてゆく日々の中
思いっきり翔びたい！
焦りでいっぱいになる私を
レモンの香りが包んでゆく

束の間の休息を終えて
立ち上がり
思いっきり背伸びして
深呼吸する

夏の午后、君とダンスを

柏木　咲哉

ある晴れた夏の日だった
昼間にはもう太陽は灼熱の盛りで
全ての生命（いのち）は一生懸命燃え上がっていた
あの夏の午后、黄金色の草原で君とダンスをした
あれは夢だったろうか？
君はとても素敵だった
僕はとても幸福だった
全ては夢なのか？
でも僕ら、とても素晴らしい夢を見たんだ
あの夏の午后、君とダンスをした
君の麦わら帽子が風に舞って飛ばされたのを
僕ははっきり覚えている

カノン

水辺に咲いた花に　君がつけた名前はカノン
水面（みなも）に映る大空の雲がゆらぎ
風に光が疾走して行くと
君は泣いた　ほんとは笑いたいのに
君は泣いた　帰りたい場所がないから
花びらを薬指と中指でちぎり
風に飛ばした
カノン、カノン　何処へゆけば？
カノン、カノン　私にとってのほんとの故郷（ふるさと）は？
私が私で在るがまま　心から落ち着ける場所へ
この涙の向こうに　明日の幸せに
カノン　花よ、連れて行ってください
私の心の咲く方へ

海月の月

海月がゆらゆら海面を漂う
海面はまるで寂夜の星空
海月は月のように輝いている
白い光が深いブルーにちりばめられ
海は銀河の天の川
僕もゆらゆら夢に漂い
海と宇宙と一体（ひとつ）になる
この世に溶け込んだ一粒の命
世界は美しい
静かなこの星の海で
静かな波の歌を聴いている

スープの冷めない季節

君との程好い距離感は
まるでスープの冷めない季節のように
おおらかな温もりと
少しくらいのつれなさがある
僕は星のパンくずをそのスープに浸して食す
明日の太陽が皿の底から見えて来たなら
もうすぐ愛の夜明けだ

天国

ちびけたえんぴつも天使になれる
僕らもみんなハッピーになれる
現実は消しゴムでは消せないけれど
より良い世界を描き足せる
新しいアイデアを出し合おう
地上こそが天国になるように

Sky

清涼飲料水のような青空
悩み事は色々あるけれど
風に流していいんじゃないでSky？

サヨナラも沢山しましたが
今日もまた陽が昇ります
もっと新しい夢を見たっていいんじゃないでSky？

下を向いたら土が見えます
上を向いたら空があります
真ん中見たら自分の心　マジでSky？

そう、青く高い空が
いつもあるから　僕は生きて行かれる
あの大きな空には海より広い世界が映っているから

国境もなく差別も偏見もなく
空は平等にずっと続いてる　命もきっと続いてく
僕らはその下で強く優しく深く生きてゆくのです

そうじゃないでSky？
一緒に生きまSky？

暮らし

中原　かな

山の小坊主
リスのしっぽにリボンをつけた
お茶目なリスは野苺かじる
白い林で無心に齧る
山の小坊主岩の清水で甘瓜冷やす
飛沫が散った
トルコ桔梗の咲く昼下がり
山の小坊主
木の実拾うて
道草食った
夕風渡る多羅樹の森に
山の小坊主
雪底深く青い魚を眠らせた
いろりの鍋は火の色　緋の色
山の小坊主
荷物を背負い
月夜の山を下って行く
追う影もなく　路傍で覗う影もない
一月の星空遠く　栗鼠は巣穴で
木の実を齧（かじ）る夢をみているだろう

はりつけの夜

植松　晃一

右腕にむすこの頭
左腕にむすめの頭
ふたつの布団のまんなかで
十字架にかけられた男のように
じっと天を見つめる

これは苦役か浄罪か
捧げることにこそ幸せはあるとしても
使徒でも聖人でもないわたしは
ただ腰の痛みに耐える

「ぼくだけのぱぱだよ」と右耳をかじられ
「ずっといっしょにいてね」と左耳に願われる
眠りというまどろみの不安が
存在の支えを求めるのだろうか

しびれる両手でふたつの頭をなでる
永遠に続くわけではない
この一瞬にひたされながら
夢のあわいへ沈んでいく

ひともじ

うごめく　ひともじ
世界という本の
まだ開かれぬページの中で
伸びたり　縮んだり
新しいものになろうとしたり
気取った記号に憧れたりしながら
混ざりあい　つながりあう

右手で誰の手を握り
左手を誰の手に託すか
「あまく　きす　しよ」の囁きに
「あくま　よし　すき」が潜むように
神の文脈はひともじの意思を超えて
存在の意味を規定する

ページがめくられるそのとき
ぼくたちはどんな格好で
どんな物語を綴るのだろう
あすのページはどうやら
「き」で始まる

由良要塞の町

狭間　孝

三熊山の山肌には
洲本城の石垣が見えていた
海岸線の県道を走ると
成ヶ島が見えてきた

鄙びた漁港を跨ぐように
新しいバイパスが通っていた
バイパスの上から古い町並みが見えた
旧練兵場跡の中学校を過ぎた辺りで
町の山手へ向かう道を上っていくことにした

幼い頃　母に連れられ
町外れの祖父母の家へ行ったことがあった
祖父母は鳴門オレンジを栽培していた

六〇年ぶりに由良の町
幼い頃の記憶はあやふやで
祖父母の家がどこにあったのか
漁港近くで履物屋を営んでいた親戚の家
山沿いのお墓が道沿いにあったはず
お墓が山道の左右に無数にあった

多分ここが記憶に残っていた道なのだろう
と思いつつ車を走らせ
町を右下に見ながら
一周回り元の県道に出てきたのでもう一度

車一台がやっと通ることができた
見覚えが全くないけれど
古い町並みは
きっと　幼い頃に歩いた道なのだろう

この道は古くから旧陸軍要塞へ続く道
生石山や伊張山の要塞へ向かう道
今ではアスファルト舗装され
面影は消えてしまい
車を降りて
橋を下からじっくり覗いてみないとわからない

この橋も
あの橋も雑草に覆われているが
軍行橋だったことがわかる
アーチになった赤煉瓦が残っている

婦野川橋

どこにでもあるような
コンクリートで造られた橋だから
注意深く観察しても
道路に面している所だけでは判らないだろう

狭い町の中を
ゆっくりと車で走りながら橋を探す
婦野川を越えた所で
この橋も
ひょっとしたら⁉

車を降りて雑草をかき分け
橋を下から覗くと
アーチになった赤煉瓦が残っていた
この橋も軍道橋だった

この道の先は
赤松山と伊張山へ向かう道につながり
紀伊水道を通過しようとする
敵軍艦を標的とする堡塁があった

赤松山　伊張山　生石山　成ヶ島

友が島
加太　深山　紀淡海峡をつなぐ由良要塞
一度も砲弾を撃つことなく百年以上過ぎた
戦争の遺跡を僕は探している

細い林道の両側に
ウバメガシが群生し
長い年月が過ぎているのだろうか
幹は縦にひび割れして
年老いた人のしわの様だった

ぎざぎざの
厚くて硬い葉が密集し
空があまり見えない
確かに軍艦からも要塞は隠れて
見えなかったのだろう
そんな思いがするのだ

由良の道は軍道
どの道を通っても要塞に続いている
今ではその上にコンクリートを固め
生活道になっている

夕鴉（ユウガラシャ）——人生の日暮時

大城　静子

急ぎ立てるように
夕鴉（ユウガラシャ）が啼いている
緩んだ耳朶をつっつくように
夕鴉が啼いている

ああ
今日も暮れてゆく
寝間（ねま）の窓から見える
千葉大園芸の森は
青く夜の帷を下ろしている

急がねば
編みかけの愚草（ぐそう）の花も色褪せてしまう
弛んだ耳朶を抓（つま）みながら
青すじたった右手に
小さいペンを握り締める

負けられません
負けられませんの老いの片意地で
書き散らしているのは
老いの慰めになる独（ひと）り言（ご）つ

ああ
もう情熱の汗は流れない
緩慢な汗だけが流れている
遠い日のあの愛の情熱も
老魔の風に乗って去ってしまった

気の緩い質（たち）ながら
あの道この道と翔けていた
遠い遠い日のあの情熱の羽も
老魔の風と共に遠くへ去って仕舞った

ああ
寄り道小道が多すぎた
気づいた時には
人生の日暮時
地団太踏んでももう遅いが
この小さきペンを支えに
気の向くまま　よちよちと
あとは行けるところまで

その空の下に

杉本　知政

ある日
その家は無人になった
缶蹴り　なわとび
野球　ソフトボール

子供らの歓声が
空をかけ廻るようになった

笑顔が陽光(ひかり)をはじき返し
見る人の心をなごませるのだった

何時の間にか
クローバや
タンポポの花が手を振り
ちょうちょやトンボを呼び込んでいた

随分永い間
笑い声は
そこから聞こえていた

里の中に空家が目立ち始めた頃
子供達の姿がそこから消えていった
数年を待たず
笹竹が其処を独りじめし
花もちょうちょも姿を消してしまった

ソーラー発電用の黒いパネルが地表を覆い
文明を進化させる無形のことばを
大空へ黙々と書き続けている

うたうために

座馬　寛彦

湖面はいま雲から漏れる淡い光を照り返し
水鏡となり
曇り空だけを茫漠と映し出すばかりで
黙っている

その向こうになにかあるのか
畔に立ち目を凝らす
水面の薄っぺらな反映
視線はこれをなかなか透過できない

幽かに黄緑色の濁りが蠢くように見えたが
きれいな湖のはずだから
迷いや執念の蠢きかもしれない
水に呑まれないよう顔を上げる

あるがままを見る
ヒトにそんなことができるのか

ふたたび湖を覗き込む
泥人形みたいなわたしの顔
小さな影がすばやく横切る
すると　鏡に映るものがみな色を失う

水底が浮かび上がってくる
そうだ　魚になればいい

詩

Ⅳ

お眠りなさいな　夜は

佐々木　淑子

そう
夜は
ほっと息を付き
手足をのばして
お眠りなさいな
夜は

日輪の起爆の元で
放った刺々しい言葉も
夜には　微塵となり
暗い空に散って行く

日輪の光線に向かって
飛ばした激しい思考のデッサンも
夜には形を失い
ゆるゆると溶け
彩られた感情の塊さえも
ほどけてセピア色となって行く

そして
夜明けと共に
それらはすべて

霧となって漂い
露となってとまり
気圏と大地を湿らせ
生命は虹色の光を浴びる

その時
愛がほとばしる

だから
お眠りなさいな
夜は
心を解き放し
深くぐっすり
お眠りなさいな
夜は

羅針盤

人は誰でも　その胸の中に
大切な道しるべを　持っています
それは誰でも　生まれた時に
天から授けられているのです

たとえ　私が眠っていても
たとえ　私が迷っていても
私の胸の　羅針盤の針は
静かに　星と交信しているでしょう

音もなく　ポラリス指して震える
私の胸の羅針盤よ
何を私に告げているのか

涙を拭いて　立ち上がり
見上げた宇宙(そら)に　ポラリス光れば
それが　私の進む道
それが　私の明日へと続く道

ああ　コンパスよ
ああ　コンパスよ
私の胸の羅針盤よ

付記　『羅針盤』は既発表詩を視点を揃えて改作。作曲家大西進氏によって作曲され、現在発表の準備がなされている。歌詞として繰り返しの連や、「あー」等の強調感嘆詞等が足される。

エサ

井上　摩耶

貴方との想い出を　食べて
食べて　食べ尽くして
もう何も残っていないようで

空腹に耐えきれない私は
新たな食物を探して　彷徨って
彷徨って　彷徨い尽くして

散らかった　想い出の残骸を
また拾っては　心の中で噛み締めている

過去の中に未来を見て
未来の中にも過去が見えて

変わりたくて　変わろうとして
砂に埋もれては　這い上がって

どんな時も　「エサ」は貴方
気力　原動力　動かす物は
貴方との想い出

虚しいね　「今」に
貴方がいないことが
今日は同級生の命日
そして　貴方に初めて会った記念日

祈る気持ちはいつもあるよ
何もしてくれなくても
声が聞ければと　連絡すれど
こんな時はいつだって　繋がらない

食べて　食べて
一欠片残らず

仲間

星の見えない夜
澄んだ空気がトラックのテールランプを光らせる

この時間でも働いている人たちがいる
それぞれの人生を抱えて通り抜けて行く

仲間が居た時代を想った
学生の頃

留学していた頃
入院していた頃の

いつも一緒に居て
ずっと続くと思っていた時間

気付けば　バラバラなって
また新たな仲間が出来る

結婚して行った友人達
亡くなってしまった親友

オールAの優等生の先輩
ゲイのルームメイト
何度も飲み会を重ねた病友

いつだって教わることはあったし
恋心も彩って
常に誰かが誰かの支えになっていた

時が流れ　どうしているかな?と思う時
もう連絡が取れない人も居る
生きているのかさえわからない仲間達も

自分も歳を重ね

環境も変わった
老けたし　体型も変わった

亡くした大切な家族
向かい入れた新たな家族

心を閉ざして　引きこもり
社会から飛び出してしまった

それでも私は一人のようでそうではない
今の私を支えてくれる人たちは沢山いる

流れるトラックのテールランプを眺めながら
もう少し居なくなった仲間たちのことを想おうと

少しずつ紐解いて
書いて行こうと

私が生きた証の為に書くのであれば
私の人生を彩ってくれた仲間たちの事を書くべきだと
感謝の念と共に誓った

朝

酒井　力

青空の真ん中を
白い航跡は
芋虫みたいにふくらみ
何でもない日常が
朝をむかえる

時空をこえ
くっきりそびえる雪嶺は
無言のまま
文明の
はかない幻をみつめているようだ

湖のふかい底に寂（しず）もるあたりから
ほんの一瞬
刻（とき）のつばさにのせて
いままで耳にしたことのない
かすかな歌声のなかを
ひびきいていたものは

太古の岸辺から流れてくる
いのちの調べか
それとも原始をもとめて
時代をさかのぼろうとする
祈りにも似た願いであったろうか

なにもかも
一回かぎりの
わたしという宇宙に
このひとときを解き放つ

——空気をふるわせ
近く　遠く
鐘の音がきこえる

街路樹の影に

空間の仕切り窓をやぶって
おまえは
いきなり落ちて
そこに転がっていた

厳寒の季節は遠のき
街路樹の
だれもが通う道ばたに
うずくまっている
おまえ

鈴懸の樹芯から
にじませる
苦い漆黒の涙は
人間たちの嗜好の影に
訴えようとする力さえ
失ってしまった

太古の時代から
息づいてきたとすれば
おまえは
いのちの極限をしめす

みずみずしい
貌(かお)を映してもいただろう
——確かなまっとうな姿を

この先
いずれは消える
おまえ

ぎらぎらと
熱砂をちらす太陽
無辺に
おおきな手が
不完全な影をとかしている

桜の園

宮川　達二

ひとは生涯に
何回ぐらいさくらをみるのかしら
茨木のり子『さくら』

春を感じる陽光の差す朝
東海道線国府津駅で下車し、急坂を登り
北へと延びる曾我の
稜線を歩き
富士が見える谷間の
華やかな桜の園を目指す

北に丹沢の山々
東に湘南平と吾妻山
南に早春の輝きにみちた湘南の海
西に真っ白な雪を抱いた富士山

毅然とした風貌と作風で
知られた詩人の女性が
ひとは生涯に
何回くらい桜を見るのかと問い
ひとがこの世に生きる時の短さを儚んだ詩を
晩年になった頃に書いたことを思い出す

群れるのが嫌いだった彼女
花見の宴で酒などを
大勢と飲むことは決してなく
ひとりっきりで、夢のような
桜の園を歩いたに違いない

蜜柑が両脇に実る農道を抜け
芭蕉句碑の立つ六本松跡を抜け
曾我の梅林を抜け
深い森の道を抜けて桜の園へ辿り着く

私はいったい何回、桜を見たのだろう
この地球に生まれ
移動を繰り返し、いつしか時は過ぎた
「死こそ常態
　生はいとしき蜃気楼」
こう締め括った彼女の詩への道は遠い

桜を愛し
生と死を想い
この世を去った詩人の魂が
私を包み込むように桜の園に漂っている

なんのために

根本　昌幸

酒のまず
煙草のまず
女に近づかず
ギャンブルに手を出さず
余計な金は使わず
この規律を守り
生きてきました。

なんのために
男に生まれてきたのだろう
持つ物は持っています
一丁のピストル
こいつは大きくなったり
小さくなったりします
美しい女を見るたびに。
ああ　やっぱり男なんだと
と　思います。

あの小さな虫にも
オスとメスがいます。
野に咲く
草花にも
オ花とメ花があります。
小川に泳ぐ
雑魚(ざこ)にも
大海を泳ぐ
魚群にも。

この世には
男と女がいます。
神様だって
男神と女神がいます。
必要だったからでしょう。
男と女は
だったら　ぼくは
男です。

なんのために
生まれてきたのか。
男としての
役目をはたすために
生まれてきました。
恥ずかしいのですが。

リラックスについて

坂本　梧朗

ほぐすこと
解くこと
脱力すること

すると
壁が消えていかないか
その向こうの広がりが
見えてこないか
俺は
そのミラクルを
少し味わったのだ

緊張のうちにいつも居て
その枠のなかで
思考をくり返していると
固定された回路のなかでだけ
思考は回ることになる
それが壁だ

リラックスが
その壁を崩す

思うな
思わなくてよいのだ
顧慮しなくてよいのだ

それでよいとは
そんな次元があるとは

くつろぎが訪れ
眠りが近づく

リラックスは
眠りを引き寄せる
二つの偉大な力は
このように親(ちか)しい

神様の過ち

牧野　新

心　心　どんな心？
どんな　どんな　宇宙の存在？
神が創った……失敗作の……存在？
なぞ　なぞ　なぞ　心って？
証明できる？　心かい？
どこにあるの？　取り出せない！
どこに見える？　見えないよ！
どこで聞ける？　聞こえない！
どんな感じ？　触れない！
この世にカンペキないけれど
心の中ではカンペキだ！
でも現実違うのさ
心は神が創ったの？

神様　神様　スーパーマン？
どんな　どんな　全知全能？
心が創った……完全な……存在？
なぞ　なぞ　なぞ　神様かい？
証明できる？　神様を？
どこにいるの？　天国か？
どこに見える？　神社かな？
どこで聞ける？　巫女さんに！
どんな感じ？　わからない！
この世にカンペキないけれど
心の中ではカンペキだ！
でも現実違うのさ
神は心が創ったの？

第２回　こころ歌創作コンテスト　優秀作詞賞受賞作

ぬけがらくん

日野　笙子

午後遅く降りはじめた雨が
ぽつりぽつりと屋台のテントに落ち
縁日の店じまいの頃合いを
心配した人々が
時折空を見上げていた

若い頃バイトで働いた人と再会した
ぼくはもう冷えてからっぽだ
ぽつりと言って貧しささえ笑いあった人
テイクアウトのから揚げをくれた人
八十年代最後の夏だった

その夜わたしは印刷機のインクが切れて
町と町の境目を流れる川沿いを
夜更けまで開いている店を目指し
自転車で走った
濡れた舗道にライトが点滅する
眼をこらすと谷川の底に
幻燈機が沈んでいた
飴色のランプは
ガラス絵に透明な絵の具が塗られて
とりとめもない過去の情景が
フィルムとなり
それはグラフィティそのもので
木々が濃い影を落とすと
孤独な金魚が泳いでいた
幻燈の夜の景色は
青春のスライドショウを観るようだ

その人はしばらくだなと少し笑うと
女房にまた逃げられたんだと言う
自分から言ってしまうところなど変わってはいない
仲間から密かに命名されていた
ぬけがらくんと
どこか自分に似た人というのは
思い出したくないことを思い出してしまう
孤独な人とはもう会いたくはない
少し話し店から出ようとしたら
後ろで声がした
おい　書いてんのか

会いたい人だったのかもしれない

ごめんなすって

あたしがうたを賭博のように
つくるわけをおしえてあげよう
人は誰も産まれたてのことは
覚えていないというけれど
思い出にはおまけがあってね
唯その余白を彷徨ってるだけなの
だからさすらいのギャンブラー
行き場のない生傷に似た痛覚だけが
まるで身内にとりついた悪魔のように
終始苛んだから
あたしは思いきりサイコロを振って
うたの言葉を賭けるの

産まれたときのことをぼくは覚えているのさ
男の子がほらを吹いたから
となりに座った女の子は
靴下が臭うと少年を泣かせた

今になってみると
彼があたしの初恋のひとで
いじめてる自分がね
実は本性のようでそれがけっこう辛かったの

そのうち男の子は
自分がどうして泣いているのかわからない
泣き声はまるでハミングのようになって
にっこり笑ったから
女の子はなあんにもおかしくないと
なぜだか怒ってしまって
そうしてもっと怒りに拍車がかかった

今になってみると
思い出したわ
彼のイノセンスにあたし
きまじめな老婆のように屈服したのね

墓場まで持っていくサイコロだったけれど
どうやらその必要もなくなったみたいね

年甲斐もなく
ごめんなすって

砂漠

坂井　一則

「砂漠」

砂漠というとすぐ、死や破壊や虚無だけを思いうかべるのは幸福な詩人の話で一般的には、むしろ砂のもっているあのプラスチックな性質にひきつけられるのが普通なのではあるまいか。

安部公房「砂漠の思想」より

1　死

死でもないのに動き回っている
1／8mmの粒子が動き回っている

死でもないのに水を飲んでいる
灼熱した空気に喉を潤している

そのように
死でもないのに生きながら呼吸し
生でもないのに眠る時間に無聊(ぶりょう)を託(かこ)つ

砂漠は大いなる矛盾だ

「死」そのものを内に満たしながら
「死」そのものが永遠な生を満たす

砂漠とは死そのものが生を活かすのだ

2　破壊

静寂な時間でしかお前は語らない
悠久の時間でしかお前は存在しない
そのしなやかな無機物は
平均粒子径1／8mmで世界に棲む
無言な相貌には慈悲の安らぎすらあって

私たちは美しい宝石箱を持ち
芳醇に浸る砂の蓋を開ける
恐ろしく静かで
可視光線の外側にある闇の時間

君は知っているのか

破壊とは砂の爆発だということを
物理的所在の爆発だということを

時の静かな崩壊とは
目眩く気の長い破壊である

3　虚無

砂の心に宇宙があるならば
1／8mmの粒子一つ一つが
無数の空虚である

砂の心が虚心の眼であれば
世界の価値や意味を認めず
砂はもはや砂漠を持たない

だから古代中国の哲学者は
砂の姿に本体を見たのだ

人や石垣でもない
常にさらさらと流動する
砂漠の虚無こそが真実であることを

4　プラスチック

死ではなく
破壊でもなく
まして虚無ですらない
プラスチックとは化石有機物で
人的に造られた合成物だ

しかしプラスチックには
生まれて死ぬ定めがある
ぼろぼろと零れる明日がある
流れ往く時の使命を待っている

だからこそプラスチックには
砂漠を惹きつける再生がある
砂漠を惹きつける詩があるのだ

砂時計

机上にある砂時計
ひっくり返して置く
上部の小さな砂粒が一直線に
底部へ落ちてゆく

人は生まれた時に
砂時計がスタートする
上部の砂粒はだんだんと少なくなり
底部に砂粒が徐々にたまっていく

人生の残り時間は減少していき
心の奥底に
それまで歩んだ歴史が積み重ねられていく

喜怒哀楽
様々な思い出が積み重なる
後悔があっても
もとには戻せない
砂時計をひっくり返して
人生を再スタートさせることはできない

最後の一粒が落ちた時
人生は幕を閉じる
砂粒の一つ一つが愛おしく
光を放つ

風　守

きれい

私が幼い子供の頃
家事で忙しい母に代わり
近所のお婆さんが私を散歩に連れて行ってくれた
「ポッポー（汽車）を見に行こうね」
お婆さんは私の手を引いて土手を歩いた
土手の道沿いには赤や黄色の花々が咲いていた
「きれい」
花に見とれて私が言うと
お婆さんは優しく言った
「きれいだね。これからもきれいなものはきれいと言おうね」
「うん」
と私は返事をした
この時のきれいな花々とお婆さんの言葉が
私の記憶に残った

しかし大人になって

きれいなものをきれいと
きたないものをきたないと
私は率直に言ってきただろうか
きれいなものをきたなく
きたないものをきれいと
逆に言ってきたことが多かったのではないか

森羅万象に魂が宿り
その魂の発露をあるがままに受け入れよと
古来より伝えられてきたが
それを実践することは難しい

万物の真の姿を歪曲せずに
正しく把握し
それを己の真摯な言葉で発する
そのことによって
万物の魂と己の魂が共鳴し
人は真に進化していける

私は釈迦牟尼のように
悟りを開くため
何年も苦行することはできないが
お婆さんの言葉を再度認識していきたい
「きれいだ」
と素直に言えるように

叱るおじさん

小学校からの帰り道
私は友達と道草して遠回り
道路の端で座り込む

「おい、おまえら。何やってんだ」
見上げると見知らぬおじさんが立っていた
「だめじゃないか。
さっさと家に帰らないと」
おじさんの声はきついが
二人の幼い子供を心配する顔だった

「はあい」
私と友達は仕方なしに立ち上がり
家に向かって歩き出す
しばらくして振り返る
おじさんはまだ
私と友達を見つめて立っていた
社会全体が子の親だった昔

月の花

久嶋　信子

夫にも
言わず
娘にも
言わず
孫にも
言わず

知らないふりを
しながら
病室の
天井を
見続けた
友が

抑えきった
魂の堰を
切って
見舞いに来た
わたしに
抱きついてきた

診察室から
聞こえてきた
医師の
言葉に
落胆した
娘の
嗚咽の声

それでも
励ましの
笑顔を
見せようと
する
娘に
友は
弱音を
吐けなかった

死ぬのが
こわい
死ぬのが
こわい

わたしを
見るなり
張り詰めた

友の
弦が
病室中に
鳴り響いた

狂おしいほど
啼きわめく
黒猫の
満開の
月の花
友を
怯えさす
魔の声

ともに
病と
闘い
ともに
励ましあい
乗り越えてきた
友と
わたしの日々
希望が
生きる
エネルギー

だった

黒猫の
啼き声に
錯乱する
友は
なにもかも
捨てたい　と
圧縮された声で
叫ぶ

受け止めきれない
友の
周波数
波動は
黒猫の
喧騒（けんそう）のなかで
共鳴しつづける

黒猫よ
友の
生と死の
扉を
勝手に
気ままに

開閉するのは
許さない

月の花よ
黒猫の
目が
黒いうちは
凛として
友を
見守り
続けろ

友の
生の
光は
まだ
まだ
燃焼
し続けてゆく　と
信じる

ともに
闘った
闘病の
日々の

カレンダーは
絶望の
淵にいる
友にも
また
あるきだす
エネルギーとなって
再生してゆく　と
信じたい

友と
しばし
魂を鎮めて
ただ
ただ
抱きあった

友と
しばし
時を止めて
ただ
ただ
ともに
抱きあった

俳句・短歌

「真実を貫く」俳句教育に向けて
――野ざらし延男と夏井いつきの実践から

鈴木　光影

俳句教育実践の書

沖縄の俳人、野ざらし延男編『俳句の弦を鳴らす―俳句教育実践録』（発売元　沖縄学販）が、昨年九月に刊行された。一般的に行われている学校俳句教育の問題点、氏の教え子たちの俳句、また授業実践の模様や自主作成俳句教材等が掲載され、初心者への俳句入門としても、また教員たちに向けた俳句教育入門でもある重厚な書となっている。その発刊の言には、高校教師として野ざらし氏が約五十年間に渡って積み重ねてきた戦後教育と俳句教育の現場経験からの直言がなされている。そのなかで、大きく次の二点とその関わり合いに注目した。

一つは、戦後教育の原点としての沖縄戦である。第二次世界大戦末期の沖縄には米軍が上陸し地上戦が繰り広げられ、民間人を含む二十万余りの犠牲者を出した。また約二千人の少年少女たちが動員されそのうち約千人が戦死したといわれる。国の「捨て石」とされた沖縄という土地だからこそ、軍国主義と皇民化教育によって誤ちを犯しその犠牲となった歴史から学ばなければならない。「教え子を再び戦場に送らない。真実を貫く教育を」。これは、野ざらし氏が一九六八年に新潟で開かれた「教育全国集会」に沖縄代表として参加した際のスローガンだ。

二つ目は、俳句教育における浅はかな季語絶対化への懐疑である。小学校高学年の教科書に出てくる俳句の季語に対する記述が、「季語を使う決まりになっています（習わしです／約束になっています）」などと「奇妙」であるという。季語を使わなければいけない具体的な根拠が明示されていないのだ。そして教科書に掲載される例句の多くを有季定型の句が占める。野ざらし氏は「この『季語遵守』の思想は皇民化思想に通底しているようにみえるが如何に」と言う。（本書所収の無季俳句の例〈モナリザの微笑の中に迷い込む　大城淑乃〉）

野ざらし氏の（俳句）教育理念

一つ目の沖縄戦の反省と教訓を原点とする野ざらし氏の教育者としての理念は、本書中、次のように語られている。「教育は自由でなければならない。教育の指針は、埋もれた才能を発掘し、個性的、創造的生き方を据えるべきであると考える」。

二つ目の季語（また文語、歴史的仮名遣い）偏重への批判はそこから必然的に帰結されるだろう。そして高校生が俳句を作る意義について次のように言う。「俳句は若者にも十分魅力ある芸術であってほしい。（略）形式と内容の呪縛から解放し、創造の翼を保証することである。俳句は、青春真っ只中の若者に、人生で一番エネルギーに満ち溢れたときに、自己の生命感をぶつけることができる詩型でなければ魅力はない。」

教育に深く携わることのない有季の俳句作家のほとんども、また教科書で俳句を教える教師も、何故俳句には季語が必要なのか、その根拠をとことん考えることなく、俳句における季語の絶対化を受け入れている。そのような思考停止の、長い物に巻かれる精神は、戦争へ突き進むしかなかった無関心の大衆の性質に、どこか通底しているのではないか。俳句には季語があるものだから深く考えることを止めて季語を入れて作りなさいという教育そのものが、全体主義を身体化する芽を子供たちに植え付ける教育に繋がりかねない、ということだろう。このような主張は、果たして飛躍の過ぎた暴論であろうか。

野ざらし氏は、「教育は単眼でなく、有季も無季も認める複眼の姿勢が欲しい」と記している。それでは、ということで、「有季定型」を基礎として俳句を教える側にも光を当ててみたい。

俳句の「もっとも基本の型」

俳人の夏井いつき氏は「俳句の種まき」を合言葉に、TBSテレビ『プレバト!!』など、いまや俳句の国民的普及に大きな貢献をされている。夏井氏は元中学の国語教師で、また愛媛県松山市で毎年開催される高校生を対象にした俳句コンクール「俳句甲子園」の立上げ(一九九八年)にも関わってきた。

その著『夏井いつきの世界一わかりやすい俳句の授業』(PHP研究所)の「はじめに」で、世間一般の人々が抱いている俳句の印象とそれに対する答えが投げかけられている。〈私にはセンスや才能がないから無理だよ」(略)俳句経験ゼロの方から、よく聞く言葉です。(略)センスや才能がなくても、ちょっとしたコツさえ知っていれば、誰にでも簡単に作れるのが俳句です。(略)これまでのどの入門書よりも、わかりやすく、基礎の基礎から、丁寧に学んでいきます。落ちこぼれにはさせません〉。

また「おわりに」では〈世の中には「型だの技法だのは無視していいのだ!」「すべての表現は自由であるべきだ!」と主張する向きもあるでしょうし、そのような考え方を否定するつもりもありませんが、それらはしっかりと基礎を身につけた後の議論ではないかと思うのです〉と、先ずは型からという初心者へ俳句を教える姿勢を語っている。

具体的には、上五に「四音の季語+や」、中七に「下五の名詞を描写する七音」、下五に「五音の普通名詞」とする(本書中の例 風鈴や時の止まった腕時計)という「俳句のもっとも基本の型」。この型で俳句を作る練習をし、そのあと徐々に型を増やしてゆくことを提案している。このような「型」を基礎とした俳句指導法は、本書でも夏井氏が紹介している藤田湘子『新版 20週俳句入門』など、これまでも伝統的に行われてきたものであろう。

型と自由/目的と手段

自由を教育理念とする野ざらし氏と、まずは季語を含めた「型」を身に着けましょうという夏井氏の、俳句を教える道筋は対照的に見える。しかし両者が俳句初学者を連れていきたい最終的な目的地は、決して遠いものではないように私には思われる。

以下野ざらし氏の言、「私の俳句指導の大きな狙いは、『俳句で豊かな人間教育を!』ということである。その柱は三本ある。国語教育の立場から、表現力を高めること。情操教育の立場から、感性を磨くこと。人間教育の立場から、埋もれた才能を掘り起こすこと」。

以下夏井氏の言「俳句には、人を救う力があります。私自身『もう立ち上がれない』と思うような苦しい出来事に直面するたびに、何度も何度も俳句に救われてきました」。

野ざらし氏の「感性を磨く」には、当然自然や季節の変化に敏感に心を動かす感性も含まれている。そして「埋もれた才能」とは、周囲と比較して埋もれている相対的才能ではなく、一人一人が自分自身の才能や感性に気付きそれを養うという固有のものであろう。また夏井氏の「人を救う」俳句は、季語や型を守ることよりも、自分の心情を自分の言葉で表現できるという創造的行為自体に重きが置かれている。両者とも、俳句を単なる「趣味的文芸」の域に止めず、人が生きる上での根底にある本質的なものを表現できる器のようなものという意識が前提とされている。目的地に辿り着く道はひとつではない。その道程として、いかなる教育手法が適当かを検討すべきなのだ。

両者の特長と留意点

野ざらし氏の教育手法の特徴は、それぞれの生徒が元々持っている主体性を信じ、それを自由に伸ばすことに力を注がれている点だ。生徒によっては季語が自己表現の足かせになる。また季語以外のテーマで俳句を詠みたい生徒もいるだろう。これは目的地への近道のように思える。

逆に、「自由にやっていい」と言われることが苦手な生徒もいるだろう。そこで「自分には文学的センスがない」というトラウマを植え付けてはいけない。制約やお題があって始めて創造性が発揮できるタイプもいる。そのような個性や主体性の発揮の仕方がわからない生徒にとっては「季語」がそれを引き出してくれる手掛かりにもなるだろう。その意味で、「有季も無季も」という提言は理に適っているだろう。注意すべきは、「何でもあり」ではなく、俳句ならではの特性をいかに伝えるかである。野ざらし氏は俳人でない教師に向けての俳句教育も実践し、「ピラミッド型」の俳句教育を提唱している。本書『俳句の弦を鳴らす』は、その教育法を広める重要なテキストである。

一方で、物事を広めて一般化するには、単純な「型」がそれに寄与することは定石であろう。自由を基盤とした俳句教育理念を教育の現場で共有し、それをいかに広げていくかを議論してゆくべきだろう。

一方の夏井氏の俳句教育の特徴は、「落ちこぼれ」を作らないということだろう（ちなみに野ざらし氏も「俳句エリートを作らない」と言っている）。先に挙げた夏井氏の著作は学生のみに向けたものではないが、過去の学校国語教育で「落ちこぼれ」た大人たちを救っているようにも思われる。「自由に」と言われることに苦手意識を持つタイプの人々に向けて、俳句ならば自己表現ができる希望を与えてくれる。だが反対にこの「型」を公教育の初めの段階でプログラム化されたらどうだろうか。表現したい主体性のある生徒の個性を縛ってしまうことにはならないか。折角良い感性を持っていても、俳句の束縛を嫌って俳句にネガティブな印象を持たれては、俳句の未来にとって大きな損失であろう。

俳句教育へのより踏み込んだ議論を

ここで、これまで見てきた、野ざらし氏の実践してきた自由を重んじる教育手法を「主体性重視」俳句教育と呼び、夏井氏が実践されてきた型を重んじる教育手法を「客体性重視」俳句教育と呼びたい。俳句はそもそも定型詩なので、「客体性重視」が基本である。しかし、詩の一ジャンルであるのだから、最初は「主体性重視」であるべきだ。この両者の分量を、その人が学ぶ年齢やその個性によって変化させていくべきではないだろうか。もちろんそれには、個別的対応が必要なため、時間と労力に限りがある小中高校の教育では、野ざらし氏のような俳人教師でなければ（そうであったとしても）難しい部分もあると思う。しかし、季語は重要ではあるが必ずしも必要ではないというような根本的な議論から逃げていては、「真実を貫く」俳句教育からは遠ざかるだろう。

唐突だがここで、日本国の教育の指針である教育基本法より第二条（教育の目標）を引いてみる。

二　個人の価値を尊重して、その能力を伸ばし、創造性を培い、自主及び自律の精神を養うとともに、職業及び生活との関連を重視し、勤労を重んずる態度を養うこと。

三　正義と責任、男女の平等、自他の敬愛と協力を重んずるとともに、公共の精神に基づき、主体的に社会の形成に参画し、その発展に寄与する態度を養うこと。

この条文の解釈として児島邦宏（東京学芸大学教授）は次のように解説する。「個人の人格形成を重視するか国家・社会の形成者の育成を重視するかといったように、二と三を対立的あるいは二者択一に捉えるのではなくて、両者を併せ持った「社会的」に自立した人間の育成こそ目指されている（略）別の言葉でいえば、「社会的自己」の実現を（略）求められている」（『教育基本法の改正で教育はどう変わるか』髙階玲治編著）。

俳句は子どもたちの「社会的自己」を育ててゆける文芸ではないかと、私はその可能性に期待している。その為に、自分の俳句を作る（詠む）だけでなく、他の生徒の句や故人の名句を創造的に読むということも重要ではないだろうか。俳句を読むことは、世界や他者の声を聴くことの大切さを教えてくれる。

二〇一七年に「俳句をユネスコ世界無形文化遺産に」という標語を掲げ、四俳句協会（俳人協会、国際俳句交流協会、日本伝統俳句協会、現代俳句協会）は共同記者会見をした。そのような連帯しての発信が出来るのであれば、俳句団体が教育行政にも積極的に提言を出していくことが、俳句の未来にとって真に有益なことなのではないだろうか。

その際に障壁となることが確実なのが、季語の扱いである。野ざらし氏の言う「有季も無季も認める複眼の姿勢」が協会間で共有できるか。もしそれが可能ならば、俳句が、思想信条の異なる他者を認め合い共存する平和思想を、日本社会や国際社会に示せる格好の機会となるのではないだろうか。

最後に、高校生の俳句をいくつか紹介したい。

榕樹（ガジュマル）たち根をはり平和にしがみつく　山内えりか
夕焼けが燃やす赤々と未来地図　長浜　弘美
苦しみのつばが固まる勝利の道　仲宗根　智

以上『俳句の弦を鳴らす』より

緑蔭や絵の具付きたる友の頬　尾上　純玲
寝る父と半分残る冷奴　外舘　翔海
傷口を洗ひ蚯蚓に継ぎ目かな　清水　瞳美

以上『俳句甲子園公式作品集第9号』より

Autumn day
extreme fire danger –
sunflowers wilting

秋の日や
火事危険あり
萎れひまわり

Temperatures
in the nineties
ice cream time

アイスクリーム
食べたしほどに
気温の上がる

Peace –
the calm ocean murmuring
beneath the moon and stars

やすらぎや
おだやかな海
月と星

Peace –
a grassy meadow
caressed by sunlight

やすらぎや
牧草茂り
太陽愛撫

Peace –
nature in harmony
with itself

やすらぎや
自然に和あり
みずからと

Moonlight –
our white cat scurries up the screen door
then jumps back to earth

月光や
家の戸のぼり
ジャンプ白猫

Red-crowned cranes
flying in front of the moon –
how auspicious

鶴一羽
月過ぎり飛ぶ
吉兆や

If it were not there
what would you give for a glimpse
of the moon?

鶴なくば
見ることなきか
空の月

Love or beauty –
which would you prefer
if you had to choose?

愛か美か
どちら好むか
選べとなれば

Autumn Haiku
by David Krieger
Translated by Noriko Mizusaki

俳句：秋
デイヴィッド・クリーガー作
翻訳：水崎野里子

It's a great talent
to make your harmonica sing
in an old stone church

君の才
ハーモニカ歌ふ
教会ゆかし

Circling our garden
a hawk calls out to its mate –
autumn morning

つがひ何処
鷹ひと巡り
秋の朝

A lopsided moon
shining through the sycamores –
autumn evening

弦月や
カエデ貫き
秋の夕暮

Nuclear weapons
have no place on our planet –
not now, not ever

核兵器
地球に場所なし
今も永久にも

An afternoon stroll
on a lightly traveled road –
seeing old friends

午後散歩
軽き旅路の
友との出会ひ

Our fluffy white dog
sprawled out on the gray slate floor
snoring peacefully

白き犬
床にのびのび
呑気にいびき

The gardeners
know nothing of the Tao
yet live it each day

園芸家
その道知らずも
毎日生きる

You pointed
to the gentle white moon
hanging above us

君指しぬ
月のしらじら
われらが上に

A coyote howls
at the cold gray sky –
our cat stays calm

暗き空
コヨーテ吠える
猫のどか

Halloween –
to tame the Covid monster
everyone needs a mask

ハロウィン祭り
コロナ抑へよ
誰もがマスク

Autumn –
the colors of leaves
over water

秋来たり
木々の紅葉
ロメロ河

An old wooden church
overtaken by vines and time –
returning to earth

やがて地に
朽ちし教会
蔦に絡まれ

Persimmons –
the refreshing crispness
of autumn

柿の実や
歯ごたへありし
秋の味

Nature ethereal –
light penetrates the stark trees
on the river bank

裸木に
かろやかに光
河の辺自然

Only days away
the election of our lifetimes –
our chance for a future

日はまじか
命の選挙
われらが生涯

Blue moon
through lofty clouds, your light
shines brightly

青き月
雲を貫き
光輝く

Tensions build –
tomorrow the election
will tell the story

緊張の
明日の選挙は
語り伝へむ

Photos on the desk – our children are young again so many bright smiles	机上の写真 子供ら若き 笑み多かりき
I saw Liang today – all the way from China walking on Romero	リャンに会ふ 旅路の末の ロメロの散歩
Turmoil and stress trees don't seem to feel it what's their secret?	騒ぎストレス 木々は動ぜず 秘訣なに？
Peaceful trees – meditating all day and all night	のどか木々 ひがな瞑想 夜もまた
Twisted leaves take many shapes in moonlight	曲がり葉や 形さまざま 月光浴びて
A bear is loose roaming our imaginations	くびき切れ 熊の彷徨 われらが想像
An old pond a large black bear jumps in – kerplunk	古池や 黒熊飛び込む 水の音
Sadness – even the elephant ears are drooping	悲しみや 象の耳さへ だらりかな
The world trembles like a coin balanced on its edge – which way will it fall?	世は震へ バランス危ふし どちらに転ぶ？

Orange man sulks
as reality sinks in –
he's a loser

現状沈下に
ますます不機嫌
彼は負け犬

On turning ninety
my friend writes a poem, feels
the joy of being

九十歳で
詩を書く友あり
嬉しさよ

Coyotes
in an open field
howling at the moon

コヨーテは
広き原野で
月に吠え

The bear returns
to the scene of the crime
finishes the honey

熊戻る
犯罪の場
蜜舐め尽くせ

You call to me
the ruffled gray clouds
backlit by the moon

君電話
暗雲散らす
月の影

Election day –
in the US of A
the future at stake

選挙の日
われらがアメリカ
未来が懸かる

The votes are too close
no clear result by the next day –
dreary skies

投票近しも
結果は翌日
空暗く

Old photographs
of grandchildren –
smiles frozen in time

古きフォト
孫の微笑み
時間に凍る

Dancing in the streets
this profoundly joyous day
the voters have spoken

街中を
踊り回らむ
市民勝つ

Cool winds
sweep through the sycamores –
twisted leaves

寒き風
楓一吹き
ざはめきの葉

Autumn –
memories of rooting
for the Yankees

秋来たる
応援記憶
ヤンキース

Autumn –
smoke rising from the fireplace
wild red-orange sunsets

秋の日没
火床の煙立ち
炎と燃ゆ

Veteran's Day –
wistful memories
of Armistice Day

復員軍人の日*
休戦協定
感慨深し

* 11 月 11 日、祝日。第一次世界大戦の休戦記念日。

How unfortunate-
a thoughtless president
and a deadly pandemic

思慮のなき
かの大統領
死のパンデミック

姫女苑

原　詩夏至

急がざる雨後の川音梅蕾む

春麗の床ひろびろと朝刊紙

ドア半ば開け春風の診療所

浴後なほ懈(たゆ)く春夜の肘枕

覚めてなほ動悸暫く春の夢

春暁の閨(ねや)けだものの香もほのか

しやぼん玉消えまた閉ぢし異界の扉(と)

半壊の貌なほ前を流し雛

閉門や朝寝に遊ぶ夢の国

啓蟄に蠢くもののわれもひとり

こゑは闇より恋猫も恋人も

その先は暗渠の真闇花筏

休園の砂場に雀目借時

透明な傘砕かれて春嵐

春愁の身を混沌の濁り湯に

春宵の妻はや眠りゐる気配

春郊のこんなところにまた小家(こいへ)

鍵盤と指相搏つや春疾風

斎場に葬(はふ)り再び朧の夜

鳴くといはねど呟くと妻亀を

賜はりし書(ふみ)積みゐたり弥生尽

群れ咲けどなほ孤の翳り姫女苑

春とモンペ

水崎野里子

モンペ着て　わが春さかりと　歩かむか
わがモンペ　姫路で買ひし　貴重品
今年こそ　白鷺の城に　モンペで上らむ
われ見たり　天守閣まで　階段高々
櫻花　咲けばたけなわ　花霞
早咲きの　水仙一輪　ポスト横
われ水仙　負けずに咲きぬ　この寒き世に
わが家は　千葉の船橋　小松菜の里
いざやいざ　農婦になりて　土いとしまむ
わがモンペ　小花の散るや　赤き焰と
野原にて　小花を摘んで　花冠（はなかむり）
手拭ひで　姉さん被りの　日除け良き

春はあけぼの

春暁の温（ぬく）き枕はネコ尻尾
老桜わが身わが友しだれ髪
まだ咲かぬ桜の蕾は母乳首
春を待つわが身に甘き桜餅
花冷えの老女涙の雨に濡れ
花咲けど沈黙の春如何にせむ
卒塔婆なる小町ぞ抱き踊らむか
沈黙の春とは云へど花ぞ歌
一面に花の降り敷き踊る夢
暁のわが夢この世ほのぼのと

春影

松本　高直

秋空に二の糸切れる音響く
月の船西方の寄港地に入る
影法師付きつ離れず彼の世まで
シャム猫がキュビスムの尾と戯れる
夕時雨秘書を繙くミス檸檬
寒鴉偽書の落丁を啄む
螽斯ひもじさ堪えてキャロルを歌う
冬ざれや季節はずれの訪問者
煩悩が笊蕎麦啜る除夜の鐘
黒猫にぴたりと張り付く人の自我（エゴ）
一息に愚昧を飛ばす空っ風

黙想の修道士の影嚏する
立春の柱時計が一分進む
小春日に失意の天使雲の中
妖しきは花待つ心の通り雨
酸っぱめの恋が恋しい蜜柑剝く
寒雷に背筋震える朝帰り
疫病が黄昏の国弄ぶ
接待の御詫び白白桜咲く
桜狩り仮面（マスク）が隠す忍ぶ恋
千日手花舞う縁（えん）側で指し直す
春めいた陽射しに霞む隠れ里

壁の穴

福山　重博

正義という白いまぼろし冬の鳩
遺された蔵書の山や虎落笛
冬の蠅銀幕のゆめ追っている
からっぽの塔の高さや除夜の鐘
初日の出溺れた巨人の頭蓋骨
寒月や憎しみに燃える鼠の目
最終のバスを賢治と待つキツネ
細胞という名の宇宙冬の蝶
白鳥になれないアヒルの子のあした
立春や賞味期限の切れた肉
去る人の赤い足跡春の雪

亡霊の乾いた笑顔梅の花
啓蟄や安酒飲んで明日を待つ
しゃぼんだま天使の翼が消えてゆく
円形の荒野賜杯の蜃気楼
春昼や諦念しかない犬の糞
春の闇鳥籠で愛をひとつ飼う
春深し異界を覗く壁の穴
望郷や前世の家まで猫の旅
行く春や人魚の肉に群れる鳩
夜のうみ伝説は一人歩きする
渇いている銀河病んでゆく天使たち

如月の玻璃

鈴木　光影

細道に入りし介護車冬椿
如月の缶切り買つて帰ります
白梅や忘れし夢のただよへり
踏切の不協和音や目仮時
如月の玻璃の隔つるもののなし
やはらかき声積み上ぐる三月に
啄みて転がすいのち春の鳥
はるかなる余白のひかり春の海
春昼や巨大部品の輸送され
鳩わたる横断歩道はるのくれ
白木蓮いまを剝落してゆきぬ

によろによろと笑ふ筆跡誓子の忌
春彼岸石にささめく柄杓の音
枯野より駆けて春野へ相馬焼
銀紙を散らす鴉よ花の冷
汚染水一滴破れ竜天に
ここよりは夜闇のための夕桜
ガソリンのノズルするする冴返る
晩春やおりんのやうに鳴る飯釜
春夜風前々駅にとどまる死
親指に大蒜の香や夜のデスク
青嵐人を離れつ踊る服

共感と共有

鹿又　冬実

前号のコールサック誌は「3・11から10年　震災・原発文学の詩、短歌、俳句」特集号であり、巻頭の再掲作品はこの欄の範囲外とはいえそのことに触れないわけにはいかない。

たとえば震災を思い出すのは、桜の開花を予感する時と思っていた。あの春みんなでお花見を自粛した記憶のせいで。

降る雪は白きこゑなり　おほちちの、おほははの、ははの、死者の、われらの（本田一弘『あらがね』より「土をとぶらふ」）

雪ふるや　セシウム確かと抱きつつ落葉を敷けるふくしまの山（遠藤たか子『百年の水』より「行き場なき避難者」）

福島の二月の雪は五十センチきらめく白に含むセシウム（服部えい子『産土とクレーン』より「色なく香なく」）

淡雪や給水の列角曲がる（永瀬十悟『橋朧』より「ふくしま」）

そうか、春先の福島には雪が降るんだと、震災直後ですらそうだったんだと、私はその隔たりを知る。そして、それを言葉によって埋めようと努める。共感できずとも、共有する。みんなでお花見を自粛した、という刹那的な一体感で気持ちよくなることを捨てる。ひたすら共有を続けていく。十年後も、百年経っても。抱えられる限りの当事者意識を抱えることをあきらめずに。

「俳句・短歌」欄を読んでいく。

時雨るるや海抜0の町灯り　　中原かな「檸檬」

海が近い、埋め立て地帯の町だ。家々の窓、信号機の赤、深夜のコンビニたちが震え、滲み、瞬き、存在の不確かさを発揮するのは、つめたい雨が降っているからなのか、今はもう降っていないのか、最初から濡れてもいないのに水の匂いに揺れる光のせいか。つねに暮らしは奇跡の上に成り立つことを、感じずにいられない作者の目。

それを見に来しにあらねど遠花火　　原詩夏至「星辰」

穴場とか無いんですかと訊かれ、知らないな、と流したことがある。ほんとうはある、けれど「丘のてっぺんにある祖父母の家の前」という場所は他人と分かち合うには大切すぎたのだと思う。死者の祖母と存命の祖父を、祖父の死後かもしれない、気まずくて訪ねるでもない夜歩きをしながら、いつか私も遠花火を見るだろう。人生の半ばの気分で。

軒下に陰嚢（ふぐり）みたいな吊し柿　　松本高直「秋の物語」

オオイヌノフグリという、イメージ的にそれと似ても似つかない春のちいさな青い草花があるが、吊し柿はたしかに似ていそうだし、そう感じながら不思議と食い気を削がれない。たぶん、あの風景はそもそも人体の一部を思わせるのだ。グロテスクというよりは、人間と自然の境界線が曖昧だった時代の名残として。

人として生きていきたい神無月

岡田美幸「思い出保存棚」

父方の実家が出雲で、「神在月」と書かれたカレンダーを幼いころ見せてもらった。ちなみに出雲大社のまえには実においしい蕎麦屋が多く立ち並ぶ。
決して神になろうとせず、バーチャルな世界に逃げることもない、みずみずしい五感が光る一連の句が「人として生きていきたい」という言葉に説得力を持たせる。

われコロナ宝冠被りて嗤ひ響かせ
われ不死身ワクチン無力よ世界制覇す

水崎野里子「冬俳句2020年」

すごい句であるが、特に注目した点はこれらを無季の俳句として川柳（「川柳丑・二〇二一年干支を祝ひて」）と区別した作者の意志と矜持だ。しかもよく見れば川柳のほうの題は年号が漢数字になっているし、自由自在である。言葉の世界では不死身も叶うし、コロナウィルスにだってなれる（すごい）。

日々増えてゆく更地まだつづく夏

福山重博「不発弾」

ゆったりとした詠みぶりで表現される「増えてゆく」「まだつづく」のスパンの永さがいい。すぐに建て替わらず更地ばかりが増える、地域の衰退。ものすごくゆっくり、じわじわとした作者の滅びの感覚でもって夏とは出口の見えない地獄のようだ。題になっている「不発弾」の句ではないが、これも不発弾のひとつである。

寒風や我一本の筒であり

鈴木光影「霜夜行」

電信柱の中身は空洞らしく、理由は運びやすさと強度のため、というのが通説である。寒風のなかを進むときの「自分の体が筒である」という作者の実感として、「運びやすさと強度のため」というのは割と近いところがあると思った。寒風を凌ぐ筒になりきって歩くとき感情の一切は殺される。

A war ／ to end all wars—／ they always say so

デイヴィッド・クリーガー「夏から秋へ」

水崎野里子訳詩では「戦する／絶滅のため／いつも聞く」となっているのだが、「to end all wars」が「絶滅のため」と置き換えられているのは片方しか読まないのではもったいない。私ならおそらく「平和のため」と訳してしまうが、訳者がそうしなかったのはなぜか。読み比べることで、詩の奥深さに触れた気がした。

羊肉（ラム）を噛むとき青臭いそれでいて泥臭い聖書の男の香

原詩夏至「怒りの日（ディエス・エレ）」

ラムの独特の匂いをどう表現するかという命題に、「青臭い」「それでいて泥臭い」まであえて常識的な回答を重ね、結句の「聖書の男の香」という詩語でぜんぶ裏切る。聖書のなかの男と女の在りようは、フェミニスト神学の観点から昔と解釈が変わりつつあるそうだ。「男の香」という言い方を久々に、新鮮に聞いた。

ひらひらと梅雨の間に間に蝶は舞う老いはてふてふ足腰運動
　　　　　　　　　　　大城静子「老人日記（一）」

季語でいう夏の蝶。風流である。下句では一転、脱力した等身大の日常を描く。作者は現代仮名遣いなので、ここでいう「てふてふ」は「蝶」にかけたユニークな擬音語。「足腰運動」が指す具体的な動きは知れないが、柔らかな足踏みに「てふてふ感」はある。韻律も内容も楽しい一首。

ひがな一日君待ち行き来のときしげくわが影長く伸びし黒髪
　　　　　　　　　　　水崎野里子「すゐの松山」

影が長く伸びているのは一日中君を待っていたから、黒髪が長く伸びてしまったのはずっと君を待っているから。百人一首「今来むと言ひしばかりに長月の有明けの月を待ち出でつるかな（古今・素性法師）」の、主人公は一晩ではなく数か月は待っていたという藤原定家説と重なるところがある。現代短歌でそれをやるなんて。

間一髪きわどく逃げたカマキリのオスのためいき巨大な夕陽
　　　　　　　　　　　福山重博「歳月」

カマキリのオスは交尾の直後、メスに喰われて死ぬ。あらかじめ命にプログラミングされているのか、抵抗せずに。「間一髪きわどく逃げた」のが交尾からだとすれば、このカマキリには生殖本能がなく、代わりに観念があるのかもしれない。いや、両方あるのだろうか。それではまるで人間だ。神のような「巨大な夕陽」が照らす。

列車という箱に小さく詰められて無菌の闇へ放たれてゆく
　　　　　　　　　　　座馬寛彦「空の割合」

「無菌」という語がかつてなく甘美に映るはずの今、この歌を読んで反射的にシステマチックで怖いと思った。そのことに自分で安心した、まだ感性は生きている。作者は地下鉄の窓の外を見て、ここは無菌の闇と思いつつ、そう思っただけのことを書く。時代との付き合い方、詩的信念をささやかに主張しつつ。

嘘と金　固めて作る　五輪舟／やがて沈んで　哀れ御破算
　　　高柴三聞「狂歌（令和2年11月頃から12月末頃まで8首）」

詠われている事実は悲惨なのに笑ってしまった。笑わなければやってられない、これぞ狂歌の本領である。数年に渡って夥しい嘘、巨額の資金を投入して、むなしく沈む舟を見ているのは作者ひとりではない、この時代に生きるすべての庶民である。

今回、当欄を執筆する機会を頂き、私が俳句や短歌を引用して語る動機には共感か共有が含まれることに気づいた。共感のまま思い浮かんだエピソードを筆に乗せるのも楽しいが、光景や個性を共有するべく書くのも生きている実感を得られる。描く至らない私の評から句や歌の作者へ興味を持ってくださった方がいるとしたらこの上なく幸いに思う。引き続き「コールサック」にご注目ください。

ライト・ヴァース

原　詩夏至

馬券売り場の灰色のコンクリに波立つ春風の水たまり

色鉛筆の黄緑で薄く塗るまるい芝生の丘春日和

幸せが歩いて来ないこの道を爆走のママチャリ目借時

歩き始めたみいちゃんが兄ちゃんと仰ぐ畑の空春霞

走るゾンビの濁流が轟々と打ち寄せる霾(つちふ)る城壁に

誰も見ていない夜空に銀の孤を描きＵＦＯの無償の飛翔

人狼をやめ狼に特化した安らぎの遠吠え朧の夜

ただ産んで死ぬ真っ白なレグホンにそれでも燃える鶏冠(とさか)三月

「薔薇が咲いた」とその昔歌われた庭まだ追憶の焼け跡に

逃げたのは恐らく自分逃げた亀追い少年が這い入る蘆間(あしま)

サファイアのような至高のライト・ヴァースがまだぼろぼろのメモ帳に

横断歩道（ゼブラ・ゾーン）を振り向かず最後まで渡り切るチワワとその影が

二人並んで川沿いの道をただ歩く黄昏刻（かはたれどき）川音と

顔に罅ひとつ入った磁器人形（ビスク・ドール）にお別れの抱擁（ハグ）をごみの日

「それが何か?」と瞬けば『ツァラトゥストラ』の「末人」のような可憐さ

折れた踵のハイヒール手に空を仰ぐ十五の春峰不二子

妻に靴など贈られて退職後初めての湯の町銭形の

斬った相手の死にざまはもう視野になく五ヱ門が漕ぎ去る小島

ショッカーの採用試験面接で落ちじっと見る海辺の自撮り

チェスの騎士（ナイト）の横顔が物憂げな花冷えの静かな飾り棚

彼らの見る夢

福山　重博

四季めぐる旅の終わりのコップ酒　灰色の荒野で骨になる明日

考える力を棄てて優秀な鸚鵡(オウム)になった彼らの見る夢

すでに死人のあなた美食家(グルメ)の仲間入り「今夜の河豚の肝は絶品！」

飽和して腐敗し淀んでゆく時間　白い頁がつづく新聞

賽の目が言うこときかぬ賭場の闇　桜が笑う夜明けのくしゃみ

締切が三途の川まで追って来た　病院で書かされるコピー一〇〇本

人間椅子の抜け殻朽ちている空き家　異界の月蝕見る二廃人

死んでいることに気づいてないあなた「野菜不足だ！」青汁を飲む

この街になじめず飛び去る白い鳩　愛に渇いてゆく黒蜥蜴

今日もまた〈真理〉を暗誦する鸚鵡　聞く耳もたぬ負け犬の群れ

鯉のぼり

水崎　野里子

異国にて育つわが孫恙無くと鯉のぼり小さく送りし婆は

百円のショップで買ひし鯉のぼり郵便局でカープフラッグと書く

境あり国境あれどもお互いに鯉のぼりのごと生きて行かむか

着きしかと訊きし電話に息子答ふる孫カープフラッグ持ちて遊ぶと

赤と青日本の空に世界の空に風にはためき泳げよ幡よ

わが孫よ鯉のぼりのごと生きて欲し滝上りせよ苦難にめげず

会えぬとも元気で育て韓国の人々の愛忘れず生きて

いつか来てあなたの婆の住む土地へ人々やさしのどかに生きる

玄海の海は荒くも房総の半島に咲くあやめ花やさし

皐月には端午の節句の祝ひあり鯉のぼり高く青空にあれ

いわきへの旅

水崎　野里子

いつからか幾度辿りし奥の細道芭蕉の影を追ひ求めつつ

けふの日はいざやいはきへ縁ありて芭蕉の杖はわれは持たずも

杖要らぬハイカラ特急上野から細道転じて太き鉄路に

ひたち号いわき終点駅いでしわれに友の顔ありハロー

安堵なる古希越え杖無しわが旅路されど地震と原発忘れず

ネット教へ浜の通りは南の相馬と相馬に繋ぐ苦難の道のり

相馬市や南相馬は原発の被災多き地いまだにもふるさと戻れぬ人々多きと

旅人の目より見たりしいわき市は復興ありて普通の街に

瓦礫から立ち上がりたる東北の人々努力芭蕉も称えむ

いはきなる土地はかつては常磐の炭鉱のありわれは忘れず

廃坑の閉山ありて期待せし原子の力も地震で崩壊

日の本のエネルギー問題その未来いざや多難の大波小波

神頼みせめては庶民の頼る道されどジャパンサイエンス立ち上がれ今

勇み足及ばずフクシマ原発破壊自然の猛威に人間狂ふ

歌に書き歌ひ流すは易きしも易くはあらずサイエンスの道

伝承と御伽噺の化すも良きされど子供に伝へよ科学

苦闘せむ未来のわが地のふるさとのやすきと望むこころありせば

さらば細道さらば磐城よ磐なる城にまたの旅あれ

ひたち号牛久を過ぎて水戸を過ぐ思ふは苦難友からの文

いざ共に芭蕉よわれらと旅せむか東北の風世界に吹きゆく

湯本あり小名浜ホテルの海鮮料理いつか食べたしわが欲の旅

闇の記憶

大城　静子

お国のため散るのは覚悟と唄いたる少女の吾の闇の記憶

お手玉５個敵の大将の人形に投げ付け励む小学一年

小一年スズメのお宿の学芸会出征兵士の慰問の舞台

戦況は突然緊迫閉校に学童・一般疎開の御触（おふ）れ

昭和十九年早期突如の襲撃に那覇は火の海逃げ惑う市民

日本軍基地奇襲突かれ武器弾薬壊滅的な打撃負いたり

沖縄で戦争は無いと伝わりつつ敵艦隊は近づいていた

Ｂ29機空を裂くように旋回し松を切り倒し防御作戦

難民は洞窟（ガマ）を求めて北部へと千里を歩いた老幼婦女子

艦隊は沖縄本島包囲して要所要所に艦砲（かんぽう）射撃の嵐

それぞれの避難場により砲撃の被害なき人も飢餓の苦を負う

いち早く山原今帰(ヤンバルナチヂン)に上陸す巡回兵士の戦獣騒動

昭和二十年六月頃ゆ収容生活飢餓にマラリア日毎に死者あり

収容所の巡回兵士の馬避けて頭部強打で弟(おと)は重体

重体の弟抱えて医師不在テント生活移り住みつつ

声かければ泣き声だけの弟(おと)の世話戦後十八年母を支えて

注射あと化膿の腕・太股(もも)切開す抉りとられて残酷な極み

弟(おと)が泣けば母も泣き出す戦後の闇歯を食い縛り母に寄り添う

食卓は恵まれて在れど胸は霧シズを静子に改えてもみたが

黴(かび)色の「啄木(たくぼく)歌集」に出会う一六歳戦後の闇に一冊の光

日暮坂

大城　静子

未練がまし女心のロング白髪(ヘアー)いと散り易く淋しらな髷(まげ)

道の空ほのかに香る出会いあれどまた会う約束できぬ老坂

老恋の寄り道できぬ日暮坂気を引き締めて足下注意

リハビリとうリュック背負った老年者戦中戦後の陰を背負って

何時にない寂しげな表情(かお)の傘寿の人耳に手を当て「こわれた」という

米寿の人「ボケないうちに逝きたい」と談笑翌週尾骶骨折

足腰の手術2回の同期生愛車運転危険な寡婦

霊媒に頼り過ぎたか同期生預金底つき墓穴掘りたり

胃袋も銭の袋もほどほどに過ぎれば躓く老の坂道

老化との向き合い方も身に付きつつ危険がいっぱい令和三年

事前葬予約受付立て看板見慣れてあれど旋毛がさぶい

葬儀社の会員募集勧誘に戸惑う吾は傘寿四歳

葬儀社の四件先に老人ホーム屋根には今日も鴉が鎮座

スーパーの茶房に集うおうなたち我背子の愚痴を零して賑やか

髪も枯れ手足も枯れつつ食欲の枯れを知らない老いらくの春

カートに凭り運動兼ねつつ惣菜買う老翁老嫗（おきなおうな）の姿が目立つ

スーパーは寡婦寡男（やもめやもお）の出会いもあり陰気なBさん今日は和やか

くもる日はユーモア掌編書き散らし老いをたのしむ言葉のあやとり

老い先の緩んだ螺（ねじ）を締めながらことばの森をよちよち歩（ゆ）くか

午前二時鳴くな野良（のら）猫よ尾まるめて夢みてねむろう　朝はまた来る

カヌレ

岡田　美幸

瓶入りのクッキーはまだ残ってる晴れた休みの春ごたつの日

１００均で買った種にも野草にも花の鉢にも春の雨降る

ひげと尾が切り落とされて刺さらない回転寿司の海老の唐揚げ

人の目を気にしすぎてもいけないし表現界は迷宮である

下校中マスクしている小学生会話している車道を挟み

ミニチュアを組み立てる時思い出す幼いころの澄んだワクワク

階段を三段落ちただけなのに三日痛んだ腰の両骨

小市民的なお悩み　取り寄せた高級カヌレ口に合わない

売店で買ったたべっこどうぶつが雑談しあうロッカーの中

電球のようなオレンジ満月が月面探査されゆく時代

温度計

座馬　寛彦

幼な子がバケツに腕をつっこんで水をくすぐる光あばれる
知らぬ間に睫毛の穂先でゆれていた虫花風にうながされ発つ
温度計みたいに腕をそっと入れ湖水の春をにぎり返した
受け止めるその手はいつか突き放す手だっただろう同じ作法で
隔たりをデザインされたビル内のガラスがいやに透き通っている
アクリルの板をとおると屈折し散りぢりになる視線と声と
汗のようつばきのような読点のあとに石など呑むかの句点
手のひらは虚空を押しとめ足指は流砂をつかむ夜オンライン
宵闇のベールの向こう花々は陽に邪魔されず光を放ち
虫の音が紡ぐ一縷の白い糸　夜のほつれを縫い人を待つ

狂歌八首とおまけの一首（令和3年1月頃から3月末まで）

高柴　三聞

口曲げて　税金(かね)は出せねえ　太郎云い
誰が為にか　国やあるらむ

金は尽き　保証もない　神の国
民は空見て　霞喰う稽古

菅さんが　先生方に　小意地悪
聞く耳無きは　学成り難し

朽ち嵯峨野　禍(わざわい)起こり　森消えて
浮かぶ橋本　ゆらぐ蘆(あし)もと

御沙汰出て　杏里有罪　音沙汰聞かぬ
安倍と二階と　懲りない面々

三人が　クラブで遊び　飲み騒ぐ
一晩経てば　仲良く離党

お誘いに　愛想振りまき　お付き合い
七万呑んで　職を失う

父様(てて)の　言いつけまもり　菅坊や
お口ぺらぺら　御手々にぎにぎ

おまけ　浦添市長選に寄せて

デニーさん　言わぬが花を　決め込めば
民意の花は　あわれ散るらむ

ころころと風に乗りやすいかたち

原　詩夏至

ダンゴムシは
丸く身をちぢめて死ぬのだな
ころころと
風に乗りやすい
かたち

『ことばの力詩集』第2号（一般財団法人佐々木泰樹育英会発行・2011年1月）より。作者は春町美月氏（大阪府）。タイトルはない――短歌、俳句、川柳等従来型の定型短詩にも大抵の場合はないように（但し、「連作」としてのタイトルはあるのが通常だし、方法論的に敢えて単作ごとのタイトルを付けている作者も少数ながら確かにいるのだが）。

ダンゴムシが丸く身をちぢめるのは、本来は外敵から身を守るため――つまり、死ぬためではなく、生きるためだ。だが、そのダンゴムシが、ここでは、死んでいる――薔薇の木に薔薇の花咲くことに何事の不思議もないように、丸く身を縮めて。

どうしてだろう。彼（又は彼女）は、迫り来る「死」という外敵から身を守るために、いつもの、そして自分の知っている唯一の防衛手段である「丸く身をちぢめること」によって最後まで抵抗を試みたのだろうか。そして、善戦虚しく敗れ去ったのだろうか。だとすれば、誠に痛ましいことだ。

だが、それにしては、その死の「かたち」は、別段「無念」とか「未練」といった重い情念を留めているようでもない。むしろ奇妙にあっけらかんとして、明るく、軽やかであるようにすら思える。何故だろう。或いは、ダンゴムシにとって、生とは、そしてその終わりとしての死とは、もともと、ただそれだけのものだったのだろうか。そして、それはダンゴムシだけでなく、実は私たちの誰にとっても、本当はそのようなものではないのだろうか。

「その通りだ。そして、何か御大層な儀式や摩訶不思議な神秘体験の果てではなく、ただありふれた、道に転がるダンゴムシの死骸を見て、すとんとそのことに納得がいくこと――それを、私たちは〈悟り〉と呼ぶんだよ」――例えば、禅僧だったら、そう微笑むかも知れない。そして、それは多分、全くその通りなのだ。生きようとするその姿のままに死に、にも拘らずそれが自ずから「ころころと風に乗りやすい／かたち」であり、かつ又、そうであることが「絶望」とか「虚無」とか言うよりもむしろ「空無」への軽やかな「解放（＝解脱）」である、そのようなものとしての「生」と「死」のありよう…。

もちろん、そこには一抹の「寂しさ」が揺曳する――或いは、何かが心身から剝がれ落ちていくときの、軽い痛みに似た、「外気」のひやっとした感覚のようなものが。

とはいえ、それは明るい寂しさだ――もっとも、そもそも、ほんとうの「寂しさ」とはそうした「自由な空無」と「悟り」の明るさの中にこそあるのかも知れないが。

「ぐちゃぐちゃ」を打破できるか

座馬　寛彦

ほとけのざ群らがり咲ける野に思う疲弊してゆくコロナ禍の世を　　渋谷みづほ

「現代短歌新聞」110号（二〇二一年五月五日）から。生きと力強く咲くホトケノザ、その群がって咲く姿に、身を寄せ合って生きる人間の姿を重ねるのだろうか。ヒトは本来、集団で助け合って生きる動物であるのに、それが出来ない状況にあるから「疲弊してゆく」、作者はそう思ったのかもしれない。

新型コロナウイルスのパンデミック宣言から一年以上が経過した昨今、短歌専門誌、結社誌、同人誌等をみると、離れたところに住む家族や親しい人に会えない寂しさ、社会やコミュニティーから切り離されたような孤独を詠う作品が目立つ。政府のコロナへの対応への不満を訴える歌も多いが、全体として批評性よりも、感情的な怒りや悲哀が色濃くなっているように感じられる。また、いつコロナ禍が終わるのか、先が見えないという不安もしばしば詠まれ、人々の間に疲労感が蔓延しつつあることが伝わってくる。

法師ゼミと十日の月と虫の音と終わらぬコロナのぐちゃぐちゃの夕やけ　　上野登美子

昨年十月刊行の「花の室・21」vol.23に掲載された一首だが、すでに、この時期にあって、相当の疲労感を内に秘め過ごしてきた背景が見えてくる。季節の移ろいを感じさせるツクツクボウシや秋の虫の鳴き声、月の美しさ（「十日の月」とは、古来収穫を祝ってきた十月十日の「十日夜」の月のことか）を、以前のようにゆったりと心から味わうことができない。コロナ禍の状況によって､自らの生活のリズムや情緒が「ぐちゃぐちゃ」にかき乱され、そんな自分の内面の様子が夕やけに映し出されているように感じたのではないか。共感しつつ、打ちのめされるような思いがする。

私はこの「ぐちゃぐちゃ」に危惧を覚えずにはいられない。四月三日にいわき市のいわき芸術文化交流館アリオスで開催されたフォーラム、「3・11から10年、震災・原発文学は命と寄り添えたか」の第二部「地震・原発事故をどんな観点で作家・ライターたちは書き続けているか」で、司会の作家・ドリアン助川氏が「メディアがコロナのニュースしか伝えず、そのコロナのカーテンによって、他のニュースが消えてしまった」と、震災から十年目の被災地、福島の置かれている状況に対する世間の関心の薄さを嘆いておられた。世間の関心が「コロナ」に偏っているゆえに、メディアもコロナに関する情報を多く提供するという側面もあるのかもしれない。コロナ禍による様々なストレスにより、人々の内なる秩序が乱れ、物事を冷静に判断するための心身の態勢が整わず、「ぐちゃぐちゃ」になっている時、自分とは（究極的には、自分の生死とは）直接関係のない事柄については無意識に、あるいは意識的にシャットアウトしてしまうのだろう。これは致し方ないことなのだろうか。

コロナ禍の恐怖を直視するもなくワクチン一筋に神頼みする　　河田柾

「新アララギ」二〇二一年四月号に掲載の歌。「コロナ禍の恐怖」、つまり感染の恐怖ゆえにワクチンに期待していたはずだったが、それを「直視」せず、「ワクチン」に「神頼み」しているという。矛盾しているかのようだが、元の生活を取り戻したいがために盲目的にワクチンへ期待する人々を揶揄するためのレトリックだろう。このような心理状態が、今の多くの日本人の現実なのかもしれないと思わされる。

「コロナのカーテン」を開けた広い視界から詠まれたような歌もある。

アジア系アメリカ人よがんばれとネイサン・チェンの演技に見入る　　下村すみよ「現代短歌新聞」110号

沈黙の海が火を噴く厖大なタンクの水の炭素十四
服部えい子「林間」二〇二一年五月号

深海の人魚もさぞや嘆くだろ沈みゆきたるプラスチックごみ
小賀尚子「林間」二〇二一年三月号

一首目、今年三月のフィギュアスケート世界選手権で優勝したアメリカ代表のネイサン・チェン選手から、コロナ禍の欧米で深刻な問題となっている中国系、アジア系への差別、暴力事件を想起しながら詠われている。日本人選手のライバルであっても応援したいという気持ちから、この問題に対する切実さ、当事者意識（日本人も被害に遭っている）が伝わる。根深い人種差別の問題やアジア人としての連帯感についても考えさせられる。

二首目、福島第一原発事故の汚染処理水に「トリチウムだけではなく炭素14が含まれ遺伝子損傷を引き超す危険がある」、と国際環境NGOグリーンピース・ドイツのショーン・バーニー氏が指摘していることを踏まえて詠われていると思われる。今のところ世間では一つの説として扱われ、政府が認めているという報道は見当たらないようだが、作者はいち早く短歌作品に取り入れ、世に問いたかったのだろう。海が「火を噴く」のは地球の怒りであるのと同時に痛みでもあるに違いない。明らかに自分たちの手に余るとわかっているものを扱いながら、結局は責任を放棄し、その「厖大」なツケを地球に押し付けるのかと問う。原発を人類の罪禍として見る視点がある。

三首目、海で分解されることなく漂っていたプラスチックゴミを海亀やクジラが食べてしまうという被害が起きているのは周知のこと。アンデルセンの「人魚姫」や小川未明の「赤い蠟燭と人魚」に登場する、人間と同じように知性を持ち、心優しい人魚が深海に住んでいたらきっと心を痛めるにちがいない、あなたはそれに関与しているかもしれない、と読者の良心と想像力に訴えるように詠う。ヨーロッパの近海で「コロナごみ」の使い捨てマスクが「クラゲのように」浮遊しているという記事（クーリエ・ジャポン　WEB版　二〇二〇年六月十七日）も思い出させる。

コロナ禍の先の見えないトンネルの中で、ますます閉鎖的、盲目的で「ぐちゃぐちゃ」になっていく日々、それを打破するための「切り込み」を入れる鋭さを持った歌が少なからず生み出されているようだ。切れ味という点で、短歌は今、より存在感を発揮しうる文芸となっているのではないかと思う。精神の健全性と批評精神をもって、社会と自己の現実を正視した短歌に出会えることを楽しみにしている。

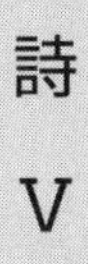
詩
V

ミミズ、夕焼け、看護師、山羊の眼と珈琲豆
――現代口語短詩の前線より――

原　詩夏至

「口語詩句投稿サイト72ｈ」（一般財団法人佐々木泰樹育英会）をご存じだろうか。俳句・短歌・詩の垣根を取り払った口語短詩の投稿サイトで、選者は秋亜綺羅・浦歌無子・杉本真維子・中山俊一・西躰かずよし・林桂・龍秀美の各氏（五十音順）。優秀作品と選者のコメントを集めた小冊子『ことばの力詩集』も定期的に発行されていて、毎回興味深く読ませて貰っている。例えば、第3号（２０２1年1月）に収録されている、宇井麻千氏（大阪府）のこんな作。

やめるときも
すこやかなるときも
干からびたミミズが
雨に流れる時も

「やめるときも・すこやかなるときも・干からびた・ミミズが雨に・流れる時も」と区切れば「6・9・5・7・7」の多行短歌（3字「字余り」）とも読めるが、大抵の読者は、そんなことは恐らく意識もしないに違いない――例えば、峠三吉『原爆詩集』の有名な「序」の最終連「にんげんの　にんげんのよのあるかぎり／くずれぬへいわを／へいわをかえせ」を「5・7・5・8・7」の多行短歌（1字「字余り」）と読む者がそうはいないに違いないように。なので、以下ではひとまず「詩」（広義の）と呼ぶが、それにしても、不思議に深く心に刺さる言葉たちだ。もう少し詳しく見てみよう。

第1・2行――言うまでもなく、結婚式における誓いの言葉の一節だ。ということはつまり、言い差しで終わっているこの詩の前後には「あなたはここにいる○○を～妻（或いは夫、同性婚パートナー等）として愛し、敬い、慈しむ事を誓いますか→はい、誓います」が省略されているわけだ。しかし、とすれば、これに続く、第3・4行における「干からびたミミズが／雨に流れる時」は、「やめるとき（＝逆境）」にも「すこやかなるとき（＝順境）」にも包摂されない、いわば「第3の時」であることになる。そして、その「時」――つまり、いよいよこれから結ばれる二人の「繭」の「外部」を流れる、二人の今後の運命の浮沈とは差し当たり「無縁」な「時」――の中では、その「外部性」「無縁性」の最も端的な担い手として、「干からびたミミズ」が雨に流れているのだ。

だから何だ、ということではない――つまり、例えば、自分たちの幸福な繭の「外部」に厳然と「悲惨」が存在する以上、この結婚を直ちに取りやめてその救済に赴かなければならない、でなければ君らは偽善者だ、と指さし糾弾する、というような。だが、にも拘らず、そうは言ってもやはり、これから所謂「人生の荒海」に漕ぎ出す二人――そう、決して「天上の夢の世界に羽ばたく」のではなく――の周りでは、あたかも難破船の残骸のように、「干からびたミミズ」が雨に流され続けている。今この瞬間も、これから先も。これまで（つまり、二人が結婚

に至る前）も、本当はずっとそうだったように。これは、「悲惨」というより、もう殆ど「途方もない」こと——その前では誰もがただ「途方に暮れる」しかない、永遠の謎のようなもの——ではないだろうか。

雨に流れる「干からびたミミズ」——それを人は、わけても今から結婚しようというこの二人は、本質的にどうすることもできない。また、してくれと殊更誰かから要請されているわけでもないだろう。だが、それにしても……。

「部屋にはこおろぎがいるのに／なぜこおろぎの話をしないのか／この部屋の人達はみんな女の話ばかりする／女は男の話ばかりする／そうしてそのために／みんなが猜疑し合っている／／部屋にはこおろぎがいるのだ／秋になるとどの部屋にも／きまってこおろぎがでてくるのだ／こおろぎは世界のすべての恐怖や／死や病いや離別やその霧の彼方とかいうものと／同じ深い方向からくるのだ／それをこおろぎというのだ／／だのにこの部屋の人達は／みんな酒に酔う話ばかりする／女は男が酒に酔う話ばかりする／そうしてみんながそのために／軽蔑し合ってばかりいる／／こおろぎを話しさえすればいいのだ／こおろぎがなぜ現れてきたのか／こおろぎが現れなければならない不思議が／世界の何処かにあったのか／こおろぎのかたちのことを／こおろぎの鳴く音のことを／こおろぎの遠い日の恐怖のことなどを／この部屋で／話しさえすればいいのだ」——村上昭夫『動物哀歌』より「こおろぎのいる部屋」（全行）。

私は思う。昭夫の「こおろぎ」と同じく、ここでの「干からびたミミズ」も又、「世界のすべての恐怖や／死や病いや離別やその霧の彼方とかいうものと／同じ深い方向」からやって来たのではないだろうか。そうして、これから結婚する二人の部屋が昭夫の描く「この部屋」——みんなが、あたかもこおろぎなどいないかのように女や男や酒の話ばかりし、そのために際限なく猜疑し軽蔑し合っている、この人間世界そのもののような部屋——になってしまわないために出来ること、それは、「干からびたミミズの話をすること」、ただただそれだけなのではなかろうか。そして、その唯一のことを行っているために、このたった4行のフレーズは、たとえ他のことは何一つしていなくても、単なる気の利いたパロディに留まらない、真正の「詩」になり得ているのではなかろうか。

「また、昔の人々に『いつわり誓うな、誓ったことは、すべて主に対して果たせ』と言われていたことは、あなたがたの聞いているところである。だが、わたしはあなたがたに言う。いっさい誓ってはならない。天をさして誓うな。そこは神の御座であるから。また地をさして誓うな。そこは神の足台であるから。（中略）また、自分の頭をさして誓うな。あなたは髪の毛一すじさえ、白くも黒くもすることができない」（「マタイによる福音書」第5章）。そう、私たちは徹底的に無力だ。部屋の外、ふたりだけの「繭」の外で雨に流される「干からびたミミズ」一匹さえ、どうすることも出来ない。何故なら、そもそも私たち自身が、程度の差はあれ、何ものかの大きな「繭」の外に弾き出され、今はまだ何とか生きているが、この先いつ無惨に干からびて雨に流されてしまうか分からないミミズに過ぎないのだから。そのミミズが今、同じ境遇にあるもう一匹のミミズと偶々出会ったからと言って、一体誇らかに何を誓おうというのか。だが、その本来何の効力も持ち得ない「誓い」に「干からびたミミズ」がいわば無言の立会人として召喚される時、それは単なる「空手形」ではない、一つの「祈り」に深められているのではなかろうか。

或いは、同じ作者による、こんな詩はどうだろう。

詩を詠むと死刑になる
星に生まれた私の夕焼けは
ただの夕焼け

「詩を詠むと死刑になる星」では、「私」は、「夕焼け」をどんなに美しいと思っても、それを「詩」にすることは出来ない。つまり、それは永遠に「ただの」夕焼けであり続けるしかないのだ――「詩」になる手前で水面下に抑え込まれた無数の「ただならぬ」想いを湛えたまま。だが、それでは、このたった3行のフレーズ――ちなみに言えば、これも又、「詩を詠むと・死刑になる星・に生まれた・私の夕焼けは・ただの夕焼け」と区切れば「5・8・5・9・7」の多行短歌（3字「字余り」）と読めないこともないのだが――これは、結局、「詩」なのだろうか。いや、そうではない。だって、もし「詩」なら、「私」は「死刑になる」のだから。これはあくまで「私の夕焼けは／ただの夕焼け」だという「ただの（＝法に触れない）言明」に過ぎない。だが、にも拘らず――いや、或いは、それ故にこそ却って――この「ただの」は、言葉にならないまま「夕焼け」を壮麗に彩る「〈非在〉の詩」を激しく喚起する――あたかも、定家のあの「見渡せば花も紅葉もなかりけり浦の苫屋の秋の夕暮れ」における〈非在〉の「花」や「紅葉」さながらに。

始発電車から見えた病院の明かり
看護師が廊下を走っていた

これも宇井氏の作。ここでは、〈非在〉化されているのは〈物語〉だ。早朝の、始発電車が走っているような時間に「看護師」は何故「廊下」を走っているのか。ただならぬ何かが起こっているらしいが、詳しいことは何も分らぬまま、電車は忽ち走り過ぎてしまう。そして、この詩も、そのまま終わってしまう。しかし、それにも拘らず、このたった2行のフレーズに漲る、もうこれ以上1語の追加も許さない、硬質な自己完結感はどうしたことだろう。そして、あたかも芭蕉の「古池や」の句の「水の音」のような、深々とした余韻の広がりは。

「知ることができない世界の大きさ」――選者の一人・野木氏のコメントより。そう、恐らくはそういうことなのだ。この一瞬の光景から、例えば小説家がその周囲にどんな精細な、或いは破天荒な〈物語〉を紡ぎ出したとしても、それはあくまで「世界」というこの途方もないものを何とか理解可能なものにしようとする無数の「解釈」の一つに過ぎない。しかし、ここでの「詩」の一閃はむしろ、そうした「解釈」の全てを飲み込んでなお微動だにしない「世界」の底知れなさそれ自体を、いわば「残像」として際立たせているのではなかろうか。

他の書き手の作品も見てみよう。例えば、第4号（2021年2月）所収の春町美月氏（大阪府）の次の作。

山羊の眼と珈琲豆は
やけに陽気で哀しいし
空なんか
馬鹿みたいに高いだけ

一読、とても高純度の「詩」を感じるのだが、では、それはこの4行の（或いはその行間の）どこにあるのだろう。何だか、ルパン三世の水際立った犯行の跡を追う銭形警部のような心の昂ぶりを覚えるではないか。

まず、第1行。この段階で既にはっきりと目につくのは、日本の日常の生活空間の中では必ずしも当り前のように共存しているわけではない「山羊の眼」と「珈琲豆」の迅速な、何の躊躇いの跡も残さない並置だ。この清新で確信に満ちた思い切りのよさ。まるで、読む者を一瞬にして広い、風通しのいい別の世界へ拉し去るような――そう、例えばハイジの住むアルプスの山小屋のような。しかも、それでは、ここにあるのは、例の「手術台の上の蝙蝠傘とミシンの出会い」のような方法論的・シュールレアリズム的な「二物衝撃」なのかというと、もちろん、そうではない。というのは、ここで見出されているのは両者の「異質性」ではなく「同質性」だからだ――それも、共に「やけに陽気で哀しい」ものとしての。しかもそれは、こちらが探し求めるよりも前に、いわば向うの方から勝手に出頭し、勝手に見出されてしまった共通項なのだ。

だが、それにしても「山羊の眼」と「珈琲豆」はどうしてそう「やけに陽気」なのか。そして、そのことがどうして「哀しい」のか。ここから先は（必ずしも「名探偵」というわけではない）銭形警部としての私の推理だが、ここで本当に「やけに陽気」なのは「山羊の眼」や「珈琲豆」ではなく、むしろそれを視ている「詩人」の方なのではなかろうか。そしてその目に映る全てが「やけに陽気」なのは、その「詩人」が、ひどく広くて風通しのいい特別な「祝祭」の時空――つまり「アルプスの山小屋」――の住人だからではなかろうか。

それでは、「詩人」は、一方で「やけに陽気」でありながら、同時に、どうして「哀しい」のか。それは、一つには、「詩人」が恐らくその時空にたった一人で住まっているからだ――その溢れんばかりの輝きを、本当には誰とも分かち合えないまま、ぽつねんと。そしてもう一つには、その「祝祭」がいつかは過ぎ去ってしまうものであることが、その只中にいながら、予め分っているからだ。「青春」――それがその「祝祭」の名だ。もちろん、実年齢はひとまず関係ない、としよう。だが、それでも、人はいずれは死ぬ。その意味では、それはやはり、どんなに豪奢であっても、結局は「過ぎ去るもの」なのだ。

「空なんか／馬鹿みたいに高いだけ」――そう「詩人」は言い放つ――まるで、気紛れに高価なおもちゃを窓から投げ捨てる王女様のように。だが、そこに滲む「やけに陽気」な、しかし真率な「哀しみ」こそ、まさしく「詩」なのではあるまいか。

VUCA（ブーカ）な世界をしたたかに

植松　晃一

「1／2」第六三号

藻利佳彦さんの詩「夜の街仄聞（二二）」は優れた短編のようだ。「シャッターに張り紙ひとつ／「営業時間は午後八時まで」／時計を見ると八時十分すぎ／偉そうに啖呵を切っていたが／まあつまるところはこんなものか」「肩をたたかれ振り返ると／見知った笑顔があった／店やってるよ／でも　張り紙を指さすと／ニヤッと笑って背中を押してくる／次の角を曲がりもう一度曲がる／今の時間はここが入り口／〝裏口入店〟てわけよ」。そんな店が本当にあるのか知らないが、本当にありそうなところが面白い。「こうすりゃ来てくれるのよ／元の半分くらいだけどさ／あんただって何カ月ぶり／いやあやっぱり感染は怖いからね／ふふふ　ここはもう大丈夫よ／そうだね　入り口にも消毒液／目の前にもビニールシート／違うのよ　あなたが来なかった間に／ここの人たち全員感染しちゃったの」

笑い話にでもしなければやっていられない現実。「女の子たちも辞めていったわ／みんな奥の方のお仕事に鞍替えよ／あっちの方がもうかるし／まあその分いやな目もするだろうけど／きれいごとばかり言ってられない」という悲惨。しかし、そこは「清濁あわせ呑むひとたちの広場／何の後ろめたさもない」。批評の埒外で生きる、確かな人間の手触りがある。そして最終連の最後の5行に、人間存在の哀しみが凝縮されているように感じた。「作り笑いをしている女の前の／ビニールシートに光が当たり／反射してできた空間に／昨夜急に逝ってしまった友の顔が／ぼんやりと浮かんでにじんで消えた」

縄文の昔には「病ともなれば祈る他なく／死を身近に感じて暮らしていたであろう」と、宮本勝夫さんは詩「「縄文」の世界――我々は何者なのか」で綴る。「死を否定しつつも人は老い病み死んでゆく／死から逃げることも能わず／人間誕生の根源的なイメージを／シンボル化することによって／再生を願う死生観に立ち／あの不可思議な造形に象られた／／芸術性や美を求めたのではなく／人間の命の深層に宿る魂が／縄文の造形美を産み出していたのだ」。それは縄文の詩魂と言えるだろうか。「死と再生と循環の世界を創造し／心の命を大事にして生きていた／「縄文」の人たち「縄文」の世界」

「角」第五五号

縄文の世界に魅せられる詩人は多い。玉井常光さんは詩「縄文森話Ⅱ」に綴る。「天には光を隠す神がおられ／地にはすべてを破壊する神がおられます／恐れ、敬い、祈るために／人々は広場に集まります／火は炎となり、炎は言葉となり／取り巻く闇の周りを浮遊します／河原から石を持ち寄り／こころを持ち寄り／広場に集まります／石を並べ、言葉を並べ、光を並べ／祈りを集めます／祈りは意志の実現です／／広場では神に感謝しイノシシが捧げられ、／祭りが行われます／そこには雷雨のような時間が流れ、／闇から生まれてくるクニがあります」

人間を超える存在を畏敬する姿には、自らの無力を知る謙虚さがある。縄文の心を取り戻すことができれば、現代文明も少しはましなものになるのかもしれない。

角鹿尚計さんは詩「ぽつぽつと」で、「だらだらと続く雨も、ほとんどはぽつぽつと降っているな／だらだらと生きるならぽつぽつと生きるのがいいんじゃないか」と綴る。そんな心境にさせるのは、近づいてきた「定年」だという。これまで「せっせせっせと生活してきた」し、「神の声か先祖の声か、はたまた守護霊様か判りませんが／せっせは死ぬぞ　せっせは死ぬぞよ／というのでありますよ」。それはきっと角鹿さんの心の声なのだろう。一〇〇年の人生が珍しくなくなるのなら、自らの心が求める生き方に素直になることはとても重要なことだ。

「三重詩人」二五三集

「はやくはやく／こどもは／生まれてすぐ／おとなになるよう望まれている／／はやくはやく／おとなは／今を生きはじめようとしたばかりなのに／老人になるよう求められている／／はやくはやく／老人は／やっと実った果実の甘さを楽しむことなく／消えてなくなるよう急かされている／／こうして／こどもは／生まれたばかりで／もうこの世から消えてなくなるように／呪われている」と、吉川伸幸さんは詩「はやくはやく」で綴る。人間は生まれながらの死刑囚。しかし、何ものかに急かされるのではなく、自らの意思で歩けるようになれば、少しは救われるだろうか。

同じく吉川さんは詩「りんご」に綴る。「そこは／いちめんのりんご畑／いちめんにりんごが実り／風にゆれている／／そのはじっこの一本の樹の／あの花が結んだ小さな実は／スーパーの陳列台に並ぶことなく／枝々にまぎれて　一番はじっこにあった／／傷があり　色映えわるく／虫喰いもあって／うまくテーブルにのってくれない／でも　いい匂いをいっぱいに放っている／これだ／／教室のなか／美術館やコンサートホールのなか／街の雑踏のなか／どこにあっても／ぼくは君のことをすぐ見つけだすことができる／／ぼくの／りんごよ」

規格外でも、他人と異なる評価軸でも、自分が本当に魅力的だ、大切だと思うことが明確であればいい。そうすれば、何ものかに「はやくはやく」と急かされたとしても、その一歩はより確かな歩みとなるだろう。

「ぱぴるす」一三四号

頼圭二郎さんの詩「母の公式」からは、親子の信頼が伝わってくる。「少年の日の偶像になった母／夢から足を踏み外そうとする私に／いくつもの仮定の話をして／夢をつないでくれた／／仮定はくっきりと母の言葉で／黒と白の輪郭をつくり／曖昧な正確さで／私の未来の自画像までもつくりあげる／空中に浮いているからっぽの椅子に／私をのせて」「現実の公式から外れた母の公式／どんな躾より／どんな訓示や道徳より／どんな偉人伝より私の身の丈にあった／仮定から真実が生まれることも」。それは我が子をよく知る、親の愛のなせる業なのだろう。

それだけに「喪服を引きずった／母の行き先は分かっているが／戻らない時間の中で／母が少しずつ見知らぬ人に／なっていく」という最終連には、静かな喪失感が漂う。

「子　娘　妻　母　姑　婆／いつの間にかわたしの中には／あらゆる彩の歳が入っている／／いつでも二十歳の気持ちになれるわ／と言った叔母をつい笑ってしまったけれど／今ならわかる／／歳を重ねてこそのゆたかさだった／心を放てばそこは常寂光の海／記憶を掬えば感覚まで浮かび上がってくる」と、山田信子さんは詩「生と死のあわいを生きる」に綴る。仏教には常寂光土という言葉がある。久遠の仏が常住する永遠に安穏な世界。それはどこか遠くの極楽浄土ではなく、いま在るこの場こそが常寂光土なのだと説く。山田さんはそのことを予感しているのだろうか。「時空を超えてよみがえる記憶と感覚／たまさかの奇跡と偶然がひき起こす手放しの歓喜／悠久の光に照射され何かが感応するとき／／不安や恐れのただなかでも／人は知らずワープして／生と死のあわいの永遠を生きている」

「ｖｏｉｄ第二次」三号

伊藤りねんさんは詩「子守歌」で、赤ちゃんとのひとときに思いを寄せる。「君の柔らかい眠りを守ろうと／欅のざわめきとも闘ってみたよ／あえかな太陽の光／きらきらと額に射しこむ木洩れ陽／落ち葉を踏みしめる／自分の足音さえ憎んだよ／／君を気持ちよく眠らせているのは／でも無音の世界ではなくて／君には私しかいないのではなくて／この世に君と私しかいないのではなくて／／林を吹き抜ける風の五音階／鼻をくすぐる樹皮の香り／ケットからのぞく指に触れる　陽の温もり／車輪の下の　小石や枝を踏む感触／／目が覚めれば／君は冬の外気に顔をしかめ／心地よい部屋の天井と／お気に入りのキリンが見えないことに／びっくりしている／それからゆっくり／私が顔を覗きこんでいるのを見て／安心する／／焦燥や無力感を抱える私は／君が笑いかける嬉しさに／こうして過ごせる年月を／永遠にまで引きのばせないものかと／夢想してみる／／本当は／君の柔らかな眠りを守ったのは／私だけではないのに／私のほかは／みんな　見返りも求めず／君を支えている／みんな　君に染み込んで／君になっていく」

子育ての中でも、瞬間といってもいいほどの限られた特別な時間。伊藤さんの愛も「君」に染み込んでいくに違いない。

「御貴洛」第三六号

河野俊一さんの個人詩誌。「そこには／まだ行方不明者がいる／はじめは／身元が分かった人の／足し算であったが／しばらくたってからは／この人がいない／の積み重ねの／引き算になった／しかしそこから／さらに漏れているものはないのか／算数がすべてではないように／名前のない生きものさながら／誰にも知られず／そこにたどりついた人や／ホームレスなどはいなかったか／熟れた果実でも／知らずに／見捨てられることがある」と、詩「そこには」で綴る。世界のあちこちに、社会のそこここに、忘れられた人がいる。変死体など全国の警察が取り扱う遺体の数は、年間一六万体を超える。国連の持続可能な開発目標（ＳＤＧｓ）が「誰一人取り残さない」ことを宣言しているように、「一人」を大切にする社会の実現を願う。

「ホワイトレター」一九号

奥出實さんは散文詩「「樹」について」で「いつまでも同じ場所に居て動くことなく、いかなる運動、いかなる自己肯定もせず、非常に永い生命を生きる。樹が誰にも迷惑をかけず他のものから何も奪いもせず、空に向かって枝を伸ばして満足し、じっとしていることを知るとき、樹は一種の理想だ」と綴る。「樹は人生に奉仕する。多分人間が死からのがれる為には毎日、樹を眺め樹とはいかなる者であるかを感じ取らねばならない」

樹に一種の理想を見ることに共感する半面、置かれた状況に生を左右されるのではなく、環境を変えたり、適応したりする人間の特性というものも面白く考える。

そんな人間について、田村きみたかさんは詩「唯物論」で綴る。「人間が考えるあらゆることが　結局／脳という物質が生み出した産物に過ぎない／となれば夢も理想もあったものではなく／大乗仏教のいう唯識論の通りこの世は全て／人間が勝手に思い込んでいる表象に過ぎない／ということになってしまう

それがまさに／ほぼ世の中の実相のようにも思える一方／いや　それが全てではないと思いたいが／それも　やはり脳という物質的なモノが／そのように作用しているだけだと思うと／何が何だかよく分からなくなってしまう」

自分の臓器すら自由に動かせない人間が、唯物論だ唯識論だと言ってみても、一面の事実に触れるだけのことだろう。求道の果てに、自ら出した答えを信じるしかない存在だ。それなのに「自分の尻尾を永遠に追いかけまわして／グルグルと回る哀れな犬になってしまうのだ」としたら、一意専心の樹に倣う方がよいのかもしれない。

「冬至」第五八号

ついきひろこさんの詩「夜のぶらんこ」は、やさしい幻想が心地よい。「庭いっぱいに月の光の満ちる夜更け／木の葉も草も　じっと銀色に光っている／／ぶらんこが　かすかにゆれた／月の光が　こっそりと乗ってみたのだ／／昼間　幼い姉がもっと小さな弟を乗せて／やさしくゆらしていた　と／幼い弟が　ゆれながら／うれしそうに空を見上げていた　と／さっきたまさかの風が告げていったから」

どこの公園でも同じ光景が見られることを願う。それは昼間、子どもたちの笑顔であふれていたことの証だから。

同じく、ついきさんはエッセイ「とてもとてもノルウェー的な」で、いかにも日本的な日本語は何かと問いかける。一例として「忖度」が挙げられていたが、私は「曖昧」だと思う。その良しあしはともかく、曖昧は柔軟に通じるところもある。先が読みにくいＶＵＣＡ（変動性、不確実性、複雑性、曖昧性）の時代に、一種の生存戦略として昇華し得るだろうか。

連載　迷宮としての詩集（三）

対比は可視を造形する─模索する現代詩の迷宮（3）

岡本　勝人

（1）抒情詩から歴史を想起する『瑞鳥』（田村雅之・砂子屋書房）・故郷の出自から命名する『千年後のあなたへ─福島・広島・長崎・沖縄・アジアの水辺から』（鈴木比佐雄・コールサック社）

あらためて、過去・現在・未来などと問うことではないかもしれない。私たちの日常は、動いたり停止したりしているようにみえる。この動いたり停止したりしている存在こそ、「動く現在」である。そのことをどのように捉えようとしても、現在という存在は、遅れてやってくる。そこにあるのは、認識としての差延である。詩人は、現在形としての動く存在を生きつつ、過去への想起と場所を描く。詩の言葉の現在には、そうした痕跡をみることができる。たしかに、人間の認識とは、その事後性にある。認識の使者は、後から遅れてやってくるのだ。その差延という現象に、「動く現在」の確認の本質があり、そうした事後性でしか、真に物事を現前させることはできないのだ。

切り取られた言葉の抒情の世界から故郷の歴史の事物を来歴する田村雅之の詩の世界も、時間の経過にみる差延の現象とおおきく関わっている。「六十五年も時は静かに／記憶の映写機を回して／思い出しているじぶんの／宙ぶらりんの今が／なんとも不思議／そんな気分の味わいである」（「宮相撲の庭」）。田村雅之の詩の特徴は、韻律や喩よりも、選択と転換にある。自己から指示の表出の漢語へ傾斜しながらも、選択され、転換されて、織られた歴史の光景が発現する。そこには、詩人の経験も見聞もおおきく関係しているに違いない。

詩人の引き継いだのは、太宰治の「思い出」を出版した社屋だ。多くの詩人や作家や歌人に会い、編集者として膨大な原稿を読んできた。『田村雅之詩集』（現代詩人文庫）の詩と評論や解説に明示されるように、「デジャビュ（埋葬された記憶の蜃気楼／既視感）」と「エーヴリカ（発見）」がたどり着いたのが、村で、小栗上野介の碑をみたことがある。上州には、からっ風が吹き荒れていた。クレーの肖像画（倉本修画）に似ているお男気には、「父の出兵したのは／ロシア、千島列島のほぼ中央」（「乞食の犬」）と、戦後の残滓が影を落とし、多くの戦後文学者たちの残影がみえる。コロナ禍が進行する。曾祖父の和紙の発見によって、さらに出自の記憶を深めながら、歴史のなかの事物と人物のめぐりあいをはたそうとする。

「瑞鳥」とは、詩人が生きることからみえてくる差延を実感として感ずるところに生じた時間論的感性（瑞兆）である。その感覚は、「今日は、故郷の／盆を迎える／朝なのだ」と選択し、「帰郷とは、はたして／かくなることであったかと／愀然の風が、ふいっと／教えてくれた」（「帰郷」）と転換する。そこに、知的存在でありながら、大衆のルーツと歴史を求め、その原像をみつめた。「現在(いま)をなんと言うか／ぼくの脳髄めがけて／稜起(いらら)ぐほどの／お得意の鋭い舌鋒で／何とか言ってくれないか」（「伝言」）と、「わたしのいちばん大事な人」への追悼（吉本隆明）があり、「源実朝」の「事実」の思想から遅れてやってきた差延がある。「右大臣実朝の首塚から／ぶら下げ持って帰った翁草が／芽をだし／濃い紫の花を見せはじめ／なんとも言えぬ色香である」（「翁草」）。指示から詩の内面にたどり着き、自己から社会を問う言葉の錯乱とゲシュタルトが、モンタージュをデザインした。詩人の美意識は、マルクス経済学と象徴詩を通過し、選択から転換へと時間を遡り、歴史と抒情が喩の表現と関わる接点にある。「うつむいた詩を書くな／行間にひかりの筋が／ほの見えるようなすがたで／言葉を選べ」と、詩集に盛られた言葉の転換が、知の深みをみせる。「覚悟がきまったら／ペンをもって（略）そこからが／蚕（かいこ）の舞のはじまりだ」（「蚕の舞」）と、多様なテクストに鼓舞されて、対峙している。

　鈴木比佐雄の志向性にあるのは、自己の表出性をはるかに凌駕して、社会的な事件や状況について書く「現在の事実」である。「父と母が生まれた福島の海辺に／いまも荒波は押し寄せているだろう／波は少年の私を海底の砂に巻き込み／塩水を呑ませ浜まで打ち上げていった」（「シュラウドからの手紙」）。ここには、鈴木比佐雄の人生に染みついた生き方があり、詩がある。それを支えているのは、先祖であり、父の営みであり、自らの土地への感情の回復であった。「浜辺に降り立ち／黒い波頭が残した／石炭の煤のような／黒砂に見入った」（「塩屋埼灯台の下で」）。紛れもなく、そこには、詩人に科せられたルーツがある。それが、福島への強い選択となって、広島や長崎へ、沖縄の稲作に転換してつながるのだ。

　鈴木比佐雄は、出版事業を立ち上げ、今日に至る。社名は、父の仕事から喚起されたものだ。それは、石炭から石油へ、さらには福島の原発へとつながるのだが、そこから命名されたのが、「コールサック」（「石炭袋」）である。こうしたルーツにみえる哲学的思惟が、実存哲学から現象学を経た「間主観性」の事業家を強い存在にしてきた。

　詩の表現は、思いがけないほどのやわらかな詩の言葉の流れもあるが、端正な私小説的リアリズムである。はっきりとした強いテーマと内容がある。「現在の事実」を詩の表出に求めると、リアリズムの表現に隣接する文脈が生き生きと状況を語ることができるのだ。「私の先祖は松島で船大工をしていたそうだ」「福島に黒ダイヤと言われた石炭が産出し／祖父と父は石炭を商うために故郷を捨てて東京に住みついた」（「福島の祈り」）。ひとのつながりが、詩人のアイデンティティを決定する。「世界が戦争に向かう時」「一冊の原爆詩集が人生を変えることもあるだろうか」「一枚の写真はどんな反戦詩よりも戦争の悲劇を語り続けている」などの詩の冒頭句からもわかるように、指示的な表出を主眼に置く詩風は、現実世界のなかで、強く「社会」との関係を選び取ることで成立した世界だ。

　詩人は、沖縄の稲作発祥の地を訪れる。すると、「私の先祖は船大工でありながら稲作を広めて東北へと黒潮に乗って北上した」（「生きているアマミキヨ」）と表象が転換する。ベルリンの壁を突き破るデヴィッド・ボウイの歌にも、遠い道のりがあった。しかし、水平的な詩人の思想が、身体移動による選択と転換による啓蒙的な活動をなし続ける時、「とうろう　とうろう／とうろうをながすときがやってきたよ」（「海を流れる灯篭」)や「ザー　ザーと朝陽に輝く白波が打ち寄せる」(「薄磯の疼きとドングリ林」) の反復音には、何らかの回復と解決が問われているのだ。その時、民族的な戦争の様相を帯びたかつての反省から、「私が希求する故郷と異郷の根底に広がる「原故郷」」(「モンスーンの霊水」) のユートピアが、いまだ感情の回復と問題解決がなされていない現代という時代の閾に、共生という言葉とともに、めぐってやってくるに違いない。

(2) のっぺらぼうの現在に穴があく『あやうい果実』(浜江順子・思潮社)・「あなた」という一点に交響する『しのばず』(青木由弥子・土曜美術社出版販売)

　みえているようでみえていない。わかっているようでいて、わからないのが、現在というものである。それを知覚し、認識できるのは、遅れてやってくる差延の作用によるものだ。

　カンディンスキーの絵の具の色が眩しい『あやうい果実』(浜江順子) を通読すると、「自分では見えないそれは自分で掘るしかない」というフレーズにであう。詩人がみる「それ」は、現代ののっぺらぼうな差延として知覚された世界だ。破天荒で、集中する意識と無意識の詩人と形容されてきたが、言葉として表出される表層には、「山路となり／半里ほどで我が家かと／大きなあくびで／男が月光をがぶ飲みする」(「道喰い」) と、穴が開く。それは、途切れのない造形力によって、たくましいユーモアとなって描かれた。詩の連なりが、戯れる「コトバ」が、「ねじれ正多面体」や「正三角形」の幾何学的シニフィアンが、現在の言葉を象徴する。「フ、フ、フ、フルエがきて／加速するフカイが／フクロウの声を一瞬、さえぎる時／ブワーッとフクレるナイフをフルワセル」(「フルエ」)。この詩人にとって、未来は、「韻律」や「喩」の差延として訪れる現在のなかにある。とすれば、「AIKOがそのAI湖に来たのは、」(「AI湖へと」)「星型のヒトデはヒトデナシの両腕にぎゅうと握りしめられ、」(「人に入」)と、「韻律」は奏でられ、「喩」によって、仮象の存在が湧き出てくる。「社会性」という文脈でさえ、シュルレアリスム風に並置された言葉の運びとなって、言葉の集中において担保された心性の連なりでしかない。さらに、激しい、言葉の残酷さは、詩のなかにはみつからない。「く、く、くるしい、く、く、くるかい、く、く、／かそけき音に誘われ、ふと男を見ると、男は顔をやおら反転させた。／／あ、顔半分がない。」(「綴れ夜」) と、存在の美醜を超えたユーモアにも点火する。音の隣接と連合の文体は、時代と言葉の連なりを生む独自の手法である。そこに批評があるとすれば、「とん、とんと／ひたすらとん、とん、とんと／存在する／非在する」(「薄糊の同義語」) 現在が、「時にバッハのミサ曲など纏い／重厚ぶっても／いつまでたっても／プラスチックのままで／紙にもなれず／神にもなれず／宙に呪われている」(「プラスチックな嘘」) という世界を現出する時だ。迷宮の無秩序から、詩人の寓話を生む詩は、「危うい果実」だ。

　『しのばず』(青木由弥子) を通読すると、明らかに心打たれるのが、詩人がとうとうと語りかける「あなた」という存在である。「あなた」という幾筋にもこだまして聞こえてくる声の音色が、この詩集の基調となっている。「あなた」とは誰かと問う前に、この対なる幻想の実態に一本の白い線を引くとすれば、それは告げるべき「恋」のごとき「声」である。「ゆらぎをおい続ける」詩人は、「立ち去った者は行き過ぎたのではない」と語る。「呼びかけるものとして戻ってくる」というのである。心の深奥に咲く花の水は、遅れてやってきた差延の潤いである。そこに、動く現在を揺れるがままに把捉する対への志向性に収斂された受苦が、遅延して感受されると、ようやくにして手に入ったようにみえる。「あなた」とは、「父」であり、「恩師」であり、「大切な人」であり、「大事な人」である。さらにいわなければならないことは、普遍宗教では、「あなた」とは、イエスのことである。こうした逆光の存在論としての美の線状に、詩の文章を書くことのできる人は、多くはいない。しかも、記号の連鎖から文章としてのフィギュールを生成する。「たましいに触れてしまった、から（略）あなたがそこに、いてくれる、から（略）――ほら、とちの実／ゆすると／からからと／鳴る」（「序詩」）と、「あなた」という連合と連辞の集合体にむかって、文を重視するディスクールの言語態であるかのように存在している。

「あなたの／沈黙の意味を／考えています。」（「告白」）。押し殺した告白のなかに、秘密が隠されているようだ。その秘密の奥には、「あなた」という対象界を超越して、何があるかがみえてくる。「女」の「性」を現存在の光のなかに宿し、「穴惑い」「蛹化」「坑道」の詩には、現代の迷宮の無秩序からアリアドネの糸を手繰る「あなた」という複合的な二人称に、テーセウスの幾重にも重なる寓話をみるようだ。

端正に組まれた詩集には、静謐な音の調べがあり、「あなた」への多義性の経験がある。輻輳（ふくそう）する複数性のゆらぎのなかで、ポエジーが微妙にささやかれると、揺れて静止する。超越論的な美意識を内在化させ、密かに余白の美を形成する。絵画的なフレームが、詩の未知なる潜在性となって充満している詩集である。

（3）ソネットに込められた日常の秘密『そこはまだ第四紀砂岩層』（服部誕・書肆山田）・人生の秘密に輪郭線の橋をかける『Bridge』（北爪満喜・思潮社）

「眠っているあいだは誰も／呼吸なんかしていないのだと思っていた子どものころ／ぼくは朝まで／死んでいたんです」（「毎晩死んでいたあの頃」）と、あたかもシオランの言葉がゆらぐ。「今朝もわたしは／一日分死んだ」（「十一月は箴言の月」）と、詩人は、仕事から回復する心性の奥をみせているかのようだ。しかし、意外というべきだろうか。ソネットには、現代詩を豊かにするイメージが附随している。十四行詩のもつ安定した懐かしさがある。詩集は、「そこはまだ第四紀砂岩層」という考古学的な秘儀を感じさせるだけでなく、ページ下に横に書かれた「英字」で翻刻された詩のタイトルが、斬新的に余白を彩る。

明らかに、選択された形式がある。ある異数の世界から、日常というにはあまりにも平坦な閾のなかに、詩人の内面は転換する。「昨日と今日の裂け目に／どこまでも落ちてゆく」（「病んだ夜への下降」）闕があり、「十月の夜は終わった（略）まだ醒めやらぬわたしの十一月をのぞきこむ」（「十一月は箴言の月」）と、象徴された間隔の抒情がある。日常の風景が、変容したのだ。通勤と責務と収益が毎日の指令である世界から無色な日常への転換は、詩人にとっては、おなじ日常であるにもかからず、迷路をつなぐ生きるための糸である。「はるか西のほうにあるにじの駅まで／ざわめきながらのりおりする乗客にまじって／私はわたし自身にあいにいった／南回りで　いちにちがかりで」たどり着いたのが、「そこはまだ放射能ののこる第四紀砂岩層」（「七色の旅の思い出」）だという。存在は、古代の生活に近く変貌したのだ。「雨告鳥は歌う」「八月十二日、夢のあとかた」「塩の劇場」「丘の上の墓」の詩には、「地震のあとに見た夢は」が、イメージを重層させた。それを把捉する十四行詩の韻律に、起承転結の転換を意図する独自性がある。「まるでジェントルマンのように」と、スタンザの冒頭に形成されて反復する韻律は、「Just like a gentleman」を直喩に転移させた飛躍の転換である。そこには、現代の日常を迷路として歩行しつつ、「まるで私立探偵のように」「まるで不審人物のように」「まるで人間のように」と、ソネットに存在のコンテクストを埋め込んで物語られる文脈がある。

　北爪満喜の詩にも、人間の生きる重さのなかの秘密を描いた差延がある。人と人、思い出と思い出、記憶と記憶、土地と土地に、橋（詩集『Bridge』）をかけた。そのことが、生き延びる証のように・・・。「私は沈んでいた何かを引き上げることができただろうか」。「あとがき」の予感のように、それはたしかな成就を告げている。すでに「カメラを手に歩いて行く」「シャッターを切るシルエット」で知られる詩人は、早い時期から、写真と詩を融合させる創作に打ち込んできた。今では普通ともいえるこうした作業や仕事も、当時は詩人の新しい活動のように記憶している。「カケラならひろい集められる／粉のように崩れたら／飛ばされていく／思わず輪郭線を引いていた」（「輪郭線」）。立ち上がる現象に輪郭線を引かなければ、存在と現在に関わる写像は現れでない。全てはゲシュタルトの現実界に精神が過去を想起して、フラクタルのような輪郭線を引いてできた、現象的事物である。

「にぎやかな港の／海に落ちていた　自転車」（「消えられないあれを」）から「光の切れ端をあつめる」と、そこに「輪郭線」を引いて、「玄武」にも「朱雀」の方位へも、詩人は、「口を結んで」、橋（「Bridge」）を架けた。「橋の中央が跳ね上がってここを昔　船が通った（略）祖母は母は　支える　支え続けてきた／アーチのようなものを日々を（略）東京という地名で祖母と私が重なるただ一つの記憶（略）生キ延ビテ、と叫びを上げて／娘の橋　橋を支える」（「Bridge」）と、カタルシスの物語を微細な輪郭に立ち上げる。詩人の言葉の運びは、構造的な方位と位相をもって、原点の風景に回帰してくる。

　肩にも腕にも手首にも、無駄な力がない。息を抜いた、柔らかい言葉遣いだけが、傷を負った風景に橋をかけることができた。人知れぬ人生の苦悶のなかの微細な選択を、詩の七五調の韻律が成就している。

藤谷恵一郎・小詩集『風の船*』抄五篇

クリスタル色の歌

極北の青い風が
オーロラを吹き零す
恋人に抱かれているのに
どこか寂しげな
クリスタル色の歌が流れてくる

雪解けの水が
春とともに水芭蕉を咲かせる
去年死んだ子ども達の歌が
きらきらと水面を走ってくる
楽しげなクリスタル色の歌が

春の光は悪戯者
若い母親が悪戯(いたずら)っ子と遊んでいる

忘れ去られようとするものの奥底から
確かな足音を立てて
呟くような
読経のような歌が流れてくる
囁き囁き

訴え訴え
秋が来る
私はここにいます
母よ　私はこんなに愛しています

一つの鐘(かね)が響き
また冬が来る
あらゆるものを失っても
なにものも喪すことのない魂が
クリスタル色の歌を
歌い始める
追悼歌のように
恋歌のように

迷い子

生まれる筈のないものが
生まれようとして
生まれえずに
消えていく

魂以前の魂が
囁きかける

わたしたちから目を逸らさないで
私の中で
生まれようとして
死産したものたちが
やさしく呼びかける

恨みをもたず
諦めからでもなく
流れゆく水の理（ことわり）のように
未生成の迷い子のようなものが
私に呼びかける

わたしたちから目を逸らさないで
わたしたちに言葉の象（かたち）を与えて

アルプスの冬

秘められた朝の時間に
うずくまる巨大な白い鳩
眠っていた一つの情念が
立ち上がり小さな渦を作り
寄り集まり大きな渦になり
山の雪肌を流れ昇る間に消えてゆく

寄せて動きを縛られた雪の波
粗目雪の表層が異端児のように
白い炎となって風に抱かれる

命は雪の下に眠り
悠久の時に逆らわない

雲海を突き出た小さな太陽
ブロッケンの　不鮮明な七色の輪に
影が宿る

護らなければならないものを抱いていた母親のように
巨大な鳩は無象の小鳩を飛び立たせる

絵本

水溜りがあると
妹はしゃがみこんで
水溜りに映る空と自分を見ていた
しばらくその時間を許した後
絵本の最後のページを閉じるように

私は小石を　そっと
水溜りに落とす

妹は水面から飛び立つものを追うように
立ち上がる
私は妹を抱きとめ
手をつないで歩き出す
飛び立ったものの羽風をどこかに感じながら――

メリーゴーランドの馬

風の後ろに悲しみが
　入道雲のように立った
長雨があがると
　水滴のような憧れが撥ねる

くるくる廻るメリーゴーランドの馬に私は乗った

私は待っていた
君の後ろから　私の待っていた私がやって来るのを

＊『風の船』【一九九八年一月三〇日発行
発行（株）日本図書刊行会　発売（株）近代文芸社】

高橋郁男・小詩集『風信』

二十二

東京・全球感染日誌・四

二〇二一年　元日　丑年が明ける
コロナ禍の先行きが不透明で
人の行き来もままならない日々に
空を行く鳥たちの姿が　目にとまる
雀　鳩　烏　目白　尾長　椋鳥　鵜　鷗　鳶
天と地の間を　自在に往来する
翼あるものたちの再発見
翼あるものたちに憧れて生まれた
銀色の人工の翼の方は
飛び立つ機会が減って　地上に逼塞している

今年中には　コロナ禍明けを告げるような
一条の光が差し込むようにと念じつつ
賀状に　うし年の折句を添えて投函する
う　っすらと
し　ょこうきざすや
とし　のあけ
うっすらと曙光兆すや年の明け

一月七日　木
東京と隣接三県に　再び「緊急事態宣言」

二十一日　木
バイデン・新米国大統領が就任演説で
ｕｎｉｔｅ（結束）を繰り返した
ｕｎｉｔｅｄ　ｓｔａｔｅｓの国のトップが
ｕｎｉｔｅ／ｕｎｉｔｅと繰り返す
トランプ政権が深めた分断からの復旧を
目指す姿勢を示したが　もっと深く
未だに　ｕｎｉｔｅされていない　ｕｎ・ｕｎｉｔｅｄな
この国の姿を象徴しているように思われた

アフリカから数多の先住民を拉致し
長く　隷従を強い続けた暗い歴史は
今も尚　重くのしかかる
リンカーンの奴隷解放宣言から百数十年が経つ
この間　数多の人々による反・隷従の闘いと
平等希求の運動が繰り返されてきた
しかし　まだ差別は消えていない
ｕｎ・ｕｎｉｔｅｄから
ｕｎが外れる時は　いつになるのか

三月七日　日
東京圏の「緊急事態宣言」を再延長

十一日　木
二〇一一年の大震災・原発破綻から十年になる日の朝
東京駅から　常磐線で福島県の浜通りに向かう
震災の後に浜通り方面に行くのは　五回目で
前回・四年前のこの日と同じように
放射能の空間線量計を携えた
四年前の常磐線は
爆発した福島第一原発に近い区間が不通だったが
昨春になって全通し　一般人でも行けるようになった
前回までは入れなかった　原発の立地する双葉町を目指す

東京駅での線量は　毎時0・05マイクロシーベルトと
前回までの数値と変わっていない
変わったのは　駅のホームと車内の様子だった
ホームでは　コロナ禍による往来抑制で減った乗客よりも
発着する列車を撮影しようとする人たちの方が目につく
乗車率が二割ほどの　空いた特急「ひたち」の席に座ると
何となく　周りの雰囲気が落ち着いている
これまでは　いつも目の前に並んでいた車内雑誌や
物品販売のパンフレットの類いが無い
コロナの感染防止ということで　車内販売も無く
時折　通路のドアの取っ手を消毒する人が行き来する
線路沿いには　以前より　太陽光発電のパネルが増えている
まだ若葉の萌えない薄茶色の冬木立の連なりの下に
菜の花の群落の黄色い帯が映える　早春の車窓が続く
いわき駅で普通列車に乗り換えると
右手から　太平洋の大海原が　間近に迫ってくる
久々に面する　果てしない波の連なりに　見とれる

弓なりの鉄路に寄せる春の波

原発に近づくにつれて　車内の線量が上がってくる
双葉町に入ると　東京駅の十倍の0・5に達した
乗車から三時間余りで　双葉駅に降り立つ
駅舎は真新しいが　駅員の姿は見えない
自動改札機の脇に設置されている線量の掲示板は
0・07マイクロシーベルトを示していたが
すぐ近くの駅前広場の掲示板では
0・26マイクロシーベルトで
除染の有無・程度によって　差は大きいようだ
双葉町では　まだ　放射能による全町避難が続いている
四年前に　鉄道の不通区間を代行バスで通過した時には
この町の中心部に通ずる道は　バリケードで封鎖されていた
今　初めて　その地に足を踏み入れる
駅のすぐ前には　十年前の震度6強という激震の被害を
そのまま　今に伝える家々が並んでいた
瓦屋根が厳めしい住宅のブロック塀が倒れて

庭から　大きな梅の木が無数の白い花をのぞかせている
二階の部分が崩れ落ちた　古い民家もある
窓が壊れて　中の座敷の日本人形が垣間見える家もある
道端には　水仙が小さい黄色い花をつけている
別の家の庭では　竹藪風の一角が　早緑の色に染まっている

木や草花は　十年の間　季節の営みを　人知れず続けてきた
そして住民は　十年の間　帰り住むことが叶わなかった
土地は　十年の間　変わらずに　そこにあり　庭も　あった
壊れた家でも　直すか　建て直すかすれば　住める
しかし　ここでは　まだ住むことができない

あの地震・津波は　多くの形あるものを壊し　奪ったが
原発の破綻・爆発は　噴出した大量の放射能によって
人々の現在だけではなく　未来をも奪った
三・一一大震災は　形のある三次元のものに加えて
時間という　第四の次元までを奪い
人々の遠い未来までも制約する「四次元災害」だった
双葉町は　この未曾有の「四次元災害」の
十年後の実相を　無言で　厳しく示している

外壁に　大きな丸い時計を取り付けた二階家がある
入口の表示は「双葉町消防団第二分団」
直径が　ちゃぶ台ほどもありそうな時計の文字盤の針は
地震から二分後の二時四十八分を指して　止まっていた
一階の駐車スペースのシャッターは外側にめくれ返っている
あの日　消防団の人たちも　ここから出動して
地震と津波に立ち向かったのだろうか　そして
原発破綻の全町避難指示で　救助活動すらできなくなる
双葉町に限らず　福島の浜通りには
この　身をよじるような無念の思いが　深く刻まれている

「第二分団」に近い一角で
出入りのトラックを誘導している中年の男性が　こう語る
「津波は　この辺までは来なかったけど　放射能のせいで十
年間　住む人はいないままだよ　まだ電気も水道も通ってい
ないし・・　この町で今　生きているのは　駅と信号機だけ
なんだ」
確かに　駅前の道路の信号機は　どれも作動している
歩行者はほとんどなく　車も　たまにしか通らない
信号の下に　パトカーが一台　佇んでいる
住民不在の町を警戒するように　時折　静かに移動してゆく

双葉駅と同じく　復興への拠点とされる新しい施設に向かう
駅前からシャトルバスで五分ほどの　海岸に近い一角に
「東日本大震災・原子力災害　伝承館」はあった
その前を横切って　人々が　向かい側の建物に入ってゆく
多くの人が喪服姿や学生服で　家族連れも目につく
その建物では　町の「震災追悼式」が営まれるところだった

「伝承館」は　昨年の秋に開館した

体育館並みに大きな館内には　震災前の暮らし向きから
発災と原発の爆発　その対応　そして復興と未来への挑戦が
最新の映像技術を駆使して　展示されている
確かに　十年前にテレビで繰り返し見た原発爆発の場面は
ここで　畳数枚分にも及ぶ巨大なスクリーンで見ると
その　背筋の凍るおぞましさが　よく伝わってくる
こうした「何が起きたのか」についての展示は　手厚いが
肝心の　原発禍による「四次元災害」の原因や責任が絡む
「何故起きたのか」についての展示の方は　少なめだ

「何が＝ｗｈａｔ」を　人が見て分かりやすく示すよりも
「何故＝ｗｈｙ」を　見て分かりやすく示す方が難しいが
それにしても・・と思いつつ　「伝承館」のパンフレットを
見ると
その表紙には「伝承」したい二つの柱が　こう記されていた
――あの日からの経験
――みらいへの教訓
展示が難しい「ｗｈｙ」の方を　今よりも手厚く示すことが
「みらいへの教訓」の　より確かな伝承に繋がると思われた

二時四十六分には　波打ち際で黙禱をと思っていたが
浜辺の護岸工事のために一般人は入れないというので
海が望める「伝承館」の屋上に出る
護岸の切れ目から　白い波頭がのぞき
重機のアームが　動きにつれて鋭い反射光を放っている
　時刻に至り　追悼と　住民本位での復興を念じて瞑目する

夕方近く　双葉駅に戻る
駅の裏側の一帯は　一般人には封鎖されたままだ
フェンス越しに望む小学校らしい校舎の壁に　標語が見える
「正しく　強く　朗らかに」
この学校も　ほかの小中学校も　いわき市に避難中という
双葉町の南方数十キロの所に　多くの被災者を迎え入れる
いわき市という大きな存在があったことに　ほっとするが
もしも　原発爆発の際の風向きが大きく違っていたら
いわき市の方も又　高放射能に襲われていた可能性がある
さらに　爆発とメルトダウンが　もっと激しく続いていたら
東京さえも　避難の対象になっていたかもしれない
十年前に　福島原発で起こったことは
他の　あらゆる原発でも起こりうる
遥かな未来の時間までも奪い取る「四次元災害」を
繰り返すことは　許されない

双葉駅を後にして　いわき駅で東京行の特急に乗り換える
「ひたち」は　途中駅での人身事故のために時々停車し
一時間ほど遅れて　夜十時前に東京駅に着いた
丸の内口を出た所に　大きなデジタルの時計が立っている
丸ビルの夜景を背に　人の背を超える高さに光り輝いている
東京五輪までの日時を示す「カウントダウン・クロック」
一秒ごとに数字が減って　その時までの日時を　刻々と示す

一昨年に　ここに設置されて　カウントダウンを始めたが
昨年の五輪延期の決定で中断し　再び　動き始めたという

七月の下旬から八月という　外出すら危険な炎熱の東京で
選手たちを全力で競わせる今回の五輪は　元々無理筋だが
コロナ禍も重なり　少なくとも通常の形での開催はできない
コロナの禍に揺れる五輪の姿を映すような　この動く時計と
原発の禍による「四次元災害」を映す双葉町の時計と――
この日に出会った　静と動の対照的な時計を想像で並べつつ
震災から十年の　三・一一の象徴として　記憶した

二十日　土
東京五輪での　外国からの観客受け入れを断念
二十一日　日
東京圏での「緊急事態宣言」を解除
二十五日　木
東京五輪の聖火リレーが　福島県から始まる

*

時を遥かに旅して
第二次世界大戦が終わろうとする
一九四五年・昭和二十年の東京に　辿り着いたとする

一月一日

――漫談家・徳川夢声（五一歳）の日記
「三時頃ノ高射砲ト半鐘デ起キル。敵機既ニ頭上ヲ去リ、向ウノ方デ焼夷弾ヲ落シテル。
大変ナ元旦ナリ。娘タチ、警報解除ト共ニ八幡神社ニ初詣デ。」
『夢声戦争日記』（中央公論社）

――喜劇俳優・古川ロッパ（四二）の日記
「今暁五時、気早な年始客Ｂ２９の、いはゆるおとしだまの警報解除となり、五時半に又床に就く。九時、清が起しに来て、「お風呂も沸きました。起きて下さらないとお雑煮が食べられません」と言ふ。風呂に元気づいて、起きる。」
『古川ロッパ昭和日記』（晶文社）

――外交評論家・清沢洌（五五）の日記
「昨夜から今暁にかけて、三回空襲警報鳴る。焼夷弾を落したところもある。配給の餅を食って、おめでとうをいうと、やはり新年らしくなる。曇天。
日本国民は、いま初めて戦争というものを経験している。戦争は文化の母だとか、百年戦争だとか言って、戦争を讃美してきたのは、ながいことだった。僕が迫害されたのは、反戦主義という理由からであった。戦争はそんなに遊山に行くようなものなのか。それをいま彼らは味っているのだ。だが、それでも彼らが本当に戦争に懲りるか、どうかは疑問だ。結果はむしろ反対なのではないかと思う。」
『暗黒日記』（東洋経済新報社）

二十日
アメリカの大統領選挙で史上初の四選を果たした
フランクリン・ルーズベルト（六三）が就任

二月四日　ヤルタ会談
ルーズベルトとチャーチル英首相　スターリンソ連首相が
戦後処理やソ連の対日参戦など協議

十九日　米軍が硫黄島に上陸

三月
十日　東京大空襲
十一日
――フランス文学者・渡辺一夫（四四）の日記
冒頭に　イタリアの詩人ダンテの「神曲」の一節を記す
Lasciate ogni speranza　（一切の望みを棄てよ）
以下は　フランス語で綴られている
「『日記』なるものをつける習慣を捨てて既に久しい――今日、僕はあらためて日記の筆をとることにした。気持ちが変ったのは、筆をとらしめるに足る説得的な理由、いささかの希望を見出したからである。ここに記す些細な、あるいは無惨な出来事、心覚えや感想は、わが第二の人生において確実に役立ってくれよう。僕が再生し、復讐するその時に。こういう言葉が、ごく自然に出て来たが、それほど決意は固く、かつ熟慮の上ということだ。」
『渡辺一夫　敗戦日記』（博文館新社）

四月
一日　米軍が沖縄本島に上陸
五日　小磯国昭首相が辞職　鈴木貫太郎が首相に
八日　戦艦大和　九州南方で撃沈
十二日　ルーズベルト大統領が脳出血で急逝
　　トルーマン副大統領が昇格

二十八日
――清沢洌の日記（長野県軽井沢で）
「午後、正宗白鳥氏を訪う。彼は厳寒を高原に送って、（中略）「飢と寒気と戦って動物のように生きてきた」と吐き出すようにいう。」
この清沢の訪問について　正宗白鳥は　戦後に　こう書いた
「四月の或日、清沢洌君が軽井沢に来た時、私の家へ寄って、時局に関した浮世話を伺くれと、私の耳に伝へたのであったが、その時、「日本は戦争を早く止めねばならぬ。このまゝでは、滅亡の外なし」と力説した。「止めると云って、どういふ風にして止めるんだ?」と、私が訊くと、「無論、無条件降伏さ」と、彼は微笑して、事もなげに云った。」
『証言　昭和二十年八月十五日』（新人物往来社）

三十日　ヒトラーがベルリンで自殺
五月七日　ドイツが降伏

＝この項続く

永山絹枝・小詩集『馬を走らせる女神たち（ドイツ）』

【一、ホームステイ・ベルリン】

ドイツでも西側地区であった
玄関ドアには日独の交差した歓迎旗
アメリカナイズされた超裕福家庭
資本主義が産み出す格差社会に足を踏み入れた
ホテル並みの館と庭でのバーベキュー
「下一階のフロアー全部が絹枝、あなたのよ」
朝は寝室窓のシャッターが自動的にあがる
これでは百円ショップのお土産などどうして出せよう
氷の城を訪れたアリスの気分
日本人のプライド　私の個性をどう屹立し
日本文化を伝えることが出来るか
癒やしてくれたのは日本と変わらない植物たち
クローバーにそっと触れた
ドンマイ、ドンマイ　自分なりに　素で楽しもう　…。
クロース氏の案内は日独交流協会から
なるほど　日独伊同盟が　ふと蘇る
ハンブルグ大学図書館訪問後、西部劇まがいの祭りへ
え、ここはドイツ？それともアメリカ西部？
やっと人間らしい温かい交流が生まれたのは
一人住まいのベットに伏せる祖母さんを訪問した折だった

【二、ブランデンブルク門、統一の瞬間】

アテネの女神が天の馬を走らせるブランデンブルク門
西ドイツと東ドイツに分断の楔（くさび）が打ち込まれた
一九六一年八月深夜から凍れる冬は28年間
壁を築き　有刺鉄線が張り巡らされていた
それが　突然に春が来た
鉛色の雲が消滅し喝采が聞えてくる
鎧戸を開け放つ　誰もが踊っている
世界に流された解放（開放）の瞬間！
東西ベルリン市民の熱情が壁を乗り越えた
分断時代の終焉を象徴する映像だった
ドイツ再統一の証だったのに：
壁には各国の劇画風な首相の絵がペインティング
旧東ドイツのホーネッカー書記長と
ソ連ブレジネフ書記長が熱烈キスをしている
　学生時代に学んだ社会発展史
資本主義から社会主義　共産主義へ
あれはなんだったのか？　ドイツの詩人シラーは答える
　　未来はためらいつつ近づき
　　現在は矢のようにはやく飛び去り
　　過去は永久に静かに立っている
目でたしかめる陽炎の残骸

【三、メルケンのひし形】

新型コロナパンデミックへの向き合い方で
世界的に注目が集まった女性リーダーたち
その中にドイツのアンゲラ・メルケン首相がいる
高齢者や病人・移民などの弱者を守る姿勢
ナチスの時代とは全く逆の精神
　私にとって渡航や移動の自由は
　苦難の末に得られた権利でした
　私権の制限は絶対的な必要性がないと正当化しない
彼女はコロナ禍のなか涙を浮かべて
母親が人さし指を立てて諭すように訴えた
メルケン首相はきちんと対応している
国民は深刻に受け止め　信頼を集めた
ユーロー危機を乗り越え
福島第一原発の事故をきっかけに
脱原発・脱石炭にカジを切る
痛みを伴う民衆と共に
九月までの任務を全うするメルケン
　♪ガラス窓に日が昇り　男達は戦に出る
　月日は過ぎし人は去り　お前を愛した男達は
　戦場の片隅に静かに眠ってる♪
リリー・マルレーンの歌声が響き渡る

【四、四つ葉のクローバーと平和憲法】

思い起こす　お別れのひととき
プレゼントされたのは庭から摘んだ四つ葉のクローバー
ドイツワンコインに添えられて
「グッドラック　ご家族に宜しく」
毎年届く定形のクリスマスカード
子孫繁栄の家族写真とマイホームの雪景色
「絹枝　元気ですか　私たち家族も元気です
たくさんの良いことがあなたと家族にありますように」
今も我が家の書斎にはブランデンブルク門を絵付けした
真っ白いお皿と共に握手の手が差し伸べられる
四つ葉のクローバーといえば、
哲学者カントが提唱した憲法の基本原理
第1に、戦争は軍隊があるから起きるんだ
　だったら軍隊をなくすことを　憲法に明記しよう
第2に、いきなりみんなで軍隊をなくすのは難しい
　だったら侵略戦争はやめることを憲法に盛り込もう
第3番目は、
　独裁者が国を支配したら戦争は起こり易い
　共和制にすればいい　民主主義にすればいいんだ
第4番目は、国際調停機関の設置
おお、これはわが日本国憲法第九条の条文ではないか。

堀田京子・小詩集
連作『ウソ　ホント　ホントですか』五篇

その1

ウソ　ホント
ホントですか

八十三億トンのプラごみ
八割が処分されずに　そこにあるという
ナノプラという目に見えない微小なプラが漂う地球
海の生物にとっては命取りだ
プラ塵を餌と間違えて飲み込んでしまえば命取り
どれくらいの生物が命を落としたことか
魚のプラはやがて人間の体内に侵入
子宮に蓄積するという情報を聴いた
これを脅威といわず何といおうか
命の源を狙われては未来は絶望的
自業自得では済まされない
自らが作り出したものによって首を絞められる滑稽さ
人災・まるで核のような脅威
自然のおきてを破った罰
便利さの追求がもたらした結末
わずか数十年の間の出来事だ
私が子どもの頃
一升瓶をもって醤油を買いに
油も量り売り　一合なんぼの時代
豆腐は鍋をもって買いに行った
風呂敷が役立った時代
ゴミやさんはいなかった
クズは地面に埋めて再生したり
もやして灰にしたものだ
人糞も大切な肥やしだったなんて信じまい
あの時代に戻れとは言わないが
手を打たなければこの地球は危ない・人間も危ない
そのことに　気づいたら何とかしなければならない
便利さは豊かさだろうか　大量消費時代の悲劇
生きとし生ける者たちが
皆安心して暮らせる地球であってほしい
覚悟のうえで今日の暮らしを見つめなおしてみよう

その2

ウソ　ホント
ホントですか

立派なマンションの建築
その建物に　トイレがない
排泄物は　窓から捨てるのですか

暮らしては行けませんよ

原発は何のため
豊かな電力を供給のため
しかし廃棄物はどうするのですか
捨てる場所さえないのです
プルトニウムは何のため
二度と戦争はしないと憲法で誓いながら
核を持つことで国は栄えると信じた大臣
それを許した国民も同罪
何世代にもわたる負の遺産を蓄積
人は逃げて行く所さえないのです
繁栄は絵に描いた餅
金　金マネーの時代の産物　構造的暴力の脅威
見えない驚異の中で生きなければならない恐怖・苦悩
分断の果てに　泣き寝入りはしまい
フクシマの復興はこれからだ

海の魚が泣いています
山の獣も泣いています
里の人も泣いています
草も花も木も
放射能の黒い雨はごめんです
命あるすべての生物のために
人間復興と共に　はじめの一歩を踏み出す時

神様からのたまもの　青い地球を
みんなの手で　取り返さなければ
未来は暗黒です

その3

ウソ　ホント
ホントですか

温暖化　海面が上昇
日本の美しい浜辺も九十パーセント喪失とのこと
地図から消えゆく小さな島々
開発のもとに森林の伐採
一方　里山は荒れ放題
北海道の山林は　外国に売られて
バランスを壊した経済
暑くて溶けそうな日々を想像してください
大自然の調和の中に暮らしているのです

海の魚も　悩んでいます
海水温の上昇で住処を追われて　逃げ場をなくして
温暖化による　異常気象は容赦ない
シベリアに　巨大な穴発見　ガスの充満　爆発
凍土が解け始めたというではないか

凍土に眠っている　得体のしれない細菌類が
暴れだしても不思議ではない
世界は　争っている場合ではない
いま共存の時代を目指して　ともに手を取らねば
自爆の時がせまっている
パリ協定　二酸化炭素の排出量の削減
今世紀は　変身の時代
石炭から石油　水素
そしてあたらしいエネルギーへ
ますます　ＡＩ技術が進歩　リモート時代
縄文人は葬られる時代かもしれないが
もっと人間らしく
笑顔で暮らしたいと
願うのは間違いだろうか

その４

ウソ　ホント
ホントですか

鏡よ鏡よ　鏡さん　世界で一番美しいのは誰？
答えは　もちろん　白雪姫
では　世界で一番強いのはだあれ？

姿、形の見えないコロナウィールス
新株も次々に現れて脅威となっている
この世で一番偉いのは　人間か
この世で一番強いのは　人間か
目にも見えない生き物の脅威に
全世界が振り回されている時代
人間は考える葦　か弱い葦だ
癌細胞だって　命を奪ってゆく
神様は万物を創造されたという
菌類の歴史は人類の歴史よりも長い
動物は裸一貫で生きてゆく
小鳥たちも懸命に生きている
虫も蝶も　命輝かせて
冷たい季節を乗り越えて
花を咲かせる愛おしい植物達
草は除草剤でやられてもめげない
樹の枝は切られても生命を蘇らせる
すべての生きとし生けるものは素晴らしい
運命に従うしかできないか弱い人間
弱いからこそ繋がって生きることが大事
分断の時代にあって　切実な問題
みんな一つの命　生も死も紙一重
闇から生まれて　光の中で生き
やがて闇へ消えてゆく
今の今を輝いて生きていたい

ウソ　ホント
ホントですか

その5

東京大空襲　あれから七十六年
逃げ惑った日々の記憶は
今も生々しく彼の胸をえぐる
東向島で暮らしていた日々
永井荷風の過ごした街　女郎屋敷の連なる街
三月は思い出したくない月でもある
三月十日の東京大空襲
火の海を荒川土手めざし
母親に連れられて必死で逃げまどった
袋小路に入り込みそまま焼かれた隣人
炎に耐えきれずどぶに飛び込む人々
強風にあおられて火柱が走る
皆殺し　十一万人の死傷者
隣家の犬は
飼い主のおばさんの遺体のそばで泣いていたという
地獄絵のごとき混乱の中で母親が産気づく
気丈な彼女は腹から赤子をかき出し産み落とした
産めよ増やせの時代　十四歳で嫁に来た
すでに十一人の子供を産んでいた
命からがら助かったが　食べるものもない時代
兄弟二人結核でなくなった
竜ケ崎へ学童疎開　小学三年　お寺の伽藍に
母ちゃん母ちゃん腹減ったと叫ぶ子供たちの声が
今も聞こえるという
兄は弟のために食べ物を譲り栄養失調で亡くなった
学徒動員　ちりじりに引き裂かれた時代
満州にて事業を始めた父　敗戦
母親は脊椎カリエスを病み
混乱の中　父の呉服問屋は消滅
あまたの重荷を背負い　歩き続けてきた彼の人生
そして　育て上げた長男は難病で亡くなった
奥さんも若くして肺がんで亡くなった
生きている奇跡　おかげ様の言葉を胸に
平和を祈りつつ
日々大切に
たくましく暮らしている彼である

柏原充侍・小詩集『守りたいものがる』五篇

どこまでも

どこまでも　つづいてゆく
〈ひと〉の途を　ただ　まっすぐに
こころ　不思議だ
なぜ　自然を　ひとを　愛するのだろう
天上の頂に　斜陽がほほをてらし
いつまでも　あたたかい　つまり
こころ　あたたかくしてほしい
どこまでも　つづいてゆく
生きること　生き抜くこと
それは〈正義〉だと　かつての哲人は
悩んでいるとき　それが真実　つまり
生きている証拠だと
快晴の　春を迎えんとする　いつか見た青空
梅の匂い　かぐわしく
桜の片想い　ねがいをかなえて
また　一年が過ぎ行き
どこまでも　人生はつづいてゆく

さらば友よ

ともに歩んだ 少年時代
田舎に帰れば　いつも微笑んでくれた
海に行けば　たくさんの命たち
もう忘れてしまった　想いだせない
ああ　わが友よ
きみはいったい　どこにいるのか
小麦色に　肌が色づき
白い歯が　きみのえがおに　よくにあう
こどものままではいられない
「お勤めをするのが、大人なのだ」
そう　悟ったとき
くるしい　つらい　がんばれ　がんばれ
自分に帰る　大人として
さらば友よ
いつまでも友達のままだ
さあ　またいつか一緒に
生きることをわすれないで
いざ　行こう

小麦色の少女

ひとをあいする　って　どういうことなの
ながいこと　ながいこと
考えつづけた
夏に生きた　そう・・・・
小麦色の少女
わたしは〈あなた〉に恋をした
えがおが　太陽にてらされ　わらう　そのくちもとは
白くひかり　どこまでも　追いつかない
瀬戸内海の　ちいさな小島
海が開けば　幸福の　若き　少年時代
潮騒が　青春のちからづよさ　感じさせられる
いったい　初恋とはどういうことか　わからず
ただ「生きたい」そして
貴方を愛したい
やがて　別れの日が　やってくる
いまでもわすれない
あの日　夢みた　希望の夏
生きる力強さになる
若さが故　ただ
貴方との想い出が
真実の夏だったことを

いつまでもそばにいさせて

だいじな　だいじな　たった　ひとりの
おとうさん　おかあさん
そして　いつもなかよし　みんなで　きょうも
しゅっぱつだぁ
はる　の　おてんとさま　さくらが　ふぶく
こどもの　えがお　いつまで　いっしょに　いれるかな
いつまでも　なくならない　あの（コロナ）
さむい　くるしい　つらい
タスケテ　タスケテ　コワイ　コワイ
〈ひと〉と〈人〉が　また　いなくなる
はるいちばんが　すべての　いのちへと　つながって
もうすぐ　もうすぐ
この　こわい　びょうきが　なくなれば
また　あたたかい　はるが　おとづれ
だあいすきな　せんせいと　ともだちと
まだ　わからない
あいするということ　すきになるということ
みんな　みんな　だいすきです
いつまでも　そばにいさせて
それが〈愛〉ということだから

守りたいものがある

どこまでも　いっしょでいたい
おとんとの　日々
おかんは　家計簿をつけて
コロナが襲い掛かって　街の人々の生活
ようやく　いっこうに治まる気配がなく
こどもたちは　無邪気に　そう・・・清らかな〈こころ〉
おとなはみな　はたらかなくてはならない
逃げることは　ゆるされない

「どこまでもついてゆくから」
その言葉を　胸に秘めて
ただ　ひたすら
ガタンゴトン　ガタンゴトン
鉄の音に　悩まされて
きょうの無事を祈って
守りたいものがある　それは
コロナに　かかった　人々のこと
〈こころ〉に優しさをこめて
かならず　守り抜く
そう　つよく　誓い
ガタンゴトン　ガタンゴトン

小説

連載第十四回
三浦綾子私論―生きることの謎―

宮川　達二

「生きるということは苦しく、また謎に満ちています」
前川正の遺書　『道ありき〈青春篇〉』（一九六九年）
「人間は本来、どんな思想を持っても、咎められてはならないんだよ。」
坂部先生の言葉　『銃口』（一九九四年）

―遠い記憶―

一九六〇年代後半の三年間、私は北海道旭川で毎朝、高校への通学のため乗ったバスを六条九丁目の市役所前で降りていた。或る日曜日、山岳部の訓練のために高校へ行った。六条教会の日曜礼拝から、新聞で見たことのある三浦綾子、光世夫妻が出て来た。大正生まれで四十代の私の両親と二人は同年代だろう。表情に柔和なほほえみを浮かべ、教会の方々とお話をしている。『塩狩峠』という自己犠牲をテーマとした小説が刊行となったばかりである。私は、文学とは、信仰とは、人間の存在とは何だろうと考え始めていた。世界ではいつも戦争が続き、日本では学生運動や安保闘争が起きていた。三浦綾子夫妻の顔を初めて見たのは、半世紀以上も昔のことになる。

―三浦綾子講演会―

一九七五年八月、学生だった私は東京から旭川へ帰省した。その夏に旭川駅前のデパートに三省堂書店が進出、開店記念文化講演会が開かれた。講師には旭川在住の三浦綾子と社会推理小説作家松本清張が名を連ねている。私は作家の話を聞く良い機会だと思い、講演会へ出かけた。

松本清張の演題は「歴史と推理」だった。彼は当時六五才、『点と線』『砂の器』など次々と大胆な構想で傑作を生み出していた巨匠である。一方、三浦綾子はこの時五十三歳、戦後まもなく肺結核になり、長く病床に臥せていたという。しかし、壇上を歩く彼女は足取りも軽く、アイヌの伝承デザインに学んだ旭川の工芸品の赤いユーカラ織の上着を着て登場した。

三浦綾子はこの年、初めての歴史小説『細川ガラシャ夫人』を刊行、本能寺の変を起こした明智光秀の娘で、細川家に嫁いだ玉子、洗礼名ガラシャが主人公である。その日の演題は「小説と登場人物」である。講演は、歴史上を生きた人間を書く際の徹底した取材、これに加え虚構をいかに取り入れるかを語った。三浦綾子によると「ガラシャ」というラテン語の洗礼名は、「恩寵」という意味である。学ぶところが多く、私はこの時以来三浦綾子に親近感を持った。

―三浦綾子という作家―

三浦綾子は一九六四年、四十二歳の時に朝日新聞主催の懸賞小説に『氷点』を応募し入選、この作品はベストセラーとなり旭川に注目すべき作家が出現した。この作品は朝日新聞の連載後すぐに、映画、テレビで映像化され、大きな反響を得る。私は、犯罪に原因を発する大人の愛憎劇には興味がなかったが、犯人の子として苦しみ自殺を図る陽子という少女には心が動かされた。もちろん私は、三浦綾子がキリスト教の原罪を作品のテーマとしていたことに気がついていない。原罪とは、人の心に深く潜む自己中心主義、つまりエゴイズムであることは後に知った。小説の最後で、ヒロイン陽子が美瑛川のほとりで自殺しようとするが、遺書として書いた次の言葉が心に残った。

「けれども、いま陽子は思います。一途に精いっぱい生きてきた陽子の心にも、氷点があったのだということを」

旭川の真冬は、最低気温が氷点下二十度から三十度までに達する。凍てつく心の中の「氷点」という鮮烈な響き、少年だった私に深く突き刺さる言葉だった。

三浦（旧姓堀田）綾子は一九二二年に旭川に生まれる。一九三九年に旭川市立高女を卒業、七年間教師を務め、昭和二十一年に退職する。教師を辞めたのは、戦前および戦争中の日本という国家の欺瞞、それに従った教師としての生徒への自責の念が深かった為という。この年に彼女は肺結核となり，後に脊椎カリエスを併発、以後十三年間にわたり闘病生活を送る。その後、キリスト教の受洗、幼なじみの恋人の死などを経て三浦光世と出会い結婚する。

三浦綾子は、『氷点』以後も『ひつじが丘』『道ありき』『愛の鬼才』『細川ガラシャ夫人』などを発表、着々と作家的地位を固めて行った。注目すべきは、晩年となって左翼作家小林多喜二の母を描いた『母』、さらには、「北海道綴方連盟事件」をテーマに据えた『銃口』を完成させたことだろう。私自身、これらの作品が刊行されたとき、その題材の意外さに驚いたことを覚えている。二作ともに、社会、歴史、戦争をテーマとし、天皇制、権力への抵抗精神が前面に出ている。もちろん、三浦綾子らしいキリスト教精神が背景にあるが、病気に苦しみながらも、人のあり方をどこまでも追及する三浦綾子の強靱な精神力は失われる事はなかった。

―前川正、三浦光世、二人の存在と信仰―

前川正と綾子は、旭川の小学校時代の幼なじみである。二人は、十八年を経た一九四八年十二月、結核患者の会の会員として再会した。綾子二十六歳、前川は二歳年上の二十八歳、彼は結核治療のために北大医学部を休学中だった。真摯なキリスト者だった前川は、教師を辞職し結核になって以来深い虚無に襲われ続けていた病床の綾子を励まし続け、二人は互いに掛けがえのない存在となる。歌人である前川は、綾子への想いを次のような歌に詠んでいる。

笛の如く鳴り居る胸に汝を抱けば吾が寂しさの極まりにけり

前川正

こうした彼の影響で、綾子は三十歳の時に、脊椎カリエス治療のために転院していた札幌医科大学付属病院で病床洗礼を受ける。しかし前川は病状が悪化し、一九五四年五月二日に三十五歳で亡くなる。彼は、亡くなる三カ月前の冬に綾子へ遺書を送っており、「真実の愛とは束縛ではなく、相手に自由を与えること」が前川の最後の言葉であった。自らの死後、綾子の新しい出会いを願う深い配慮を遺書に込めたのだった。酷寒の旭川で、戦後の昭和二十年代に共に病に苦しみ、死を意識せざるを得ない男女に、こうした深い心の交流があった。綾子は、前川の死の知らせをギブスベッドに臥せたまま聞き次の歌を詠んだ。

吾が髪と君の遺骨を入れてある桐の小箱を抱きて眠りぬ

綾子

恋人の葬式にさえ出ることのできない女性の悲痛な想いが今に伝わる。

前川正の死の翌年の昭和三十年六月、キリスト教誌『いちじく』の誌友だった青年三浦光世がはじめて綾子を見舞いに訪れる。女性の名とも思える彼の名は新約聖書の「あなたがたは世の光である」（マタイによる福音書五―十四）という言葉に由来する。三浦光世の訪問は、前川を失い闇にあった綾子にとってはまさに世の光だった。前川正と同じくクリスチャンである彼に励ましを受けた彼女は、しだいに病状が回復に向かい、奇跡のように脊椎カリエスは完治する。交渉の深まった二人は、出会って五年後の一九五九年に結婚し、いよいよ三浦綾子となる。三浦光世は、前川正という存在の大きさを十分に知った上で結婚に踏み切ったのだった。

結婚後、二人は信仰を深め合うが、夫三浦光世にも健康の問題があり道はいまだ険しかった。前川正、三浦光世という献身的な二人の男性の存在こそ、三浦綾子を再生、信仰、文学者への道へ導いたのだった。

一九八二年六月、妻の直腸癌手術後に詠んだ三浦光世の歌に次のものがある。

癌の手術終へて二十日の妻に添い歩み行くアカシアの花白き下　三浦光世

三人に共通するのは、同年代のクリスチャンであることに加え、文学的な志向があり、特に歌を詠んだことである。一瞬の心の真実を表現するには、短歌こそ彼らにはふさわしかったと思われる。

―社会、政治、歴史への目―

大正時代に旭川で新聞記者を務め、左翼の抵抗詩人となった小熊秀雄が一九六〇年代に再評価の機運が高まった。旭川に小熊の詩碑が建立され、小熊秀雄賞が設立された。東京でも小熊秀雄協会ができ、全集、岩波文庫まで刊行された。三浦綾子とは、方向性の違う詩人だが、三浦綾子は旭川に縁の深いこの詩人を支持、小熊秀雄賞への協力を惜しまなかった。これを考慮すると晩年の社会、歴史への強い視線が感じられる作品『母』と『銃口』の二作は、キリスト教に基づいた作品群に比べると極めて異色という印象を世間に与えた。しかし、小熊秀雄の抵抗詩に関心を持つ彼女には、これらの作品のテーマには大きな矛盾はなかった。

―『母』（一九九二年刊）―

『母』の「あとがき」は三浦綾子自身の次の文で始まっている。

「小林多喜二の母を書いてほしいと三浦から頼まれたのは、もうかれこれ十年以上もまえのことになろうか。」

十年前と言えば、一九八〇年代前半、彼女は六十歳となり、しかも直腸がんの手術をした頃である。小林多喜二は共産主義陣営に属した左翼作家で、昭和八年に東京赤坂で特高に検挙され築地署で拷問により虐殺された。小林の人生や、共産主義に疎い三浦綾子はかなり逡巡したが、小林の母が晩年に受洗したらしいことがわかり、執筆に踏み切った。のちに、小林の母は教会とは大きな縁があったが、受洗には至っていなかったことが判明する。しかし、このことは小説を書く上で大きな障害とはならなかった。三浦綾子は、昭和三十六年に亡くなっていた小林セキとは直接会う事は出来なかったが、小林多喜二の弟、姉たち、小樽高商時代の友人、また小林セキが通っていた小樽シオン教会の方々にも取材して十年がかりで完成させた。

「多喜二の死とイエス・キリストの死に何か共通のものがあるのではないかという点は、かなり初期から意識していました。」

「自著を語る」（『NEXT』一九九二年五月号）

彼女は、小林多喜二は貧しき人のために、キリストは罪ある人のために殺されたという認識を持っていた。自分の健康をはじめ、幾つもの困難を乗り越え、小林セキの早くして亡くなった息子を思う気持ちの籠った秋田弁による一人語りの『母』が、三浦綾子の執念によってこの世に書き残された。

―『銃口』（一九九四年刊）―

『銃口』は、三浦綾子の生涯で最後の長編小説である。主人公は旭川に住む北森竜太、彼の少年時代から老年までの生涯を、昭和の歴史を通じて描く。尊敬する恩師坂部先生に影響を受け竜太は教師となり、炭鉱の町に赴任する。しかし、昭和十六年の「生活をありのままに書く」ことを指導した「北海道綴方教育連盟事件」で、北海道の教員五十名以上が逮捕される。当局は、治安維持法違反容疑で教師たちが共産主義教育をしようとしたという疑いである。主人公北森竜太にはその意図はないが嫌疑を受け、長期の警察による訊問が行われる。坂部先生はこの逮捕による獄中生活が原因で死亡、竜太は釈放されるものの、教師の職を失い、婚約者芳子との結婚は延期せざるを得ない。その後、遠い中国北部の満州へ行かざるを得なくなる。そして満州で竜太は徴兵され、軍隊生活に入ることになる。一九四五年、満州で竜太は敗戦を迎えるが、その後の逃避行のなかで旭川の少年時代に出会っていた朝鮮人金俊明と朝鮮で出会い、そこで彼に救われ、日本へ帰国する。

三浦綾子は、この本の「あとがき」で治安維持法違反として旭川師範学校、旭川中学の教師、学生が捕えられた「生活図画事件」に関係した鏡栄（かがみさかえ）という人物を挙げている。

「また鏡栄氏の経験も強烈なものだった。天皇もまた人間であるという当然の発言から、氏は卒業直前に師範学校を退学させられたという。学歴の剥奪は、その後の軍隊生活にも常に不利な条件を強いられるということになったというから、苦衷は想像にあまりある。」

個人的な話だが、この鏡栄さんは、同じ旭川師範学校を出て教師となった私の父と同期で友人であった。鏡さんはこの件による強制的退学により教師となることは断念、戦後旭川の民間企業の社員となり生活された。私自身、鏡栄さんと家族の方々にもお会いした事がある。

―三浦綾子の残したもの―

一九九九年十月、三浦綾子は旭川リハビリテーション病院で多臓器不全のために逝去した。享年七七。夫の三浦光世との結婚生活は、ちょうど四十年である。一九六六年の『塩狩峠』の連載原稿以降、作家である妻三浦綾子の原稿を口述筆記で書き留め続けた夫の光世は、二〇一四年十月に九十歳で命を閉じる。三浦綾子は繰り返す病気を克服し、信仰に基づく作品はもちろん、過去に生きた人々に深く思いを馳せ、未来をも見据えた作品を生み出した作家であった。

草莽伝

青年期 6

前田　新

昭和四十年代は農村情勢の激変期であった。戦後農政は、米穀一辺倒の食糧増産農業から、昭和三十年代に入って食生活の改善を掲げて有畜農業を進めた。その政策に添って大方の農家が鶏や豚を飼った。当初は残飯養豚と言った小規模なものであったが、市場原理は専業多頭化を要求し、その転換期を迎えていた。少数の畜産専業農家と家畜商などによる小規模養豚農家への「豚小作」とよばれる経済的従属によって、大方の残飯畜産農家は経営破綻に追い込まれていった。資本主義経済の当然の展開過程なのだが、昭和四十三年の真の三回目の選挙責任者になってくれた藤田さんも「豚小作」を経て家畜商への借金返済のために僅かの農地を手放した農家で、真よりは十歳ほど年上で満洲から引き揚げてきた人であった。結核で奥さんを亡くし集落の人と再婚して、一頭飼いの残飯養豚からはじめ、二十頭まで増やしたが、そこでご破算となった。

農業の労働生産性の向上を規模拡大によってはかろうとする政策の問題点について、真は何度か藤田さんと語り会ったが、どうすることも出来なかった。その藤田さんが真の三回目の選挙に、〝こんな俺でもよかったら〟と、選挙責任者を引き受けてくれ、開票立会人にもなってくれた。次々点で落選が決まって、真の家に帰ってくるや、

「俺のせいで会田真君を落選させてしまった。申し訳ない」と、皆の前で両手をついて謝り号泣した。

「とんでもない、藤田さん、私の不徳のいたすところです」と、真は藤田さんを抱き起こした。

長老の文助さんが「共産党二人が落ちたのは残念だが、議員定数を四名も減らして、圃場整備推進派に包囲されたなかではよくやった。得票は前回よりも伸ばしている。いいか、真君、選挙は落ちた後が大事だ。お前はまだ三十一歳。村のしきたりに従うなら、町会議員の選挙などに出る年齢ではない。身をひきしめて捲土重来を期せ、皆さんに私からお願いがある。明朝、五時に集まり、どの候補者よりも早く、真君のポスターを剝がしていただきたい。この落選の経験を真君は勿論だが、われわれも今後のために活かしていこう」と、言った。

それから数日が過ぎた日、藤田さんが真の家にやってきた。

「明日から東京へ出稼ぎに行ってくる。盆に帰るので」と、言った。

「どんな仕事をしに行くのっすか」と真が聞くと、

「住宅の解体工事だなす。俺一人ではねいっす。豚で破産した仲間三人で、はあ、くよくよしていてもしゃねいすから」

「なば、気つけてなし」と、真は僅かな金額だが「三人で一杯やって」と餞別を渡した。

佐和が「家の方は、おらが見ててやっからなぁ、」と、言い、藤田さんは「頼んます」と言って、翌日、朝一番の汽車で村を発った。

七月、前述したように真は農業委員選挙に共産党公認で立候補して、トップで当選した。そのことを藤田さんに知らせると、藤田さんから「万歳」とだけ書いた葉書が真に届いた。

八月十日は村の墓参りの日である。その日の朝、藤田さんたち三人は村に帰ってきた。十三日に盆どのを迎えた夜。三人に一升瓶を提げて真の家に来た。飲みながら三人は東京での飯場暮らしの話を語った。

どこの飯場も「潰れ百姓」ばかり、それも大方は東北訛だと言う。

昭和三九年に東京オリンピックが終わって、自動車時代に備えた都市の再開発の波は、地方に向かった。会津若松市でも神明通りに続く、中央通りの再開発が始まろうとしていた。真は三人に「会津で解体工事の仕事をしてはどうか」と切り出すと、藤田さんは
「うん、そうなりゃなぁ、言うことなしだが」と、二人に振った、二人も「異議なしだ」と応じ、真は早速、町の建設会社の社長に渡りを付けた。

社長とは消防団での知り合いで「丁度、良かった。盆明けに来てくれ、若松市での解体工事がある。何人でもいい。」と応じた。

当時は重機による木像家屋の解体ではなく、人力で壁などは木製のかけやで叩いて落としていたので、人手がいった。四人がバイクに乗って事務所に行くと、社長も従業員も助っ人が来たと喜んでくれた。

解体の現場は古い商家で小さな土蔵もあった。藤田さんたちは出稼ぎで解体工事を経験していたので要領がよく、予定していた時間よりも早く終わり、社長は大喜びで毎日来てくれと言った。

藤田さんは真に、村には「豚小作」で苦労しているのがまだ何人かいるが、彼らを誘ってもいいかと、社長に言うと「計画では駅までの五百メートルを今年度中に予定している。これから農繁期になると作業員は減るので何人でも連れてきてくれ」と言った。と報告した。

九月に入って真は稲刈り作業がはじまるので、解体作業からは離れたが、藤田さんたちの噂を聞いた「豚小作」で破産した農民たちが集まって来て、十一月ごろには、二十人を超すほどになっていた。

十一月の初旬のある夜、藤田さんたち三人が、「相談がある」と真のところにやってきた。

「同じ仲間なので、断らずにやっているが、これほどの所帯になれば、形をつくったほうがいいのではと、世話になっている建設会社の社長から言われた」と、藤田さんが話を切り出した。

真の紹介で世話になったが、その後、「俺も仲間に入れてくれ」と方々から集まって来て、今では五人乃至六人を一組にして班をつくって解体工事をやっているが、社長はそのあとの建築工事があるので、それにかからなければならない。建設会社としてはそれがメーンだから、解体工事はお前たちが専門にやってはどうか、ということであった。

想定外というか、想定内というか、政府の高度経済政策に基づく農業構造改善政策は急激なスピードで農村社会の二極分解を進めて、中小農家の総兼業化現象が起きていた。この過程を経て中小農民はマルクスのいう「すべての生産手段を奪い取られ、古い封建的諸制度によって与えられていた彼らの生存上のすべての保障が奪い取られてしまったのちに、はじめて自分自身の売り手になる。そして、このような彼らの収奪の歴史は、血と火の文字で人類の年代記に書き込まれている」(『資本論』

④）を、真は想起した。
戦前の地主と小作人という農村社会の基本的な構造は、小作地の解放による自作農の創設と地主制度の解体によって、一割から二割程度の富農と七割をしめる中小自作農、一割の無産者という農村集落の社会構造となったが、昭和四十年代に入って、農民から土地と水を奪い、労働力獲得するという資本の本源的蓄積が、農業構造改善事業の名で本格的に進められていった、藤田さんたちが今直面しているのは、その現象の一端に他ならないことを真は三人と話し合った。

そうした農村の現実に対応するために共産党は、農業と農村の政策のなかに、農村労組の組織化を掲げていた。

真は伯父高橋重次郎が残した本のなかにあった。昭和三十一年発行の秋田県の大沢久明、鈴木清、塩崎要祐の三者が共同で発行した『農民運動の反省―日本革命の展望について』を読んでいて、そのなかで、これまでの共産党の農業政策は、農村社会における貧農と農村労働者についての政策は具体的には明確でなかったことが、農民運動における反省点の一つとされていた。農村労働者は都市労働者とその要求は基本的には一緒で、農民の要求とは異なる。従って農民運動のなかに包括することは正しくない。農村労働者は独自の要求に基づく運動体として活動することが求められる。と書かれていたのを真は記憶していたので、藤田さんたちに会社組織にして仲間を雇用するという方式よりも、村に農村労働組合を作っては、どうかと話した。そしてこれまで藤田さんたちが働いてきた建設会社とは、組合として解体工事を受注して、組合として自主的に作業を行うことで了承を得た。

当面は藤田さんの自宅を事務所として使用し、電話を置いて渉外や経理に関することは藤田さんの奥さんが担当し、真が必要に応じ相談する。ということで、A村農村労動組会が発足した。

これは会津では、はじめてのことであったので共産党の地区委員会でも、農村労働組合として、労災保険や冬期間の失業保険の適用、租税対策などの対応が必要になり、会津地域全体を視野に入れた農村労働組合を立ち上げ、その初代の事務長に会田真が就くことになった。それは町議の活動よりも多忙を極めた。

一方、農業委員としても、最年少の三十一歳だが、町議経験者として町の農業振興計画審議会委員に選出されて、毎月十数日は役場に出向いていった。共産党会津地区員会の農民部会の副部長にもなり、毎夜、会議に忙殺された。そのころ真はこんな詩を書いている。

雪原―宮沢賢治へのモノローグ

遅い会議の帰りに
夜更けの雪原をあるいてみると
堅雪はかりこり、かりこりと鳴ります
わたしの村は向こうの方で
大きな青白い山に抱かれて
わずかにぼんやりと反照って見えます。
こんな風に凍った雪原を
かりこり、かりこりと踏んで
その音がうれしいのは

ひどくわたしが疲れているからかも知れません
ひゅう、ひゅう、と、唸る風の音だの
がたがたと、戸を揺する吹雪だのが
わがもの顔に通り過ぎて行ったあとに
鞍掛山のあたりに懸かる
天狼星（シリウス）を見ると
星座はもう春の座に移っています

夜更けの凍る雪原を渡って
わたしは賢治の詩「雨中謝辞」などを
ぶつぶつと呟いてみるのです

〝そのまっくらな巨きなものを
おれはどうにも動かせない
結局おれはだめなのかなぁ
—中略、
薄暗がりの板の上
からだを投げておれは泣きたい
けれどもおれはそれをしてはならない
無畏、無畏
断じて進め

昭和四四年は七十年安保闘争といわれる大学紛争で年が開けた。

安田講堂に立てこもる学生の排除に機動隊八千五百人が出動した。テレビはそれを実況放送した。六十年安保闘争の経験から、日米の支配層は全共闘系の学生を使って運動を暴動化させ、来年にせまった日米安保条約に対する国民的な運動を阻止するために、先手を取って「ひと芝居」打ったな、と真は思った。

国会では安保法制に関する一連の法案が強行採決され、そのなかに防衛庁の設置と陸上自衛隊十八万人体制とともに、自主流通米制度の創設もあった。九月には農政審議会が農政推進上の基本条項を答申し、それを受けて農林省が第二次農業構造改善事業促進対策要綱を各市町村に通達した。

基本条項には米の需給調整のための生産調整が盛り込まれた。そのなかには新規開田の原則打ち切りが入っていた。

町は同意率が百パーセントに達した第一工区の県営圃場整備事業を昭和四六年から実施するために、第二工区に当たる真たちの集落の国土調査に入った。それは真たちの要求でもあった。

集落の農地の全体の約十パーセントが青地（道水路など、国有地）で、約十パーセントは共同名義の共有地である。数か所の湧水池や鎮守社や八幡社の社地、地蔵尊や六地蔵を祀る地蔵堂、東堂山や二十三夜塔、天明飢饉の供養塔などの石塔の用地、その他、水神様、厩山、三島様、太鼓台など、集落の共同利用の施設などに供されている土地である。さらに約十パーセントが茅葺屋根用の葦の群生地で非農地である。そうした現況の権利関係を実測して確認して、バイパス道路や集落への取り付け道路を四本付けるなど、圃場の整備と同時に集落の環境整備を、集落の住民の総意で計画に反映させること、同時に環境整備に要する用地は集落のなかの非農用地で十分に対応できる面積であることを明らかにして公開した。

土地改良事業の民主化は情報公開にあると、それまで富農層の役員によってすすめられてきた土地改良に関するすべての情報を、全地権者に公開した。そこで問題になったのは、残存小作地とヤミ小作地の問題であった。

残存小作地の解消は、個々の事情はあるにせよ、農地法に則り現耕作者にという立場で、戦後の自作農創設維持資金制度はすでに終了しているので、農協にそのための特別融資を創設して、町からの利子補給を実現した。またヤミ小作については、農業委員会の諸規定に準拠して、所定の賃借契約を締結してもらった。県営圃場整備事業を実施するにあたっても、そのための前提条件の整備を国土調査の実施になかで真は同時並行で行った。

昭和四五年三月、日本航空よど号のハイジャック事件が起きた。犯人は日本赤軍を名乗った。赤軍はソ連の正規軍の名だが、彼らはその日本版という印象を与えた。赤軍、つまりアカはソ連の手先という印象操作のそれは始まりだった。新左翼と呼ばれる彼らの攻撃は、今にして見るなら、不思議なほど自主独立の革命路線に立つ日本共産党へ向けられていた。そうしたなかで、六月、日米安保条約の自動延長が決まった。

十一月、作家の三島由紀夫が楯の会という私兵を引き連れて、陸上自衛隊の総官室を乗っ取り、自衛隊員にクーデターによる憲法改正を訴えたが、相手にされず割腹自殺をすると言う事件が起きた。国内に異様な狂気が充満した。真は大江健三郎が昭和四四年に新潮社から出版した小説集『われらの狂気を生き延びる道を教えよ』を、その帯の言葉に魅かれて読んだ。

タイトルはオーデンの詩句から採られているが、大江は裏表紙に
「ぼくは永いあいだオーデンの〈われらの狂気を生き延びる道を教えよ〉という詩句に、しかもとくに〈われらの狂気を生き延びる〉out-gror our madness という言葉に憑りつかれて生きてきた。それは内部の錘として、僕に沈黙をもたらすものであったし、また肉と意識に突き刺さって燃えるトゲとして、ぼくをくりかえし動揺させるものであった。われらの狂気とは、外部からおそいかかる時代の狂気のように思われることもあったし、自分の内部から、暗い過去の血のつながりにおいて、あるいは逃れようもなく自分ひとり存在に根ざして、あらわれくるように思われることもあった。そして狂気を生き延びる。という行為が、狂気に加担して生き延びる、ということであるように感じられたこともあれば、狂気にさからって正気で生き延びるということであると考えられることもあった。—中略、すなわち狂気をつねに主題としながら、詩の錘、詩のトゲに抵抗感とともに喚起される散文のスタイルにおいて、ぼくはここにおさめる二つの中編と三つの短編を書いた」と書かれていた。

真はその言葉を詩のノートに書いた。

会田真にとって、中学時代から書いてきた詩のノートは日記代わりであった。自分の詩というよりも、洋の東西を問わず、その時、心に残った詩や小説のフレーズをノートに書き留めてきたが、書かれている小説は難解で大江ワールドと呼ばれる独特のものだが、大江がw・H・オーデンの詩句「われらの狂気を生き延びる道を教えよ」の帯として記した「内部の錘として、ぼくに沈黙をもたらすもの」「また肉と意識につきささって燃

えるトゲとして、ぼくをくりかえして動揺させるもの」それは「われらの狂気を生き延びる」という問題意識であり、大江はそれを「詩の錘、詩のトゲの抵抗意識」という。三十歳を過ぎて、真は、詩のなかにその錘を持っておれは詩を書いているのだろうかと、自問した。

それは真をして、詩人である前に、農民であるということを自覚させる衝撃的なことであった。第二詩集『霧の中の虹―百姓代藤吉伝』に収録した一連の叙事詩は、その所産なのである。

七十年安保闘争は権力者の思惑通り、エセ左翼集団による日本共産党への攻撃と暴動によって自動延長に成功した。もともと地道な活動など毛頭にない彼らはその役割を終えた後、その主導権を争って内部抗争を始めた。

高学歴の集団である共産主義者同盟と日本共産党革命左派、それに京浜安保共闘が合流して、連合赤軍が結成されたのもその年である。群馬県の山中に活動の拠点とやらを置き、武力よって日本の革命を行うと言う。彼らの荒唐無稽な狂気はどこから来るのか、村に残って民主化運動を進める真には理解しがたいものであった。

真の依拠する日本共産党の綱領路線とは何の関係もないことであったが、マスコミはそれを日本共産党の武力革命路線を継承するとして報道した。彼らはその後、印旛沼事件を皮切りに浅間山荘事件へ、さらに榛名山麓のリンチ殺人事件へと向かったのである。

そうした最中の昭和四六年七月、任期三年の農業委員の選挙が行われた。前回、真が選挙区でトップ当選をしていたことから、真の選挙区は無競争であった。真は日本共産党公認の二期目の農業委員になった。町の農業振興計画審議会委員にも引き続いて選出された。それでもまだ最年少の委員であった。農業委員会は毎月定例会議がもたれ、許認可権を持つので、案件にともなう現地調査も行われていたが、町民に公開されることが無かった。真は町議会と同じように年四回、農業委員会報を発行して、町農業委員会の活動を報告をすること、また、農業委員会として農業問題についての政府や関係諸機関への建議や請願等を公表することを提案し、会報編集の委員長に就いた。

昭和四六年、真は三十四歳になっていた。二人の娘も小学生になり、喜与は冬期間、編機による編み物をはじめた。娘たちや佐和や真のセーターやカーデガンなど、家族のものであったが、近隣から頼まれるようになり、自分で編んでみたいと、主婦や娘さんが習いに来るようになった。

アカ攻撃にさらされ、必死になって頑張ってきた真の青年期は終わった。

祖父が亡くなり、父親のいない真は、十九歳から集落の共同作業はもちろんのこと冠婚葬祭をはじめ民俗芸能や神仏の行事など、集落で行われるあらゆることに関わってきた。もう、だれも真を若造扱いはしなくなっていた。気が付けば、村の若手のリーダーとして不文律の村の秩序のなか埋没してボス的存在として終わることも可能だったが、真は自らの幼少年期の体験からそうしたボス的なサブリーダーにはなるまい、役職を己の利権には決して利用すまい。と、心に誓っていた。どんな立場になろうとも集落のなかでは、弱者の位置に立って、彼らと一緒に暮らしを良くしていこう。

そのことを肝に銘じて、会田真は壮年期に向かった。

いつもの人

黄輝　光一

すがすがしい朝、小鳥の声で、目が覚めた。

窓を開けると、前の家の満開の桜の木の周りに、二羽のメジロが、円を描くように仲睦まじく追いかけっこをしている。

すると、真向かいに住んでいる90歳の早起きおじいさんが、愛猫を左手に抱いて庭に出てきた。私は、二階のベランダで、白い歯磨き粉と歯ブラシを口に入れたまま、昨日から干したままのグレーのジャージーを、見つからないように取り込もうとした瞬間、見つかった。

下からおじいさんが言った「おはよう！」と・・・

これは、私とお向かいさんとの、4月の桜、うれしい何気ない出来事。

だが、今日は違っている。

否、いつも、いつもは違っている。

早朝5時、3個セットした時計が、一斉に、けたたましく「起きろ起きろ」と叫びつづけた。

小田急線、新百合ヶ丘駅の始発電車をめざして、すべての情景と、すれ違うすべての人、すべての鳥、すべての犬、すべての猫、すべての動物たちも完全シカトして、一目散に髪を振り乱して、ホームに駆け込む。「余裕」という言葉は、とうの昔に忘れてしまった。「とき」との闘い。これが毎日毎日繰り返される、飽きもせず。仕方なく。

一度、大遅刻をして、店長に平謝りした。「ごめんなさい」

そして、もうひとり「いつもの人」にも。

彼はいった、「昨日はどうしたの、ずっと待っていたんだよ」とほほ笑んだ。

この男は、私のシフトを知りたがっている。

もちろん、専属とはいえ、朝シフトを外されることはあります。

そんな時、彼は必ず聞く

「三輪さん今日は、お休みなの？」

私のこと意識している？

気があるのかな。60歳越えのオヤジが・・・（笑）

まあ、私は、最初の面接の時「朝は強いです」と言ってしまった。それがいけなかった、朝に強い「三輪さん」になってしまった。もう、朝シフト専属になってしまった。大悲劇だ。深夜に刺激的ユーチューブを遅くまで見れなくなった。友達との深夜ゲーム、チョー大好きな「刀剣乱舞」、いかに没頭していても、勇気をもってそこそこに切り上げなくてはならない。遅刻、無断欠勤は社会人として許されない。

「いつもの人」は、この自由が丘の「喫茶フローレンス」の、大切な常連さんだ。

私は5年前からここでバイトをしている、初出勤の日にも彼はいた。朝7時の最初のお客様が彼だ。いつもいつも一人でやってくる。

第一印象は、今でも忘れない、テカテカ頭の「つるっパゲ」、頭が大きくて、やや小太りだ。でも、スタイルは抜群だ。

入るや否や、必ず、はっきりと大きな声で「おはようございます」と言う。ほかのお客様は誰も何も言わない。私も、朝一の最高の笑顔で、「おはようございます」と返す。

そして、今日の一日のすばらしい朝が始まる。

お店では、原則、私は無言だ。「いらしゃいませ、デニーズにようこそ」なんて言わない（ちょっと古いですね）。「ありがとうございます」。基本的なマニュアル以外では、朝から、無言で注文を聞き、無言でお金（カード）をいただき、無言で返す。私語、無駄口はない。まあ、もちろん色々と話しかけてくるお客様はいますが、ここは、朝は7割が男性サラリーマン。ほとんどの人が、時間に追われ急いで食べて去っていく。ここは店舗面積は広くないので他人に聞かれたくない商談には向かない。あわただしい貴重な時間、ひと時の癒しを求めて一杯のコーヒーを飲む。

ここは、東京、おしゃれな憧れの街、「自由が丘」。いやしの喫茶「フローレンス」です。

「いつもの人」は、いつものように笑顔で、「おはようございます」と言う。

そして、次には、必ず「いつもの」と言う。これが彼の一連のリズムです。

「いつもの」というのは、コーヒー付きの「モーニングBセット」だ、彼はBセット以外を頼むことはない。だから、「いつもの」なのです。Bセットは、ガパオ風、赤パプリカ入りのホカホカ玉子サンドだ。Aセットは、たっぷりレタスの辛子マヨのウインナーホットドックだ。

この繰り返しが、5年間続いている。この喫茶フローレンスは、開店して12年目、店長は3年目。いつもの人は、開店当初からの大切なお客様かもしれない。

彼は、いったい何者なのか。

1年前、当店の朝の名物男「いつもの人」が、突然、来なくなった。

1か月過ぎても、現れなかった。マジ心配した、朝から調子が出ない、リズムが大きく狂った。私はその時、気がついた「いつもの人」はあたたかい癒しの人だと。

3か月が過ぎた、店長は、「引っ越したんじゃないの」といった。M男は、「間違いなく、死んだね」と言った、まったく、ひどいことを言う！私はマジ怒った。

彼は、サラリーマンではない。だから転勤はないはずだ。結果は、4か月後に分かった、一回り小さくなった、激やせした彼が現れた、「おはようございます」と言った。そして「いつもの」といった。すごくうれしかった。

「すい臓がんで、入院していました、まだ、生きてま〜す。元気で〜す」と笑った。

生きていてくれて本当によかった。M男のばかやろう！

「ジーパンがぶかぶかになったよ」といった。

すい臓がんって、どんな病気なんだろう、人生経験の浅い私にはよく分からなかった。店長は、とても怖い病気だよと言った。

いつもの人は、胸のネームを見て私の名前を知っている。でも、私は、彼の名前を知らない。苗字ですら。一日100人以上のお客様が来ても、名前を知っている人はほとんどいない。これって当たり前と思うけど不思議なことかもしれない。お名前を聞く必要はありません。別に、知りたくもありません、ご自由に。知らんぷりが、心地いいということなのかな。

いつもの人は、すごくおしゃれだ。必ずデニムの無地のジーンズと高級そうなセンスのいいジャケットをひっかけている、てかてか頭も、それがファッションの一部であるかのようにも見える。

彼は、必ず窓際の彼の指定席に座る、まれにそこに座れない時がある。明らかに動転している、もの欲しそうにその席をしばらく見つめている、空くはずはないのに。そして、食事が終わると、すぐ文庫本をミニバックから取り出し読む。いつも、同じパターンである。変わらない。しかも、30分以内に必ず立ち去る。いったいこれからどこへ行くんだろう。これも不思議である。フローレンスには、長い時間居座る人もいるし、かといえば、あっという間にコーヒーを飲み干して、5分で帰る人もいる。そんなに急いでどこへ行く。現代人は大忙しだ。癒されるどころか・・・いったいいなんなの?と思うこともある。

いつもの人が、どんな職業に就いているのか、デニムのジーンズが似合うから、ファッション業界の人なのか、何かの自営業なのか、悠々自適の遊び人なのか、まったく分からない。ましてや、どんな人生を歩んできたかなんて・・・。

でも、私には、独身に見える。年齢は、65歳ぐらい。この近くに住んでいる、それは間違いない。おしゃれでどことなく気品がある、温厚な人だと思う。本を読んでいるときに、なぜかのけぞることがある。単なる癖なのか、背筋を伸ばす屈伸運動?ちょっとした朝の体操のつもりなのか。

いつもの人を、一度だけお店以外のところで、見かけたことがある。

私は、帰りは武蔵小杉駅で乗り換えている、そして時々ぶらりと降りる時もある。つれづれに散策していたら、感じのいいお店を発見、焙煎喫茶「木戸口(きどぐち)珈琲」。入ったらすぐ、カウンターの男が目に飛び込んできた。斜めに構えた後ろ姿だったが、すぐに彼だと分かった。今日は平日、午後3時。本当にびっくりした。ここへも、毎日来ているのだろうか・・・

驚いたことにノートパソコンに文字を打ち込んでいた。いったい、何をしているのだろうか。小説を書いているのだろうか・・・ひたすら打ち込む真剣そのものの姿に、タイミングを逸した、結局話しかけることはできなかった。

実は、一度「いつもの人」に私から話しかけたことがあります。あの喫茶店の件から半年ぐらいたった頃、朝のフローレンスには珍しくだれもいなかった、10分ぐらいたって文庫本を読みだしたとき、思い切って聞いてみた。

「面白いですか」

「すごく、おもしろいですよ、おすすめですよ」と、そして、紙ナプキンに書いてくれた。

題名は「輝く朝」著者S氏　N文庫。

帰ってから検索した、Wikipediaを見た。

最初に、飛び込んできたのは、顔写真の「頭」だった。

ええ、うそ～！いつもの人は、作家、Sだ！

もう一度、よく見た。違っていた。確かに二人ともツルツル、ピカピカだが、いつもの人は「まる顔」だ、似ているのは眉毛から上だった。

著作物を見ると、いっぱい書いている人のようだ。


すべて難しそうな本に見えた。私が読んで大丈夫かな、心配になったが、思い切ってアマゾン「本」で「輝く朝」をクリックした。

2週間後、彼に報告した。

「めちゃ、おもしろかったです」

「えっ、読んだの。よかったでしょ」

「すごく、ロマンチックなファンタジーでした！」

彼は、満足そうにうなずいた。これが、彼との唯一の会話らしい会話だった。もっと、いっぱい感想を言いたかったが、その日は特に忙しかった。

「輝く朝」は、朝をテーマにした7編からなる短編小説。例えば第一話は「さわやかな朝」。もう、すべてが泣ける、感動的なめちゃ奇跡のようなお話だった。一つ一つの感想も、詳しく彼に話したかった。でも、それはかなわなかった。

この本は、大人のファンタジー。女性向きだと思う、だがこの本を選び、読む彼は、間違いなくロマンチックなおじさんだと思った。


大事件が起きた、お店のコーヒーマシーンが、珈琲用とカフェラテ用の二台ともおかしくなった。コーヒーのない喫茶店なんて、ありえない。なんとかしようと店長も必死にメカと格闘したが、結局ダメ。業者に来てもらってやっと直った。昼時の一番忙しい時に、約3時間、コーヒーなしの喫茶店になった。店長は平謝り、私も謝りっぱなしだった。


そして、翌日、もう一つの事件が起こった。

「いつもの人」は、珍しく朝、来なかった。思うに大切な用事、きっと手術後の定期健診だろう。その日の私のシフトは11時までだった、モーニングは11時まで、ぎりぎりに駆け込んできた男がいた。まさに、仕事を終え上がろうとした時であった。

ビシッとした上下のスーツに、あたたかそうな茶色の毛糸の帽子を深々とかぶって、こう言った「いつもの」と。

いつもの人は、実は3人いた。朝一番のデニムのジーンズの彼、11時ごろに来るスーツのサラリーマン。たまにしか来ないのに自信ありげに大きな声で「いつもの」と叫ぶ、でぶっちょの高齢者。私は、いつものAセットを、持って行った。

「いつものだよ」

「ええ・・・」

まじまじと見た、それは11時の男ではなく、「いつもの人」だった。

「忘れちゃったの?」と言われた。

「すみません」少し笑いながら言った。

作り直してBセットをお持ちした。もう一度「本当に、申し訳ございませんでした」といった。でも、なぜか返事がなかった。無視された。

私には、怒っているように見えた。いつもの笑顔はなかった。不機嫌そうに見えた。

そして、それから家に帰った。ゲームをして疲れて昼間からふて寝した。5時ごろ、突然店長から電話があった。

「三輪君、さっき、本部から電話があって、お客様から苦情があったんだ」

「それ、私のことですか?」

「誰だかは、分からない。従業員の態度が悪いと、相当怒って、一方的にしゃべって、かってに切ったそうなんだ」

「思い当たることある?」と聞かれた。

私は、「えっ、分かりません・・」と答えた。あの日、午前中のシフトは3人いた、午後も別の人が2人入った。だが、私には思い当たることがある。もう、ショックだ。信じられないほどショックだ。なぜなんだ、どうしてなんだ。ああ、間違いであってほしい。これは絶対に間違いだ。ありえない。ありえない。


朝が来た、小鳥はさえずっていない、犬もいない、猫もいない、風も、止まったままだ。重く沈んだ早朝。

いつものように、始発に乗った。厚く曇った空は、どうすれば晴れるのだろうか。どうなれば、雲は離散して晴れるのだろうか。もはや、はっきり確認するよりないと思った。

朝7時、いつもの人が来た。

「おはようございます」

「おはようございます」

「いつもの」と彼は言った。

そして、にっこり笑った。

確かに、確かに、笑った。


「きのうは、本当にわるかったね。気分悪くしたでしょ。病院の帰りに寄ったんだよ。

ちょうど、落ち込んでいたんだ、検査結果が悪くてね。でも、大丈夫、もう、吹っ切れました。大丈夫。元気です」

本当に、いいひとだ。

ああ、取り越し苦労だった。よかった。

自分のことだけ考えていたことが、情けなかった。

店長には、「思い当たる人はいません」とはっきり伝えた。

店長は、本当に大変だ。千葉の柏から、1時間半かけてやってくる。以前の店舗は、近かったけど、シフトがどうしても来れない時、自ら行かなければならない、もう悲鳴をあげている。肩書は立派でも、責任重大。「ああ、バイトにもどりたい」とこぼすこともあった。

　でも、我々は運命共同体。シフトしかり、苦情しかり、何があるか分からない。でも、みんなで協力して乗り越えなければならない。


　それから、いつもの人とは、急激に親しくなった。おもしろい本をいくつか紹介してもらった。もちろん、片言の会話しかないが、それは私にとって、励まされる、温かいうれしい貴重な短い時間だった。

　一度、助けてもらったことがあった。

　朝一番に、いつもの人を押しのけて、あわただしく駆け込んできた、初めてのお客様。

　その人に「Aセット」をお持ちしました。

　しかし、

「これじゃないよ、俺は急いでいるんだ！」と大きな声で言った。彼は、メニューの「Bセット」を指さした。仕方なくカウンターにAセットを持ち帰った。その時、いつもの人がやって来て小声で言った、「これは俺でいいから、Bセットをすぐに彼に持って行って」と。

　彼が帰った後、「いつもの人」は私に言った。「彼は、間違いなくAセットを頼んだよ」と。彼は初めてAセットを食べた。

　本当に申し訳なかった。でも、うれしかった・・・

　しかし、
　思い出は長くは続かなった。

30度を越すカンカン照りの猛暑が続いた、8月5日、セミたちが一斉に高らかに大合唱する、その日から。

　彼は、また突然いなくなった。

　何も聞かされていない。

　何も言えなかったのだろうか。

　何かあったのだろうか。

　店長も、元気に軽口をたたくM男も、何も言わなくなった。

　夏が過ぎ、秋の紅葉がひらひら散り、雪が降り、凍えるような寒い日々も過ぎていった。


　いつものように、早朝、歯ブラシを口に入れたまま、二階のベランダに出た、お向いさんの桜の木は、もう満天の満開だ。90歳を超えたおじいさんが愛猫を左手に抱いて庭に出てきた。

そして二階に向かって「おはよう」と言った。

　私も、「おはようございます」と返した。


　そして、また暑い夏が来た。武蔵小杉のお気に入りの「木戸口珈琲」には、フローレンスの帰りに、時々行っている。

　その日も、コーヒーのモカを頼んで、文庫本の「輝く朝」を取り出して、夢中で読んだ。もう五巡目だ。

　後ろに人の気配を感じた。

　振り返った。

「お元気ですか？」

「いつもの人」だった。


　そして、にっこり微笑んだ。

にがくてあまい午後（四）

葉山　美玖

第二十五章　日曜日

　その土曜日のトークショウは楽しかった。あたしは久しぶりに、電車に揺られて銀座へ出た。日本橋三越の8階が会場だった。先生のトーク自体は、いまいち面白くなかったけど終わった後恒例のようにお茶会があった。

「先生」あたしはめずらしく積極的に声をかけた。「どうしたの」

「正直、カルチャーの講座って退屈じゃないですか」

「うん」先生はあっさり言った。「皆、素人だからね。『何書いたらいいんですか』って逆に聞いてくる人もいるよ。だけど」

「？」

「私ね」涼坂先生は言った。「『ここに泉あり』って言う映画、知ってるかな。第二次大戦のあと、ちょうど今みたいに、皆が復興を目指していたころの話なの」

「はい」

「群馬交響楽団っていって」先生は続けた。「民間なのに、自分たちの興行成績だけでやっているオーケストラがあるの。もちろん、最初は皆、聞いていないのよね音楽なんか」

「あら」

「でもね、その運動が広がって地方に音楽を愛する心がともってゆくの」

「そうですか……」

「エッセイだってさ」先生は続けた。「自分のこころを映すものでしょ」

「はい」

「そういう風に、ご老人でもサラリーマンでも、誰でも文章を通して自分を見つめるようになるのが私の夢」

　帰りに、数人と名刺交換したあと、電車に揺られながらあたしは思った。（涼坂先生、ロマンチストだなぁ）その晩は、スーパーのお総菜を買って帰った。


　そして日曜日が来た。ヘルパーの佐藤さんが来た。本当は旗日はお休みなんだけど、あたしが無理して頼んだのだ。

「こんにちわ」

「佐藤さん、ひさしぶり」

「ここのところ忙しくって、代理の人が続いてごめんなさいね」

「あのね」エプロンの紐を締めはじめた佐藤さんにあたしは言った。「あたし逃げてるかな？」

「敦美ちゃん、いつも一生懸命じゃないの」佐藤さんはちょっと驚いたように言った。

「そうじゃなくて」あたしは言った。「結婚とか、そういうことから」

「敦美ちゃんに結婚は今無理でしょう。すぐ疲れるし、ひとりになりたくなるでしょ？」佐藤さんは普通に言った。「はい」

「まず、お友達をつくるところから始めなきゃ」

（そうだなぁ）

「敦美ちゃん、男の子と普通のお付き合いしたことある？」

「あんまりないです」

「まず、そこからね」佐藤さんは言った。「さて、今日は何を作ろうか」佐藤さんの作った、手羽先のカレーライスをパパとその日は食べた。カレーはつーんと辛かった。

第二十六章　前日

朝が来ると涼しかった。寒いくらいだった。あたしは、いつものように朝食を食べた後、外に出て自転車を無理して出そうとしていると例の新城さんが、制服を着たまま会釈した。

「おはようございます」

「おはようございます」

「木村さん」新城さんは言った。「ちょっとお時間頂けますか」

「?」

「私、新しい短編の筋書き考えました」

「はぁ」

「三十の女性と四十五の男性が誕生日に一夜の恋に落ちます。しかし、お互いに忘れられない恋人がいる。男性は、女性と別れた後昔の恋人に連絡をふと取ってみる。二人は再び結ばれる。そんな話です」

「……」(それ新城さんの願望でしょ)と内心あたしは思いながら返事した。「よくできてますね」

「そうですか」新城さんは胸を張った。「では掃除にもどります」

あたしは空を見つめながら駐輪場を掃除してる新城さんを後ろに、自転車を発進させた。近くのお気に入りの眼鏡屋にすぐついた。

「あのう」

「なんでしょう?」気さくな感じの店員さんが挨拶した。あたしは小さな声で言った。「老眼鏡欲しいんです」

「度を計りますよ。新聞の字、ちょっと見てください」

「くっきり見えます」

「まだそんな進んでないですよ。市販のよりずっと弱くなりますけど、どうします?」

「作ります」あたしは思い切って返事した。明日は実は誕生日なのだ。パパからほんのちょっとお小遣いが入る。これくらいいいだろう。

「じゃ、フレーム選んで」

「これなんかどうですか?」あたしは黒縁に、きらきらしたビジューが入ってるのをかけた。

「まだお若いですし、もうちょっと遊びがあるものの方がお似合いです」店員さんは、真っ赤な縁に、白地にドットの入ってる柄がついたのを薦めてきた。

「じゃそれにします」

「次の木曜日に出来あがります」

あたしはちょっと気分が上がって外に出た。新城さんの小説じゃないけど、ふと、逃げてた高ちゃんに会ってみようかと思った。

(明日火曜日だ)

(自助グループの支部例会ある)

(高ちゃん、支部来るとは限らないんだけど)

自転車を飛ばしてマンションに帰ってくると、あたしは意外とぐったりしていた。

（土日、頑張ったから疲れが出たんだ）

（佐藤さん来ると、ほっとして気がゆるむし）

（明日は支援所休もうかなぁ）

ぼんやりしていると、空が急に暗くなってきた。雨だ。今まで、あたしは雨が嫌いだった。一人だけ、夕飯の匂いや帰るところから取り残されてるような気がしたからだ。

でも、本を出してからあたしには自信がついた。芹田や神木さんや、高ちゃんにしがみつかなくてもよくなった。あたしははっと気がついた。（きっと病院の中からけいちゃんもこの雨見てる）

あたしが本当に連絡取りたいのは誰なのか、自分でもわかっている。

第二十七章　誕生日

誕生日が、来た。あたしは九時ごろ起きて、のろっと洗濯をした。外は雨降りそうだったから、部屋干しにした。こうやって怠けるのも自分へのご褒美の日だ。それから、郵便箱をふとのぞくと、封筒に入ったサークルの宝珠さんの新しい小説があった。宝珠さんの小説は、フランス文学みたいでいつも彼女自身みたいにお洒落なのだ。夢中で読みふけってると十一時だった。

（いっけない）

あたしは、茄子の乱切りとピーマンの乱切りを油でいためて、ミニトマトを半分に切ったのと一緒にめんつゆにつけた。それから、冷凍の豆腐ハンバーグをレンジでチンして、大根おろしを作った。小松菜とあぶらげのお味噌汁を作ってたら、パパが来た。

「敦美、ハッピーバースデイ」

「へへ」

「生活費持ってきたぞ、ほら」封筒を確かめると、少し多めに入ってた。「ありがと」

「あとここに頼まれたアイスクリーム」

「うん」

あたしは、食事を盛り付けると、パパがコンビニで特別に買ってきてくれたハーゲンダッツのストロベリーのミニカップを一個、半分こしてガラスの器に盛った。

「おいしそうじゃないか」

「うん」

「敦美は料理うまくなった」

パパが帰ったあと、あたしはちょっと休憩してから就労支援所に向かった。部屋は見事に空っぽだった。「敦美ちゃん」「今日誰もいないんですか？」

「ああ、木村さん最近休んでたからね」居残り組とおぼしき風間さんが言った。「今日、皆サーカスなの」

「サーカス⁉」

「授産施設にって二十枚チケットが来たんだよ」

げ。損した。

「あたし今日誕生日で」「そりゃ惜しかったね」風間さんは普通の調子で言った。「店、行ってごらん」

あたしは付属の店のガラスの自動ドアの前に立った。例のあたしの作った錨柄のトートバッグが、一番目立つ場所に陳列してあった。

「敦美ちゃん」

「今日誕生日なんです。くるみボタンのヘアゴムひとつ下さい」

「うーん、どれがいい？」暇そうなこれまた留守番の佐々貴さんは言った。「どれがいいかなぁ」「ボタンがおっきい方が可愛いわよ。これなんか秋らしい」

「じゃ、これにします」佐々貴さんは、ヘアゴムと一緒に焼きプリンをひとつ包んだ。「あ」

「いいのいいの」

「わあい」

「お誕生日だからね。おまけ」

やったー。あたしは、ものすごくいい気分になって自転車を反転させた。ラッキーだ。ここの焼きプリン、美味しいんだ。ぐんぐん自転車を走らせて、サラリーマンや主婦を追い抜いた。（もうおめでとって歳じゃないけど）（毎年いいことはある）

その晩、自助グループの支部例会に行くと高ちゃんはいなかった。代わりに、藤木直人に似ててあんまりイケメン過ぎて、皆がかえって敬遠してる利田さんと友実がいた。高ちゃんはやっぱりいなかった。あたしはがっかりして書記を終えた。その夜、マックのお茶会で友実は言った。「あたし猫好きで」

「そうなの？」利田さんはジェントルに言った。あたしは言った。「犬の方が好きだなぁ」

友実はくるんくるんの髪を手で巻きながら言った。「猫好きな人は、犬好きな人より回復してるんですって。猫って人間と対等でしょ。要するに、人間とも対等な関係が持てる人ってことなんですって」

誰がそんなこと決めたんだよ。

利田さんは、友実と仲良くしゃべってたけど、帰り道であたしにぼそっといった。「敦美ちゃん、最近高弘のこと避けてない？」

「……」

「いや」利田さんは慌てて言った。「余計なこと言った。じゃ」

あたしは、道の真ん中に呆然と突っ立って考えた。（あたしは高ちゃんを避けている）

第二十八章　決意

また朝が来た。あたしがぼけっと窓の外を見やると、新城さんが普通の服装で出勤するところだった。今日はクリニックに行く日だ。外に出ると、かなり寒かった。秋と冬が一気に来た感じだ。

「おはようございます」

「おはようございます」新城さんは、ちょっと照れた感じであいさつした。

「小説、進みましたか？」

「いえ、なかなか。一度別れたものがよりを戻すのはむつかしい設定です」

「そうですよね」あたしはつぶやいた。「どうかしましたか」

「お世話になった人が、入院しちゃったんです」

「それはいけませんね」

「はい」あたしは自転車置き場に行こうとした。「木村さんはなにか書いていますか」「普通のことを毎日」

「普通のこと？」

「毎日ご飯作って、洗濯して恋愛する、そんな話です」

「聞いてもいいですか」

「はい」

「どういう恋愛ですか」（もうどうでもいいからこの人に相談してみてもいいだろう）と、あたしは半分やけくそで返事した。

「人の緩衝剤だった人が、アルコール依存で入院しちゃう話です」

だんだん話が飲みこめてきた新城さんは言った。「その方のメールアドレス知らないんですか？」

「それに近いものは知っていますが」

「連絡された方がいいですよ」

「……」

「わたしは」新城さんは言った。「いつまでも、言えませんでした。妻にもう一度会わせてくれって」

「子どもさんですか？」

「いえ、犬です」あたしは黙った。「そうこうしているうちに」新城さんは言った。「亡くなったと知らせがありました」

「……」

「生きているうちに一度会いたかったです。では」新城さんは箒を取った。

新城さんの言うとおりだ。今日は一度しかない。人の命も一度きりだ。

あたしは、部屋に駆け戻るとフェイスブックに書き込みをした。「おはようございます。近藤さんが入院された事情、チーフから聞きました。近藤さんはあたし自身のことを初めて大事にしてくれた人です」あたしはちょっとためらって更に続けた。「あたしも近藤さんのこと大事にしたいです。待ってます」あたしはメッセージを送信して少しほっとした。たぶん返事は来ない。だけどやれることはやったのだ。

上着に腕を通すとドアを開けた。空気はほんのり冷えていた。

第二十九章　気づき

あたしは、いつものように就労支援所に戻っていた。けいちゃんから音沙汰はなかった。自分の中で、何かがえぐられるように欠けていた。元気ないあたしを見て、元木さんは元気づけるつもりで言った。

「敦美ちゃん、頑張ってるじゃない」

「そうかなぁ」

「頑張ってるって、自分で自分を褒めなさい。心の病気の人にはそれが一番だって、昨日の夜NHKでやってたわよ」

あたしは、自分に内心言ってみた。

（敦美は頑張ってる）

（敦美はよくやってる）

何だか、思ったほど元気は出なかった。自分の腕で自分を抱きしめても、あったかくならないのとおんなじだ。

その晩、あたしはめずらしくパパに言った。「敦美疲れた」「疲れただろうな。自助グループでも行ってきたらどうだ」

正直、あんまり気は進まなかった。あたしはパパのそういう言葉を期待してたのではなかった。だけど仕方なく、避けてた一番マンションの近くの公民館に行った。驚いたことに、あたしが机をがたがた並べてると高ちゃんが来た。

「こんばんは」

「こんばんは」

気の乗らない話し合いは始まった。人は三、四人しかいなかった。高ちゃんは話した。

「俺、実家にいるころは親が全部間違ってるって思ってたけどそれは勘違いでした。自立して、色んなことが見えてきました」

あたしは思った。

（家の問題は結局何一つ解決してない）

（一家離散して、距離的に楽になったけど、パパが本当に財産残したいのはママだ）

（あたしじゃない……）

あたしは愕然とした。今、こうやって自助グループに来れてお茶代が払えるのも。いや、詩のサークルの参加費が払えるのも。いつまでなんだかわかりはしないのだ。だけどあたしは働けない。働くことができない。高ちゃんのお給料だったら多分、小説は続けられない。

あたしの動揺をよそに、高ちゃんはどよんとした目でしかしはっきりした声で文献を音読してた。「神さまが直感を与えます」その通りだ。

話し合いは終わった。皆で資料や机を片付けると外に出た。満月だった。あたしと高ちゃんは並んで黙って歩いた。

（高ちゃんありがとう）

（いい、友達でありがとう）

（こうやって並んで歩いてくれてありがとう）

この月夜が、そろそろあたしの遅い青春の終わりかも知れないって、あたしは気づき始めていた。

第三十章　ストライキ

台風が来た。パパは例によって、ママのとこに寄った後来ると言う。あたしは一大決心して結婚相談所の資料をＰＣであちこち取り寄せていた。障害者だってわかるとまずいのかも知れない。だけどあたしは滑稽なまでに必死だった。（この際、お金きちんと稼いでればアラカンのおじさんがいいや）

ふと、いつもより1時間半も早くベルが鳴った。パパだ。

「やぁ」

「こんちわ」

「どうだったかい、集まりは」

「まぁまぁ」あたしはぼんやりした返事をした。「なんだそりゃ」

「家にいると、はっきり見えないことが見えてくるね」

「それはそうだろう」パパは、あたしが差し出した白くまを食べながら言った。「あたしさぁ」「ん？」「お見合い、する」

「なんでまた」パパは驚いたふりをした。「だって、自助グループ行ってても余裕のある人いないよ。みんな、最近電車代だけで精いっぱいで、マックでお茶する余裕もないの」

「敦美はそんなこと心配しなくていい」

「だってさ」あたしは続けた。「小説のサークル代だけで月に2000円。半年に1度、講座代で1万5千円かかってる。もし、講座やめても地方会の会費がやっぱり半年に5千円だよ」

「だからさ」パパは繰り返した。「敦美は心配しなくていいんだ。パパがちゃんと敦美に多く残すように遺言状書いてやるから」

「書いてないんでしょ?」

「今はな」パパは伸びをした。「忙しいから。さて、ジャージャー麺食べたいなぁ」

あたしはきゅうりとねぎを切りながら、頭痛がずきずきした。肉だれをかけると、パパはかぶりつくように食べて、雨が来る前に帰って行った。あたしは思った。パパのしてることは、にんじんを目の前にぶらさげて馬を走らせてるのと同じだ。遺産がにんじんで、敦美は馬だ。だけど、いつまで一生懸命走っても、きっと財産は手に入らない。それにあたしは、疲れが出始めていた。

(もういやだ)

(もうパパのために頑張るのいやだ)

(ストライキ、しよう)

あたしは、自分のために生きることにした。

第三十一章　目標

急に秋と冬が、ごたまぜに来た。あたしは夜中に、冬山で遭難する夢を見て目を覚ました。当たり前だ。まだ、タオルケットで寝てたのだ。眠かったけど、毛布をクローゼットから引っ張り出してぐるっとくるまった。体はあったまって来たけど、足が冷えていた。仕方なく、起きだしてインスタントコーヒーを入れた。ブラックで飲んだので目は冴えてしまった。あたしはぼんやり、夕方に小説のサークルの後、田万川さんと宝珠さんにお見合い相談したことを思い出していた。ナポリタンを食べながらあたしは言った。

「誰でもいいんです。年上で、お金あってやさしい人なら」

「それってねぇ」田万川さんは曖昧な笑い方をした。「夫婦って、期待するとやってけないわよ」

「家だって、『いつも俺の指図に従え』って言うわよ普通に」

宝珠さんもアイリッシュコーヒーを飲みながら肯いた。

「そうそう、こないだ句会へ夫と行った時だって」話は世間話になってしまった。帰りに、目立たない垣沼さんが言った。「まぁ焦ってもしょうがないから」あたしは電車にごとんごとんと揺られながら思った。

小説のサークルのおばさんたちは、わるい人たちじゃない。でも、いわゆる有閑マダムなのだ。有閑マダムにとって、喫茶店でアイリッシュコーヒーが飲めないことも、毛布があっても肌掛けふとんがないことも他人ごとだ。もし、昔風ナポリタンを普通に会の後に食べられない人がいれば、その人は「仲間じゃない」ってことで皆の視界から消える。それだけだ。

　あたしはここんとこ、就労支援所で親切な人に囲まれてたので、皆の反応はちょっとショックだった。仕方なく、夜中に、きのう届いた結婚相談所の資料を、封筒から出してみたけれども、なんだかゴルフの会員権の勧誘のお知らせみたいだった。（結婚って、世間に認められるための会員権なんだ）と、あたしはやっと鈍い頭で了解した。だったら、皆が「なんでもっとかわいかったうちに手を打たなかったの」って、憐れむような目で見るのも当たり前だ。

　結婚は、自分が成長してするものでも、恋愛勉強してするものでもなかった。ただ、自分の能力と人生を男に売る決意をすることだった。あたしはがっかりして、ブルーの毛布にくるまってうつらうつらまた寝込んでいた。

　朝日が目に沁みる。新城さんはいつものように掃除をしてる。郵便受けをのぞくと、こないだ書いた童話が出版社から帰ってきてた。（落ちたのかなぁ）

　あたしはおそるおそる封筒をのぞき込んだ。「採用です。ラフを持ってきてください」やったぁ。また、ひとつ目標が出来た。

第三十二章　お金

　次の日、あたしは就労支援所に行ったけど、もう頭痛と目がかすむのと両方で椅子でぐったりしてた。元木さんは言った。

「今日はもういいから。少し運動する習慣をつけなさい」

　運動かぁ。何だか前向きな忠告が頭に入ってこない日ってある。

　あたしはその晩、めったに電話しないきっこに電話してた。きっこは、病気になる前からの幼なじみだ。「きっこ、あたし疲れた」

「あたしも疲れたよ」ぼそっときっこは言った。「スーパーのパート帰って、これから子供の塾帰り迎えに行くの」

「そっか」

「敦美は苦労足りないよ、って昔よく言ったけど」

「へへ」

「今はよくやってんじゃん？」

「そうでもない」あたしは小さな声で言った。「そうなの？」「うん」

「何に疲れてるの」

「パパ」

「あたしも旦那に疲れることあるけどさ」きっこは言った。「人間関係って、これしたらこれやって、っていう風にギブアンドテイクにしないとだめだよ。男って、どんどん増長するからさ。じゃね」電話を切ってあたしは思った。きっこの言うとおりだ。

　次の朝、あたしはめずらしくパパからの着信で起こされた。

「おい」「何」「今日、行っていいかい」

「だめ」

「だめ？」

「ちゃんと仕送りの額決めるまで、ここ来てほしくない」

「わかった」電話は切れた。

　パパはいつも気分次第でそのときそのとき、不定期に仕送りを持ってくる。その額も一定していない。だから要するにあたしの世帯は、非課税世帯と言うことになっている。……これは卑怯なのかも知れない。だけど、あたしが稼げない以上、障害者手帳二級である以上、B型就労支援所の給金が、頑張っても月に一万円そこそこである以上、そして結婚も今普通に無理な以上仕方ない、あたしはいつもいつもお金のことに関しては不安でそして不安定だ。元木さんの言葉が耳にふとこだました。「働いてる人って、ほんと必要に迫られてるのよ。『寝る時間があるのがありがたい』ってみな言うわよ」それはその通りにちがいない。

でもあたしは書きたい。これはあたしのわがままだ、わがままそのものだ。書いて書いて本を出したい。昨日届いた童話の採用通知を見て、いっそうあたしはそう思った。書いて疲れて寝る時間がなくなるのはいい。だけど、普通の人にできることがたぶん、あたしにはできないしたくないのだ。だけどパパがどうでるかはわからない。

たまった洗濯物をガーっと回すと、あたしはベランダに出た。いつものように新城さんが下で草むしりをしてる。

「新城さぁん」

「はい?」

「あたし、お見合いすることにしました」あたしは近所に聞こえるような大声で言った。

「は?」

「お金くれるお年寄りと結婚するんです」

「木村さん、私仕事中です」

「お金です世の中は」

「それはそうです」

「もっともっとお金あれば、新城さんどうしますか?」

「私仕事中で」

「仕事しなくってもいいんです」

「敦美さん」新城さんはめずらしく名前で呼んだ。「結婚と言うのは夫婦生活をすることです」

ぎゃふん。

「例えば、私とそれができますか?」

は?

「いえ」新城さんは言った。「つまらないことを言いました。では」

確かに。二十歳も三十歳も上のおじいさんと、財産前提で夜の生活するのはたぶん結構大変だ。新城さんはいいことを言ってくれたのだ。

あたしが、その晩童話のラフと格闘してると電話が鳴った。

「パパ」「敦美」「どうしたの?」

「今日、銀行行って信託の相談してきたぞ」

「そう」

「むつかしいけどな」パパは言った。「一か月くらいはかかるかも知らん」

「わかった」あたしは素直に言った。「今日来て」

「いいのかい」

「いいよ」

あたしは電話を切って思った。要望は言わないと伝わらない。

評論・エッセイ

『近藤益雄を取り巻く詩人たち（一）』
江口季好・近藤益雄の童謡（その5）

永山　絹枝

一、詩情ある教室づくり

(1) 江口の童謡

江口は童謡が好きだった。子守唄みたいに語って聞かせた。すると、子らは集まってきて小鳥のように口ずさんだ。

「感動する心を育て、『ことば』を生きる力にしよう！」

そう決意し、障害の子らの魂の発露に繋いでいった。

生活綴方の源泉を辿れば、『赤い鳥』に行き着く。

国定教科書など当時の国家主義的傾向に対抗する真の子ども文化。鈴木三重吉は、創刊の宣伝文に、

「童話と童謡を創作する最初の文学的運動」をと呼び掛けた。

そこに賛同し、投稿していたのが近藤益雄等であった。

昭和初期の綴方教師の中には、「生活文化」として童謡を手掛けた実践家が多々見られた。その一人でもある村山俊太郎は、「何百年もの間、飽かれもせず、全国の子どもたちの口にうたいつづけられているところをみると、いかに子どもたちに親しみのおおいものであるかが伺われる。：いかに子どもの生活に即しているか、いかに的確に子どもの思想を表現しているかを証明しているものといえよう」と述べている。


（「教育思想の形成と実践」P40 村山士郎）

その流れを江口季好も引き継いでいると見てよいだろう。

童謡　　江口　季好

土曜日は給食がないのに、子どもたちは帰ろうとしない。

「先生、おうちに、いっしょにいこう。」

「：」

「レコードかけていい。」

わたしは、小さくうなずく。


♪

歌を忘れたカナリヤは、うしろの山にすてましょか・・・。

ああ、わたしにも美しい童謡が書けないだろうか。

こんなに純粋な子どものなかにいるのに。

この子どもたちが喜んでうたう詩が書きたい。

♪
しずかなしずかな里の秋。おせどに木の実の落ちる夜は・・
ああ、母はわたしがどろんこになってよごした服を、
夜、つめたい水で洗ってくれた。
かもが羽音をたててとんだ。

♪
どこかで春が生まれてる。どこかで水が流れ出す・・
ああ、築紫野の早春はあまいゆりかご。
いまにも、わたしのまわりに
紫の花にむらがるみつばちの羽音がきこえてくるようだ。

♪

きんらんどんすの帯しめながら、花嫁御寮はなぜ泣くのだろう・・・。

わたしの好きだった姉は、中国から引き揚げてきて、

まもなく死んだ。
栄養失調・結核。小学五年のときにとついだ姉の花嫁姿は、
いつまでも美しくかなしい。

♪

ともし火ちかく、きぬぬう母は、春の遊びの楽しさ語る……。
ほとんどの農家には、もう、いろりはなくなったという。
おかあさんがぬった着物を着る子どもは、もう、ほとんど
いないという。
子どもたちは昔の話を聞くこともなく、テレビの殺人映画
を見ている。

♪

村の鎮守の神様の、今日はめでたいおまつり日……。
楽しいまつりの笛やたいこの音は、もう聞こえてこない。
村の家は、一つ一つ、火が消えた。「鎮守さま」などと言
うことばは、おとなもこどもも言わなくなった。
松原遠く消ゆるところ、白帆の影は浮かぶ……。
美しい日本の海はもう死んでしまった。
水銀・PCB・ヘドロ……。ふたたび、ほんとうに
美しい海を見ることはできないのだろうか。

♪


うさぎ追いしかの山、小ぶなつりしかの川……。

ふるさとは、もうほんとうのふるさとではない。

小川には、えびもふなも、いないのだ。

そこは、もはや遠い国の交通事故の町。


♪


かあさん、おかたをたたきましょ。

たんとんたんとん、たんとんとん……。

「先生、さびしい顔しているよ。」

「だめ、先生、にこにこしてよ。」

「先生、かたたたいてあげるね。」

子どもたちに肩をたたかれて、わたしは現実にもどった。

「もう、おそいからお帰りなさい。ね、レコードとめて。」

わたしは無理に子どもたちを帰す。

一日が終わった。

ああ、児童詩の仲間よ、
わたしは話がしたい。

この子どもたちのことを。


『風、風、吹くな』


ああ、なんと優しい子どもたちであろう。近藤益雄は「この子をひざに」乗せ、江口季好は童謡や詩で感性を育む。

益雄が童謡の師とした野口雨情は、「童謡は児童の心を導いて行くことが出来ます。単に修身教育に於ける、慣用句の押しつけとは違います……」と述べている。（前出書 P43）

詩情ある教室　**江口季好**

地球汚染は日々すすみ、／人間と人間のつながいはもろくなり、
美しい夕空をともに見る生活は消え去って、／現代社会は子
どもたちの心に／孤独と狂気をかもし出してきている。
私はいましんしんと／詩情のある教室がほしいと思う。

（『詩情のある教室』1991）

（2）ことば育ちは心育て

子どもたちの感覚の質をみがき、人間らしいやわらかな感情を伸ばしたい。真に正しく美しいものにたいしての実感を深く刻ませたい。豊かさとともに強さやたくましさを育てていきたい。このように希求する江口は、多くの文学者、童話作家とも共感・共同し、教育活動へ連帯を組んだ。彼自身が文学に造詣が深かったし、「教育とは感動である。」という理念が根底で文学者に受け容れられたからであろう。

鹿児島の支援学校の現職教師・神崎英一氏は実体験から次のように共感する。

子どもたちが感動した時に言葉が出てきたり、
次への挑戦へ芽生えたりする子どもたちを見てきました。
障害があり，言葉の遅れがある子どもたちなど、
感動を基に　言葉が躍ることがあります。
それを契機として作文の成長が見られる子どももいます。
そうしたことから「感動」が原動力という点で
私は共感できます。

また同じ鹿児島の岩元昭雄氏は、著書『ダウン症児のことばを拓く』(2005)で、我が子の教育に童謡を取り入れた実績を綴った。

綾が三歳になる頃、綾にとっても母親にとっても嬉しい品物がやってきました。「たのしい童謡全集　うたのえほん」です。季節の歌の中に「ちいさい秋みつけた」があります。サトウハチロー作詞、中田喜直作曲です。作詞も作曲も誰もがよく知っている人びとです。

同じように、北原白秋作詞、山田耕作作曲の歌が「まちぼうけ・あわて床屋・この道」などあり、野口雨情作詞、中平晋平作曲が「あの町この町・雨ふりお月・しゃぼん玉」といったように、わが国一級の詩人や作曲家たちが、子どもたちのために心をこめて作った歌がたくさんあります。

この五枚のレコードには、全曲の歌詞をひらがなとカタカナだけで書いた大きな絵本がセットになっています。ページいっぱいに歌のイメージに合わせた絵があり、それに歌詞が重ねてあります。歌を聴覚と視覚から、さらに進んで文字を通して意味の上からも、できるだけ丸ごと知らせたいという製作者の思いが伝わってきます。

絵本の最初のページに「監修にあたって」という作曲家芥川也寸志の次のようなことばがあります。

「日本ほど童謡の数の多い国は、世界中にありません。数が多いばかりではなく、質の高さ、種類の豊富な点でも、日本に及ぶ国はありませんし、かつて、鈴木三重吉の主宰した・赤い鳥のような童話や童謡の大運動などは、その類を他に求めることはできないのです。いい童謡には心というものがあり、その心が親から子へ、そして世代を超えて歌いつがれいくところに、童謡というものの本当の意味があります。」と。

この岩元氏も江口とは綴方教育等で交流が深かった。

てるてるぼうず　江口　季好

あっちゃんは発作がつづいて
きょうも休み。
ゆう子ちゃんは、かぜで休み。
　♪てるてるぼうず　てるぼうず
　あした天気に　しておくれ
　あっちゃんが　ねんねして　おきたとき
　学校に　いけるように　しておくれ
　てるてるぼうず　てるぼうず
　あした天気に　しておくれ
　わたしの願いを　きいたなら
　あまいお酒を　たんと飲ましょ♪
子どもたちはさびしいのだ。
わたしのへたなピアノにあわせて
くりかえし、くりかえし、
いつまでも歌いつづける。

子どもが帰ったあとの教室で
わたしも歌いたくなる。
　♪てるてるぼうず　てるぼうず
　あした天気に　しておくれ
　あっちゃんが　ねんねして　おきたとき
　てんかんが　なおるように　しておくれ♪
こんな歌をわたしがどれほど歌っても
子どもたちは成長しない。
病気はなおらない。
わたしは感傷的であってはならない。
しかし、教室にひとりでじっとしていると、／／
やっぱり
　♪てるてるぼうず　てるぼうず
と歌いたくなる。

『風、風、吹くな』

野口雨情は、

「童謡を児童に唄わせて御覧なさい。唄っているうちに、自然と児童の心が湧いてくる。鳥に対する愛情、自然に対する愛の感情は、決して『鳥を愛せよ』と云って、外部から押しつけて云って湧く感情ではありえません。湧く環境というよりは、寧ろ、児童の心の中に眠っていたものを目覚ましめる感情と云った方が適切であるかも知れません」と。（前出書 P43）

童謡は子どもの心そのものである。子どもの世界の入口であると、江口も感性に響くよう童謡で心を育くむ。歌の輪に居るとき、彼は子等と対等、同じ心を感じ、同じ命を生きていた。

彼の弾く「てるてるぼうず」の曲が教え子の心へ流れ込み、子等は感受し感動し、行動化へと導かれる。

日常生活の中で厳しくも生きていかねばならない彼等。

少しでも明るく、艱難に負けずに朗らかに。自然や人とつながりつつ生を謳歌してほしい。江口の切なる願いであった。

屋上　　江口　季好

かえりの便所にやったあと、
五人の子どもがみんないなくなった。
どこをさがしてもいなかった。
もしや屋上ではと、
かけあがった。

五人の子どもは
西の空に向かって、
つないだ手を
小さくふりながら、
「夕やけ小やけ」を歌っていた。
わたしの音楽のときよりも
きれいな声で。
じっと立ったまま、
声もかけず、
いっしょに拍子をとりながら、
かれらがふり向くのを
わたしは待っていた。
子どもが見ている
かすかな夕焼け雲は、
大きな雲が一つ。
ちいさな雲が五つあった。

第一詩集『風、風、吹くな』1974

江口が詩作したこの「屋上」の詩は、外界との感動的な出会いを通して認識が芽生え、生きる力になっていることを証左している。

音楽の時よりきれい声で歌う子等。大自然と和する情景が浮かびあがる。まさに「詩情ある学級」の具現化ではないか。

子等の感動は教師の感動。それを彼は詩作で表現した。

「声もかけず、
いっしょに拍子をとりながら、
かれらがふり向くのを
わたしは待っていた。」

感動場面に波紋を起こさない様に、待ち、見守る江口。着実に子どもひとり一人の生きる力となっていく。

媒介したのは「童謡」であり、教師・江口の教育であった。どんな子も未知の可能性を持ったかけがえのない尊い存在。夕焼雲を見ながら歌う彼等には感性という光があたる。手を繋ぐ連帯の有様は指導者があってこそ。

「心のいっぱいつまった子どもの感動の表現は、
人間として生きていくうえで、欠かすことのできない
心のエネルギーであり、生涯にわたって
大切にしていかねばならないものではないかと思います。」

江口著（「感動の力」前がき）

長崎詩人会議の松尾静子氏はこれに次のように共鳴する。

「作者と子供たちの心のつながりの暖かさ、美しさ。その場に居るように私にも見えるし、聞こえるし。涙が出るほど愛おしい時間に触れた気がします。」

二、近藤益雄の童謡

（1）第二童謡集『狐の提灯』

江口季好の好んだ「童謡」の先駆者が近藤益雄だった。

ここで童謡の歴史、意義を「益雄の童謡」を具体的に採り上げて少しだけ振り返ってみる。昭和初期の綴方教師の幾人かは、「童謡」を手掛けた。国分一太郎は昭和七年から八年にかけて、二百六〇編もの童謡を。寒川道夫・村山俊太郎等も然りである。

童心（わらべごころ）への開眼から生活者としての子どもへと導いた。

そんな中でも、益雄の童謡創作は生涯を通し、詩作・俳句・と並んで本格的なものであった。第三童謡集『五島列島』については、上梓した『魂の教育者・詩人・近藤益雄』で紹介しているので、ここでは、「狐の提灯」について補足したい。

一九三一（昭六）年、二四歳の時に、長崎県北松上志佐という農村でその風土性のなかから生み出された作品群である。「赤い鳥童謡」風なリリリズムに託しながらも、農村の子どもの生活感情をにじませている。

朝　　近藤　益雄

風めが つららを
ときに 来た／／
つららが かんかんとんがつた／／
とんがりつららで／のどつくな／／
つららの草つ葉／食つてみろ／／
すつぱい　すつぱい
葉つぱだぞ

わらびつみ　　近藤　益雄

はる
まだ 風が寒くて
かあさまと
つむ わらび
みじかい わらび／／
土の ついてる
白い毛に
あ、
お日さま たかく／／
かあさまの
うしろで
だまつて つむ わらび
つめば 匂ふ
みじかい わらび

四季と共にある素朴な生活への愛。自然をやらかく分かりやく捉えて、抒情がふつふつと湧き出る。益雄は母ひとり子ひとりの母子家庭で育った。だからこそ母様の後ろは何だか暖かい。自然賛歌・労働賛歌の中にも、ほのぼのとした命の繋がり、人間愛が醸し出される。

益雄は、野口雨情や西条八十らの影響を受けて、作風は日本語のもつ音律、押韻、音数律、言葉のおもしろさ、くり返し等の形式も取り入れている。

（2）成立の経緯

一九三一（昭6）は、柳条湖事件があり、満州事変が始まった年である。益雄は長崎県北松浦郡上志佐村尋常小学校に於いて児童自由詩・童謡・自由律俳句を生徒に指導しながら仲間を広げていた。この出版を助けたのも研究会のメンバー。「狐の提灯をたすける会」を作って出版費を援助した。近藤自身の題字・装幀で、釘金綴じ四六判六十六頁の軽装本。自身の童謡二九編と、児童作品一八編が集結されている。

麦ふみ　　**近藤　益雄**

しりつぼ ふりふり／せきれいは
朝から 麦ふみ／せわしいな／／
ひよい ととまつて／ひと思案
貧乏ひまなし／また歩く／／
朝は／空まで 凍ってる
麦の芽 ふみふみ／寒かろな

冬の寒さの中でも生活のために貧乏暇なく麦踏みする農民。生活の厳しさと「セキレイ」とを結び付け、地をはって生きる者への敬意が滲む。教え子たちにも次のように呼び掛け、創作指導を行っている。

①はたらくことをすきになろう。
②よく自然を人を村の生活を観察しよう。
③助け合おう。
④からだの生活に気をつけよう
⑤「よい生活の文」を、「よい考え」をつくりあげよう。・・

これは国分一太郎の教育童謡の理念とも相通じるものである。

山住み　　**近藤　益雄**

山は みぞれか 雪雲か
障子にあかりが つきました
柿の小枝の みのむしも
寒い日ぐれに なりました
厩のそばから
街道が遠い
お父は まだまだ
かえらない
厩は 馬のをらない暗さ
裏のかへひの水の音
馬車ひいて もどるよ
まってろまってろ
山で狐がなきました

「長崎詩人会議」では、益雄の作品を読み合ってきた。
その一例を「山住み」で紹介したい。

〈その①〉
「山住み」にしても「あの子のお家」にしても、近藤益雄の詩の多くに「童心」を感じ、心が癒され、懐かしい遠くの懐深く導かれるような気がします。これは、私の住む隣の市、北茨城出身の野口雨情のものから感じるものと同じです。近藤益雄と野口雨情には詩人としての童心に共通点があるのだろうなどと考えます。
（時崎）

〈その②〉
子守歌のような、美しいリズム。薄墨色の世界、微かな水音や、灯や、父と馬が不在のさみしさ。影絵のような詩です。読むほどに味わいがあります。「裏のかへひ」は、かけい、筧でしょうか。労働と、生きることと、そのすべてを静かな愛情で満たしています。（中村）
〈その③〉
リズミカルで情景が浮かんできます。一枚の絵が描けそうな素敵な詩ですね。近藤先生の優しさがにじみ出ています。（堀田）
〈その④〉
街道が遠い山住みの情景が見えるようです。静けさの中に聴こえる水の音と狐の泣き声は山住の暮らしを支える大いなる確かな力に思えます。お父と馬の帰りを待つ寂しさ、街道遠くまで馬車引いて働くお父の暮らしの厳しさを思いながらも、この詩を読む私の心は、「私の両足よしっかり大地に立て」と聴こえてくるようです。（田口）
〈その⑤〉
馬車には何が乗せて在ったのだろう。山で採れる農作物、猪肉、炭・・・。それを全部、街で売って、お父は何を買って帰ってくるのだろう。山住の子供は父親の帰りを今か今かと待っているのです。母親が言います。「馬車ひいてもどるよ、まってろまってろ」霞んでいた冬空から霙が落ちてくる、寒い夕暮れ。障子に明かりが点くとそれだけで温かい。子供は安心して父の帰りを待つのです。狐の鳴き声が聞こえるほどこの山は深いのです。（松尾）

三、文学者、童話作家との交流

江口は文学者との交流が多い稀有な教育者である。
浜田公介や坪田譲二が池上小学校の江口教室に授業を見に来たのも、彼等の文学作品が子ども達を感動させたことに依るものだったろう。

（1）まど・みちお氏との交流

まど・みちおさんの　ことば　（江口季好）

池上小学校から／あいあい傘で
池上駅まで歩いた日のことを思い出していると、
まどみちおさんから電話がかかってきた。
たのんでいた返事だな／／
「江口さん、わたしはいくつだと思う。
もう、八十になったよ
人さまの前でお話するのは／やめにしたの。
お日さまに、わらわれるからね。
うふふふふ。」／／
美しいことば、／うらやましいことば。
童謡詩人の完成されたことば。
わたしも同じ口調でわらった。
『君にはきみの…』

子どものための真の詩人だったまどみちおは、詩「春の訪れ」で次のように嘆く。「自然は遠いのだ、自分が自然そのものでありながらそれを忘れている人間の「ことば」から、自然はもはや遠い存在なのだ」と。これは、江口も憂うところであった。

（2）浜田広介氏との交流

君にはきみの歌がある　江口　季好

「あした『泣いた赤おに』の授業をしますから、
　見に来ませんか。」

ひょいと思いついて、浜田公介さんに電話した。

「そう。じゃ、いくよ。」

と喜んで私の教室に来られた。

授業中、子どもたちは直接浜田さんに、

「こんな話、どうして思いついたの。」

などと聞いたりしながら作品の善意を味わった。

数日後、授業の感想が聞きたくて、
浜田さんのお宅を訪問した。
書斎の屛風には、
小川未明、秋田雨雀、北原白秋といった
作家や詩人たちの墨筆の手紙が
たくさん表装されている。
その前に座って楽しく話し合った。
さて、帰ろうか、と思っていると、
「あなたが出している文集の『ハト』には、
いい詩があるね。個性的でね。
子どもにどう話して書かせている?」
と聞かれた。
私は思いつくままに、
「人のまねをして書いちゃいけない。
君には君の詩があるんだよ。
それを書くんだよ、とよく話していますけど。」
などと答えた。
浜田さんは、
「うん。」
と大きくうなずいて、色紙をとり出して、
　君にはきみの
　　歌がある
ハトはほろほろ
　鳩のうた　　ひろすけ
とかいてくださった。
私は思わず色紙を
おし戴いた。
以来、色紙は私の部屋に懸かっていて、
子ども達への愛と希望を語りつづけている。

『君にはきみの…』

「君にしか書けない歌があるのだからうたってごらん」江口の呼び掛ける声が聞こえてくるようだ。尚、彼自身も「地図」(姉の戦地からの引揚げ)等、児童文学の創作も手掛けている。

【参考文献】

・童謡集『狐の提灯』（子供の詩研究會）1931
・詩集『君にはきみのうたがある』江口季好／百合出版 2004

夭折した山形の女流詩人　その一
四季派の影響を受けた「日塔貞子」について②

星　清彦

まずお詫びと訂正

山形の夭折した女流詩人「日塔貞子」の続編をお送りします。まず前回は資料が少なかっただけに、予測や思い込みの域を出ないまま、活字にしてしまったことをお詫びしなければなりません。貞子の出生家の逸見家は地元の名家であったことは前号に記したとおりですが、その名家の没落は父親の放蕩まがいの行動が原因だろう等と勝手に思い込んでいたのですが、それは全くの間違いでした。没落の原因は祖父である逸見松雲が、金の臭いに寄ってきた詐欺まがいの人間たちに幾度も騙され、財産を奪い取られてしまったことがその原因だったのです。決して人を疑わないという、その清廉なと言おうか、純粋なまでの性格によるものでした。生まれきっての「旦那様」のまま、老齢になるまで歳を重ねたことによるものの結果、発生した残念な結末でした。つまり「逸見家」の中の人間の放蕩放埒による没落ではなく、周囲の悪い人間によっての破産だったのです。

また家を出た父親は「逸見家」を棄てた訳ではなく、逸見家再興を信じ、東京へ出て働いていました。そのために「現在は何処其処に居る」というところまで祖母には解っていたのでした。その地で再婚し子どもも出来、再興は難しかったようですが、真面目に働いていたのでした。貞子の生後すぐに家を出た母親も、その後二度再婚し子どもも三人おりました。こちらも何処へ嫁いだのかまで解っていました。つまり父親も母親も消息は解っていたのです。解ってはいたのだけれども貞子の生活は近隣の親戚に援助してもらって、どうにか暮らしているような有様で、年老いた祖母との二人暮らしは、決して楽なものではなかったでしょう。自分にも父親や母親は居る、だけどそれは貞子にとっては「居る」だけであって、身近に感じる人ではなかったのでした。

詩人としてスタートした貞子

実際はそれ以前からも少しずつ詩を書いていたようですが、それが世に出始めたのは谷地高等女学校の学生の頃からでした。女学校の四年生になると貞子はいよいよ本格的に活動を始めたのです。昭和十二年（一九三七年）はその貞子が詩人としてスタートした年とされています。元々逸見家も母方の国井家や、祖母の生家の堀米家までも漢学者、漢詩人、俳人という方々を輩出している家柄でしたので、幼少の頃から自然そういう環境にあったと考えられます。そして祖父の松雲もまた漢学者として地元では知られた人でした。芥川賞候補作家の逸見廣も親族の中の一人として知られています。

昭和十二年当時の文学修行は概ね雑誌などによる投稿が主で、貞子も同様にたくさんの雑誌に投稿しています。「少女の友」「少女画報」「新女苑」「女子文苑」「女子文芸」そして「山新詩壇」とその才能をいたる詩誌で存分に発揮していました。ここに「少女文芸」の創刊号に特別推薦として載った作品があります。当時の女流詩人たちはペンネームを使うことが流行っていたらしく、貞子も多数のペンネームを使用していますが、この時は「南リチカ」というペンネームで発表していました。

三月の日記から　　　　**南　リチカ**

三月は
古いひいなの匂ひをもて
黄なる菜種の香をもって
あかい南国の夕べの様な望みが
てふてふのように動いている

三月よ
ほのかな賑わいにゆすられて
私はこんなにつかれてしまった

このように幾つもの雑誌に投稿を続けた貞子でしたが、特に接点の深かったのが「つどい」というタイトルの雑誌でした。中心となって運営や編集を行った数人の中の一人に「吉村貞司」という人物がおりました。この「吉村貞司」は貞子が投稿していた雑誌の中の選者でもあり、雲上の憧憬の人物でしたが、担当していた雑誌社との意見の違いからその雑誌社を飛び出し、「つどい」という雑誌を新しく作ることになったのでした。そして貞子もその雑誌に加わることになったのです。その雑誌にはいつもリルケの「視ることは愛であり、詩うことは祈りである」という一文があったとされています。昭和十三年九月に創刊。表紙は版画刷りのA五版、二号からはタブロイド版の八ページととても薄いものでした。正直たった八ページでは雑誌や同人誌としては寂しいかぎりですが、リルケの言葉のように、この「つどい」に少女たちは愛と敬虔との気持ちをもって書いたのでした。この当時は貞子は後述致しますが、左足に痛みを感じ始めてはいたのですが、まだ普通に生活が出来ていた為に将来を考えて、姫路市の叔父宅に身を置きながら洋裁学校に通っていた頃でした。

そして時代は太平洋戦争へと突入しようとする時、昭和十六年頃になるとこの薄く小さな雑誌にも時代の波が襲いかかり、紙の質は特に粗悪になり、タブロイド版からA五版にサイズまで小さくなりましたが、同人たちの努力によってどうにかページ数が十六ページ確保できたのは幸いでした。しかし貞子本人の病状はこの三年でかなり悪化し、歩行には難渋し、原稿を書いていた右手にもこぶのようなものができ、書くことすら難しい状態となってしまいました。その中での執筆という執念の産物が「つどい」に送られたのでした。「つどい」は文学修行の場として同人たちを鍛えることに貢献しました。「つどい」は時節柄回覧雑誌の形を取り、名前も「つどいの旅」に変更されたのですが、その性格上面と向かって話す訳ではありませんから、何の遠慮もなく忌憚のない意見が次々と自由に書き込まれていったのです。時には厳しい言葉もあったのではないでしょうか。それによって落ち込んだり、あるいは勇気づけられたりしながら、戦時中にあってもこの貧しく気高い雑誌は続けられました。郵便で国内の北から南まで、あちこちに運ばれて読まれたのですが当時の郵便事情からして、同人全員が読み終えるまでには百日近くかかったほど、日本中を跳び回ったのでした。正しく「つどいの旅」です。そして流石に終戦間際にはそれどころではなくなり、ついに立ち消えになってしまいます。

やがて終戦を迎えると「つどいの旅」復刊の声が早々に上がり始めます。依然のようにまた純粋な文学の炎を灯そうというのです。ところがほんの二、三年のブランクではあったにせよ、それぞれの個人にはいろいろな変化が起こり、すぐには難しいという人も複数現れたのです。けれどそういう事情を含みながらも同人たちの熱意により「つどいの旅」は完全な姿ではないまでもどうにか再活動が始まったのでした。

また、「つどい」や「女子文芸」の他にも「女子文苑」があった話は前述のとおりですが、少し話を戻しますがその投稿のコーナーは特選、入選、秀逸などのランクが分けられて掲載されており、いつしか特選のメンバーがある程度固定されていることに吉村氏が気付きました。そこでその固定メンバーとなった者たちを卒業させ、更にランクが上の詩誌「断層」を誕生させます。そして貞子はその中心メンバーとして活躍しますが、その貞子のライバルとされたのが「石垣りん子」でした。前述の吉村氏の証言として「石垣りん子は少女の頃から大人っぽい詩を書きましたよ。」との話があります。「石垣りん子」とはお解りだと思いますが、H氏賞詩人の「石垣りん」のことです。その頃の作品として「表札」という作品が載っています。

表札

自分の住むところには
自分で表札を出すことにかぎる
自分の寝泊まりする場所に
他人がかけてくれる表札は
いつもろくなことはない
病院へ入院したら
病室の名札には石垣りん様と
様がついた。旅館に泊まっても
部屋の外に名前は出ないが
やがて焼き場の釜にはいると
とじた扉の上に
石垣りん殿と札がさがるだろう
そのとき私がこばめるか?
様も
殿も
付いてはいけない、自分の住む所には
自分の手で表札をかけるにかぎる
精神の在り場所も
ハタから表札をかけられてはいけない
石垣りん
それでよい

きっと貞子も病魔に襲われて短命に終わらなければ、石垣りん同様に、沢山の作品を残し、多くの人々に知られ、慕われる詩人になったことでしょう。貞子の才能や力量は並外れていたという証拠になる話です。

結核性関節症の発症

その症状が出始めたのは高校を卒業し谷地で針子をしていた頃とされています。五月の健康的な陽の光の下、バスを降りた途端左足に痛みを感じたのです。痛さのあまりにその場にうずくまってしまったほどでしたが、この頃はまだこの痛みが当分続く訳ではなかったのでした。その痛みを「だましだまし」やり過ごしながら日々を送っていたのです。きっと祖母も貞子自身も、そんなに大変な病気だとは思ってもいなかったのでしょう。ほんの一過性の痛みだと。

翌年、昭和十三年（一九三八年）の秋に、播磨造船に勤める叔父信夫を頼って前述のように姫路市へと単身山形を出ます。年老いた祖母は悲しみと寂しさに耐え、貞子の将来を考えてそう判断したのでしょう。山形に居て針子の仕事を続けたところで所詮仕事も収入も、不安だらけでした。祖母と二人きりの生活で、それも親戚筋の援助をいただいての生活でしたから、貞子は進学というような贅沢は望みません。けれども祖母からすれば自分が亡くなった後の貞子の生活がどうしても心配だったのでしょう。せめてもう少し手に職をつけさせてやりたい。そう考えた結果姫路の信夫を頼ったのです。しかも近くの芦屋には祖父の弟の季次郎も居て、何かにつけて面倒をみてくれたのでした。そういう事情により祖母と貞子は離ればなれになってしまったのです。けれども貞子の心境を考えると、寂しさは勿論あるけれど、叔父の家から洋裁学校に通える。私の作った服を着て、知らない若い女性たちが街を歩く、颯爽と風を切って。とそんなことを妄想したりしてきっとわくわくしながら洋裁学校へ通ったのではないかと考えてしまいます。ただ考えるだけでも幸せを感じていただろうと。

けれどもそんな夢はわずか半年で断念せねばなりませんでした。「結核性関節炎」の病状が悪化してきたのです。痛みの発作の頻度が増してきて、とてもミシンを踏めるような状態ではありません。もしかしたら皮肉にも熱心にミシンを練習すればするほど、この病気には良くなかったとも考えられます。「左膝結核性関節炎」とは何とも非情な病気でしょう。

けれどこの病名を聞いた時、私はちょっと不可解でした。「結核」なのか「関節炎」なのかと疑問を持ったのです。調べたところ結核菌によって引き起こされる関節炎とのことで、結核菌に感染すると肺炎を発症することが多いのですが、血液などの流れに乗じて関節へと波及することもあり、それによって「結核性関節炎」が引き起こされるのだそうです。しかしそれはやはりまれな例でありました。その進行速度は実に穏やかで、いきなり激烈な痛みを覚えることはなく、その為に発見も治療も遅くなることが特徴とされています。そして最終的には関節の破壊につながるという、恐ろしい病気であることが解りました。

しかも右手までも冒されてしまい、手も足も不自由になってしまったのです。この右手のこぶも結核菌によるものだったのでしょうか。貞子の身体には少しずつこの病気が浸透していったのですが、戦時中でもあり叔父の信夫の帰宅が遅く、痛みを訴えようにも中々言い出せずにいました。やっと告げた時には、

「何故もっと早く言わなかったんだ」

と言われたのでしたが、その頃にはもう歩くことにも激痛を覚え、神戸市の六甲病院という大きな病院で精密検査を受けると、「左膝結核性関節炎」と診断されたのでした。そして叔父たちや医師の話し合いで、山形に帰った方が良いだろうとの結論に達したのです。連絡すると祖母はすぐにやってきました。「結核」というのは当時は病人を死亡させ、しかも家さえも滅ぼすと言われた恐ろしい病気だったのです。それだけに当時不治の病とされた「結核」という名称が付いているので、祖母はその病名を知っただけで仰天して、相当慌てたのでした。そして病院内で貞子に向かって、

「西里さ、すぐ帰んべなっす。こだんどさ居だて、何にもならねがらなっす」

と切り出したのでした。そして何度も、

「早ぐ帰んべ、帰んべ」

を繰り返したのです。この病気は早期治療が大事だと医師に告げられ、祖母は山形へ帰ることが一番の早期治療だと考えたのでしょう。途中東京の大田区に父親の誠一が居ましたが、誠一に預けることはできません。もう再婚し子どもまで居ましたし、その生活振りは決して楽なものではなかったからです。つまりどうしても祖母は自分が面倒を看ると、愛を持って覚悟したのでしょう。本当に凄い人物を祖母に持ったものです。この祖母が居たからこその貞子の人生でした。けれども祖母も高齢になっています。大変な苦労が待っているのが解っていたでしょうに、それでも引き取ると考えるとは素晴らしい山形の女性だと感じ入りました。

夫となる日塔聡らついて少々

貞子には幼い頃から胸に秘めた男性がおりました。それは従兄の「柏倉昌美」という人物です。貞子と同地で育ち、その後大学で東京に出ます。戦争が長引くことで学徒動員という形で陸軍の士官となり、その後生還して無事終戦を迎えていますが、貞子はこの従兄に慰問袋を送る度に、「どうぞご無事で」と恋人を思うように祈るのでした。ところがその従兄の「柏倉昌美」が戦争も激しくなった昭和十九年の五月に結婚してしまいます。貞子にとってはこの上もない驚きと悲しみでした。確かに左足と右手が不自由な自分が、昌美のお嫁さんに成れる筈もないとは解ってはいたのでしたが、実際現実となるとその胸は千々に乱れるのでした。後日「雪に燃える花」の著者、「安達徹」氏がこの「柏倉昌美」氏を訪れて聞いてみると、貞子にそういう感情があったことを知らなかったと述べています。この言葉をそのまま理解するならば、貞子の一方的な片思いだったことになります。とても切ない片思いだったことでしょう。

そしてそれから丁度一年後の昭和二十年五月に、夫となる「日

塔聡」との出会いが始まります。日塔聡は西村山郡三泉村造山（現在の河北町）日塔久左衛門、きぬの九人兄妹の末っ子として大正八年七月十八日に生まれました。貞子より一歳だけ年長です。この日塔聡を真壁仁はこう紹介しています。

「幼いときから頭脳の鋭い閃きで大人を驚かせる半面、ときどき滑稽なことをしゃべってはみんなを笑わせる明るい性格だった。今の彼はもっと知的なそれで、およそ不明ということを感じさせない。日塔家は村の草分けで名主を務めてきた家であるが、父久左衛門は学問好きで、芸術家肌の人だった。母は同村畑中の出であるが、聡明な上に当時としては比較的早く近代的な自由を身に付けたような女性で、お伽ばなしを子どもに聞かせるときには必ず歌を織り込んで潤色するといった才媛だった。聡はみんなに大きな期待をかけられて育った」

真壁仁著　「文学のふるさと」より

その日塔聡が初めて軍隊に招集されたのは昭和十九年六月、山形連隊へと入隊することになったのですが、東大の学生だったのに何と階級は二等兵です。それは東大を自分で棄ててきたからでした。何故に棄てることになったかというと、聡は軍事教練が大嫌いで中学でも高校でも参加せず、当時の指導教官たちに目の仇とされていました。勿論大学でも参加せず、結果卒業扱いにされなかったために一番下の階級にされてしまったのです。当初は教育招集という短期の入隊でしたがそれでも予定より長く、二ヶ月間という期間みっちりと絞られました。そして十月から水沢国民学校の代用教員となるのでした。これが後、丸山薫を岩根沢へ呼ぶことになるのです。代用教員中に上京し、当時無職だった丸山薫に、

「山形に来ないか、疎開するなら是非山形に来たらいい」

と話しています。すると丸山薫は、

「日塔君、僕はねぇ、つくづく東京が嫌になったんだよ」

と返され、毎日穴を掘ったり空襲警報で逃げ惑うのに疲れてしまったと話したのでした。すると聡は

「いいところですよ、出羽の山里は」

と煽るように話します。これはもう丸山薫にとって「渡りに舟」でした。幾分紆余曲折がありましたが、こうして丸山薫の岩根沢での代用教員生活が決まったのでした。つまり有名な丸山薫の疎開しての代用教員生活は、日塔聡の薦め、いや誘いによって実現したのです。

貞子と聡の出会い

貞子の昭和二十年五月三十日の日記にはこんなことが書かれています。

「外に出てみると、もみじの下に灰色の背広の人が、坊主頭に無帽のまま、あめ色の直線定規二本で手の無聊を紛らわすように立っていた。明るい芝桜の花かざりが足下に、頭上には青空と新緑のそよぎと。痩身の彼はいかにも詩人らしい瀟洒な雰囲気を作っていた」

聡が坊主頭だったのはまだ終戦を迎えていない戦時中であったからでしょうが、背広姿というのがやや時代に反して余裕を感じさせます。貞子は二十四歳、聡は二十五歳でした。最初のお互いの挨拶はとてもぎこちのないものでしたが、二人はすぐに打ち解け、日記には「弾みだしたように喋り出した」と楽しかった様子が生き生きと書き残されています。そして聡が堀辰雄や丸山薫等の四季の人々との交流を口にするとき、自分とは違った広い世界を持っておりとても羨ましかったとも残しています。そんなお喋りはあっという間に三時間にも及んだのでした。聡が帰宅後の貞子の日記には「反動のような淋しさに陥入るのをどうしようもなかった」とありました。その後文通が始まりますが、聡もまた偽りやてらいのない清純な魂の端々をその文の中に見つけて、感動するのでした。つまり一度会っただけで二人はもう運命的な結びつきを予感してしまったのです。しかも当時貞子は四季派の立原道造のソネットに傾倒しており、聡に先輩である立原道造を知っていてくれたことも喜ばせました。けれども冷静に考えるに「左膝結核性結膜炎」に冒され、その影響か右手も自由を奪われている身の上で、しかも年老いた「母ちゃん」と呼ぶ祖母も居ます。いくら夢みても日塔聡と一緒になるのは無理だろう、また柏倉昌美の時のように深く傷つくのが怖いと胸を痛める貞子もありました。

今後の二人について

結局まだ最後まで辿り着けません。詩作品の紹介ももっと行いたいのですが、紙面がありませんので、こうなったら最後まで書かせていただこうと思っています。次回で三回目になりますが、連載とさせて下さい。前号から今号までの間にある程度資料となる本も手に入れました。「雪に燃える花」（安達徹）だけではなく「曠野十号　日塔聡追悼号　昭和五十九年」「日塔聡詩集　平成二十一年」更には「四季終刊号　丸山薫追悼号　昭和五十年」「北國　丸山薫詩集初版　昭和二十一年九月」「仙境　丸山薫詩集初版　昭和二十三年三月」「詩集　花の芯初版　昭和二十三年六月」驚いたことに「北國」は袋とじです。印刷所も京都で、当時は空襲でまだ印刷所も東京にはそれほどなかったのだろうということが予想できます。いずれにしましてもこの四季派の詩人日塔聡とその側で生活した日塔貞子との話は、なおも続きます。

黒田杏子第一句集『木の椅子』増補新装版巡礼——そのオリジンの輝き

武良　竜彦

黒田杏子は、創作姿勢に少しでも違いがあると反目し合い、互いに交流もない風潮の強い俳句界にあって、自分が評価、敬愛する俳人や、必要とされる文化運動などを積極的に支援するだけではなく、各種の俳句文芸活動や運動などの推進役を買って出て、オープンな雰囲気の結社の運営と同時に、各種の公募俳句の選考委員を引き受け、有望な後輩の育成に垣根を超えて尽力し、現代俳句界を牽引している第一人者である。

加えて、個人的なことだが、石牟礼道子論をライフワークとしている私にとっては、黒田杏子は石牟礼道子全俳句集の出版を、藤原書店の藤原社長に強力に薦めた方として、尊敬している俳人でもある。それまで私は石牟礼道子が韻文も創作しているということを知らなかった。それは盲点だった。石牟礼文学を深く理解するためには、自分でも韻文創作を体験して置く必要があると発心し、私が俳句に向かい合う契機になった。

さらに石牟礼道子との関連で不思議な縁を感じている。

一九六〇年、首都東京を中心にした「安保条約」反対闘争の嵐が吹き荒れていた頃（六月十五日、樺美智子が命を落とした国会を取り巻くデモの中に黒田杏子の姿もあった）、その遥か西、九州の炭鉱の合理化をめぐって戦いが起きていた。「三井三池闘争」を筆頭とする労働争議である。炭鉱労働者たちは劣悪な職場環境、使い捨て的な理不尽な雇用制度、そして問答無用の首切りに長い間苦しめられていた。その中に飛び込み、労働者たちと共に住み、また自ら炭鉱労働者として働きつつ、この炭鉱村で政治、文化運動を展開した者たちがいた。その中心にいたのが詩人で思想家の谷川雁と森崎和江だった。その中にまだ無名時代の石牟礼道子もいた。そして三井三池炭鉱第一組合の子供達支援のため、黒田杏子は炭鉱住宅で一か月暮している。お互い無名の支援活動者として同じ場所にいたのである。黒田杏子の著書のいくつかにそのことが書かれていて、それ以来、黒田杏子という名前が私の中に刻まれていた。

俳句を作り、俳句評論を書くようになっても、私はまだ石牟礼道子論を書けないでいた。そんなとき、黒田杏子から突然、次の書状が私のもとに届けられたのだった。

「石牟礼道子のことを勉強しているそうですね。いつでもいいですから、そしてどんなことでもいいですから、何か書けたら『藍生』に寄稿してください」

そんな書状と俳誌であった。黒田杏子が主宰し発行している俳誌「藍生」で石牟礼道子特集が組まれている号であった。

俳誌に石牟礼道子論を書く……。

当時の私には俳句論として石牟礼道子論を書くという視点はなかった。それは文学論か社会評論の範疇で書かれることだと思い込んでいたのである。このときの黒田杏子の書状が、私が後に石牟礼道子俳句論を書く契機となったのである。

石牟礼道子が表現手段として、最後に俳句を選択するに至った道程を一筋の論立てとして、彼女の来歴と作品を論じるという方法なら、まとまった形にできるかも知れない。そう着想し、それまでの膨大なメモを抜き書き整理して「石牟礼道子俳句が問いかけるもの」という論考を書き上げた。その論考が現代俳句協会の「現代俳句評論賞」をいただく結果となった。続編を「俳壇」誌に書かせていただき、現在その続きを「小熊座」にて連載中である。

すべて黒田杏子との不思議な縁によって起こったことだ。

この評論賞の選考委員の一人が、優れた文芸評論家で「藍生」同人の五十嵐秀彦である。数篇の応募評論の中で、私の石牟礼論を推挙されたのだという。表彰式の後の親睦会で五十嵐氏と直接お話をさせていただいた。

「今回の評論賞のことを話題にしたとき、黒田主宰が、武良さんは私と齋藤愼爾が推挙している有望な人ですよとおっしゃったのでびっくりして、武良さんは、黒田主宰や齋藤さんが推挙しているほどの方だったのだと知って、そんな方の論文を評論賞に推挙できて、私も鼻が高いですよ」

とおっしゃった。それにはとても恐縮した。

そのとき、黒田杏子から句集をいただいていることと、自分が黒田杏子俳句論をまだ書けないでいるので、「ぜひ五十嵐さんが書いて範を示して、読ませていただけたら嬉しいのですが」というようなことを話した記憶がある。

事実、私は黒田杏子俳句論を書きあぐねていたのだ。

　剪りて挿す十薬樺美智子の日
　四万六千日飢餓図絵の婆靴磨く
　蚊柱や癩者の影は窓に倚る
　柳絮とぶ旅人として存へて
　白葱のひかりの棒をいま刻む
　能面のくだけて月の港かな
　　※この句については後述する。
　まつくらな那須野ヶ原の鉦叩
　稲光一遍上人徒歩跣

など、収録句の深い求道的な精神性に裏打ちされた句や、優美にして繊細、かつ若々しい清新さ溢れる世界。「女性俳句」と一括りにされている世界とは一線を画す視座と表現方法の多様性。伝統的な作法を踏まえながらも、その枠を軽々と超えてしまうような自由な精神性を感じさせる作風。そんなことを論述しても、その奥底で黒田杏子俳句を支えている核を捉えたことにはならないような気がしていた。

私は句集の随所に現れる一遍上人や「遊行」という行為に寄せられる、自己投影された精神世界と、自分でもテーマを定めた「巡礼」行為を続けていること、その「巡礼」の契機となったのが、瀬戸内寂聴たちと訪れたインド行であり、そこで自分が育った那須時代の風土が結びつき、以降の自分の精神的な支柱となったというエピソードが気になっており、どうやら核心はその辺りにあるのではという思いでいたのだった。

後日、まだ黒田杏子俳句論を書けないでいる私の願いを、五十嵐氏が先行して叶えてくださった。題して、

「灰燼に帰したる安堵―黒田杏子と一遍上人―」

二〇二〇年十一月刊行の「藍生」誌（創刊三十周年記念号）に発表。それを小冊子にしたものを五十嵐氏からご贈呈いただいた。その論考を読み、一遍上人の思想性を核とした圧巻の論

述に瞠目されられた。やはり一遍上人との精神的な巡礼を核として述べれば、黒田杏子俳句論になったのだと得心した。なかでも最も核心部と私が思った箇所を、少し長くなるが、以下に摘録させていただく。

※

空也一遍道行女婦去年今年

空也上人は平安期の念仏勧進の超宗派の宗教家。その点では一遍の先翠格の人物で、彼自身空也を尊敬し、その遺跡市屋に道場を設け踊念仏を実施もしていた。権威主義的な仏教界とは異なる在野の信仰を進めたふたりの遊行聖。その遊行が「遊行女婦」と転じる。遊行女婦とは折口信夫のいう「うかれめ」である。あるいは「あるき巫女」でもある。谷川健一は『賤民の異神と芸能』(河出書房新杜)で次のように書いていた。《「アルキ白拍子」「アルキ御子」はどこかの目的地や終着点を目指すものではない。「歩く」こと自体が目的であった、と云っても差し支えない》《終わりなき旅の漂泊者たちは、人間を駆り立てるもっとも深い欲望に促され、旅に生き、旅に死んだのではなかったか》。「遊行女婦」という言葉。ここに静かに作者の思いが込められている。女性ゆえに受けたさまざまな理屈の通らない圧力もまた、作者の歩む力に転じてきたのではないか。一遍は女性を平等として時宗を引き連れて歩んだ。その思いを自分の支えとして歩んできた自分の道が、一遍の道につながっている。そう信じる作者がいるのだ。

春の月満ちて遊行者漂泊者

遊行者は同時に漂泊者だ。そこに山頭火もいた。放哉は道行とは言えなかっただろうが、心ならずも漂泊の日々となってしまった男だった。金子兜太はこう言った。(「定住漂泊」は体験を通しての私の発見であり、生き方のひとつの提案です。とどめがたき漂泊心を、定住者こそエネルギーに、バネにしろということです)。兜太の「定住漂泊」というのは今を生きる私たちへのひとつの提案であろう。漂泊の心を失うと、道だと思っていたものが単なる堂々巡りでしかなくなってしまう。精神の遊行者であってほしい。漂泊者であれ。そういう思いが作者にはあるのだ。

独り生れ独り過ぎゆく花篝

一遍の《独り生まれて独り死す》の言葉がこの一句に重く響く。夜桜と篝火が暗示する一層深い闇のイメージは、《出る息いる息をまたざる故に、当体の一念を臨終とさだむるなり。しかれば念々往生なり》とする死生観を思わせる。篝火が消えれば花は闇に消える。独り生まれ独り去りゆく自身であり、人々であるのだ。(略)

灰燼に帰したる安堵一遍忌

前句に続く句であり、そして作者の一遍句の中でも圧倒的に存在感のある句であろう。一遍上人立像が灰となった衝撃に対して、それを「灰燼に帰したる安堵」とした時、黒田杏子の一遍の精神を生きる覚悟を読者は知る。「安堵」という言葉の深さと救済感に打たれる。遊行が安堵にほかならないことを知るのだ。

《法師のあとは跡なきを跡とす。跡をとどむるとはいかなる事ぞ。われ知らず》(「一遍上人語録」)

※

長い引用になったが見事な視座から論述し尽くされている。私に付言することはもう何もないと感服した。この論考は以後の黒田杏子俳句論のスタンダードとなるに違いない。

「巡礼」という行為には俗にいう「目的」などはない。生きることそのものと同様に、行為することに意義がある。目的を持って行為をし、ある事を成し遂げて結果を出す、という「近代」的合理主義に染まった現代人は、この行為自身が持つ純粋な価値を見失っている。行為とは生きることそのものであり、そこになんの目的も意味もない。意味はないが、その行為をするものにとっては生きているという価値を実感できること、そのものである。思えばとても自然な行為なのだが、傍目にはそのことをひたむきに成してしまう人の行為は、異様に見えてしまう。ひたむきな行為は前近代的には自然な行為だったのだ。それを異様と感じる者は、「近代」に毒されてしまっているのではないか。

黒田杏子が最初のインド行で摑んだ境地、そこから始まった「巡礼」についての思いの核にあるものも、この境地ではないのだろうか。敬愛する人、気がかりな人、気がかりな日本という風土、そこで生きる人たち、その在処へと憑かれたように巡ることをして止まない姿勢。

ここに第一句集『木の椅子』の巡礼・魂の道行きのオリジンの輝きがある。それは何も黒田杏子の「オリジナル」という意味ではない。五十嵐論文が見事に論証しているように、古来の、特に仏教思想の流れによって育まれた日本人の精神性の底流を貫き伝承されてきたものの一つなのである。オリジンとは、その民俗的な流れを自分流に再構築し得る独創性のことだ。

本題の句集『木の椅子』に入ろう。

『木の椅子』増補新装版と、それを特集した「藍生」誌上には、多数の俳人による黒田杏子俳句論が掲載されている。

その評価は次の三点に集約できるだろう。

一、求道的な精神性
二、表現方法の多様性
三、調べの大衆性

一の「求道的な精神性」については先述した五十嵐論考に詳述されているので、付言したいこと特にはない。

二の「表現方法の多様性」については付言しておきたいことがある。それはよく「作風がブレる」とか、「詠み方に一貫性がない」というようなマイナスの評価に繋がる傾向が俳句界には存在する。そのようなマイナス評価の在り方自身が、古い固定概念にしばられた信仰的な姿勢であることを、逆に黒田俳句が照らし出しているように思われる。多様性は時代を切り拓く新しさなのだ。精神の柔軟さと自由さの証明である。社会や俳句界を覆ってきた見えない枠（社会的な女性の地位の低さ、俳句界で女性俳句などという偏見の枠）を破る先駆者的な側面も持つ俳人なのであり、それらを黒田杏子は軽々と飛び越えてきた人である。それが表現の多様性という新しさに表れている。

三の「調べの大衆性」についても付言しておきたいことがある。「大衆性」は「わかり易さ」「通俗性」という意味合いで使われることばだ。だが黒田杏子俳句の「大衆性」は、「わかり易さ」

「通俗性」にあるのではない。その証拠に黒田俳句は平明な言葉を用いて詠まれていても、通俗的に「わかり易い」訳ではない。わかり易いと思う人は、自分が「わかっている」ことの範囲内で「わかっている」に過ぎない。じっくり読めば、一見分かり易そうな句も、深淵な思念と詩心から立ち上げた独特の「難解さ」を帯びている。

この場合の大衆性というのは、日本の「もの」「かたり」の伝統的な特性の体現なのである。ことばに蓄積され共有される文化的な「記憶」を、ことばの意味として「かたる」のではなく、韻律的な調べとして口誦すること、そのこと自身に「価値」があるという、日本語表現の伝統である。そのような言語表現の伝統があるから、俳句という短詩型の「言わないで言う」という表現形式に意義を見出す文化が成立しているのだ。そういう意味での歴史的文化の共有性としての「大衆性」が、黒田俳句にも脈打っているのだ。具体例は俳句の鑑賞のところで詳述する。個人的な主張の位相ではなく、集合的な認識として共有されている「もの」を「かたる」こと。これが「何も言わないで言う」という俳句的表現の特性の一つになっている。

齋藤愼爾は『木の椅子』増補新装版所収の論考で、

能面のくだけて月の港かな

という、第三句集『一木一草』に所収されているこの句が、「奇蹟のような一句である。俳句表現史に屹立し、非の入り込む余地はない」句であるとして、岡本綺堂の『修善寺物語』の能面に纏わる物語との関連を指摘して、「あなたは今後、この句を超える俳句を作れないだろう」と黒田杏子に言ったというエピソードを踏まえて、次のように述べている。

※

（略）凛冽なる芸術家の精神において、黒田杏子氏は夜叉王と同じ気圏の住人というべきか。〈能面のくだけて月の港かな〉十七文字は戯曲一篇の内容を優に含有している。

ひとこと付言すれば、この句は黒田氏と『苦海浄土』、能『不知火』の巫女、石牟礼道子氏とのやがて訪れる運命的邂逅を予め暗示しているということだ。句には能面が破摧する響きが内蔵されていて、黙読しても、私たちにも聞こえるというのも、この句の魅力だ。（略）

※

そして次の三句はこの句に匹敵すると述べて、「能面」の句を「超える俳句は作れない」と言った「私の完敗である」と述べている。

まつくらな那須野ヶ原の鉦叩
狐火をみて命日を遊びけり
稲光一遍上人徒跣

そして句集『花下草上』に収められている次の句、

涅槃図をあふるる月のひかりかな

が、唯一、「能面」の句に拮抗する、と付言している。

以下、『木の椅子』増補新装版から強い印象を受けた句を挙げて、鑑賞を試みよう。

かもめ食堂空色の扉の冬籠
昼休みみじかくて草青みたり
吊り革に立ち都鳥荒れにけり

かよひ路のわが橋いくつ都鳥
半日の休暇をとれば地虫出づ
金柑を星のごと煮る霜夜かな
蚊を打ってこのこと忘れ米を研ぐ
休診の父と来てをり崩れ簗
夕桜藍甕くらく藍激す
短夜の金魚は己が鰭に棲む
黄落は火よりもはげし一葉忌
丹頂が来る日輪の彼方より
雪嶺へ身を反らすとき鶴の声
ダチュラ咲く水底に似て島の闇

日々の勤めを含む暮らしの一コマが平易な言葉で掬い上げられているが、その景と取り合わされる言葉が斬新でハッとさせられるほど鮮やかだ。季語が季節感で作品世界を包みこむ効果以上の、作者自身の精神性の表現になっていることが驚きだ。古典としての「うた」の文化的共有性と取り合わされて表現に厚みを与えているのだ。つまり日常詠が陥りがちな、ただの私的呟きではない次元へと見事に昇華されているということである。だから作品が決して古びることのない恒常的な「新しさ」を獲得しているのだ。

次の句などには日常性を超えた「巡礼者」的な精神性の深みを感じる。

野にひかるものみな墓群冬の虹
石柱に句は一行の湖薄暑
涅槃図やしづかにおろす旅鞄
供花ひさぐ婆の地べたに油照
襤褸土にヒトをつつめり旱星
牛追の跫音沈む熱砂かな
瓜を売る地に一燭を立てにけり
日盛りのをみなはさびし白行衣
涅槃図の一隅あをし孔雀立つ
摩崖仏おほむらさきを放ちけり

『木の椅子』という句集名の由来は次の句に拠るのだろう。

蟬しぐれ木椅子のどこか朽ちはじむ
父の世の木椅子一脚百千鳥

木の椅子は常に自分に居場所を与えてくれるものであり、「巡礼」にでかけてはまた還り来る場所でもあり、そういう魂の活動と循環の末に朽ちゆくものでもある。自分の居場所には蟬しぐれを降り頻らせ、父の居場所には百千鳥の鳴き声を降らせている。伝統的な俳句表現では無常観の表現として詠まれて詠嘆的になる傾向があるが、黒田俳句では決して「嘆き節」にはしない矜持がある。

牛蛙野にゆるされてひとり旅

必ず死で終わる命の旅を終末観などでは詠まない。人間中心主義ではなく、生かされて「在る」という天の摂理への感謝と釣り合う自己肯定感と拮抗するような詠み方である。「ゆるされて」いるのは「野」という、その命が置かれた場所に他ならないのである。

『木の椅子』増補新装版にはインド行の「瑞鳥図」五十句が収録されている。その一部を以下に摘録する。

入滅の図の朱を亂す遠き蟬
石刻む人にまひるの金鳳花
炎天や枝うつりして瑞鳥圖
石窟を素足のすすむ花筐
呼声の奥の呼声瓜喰めば
緑陰は深ししづかに孔雀老ゆ

仏教の聖地にこの身体で直に触れているというどこか高揚した思いが、逆に抑えた筆致で「巡礼」するかのように描かれている。「素足のすすむ」というような文化の中を、自分もまた「素足」で歩いているのだ。

以下の句は巡礼行として詠まれているわけではないが、作者の「行為する魂」の手触り、「巡礼性」を感じる。

十二支みな闇に逃げこむ走馬燈

「逃げこむ」は通常の文脈だと「消えゆく」ではないか。それを自発的な行為のように「逃げこむ」と読んでいるのは、作者が走馬燈の十二支に擬えられた今を生きる命に共振しているからだ。そこから生きとし生けるものの、闇に生まれ闇に消える命の、このひとときの燈明を燃え立たせる。

稲妻の緑釉を浴ぶ野の果に

雷光の色合いを緑色の釉薬という硝子質で表現したのが斬新。下五の「野の果」とその色が呼応する。それが佇む孤高の精神の輝きでもあるかのようだ。

芭蕉照らす月ゲルニカの女の顔

スペインの画家パブロ・ピカソがスペイン内戦中の一九三七年に描いた、二十世紀を象徴するといわれる絵画「ゲルニカ」は都市無差別爆撃（ゲルニカ爆撃）を主題としている。その中の「女の顔」にクローズアップしている。

それと月夜の風にゆらぐ芭蕉の葉。時空を超えた「巡礼」の句だろう。「芭蕉」から沖縄所縁の植物や織布を想起して沖縄戦の悲劇を思うことを、この句は許すかもしれない。

いずれにしろ、人間が犯してしまった罪、ジェノサイドの匂が立ち込める句である。原爆禍も、原発禍もその延長にある。戦後の「水俣病」も日本人自身がそのジェノサイドの加害者でもあることを忘れてはならない。

秋の蝶ちひさし真間の継橋も

「真間の継橋」とは千葉県市川市「真間」にあった継橋。「かき絶えし真間の継橋踏み見れば隔てたる霞も晴れて迎へるがごと」〈千載・雑下〉の歌枕の地であり、ここは「真間手児奈」伝承の地でもある。

下総国葛飾に住んでいたという女性で、多くの男性の求婚にたえられず真間の海に入水自殺したという伝説である。

掲句はその悲劇を「秋の蝶ちひさし」と表現している。

ここには男性優位の価値観による女性の悲哀の歴史的「記憶」が刻まれている。日本の差別的な家長制度下で、女性は男性によって「選ばれる存在」であり、女性が自発的に「選ぶこと」ことなどできなかったが故の悲劇の歴史的「記憶」であろう。

先に黒田俳句の「調べの大衆性」という特性について触れたが、これはその地名という歴史的な記憶の中の「もの」を「かたる」詠法の代表的な句だろう。

日本の詩歌精神そのものによって、民衆の「記憶」から立ち上がる、一言では言えない「もの」を、言葉の韻律に乗せて語る「ものかたり」の俳句である。

注意して読んで欲しいのは、そこで言葉として表されていること自身に、近代文学観でいう「表現主題」というものはない、ということだ。そうやってその場所や、人の心の在処に立ち、詠うこと自身に「うた」として意義があり、それ以外の一切の「意味」などはないのである。それが日本古来の「うた」の伝統的精神であり、「調べの大衆性」というものだ。平易な言葉で詠まれているが、「わかりやすい」という次元の「大衆性」などではなく、日本の詩歌における「うた」の本質に疎い者にはとっては深淵な難解さを湛えている。この句はそういう意味で深く鑑賞されず、安易に「誤読」されないか案じている。

ホメロスの兵士佇む月の稲架

「ホメロス」という言葉から想起されるのは、古代ギリシャ（紀元前八世紀末）のアオイドス（吟遊詩人）であったということと、西洋文学最初期の二つの叙事詩『イーリアス』と『オデッセイア』の作者であるということだろう。

伝承では「ホメロス」は盲目であったとされ、女神カリオペの子であるという説や私生児であったという説もあり確かなことは判っていない人格である。

いずれにしろこの句の場合、「うた」として重要な記憶は、神の系譜にも置かれる叙事詩を吟じる盲目の吟遊詩人であるということだ。

日本で言えば平家物語を「かたる」琵琶法師、門付けで過去の不幸の物語を三味線で「かたる」瞽女という盲目の「かたり手」の意味合いと拮抗する。

日本では盲目であることが、「ものかたり」の「かたり手」の必須条件のように受けとめられていた。

古代ギリシャでも吟遊詩人は儀礼的に盲目として扱われていたのである。

そしてその「うたう」能力は予知能力に通じ、予言者と呼ばれる者たちはみな盲目であった。

逆に言えば、古代ギリシャでも、日本でも社会で盲人が就けた数少ない職業が「うた」の語り手だったということでもある。

この句では月夜の苅田に佇んでいるのは「ホメロス」ではなく、彼が「うたった」叙事詩の中の戦場いる「兵士」だ。

魂の巡礼者、黒田杏子がここで幻視しているのは、死と向かい合う、過去の、そして現在の魂たちの象徴ではないか。

この世の苦難の現場に立つ者たちの魂に寄り添う「巡礼者」の視座による表現ではないか。

因みに、作者はなぜ「稲架」という稲干場の心象を「兵士」に与えたのか、と問うてみよう。すると何か見えて来ないか。

大野林火が「稲架の道朝夕きよくなりにけり」と詠んだように、何か「きよらかな」空気で、深く傷ついた魂たちを包んでやりたかったのに違いない。

ここに孤高の俳人精神である「巡礼者」としての吟遊詩人のような身上の投影があるように感じられる。

武良竜彦ブログ（https://note.com/muratatu）より転載

現代の課題と詩人の営為

青木　みつお

　詩人は今日何をなすべきか。

　何をなすべき存在なのか。鉱夫がたずさえて歩くカナリヤになっているか。暗夜を照らす灯りになっているか。

　それに反対する見解もあるだろう。

　地球環境は氷山が崩落し、天候、気象の大変化によって風水害が多発している。そして新型コロナウイルスの災禍により、人びとは所得の競争が無力であることを思い知らされている。「富」は人間が思い描いてきた大きな要素だが、「富」による序列、これは文化なのか。

　この時代に、詩人はどう生きるのか。生きるために詩を書くとは、どういうことか、を考えてみたい。

　若松丈太郎詩集『夷俘(いふ)の叛逆』

　この詩集はⅤ部構成、全四二篇の作品でできている。若松さんはこの四月七日に亡くなったので、遺書のようになった。「生前最後の詩集になるにちがいない」と跋に書いておられる。体調がよろしくなかったと事後に知りました。お礼状をさしあげたのでしたが。

　『福島原発難民　南相馬市・一詩人の警告　1971年～2011年』『福島核災棄民―町がメルトダウンしてしまった』『わが大地よ、ああ』など、若松さんは既に幾つも著書、詩集があり、特に東日本大震災、原子力発電所放射能事故後、鋭い告発をおこない、かねてよりの懸念、原発爆発事故が現実のものとなった事実に対し、強い抗議と怒りを明らかにしてこられた。

　地球環境損壊があたかも自然現象であるかの如くしてすごしている加憲者の責任追及を、人権と道義の見地から、ねばり強く文筆でおこなってこられた。『福島核災棄民』には、「二章、キエフ、モスクワ、一九九四年」の項があり、チェルノブイリ原発事故の現状を調べに行ったことがわかる。ソ連体制では、ウクライナもベラルーシもそれぞれ経済の役割分担など、負の遺産を課せられていた。この書を手にとると、わたしが記したサイドラインが幾頁にもわたってある。知られているようにこの事故と人びとの状況は『チェルノブイリの祈り』という本に詳しい。事故が広く知られるようになったきっかけは、西欧側のキャッチ施設が捉えたからであった。福島のいってみれば強制移住、農業や漁業の生産活動の権利剥脱、地域社会が培ってきた人びとの結びつき、文化、そこに暮らし続ける自由、私有財産の価値と意味、それらを全部奪ったことになる。原発に限ってみても、当初否定していた危険はないというごまかしで、都市に電力を供給する基地を造らされたのであった。わたしはいまもこのことと無関係に暮らしているのではない。それは深い矛盾といっていい。

　若松さんの誠実と情熱は、教職にあった人としてゆるがせにできなかったものと思う。

　Ⅲ章に「こどもたちがいない町」がある。

　この章は子どもたち、若い人への伝言である。作者の自然な思いが流露し、かえってヒューマニティと人としての品位があらわれて迫る。そこに出てくる「アララト山」はトルコの国境の山で、ノアの箱舟が着いた所とされる。「プリピャチ」はチェルノブイリ原発の関連する土地。「ビルケナウ」はアウシュビッツ強制収容所の街。その次に「むしゃぶつ」と題する作がある。無主物のこと。財産にかけて表現した法律用語の比喩になる。

ゆうゆ　じぃじとばぁばんちへ
あそびにこない？

あそびにいきたーいー

でもねぇ
むしゅぶつがとんでくるからねぇ

むしゅぶつってなあに？

むしゅぶつはねぇ
おならみたいなもんかなぁ

やーだ　じぃじんちには
おならがとんでるの？

うん　とんでるらしい
くさくないけどね
わるさをするんだってさ

くさくないのに　どうして
おならってわかるの？
（同一、二、三、四、五、六、七、八連）

後半と末尾に「かわいそうねぇ」という連がある。幼い人、お孫さんの言葉だろう。幼い女の子に、お嫁にいけないかもしれない、とぽつりといわれたことがある、と県民から聞いた。悲しみと理不尽への違和は広く深い。

Ⅳ章の「おらだの重宝なことば」を見る。

おらだの在郷（ぜえご）ことばにゃ
ほでねぐ重宝なことばば
どさっとあんのしゃ

いま使った「ほでねぇ」もそでがすちゃ
限界（きり）ねぇつ意味もあります
違う意味もあります
名詞にした「ほでなし」はバカの意味なのす

ほかの例だと　腹具合（ぐええ）どが気分どが
タイミングどがピタッとしねぇどぎ
おんなじこどばで言えんのっしゃ
「按配悪りぃ」つうこどばでがすちゃ

失語症になってもこれさえ言えれば
てぇげぇは相手さ通じんのっしゃ
景気悪りくて暮らしに困るどきにも
あんべぇわりいって言うのっしゃ
（同、一、二、三、四連）

訛りと地口の面白さ、面目躍如である。その先諄諄と政治と経済が語られる。地に足をつけてである。終連を引く。

傲慢で独善的なウソ八百語るヤツがいる
責任とれねぇご託ば並べたてる首相がいる
憑きものにとり憑かれたよに　ほでなし言うな
ほでなしめ　あーあ　あんべぇわりぃ

ことばは本来土地も背負っているのだ、とあらためて教えられる。東京弁は面白くないですね。
書名『夷浮の叛逆』にある同題の作に触れておく。

中華という思想があった
自らを世界の中央に君臨するものとし
四周を未開の地としてその住民を蔑視して
東夷・西戎・南蛮・北狄と呼んだ
中華思想は東海の島嶼に及んだ

ヤマト王権は東方や北方の先住民たちを
夷狄・蝦夷・蝦賊と名付けて従属させようとし
順化の程度によって夷俘・俘囚などと差別した
（同一、二連）

三連、四連は宝亀年間、奈良末期の「レジスタンス」を追跡し、終連はこうなる。

七八九（延暦八）年に大墓公阿弖流為が
胆沢の巣伏の戦いで
侵攻したヤマト王権の蝦夷征討軍を斥けたのは
宝亀の乱の九年のちのことである
呰麿呂や阿弖流為のように史書に記名されることなく
記憶の彼方に消えた蝦賊は数知れない

往時のこの国の支配、支配勢力が残したものを「正史」の資料とするなら、正史からはみださせられたものにこそ、民衆のたたかいの姿、エネルギーがあったはずである。そうして「東北」といういい方は、元は蔑称を含んでいたという。なんともゆがんだ言葉だったのだ。
この次の作が「土人からヤマトへもの申す」と題し、作者は書いている。

米軍基地建設に抗議するウチナンチューに
ヤマトから派遣された警官のひとりが

「土人―」と罵声をあびせた
ウチナンチューが土人だば
おらだも土人でがす
そでがす　おら土着のニンゲンでがす
生まれてこのかた白河以南さ住んだことぁねぇ
〈東北の土人〉〈地人の夷狄〉でがす
（同一、二連）

ここへ来て、作者の反骨精神はいよいよ輝きをましてくる。この題名からしてドキリとさせられる。実際わたしたちは無数の習慣法や〝常識〟に包まれて暮らしている。ことばは多く器械の映像、慣れあい信号に変身させられている。ペンを執り、書くことでしか本来の姿、生命を取り戻せないのだろうか。

福島はわたしにとって青春の山、原発事故以前は年一度訪れる保養地だった。事故後も訪れたことはある。若松さんの訛りのうちに、この地に生き、暮らしてきた人びとの熱い息吹きを感じるのは、わたしだけだろうか。この人たちの誇り、憧れ、人間的な憧れ、なんともいえない素朴さ、実直な暮らしぶりを思うのである。

Ⅲ章の九篇は、いわば歴史上の人物詩で、計一〇人が登場する。植木枝盛、小林多喜二、今野大力、鶴彬、亀井文夫、むのたけじ等、この地出身の文業と社会的発言をしなした人たちである。わたしが知らない人物もある。ここには若松さんの文学観、人間観に影響を与えたと思われる、思想の足跡の影が感じとれる。どの章も、著者生前の最後の集というニュアンスが見いだされる。一篇一篇にその思いが濃い。「こころのゆたかさ」という作に著者の八十年を振り返ることばがある。それは人間は豊かな存在になったのかという、切実な問いである。不幸にしてそれは原子力発電の存在に象徴される。それを見つめているわたしたちは「ゆたか」な存在なのか。教育にたずさわった人として、いわずにいられない人としての問いである。

巻末の「これからなにをするの？」。この自明にして素朴な問いかけは、木霊のように鳴りやまないのである。

熊井三郎詩集『ベンツ　風にのって』。熊井三郎の詩の面白さとは何だろう。面白さの要素の一つは暮らしにあらわれるおかしさである。世の中には、様々なおかしさが在る。そのことについて、熊井さんは大上段に斬り込むかわり、おかしさの尻っぽ、暮らしの何気ないおかしさを捉え、うまくすくいとり、描いてみせる。そこにあらわれるおかしさの一部は熊井さん自身のおかしさでもある。おかしさの本当の奥に在るもの、それはこの世に在る、大きな、というか背後にうごめくおかしさを暗示しているように映る。現実のおかしさは、視点をかえると、世の中のおかしさ、暗喩でもある。日常にあらわれる習慣法に投影されるおかしさ、自分でも気づかない良識のおかしさ、その発見と描写が生きいきとあらわれるところに、作者の特質が発揮される、同時に、作者も少なからず、それを面白がっている。別の見方をすると、面白がる精神である。とかく常識や発見の押しつけになりやすいのだが、そうした狭さ、固苦しさを避け、するりと体をかわす。先天的な資質かもしれない。だから息切れしないのかもしれない。一種の軽ろみに達しているのだ。それは表現というものに、深い想いを抱く人の成果とおもう。
　そのおかしさは、冒頭の「うちの女房」の内の「親展」という作に顕著である。関西の漫才の語り口にそっくりで、おかしい。

「開けてみよか
親が展(ひら)けと書いてあるし」
「親が展くてよう言うで
わしのときも開けとるやないか」
「あんたの時は親しく展けと書いてあるんよ
わたし　いちばん親しいもんね」
あのね　もしもし
通信のヒミツいうてね…
（「親展」後半）

　平仮名、片仮名、いずれも立ち上がってくるたのしさである。が、おかしさの面白みはこれにとどまらない。
　読者をひきつけるのは「河豚」という作である。第一連は釣りにおける河豚である。第一連の終わりに上司のことが出てくる。第二連で職場の組合活動のことが、さらりと出てくる。なんの技巧もないようにみえるが、巧みな設定になっている。河豚の釣りに行ったこともない人にも河豚の顎や顔つきが連想できるようになっていて、職場の詳しい説明はなくても、組合役員兼係長、社宅住まいが想像できる。仕事の内容を詳述していないのも、読者の想像を自由にさせてくる。

……二千人の組合委員を代表して中央委員をやることに
なったとき、その人は支部委員長を呼んで、どうしてあん
な危険人物を出すんだと詰問したのだという。私にうちあ
けてくれた年配の支部委員長の口振りは、憤慨しているよ
うにも後悔しているようにも見えた。
（「河豚」第二連後半）

　登場人物は河豚の顔つきと関係がないはずであるが、第一連でその顔つきが刷り込まれている。「危険人物」というリアルな言葉つきと「憤慨」と「後悔」半々という、微妙な描写のコントラストはやはりおかしい。そんなことに揺れない、作者の意思である。これら全体に流れる、リアルではあるが、一つ一つは多分におかしいのである。そしてこの種の努力をすればするほど、ある意味誰でも味わうおかしさ、不当さでもある。〝平俗〟の次元に戻して、現実を描くと、あるいは捉えると、日本中（？）このように見える可能性もある。おかしさは、人の勇気の証しになっている。そこをさらりと描く、作者の冴えである。
　第三連では、関連企業の水銀汚染のことが、公害という言葉をつかわず、さらりと書いている。が、読者の多くは、それが深刻な事件だったことを知っている。「私と妻は」そうした現場の悲惨さを見に行ったことがある。

怒ると　ぷっと脹(ふく)れる

恐れると　まばたきして身を守る。

（同四連）

四連はこの二行だけ。ある詩人の作を思い出したことになっている。

終連を引こう。

ある抒情詩人の詩を目にしたとき、あの天草の暗い海で、
不運を引き当て歯ぎしりする愛嬌ものに、次々刃を当て投
げ入れていた人を思い出した。東北訛りを漂わせ、九州の
一角からまたどこかに流れていき、最後には故地に帰り着
き、おそらく認知の境に彷徨い出て生を終えたのであろう
ひとりの男の生涯を——

なんと深みのある詩行ではないか……。

平場に引きうつして社会と人を語るということは、対象、事象を低くさせて見る、ということではない。ここで作者は事象をよりよく見る、よりよく考えるため、クローズアップするのである。存在の諸関係におかしさを追跡してみせる。レンズはこの時、二つの作用、つまり事実と事実のおかしさを写すのである。ひと度そのことに気づけば、カメラはおのずと、地上の、現実の、おかしさを鮮やかに解剖してくれるのである。あくまでも自分の眼、別言すれば生活者の眼に則して、外界を撮る。平凡な事象にひそんでいる、社会のおかしさ、それは無法であったり、保身であったり、弱者の暮らしの実態であったりする。それらの矛盾を前にして、作者は過度の興奮や絶望、虚無感に陥ることがない。それでいて、過度の自己顕示もない。自己陶酔と離れたところに自分をおいている。そこに読者の読後感を快くさせるものがある。認識の確かさと想いのひろさ、つよさの証しと思う。

常識、あるいは良識は、詩作の場合しばしば固定観念というハードルになってあらわれる。熊井さんは伸び盛りのアスリートのようにハードル、バーを低くさせる動作で超えるのである。超える術を備えている。それは暮らしの次元で獲得されたものだろうが、単に暮らしの次元一般に解消される営為ではない。塾考と思惟の深化によって得られたものと想像する。あるいは行動と不断の知的好奇心によるものだろう。作者自身の生活的バイタリティーに属している。読者を飽きさせない魅力といっていい。

紹介したい作品は幾つもあるが、ここでは「安重根の思い出」に触れておく。

広大な敷地に　独立記念館があり
高い台座の上に　安重根義士の銅像は建っていた
安重根は韓国では英雄だった

（同第一連）

第二連も面白いが、第三、四、五連に移る。

ぼくは金さんにふっかけてみた

（安重根は日本では
元勲伊藤博文を暗殺したテロリスト
犯罪者ということになっているけどね
金さんはすかさず反駁した
（アンジュングンは義兵中将で
日帝に対して義兵戦争をたたかっていたんです
テロリストではありません

ぼくはいまでも知っている
伊藤博文は韓国にどれだけひどいことをしたか
その後の日本が韓国を併合してなにをしてきたか

金さん　また議論しようよ
客を客とも思わぬあなたの物言い
また聴きたいよ

これでわかるように、金さんと作者は同じ平面、同じ次元において描く。建て前や、歴史的事情、階級的観点を安易に取り入れるのではなく同じ、人としての視点、物言いに巻き戻して考える。この作業、視点の問い直しに貫かれている。これが熊井作品の面白さである。

「政治の言うこと　マスコミの言うことを真に受け」「思い込まされて」（第二連）きた間違い、二つの国の事情、いまも続く歴史観の対立と異和。このことをさらりと、つまり簡潔に書いている。ではあるが、終連（五連）はユーモアを込めて再会のエールを送っている。ここに描かれる人と社会に対する描写、別には抒情の源といっていいが、認識や感性を孤立させない存在のしかた、これは作者の特性とおもう。この精神は「拒む」という作品で、全篇軽いノリに発展し、落語の筆致で基地拡張への怒りと風刺になっている。

ここでは、若松丈太郎さんと、熊井三郎さんの詩集をよりどころにして、今日の詩人の営為を見つめ、考えてみた。若松さんは早くから原子力発電所の「神話」の虚偽と解決しえない矛盾、切り捨てられる民衆の現代の非道を描き、政治の愚かさを衝き、民衆のたたかいの歴史にたどり着いた。

熊井さんは、日常の事象にひそむおかしさ、怖さを発見し、現代の様ざまな事象の切れはしをつかまえ、わたしたちの意識を洗い直している。意識の再生を追求し、意識の共有の道をさぐる。話しことばで。

この国の詩人の世界は長く政治や社会を避けてきた。日本学術会議会員の「任命拒否」は何を意味するか。言論と表現の自由に対する支配と受けとめるのが自然ではないか。

沖縄戦後小説の過去・現在・未来を探索する
大城貞俊『多様性と再生力――沖縄戦後小説の現在と可能性』に寄せて

鈴木　比佐雄

1

大城貞俊氏は、沖縄県宜野湾市に暮らす小説家・評論家・詩人・学者・教育者であり、ハンセン病患者や沖縄戦の証言をまとめる活動などの数多くの仕事をされてきた。二〇一九年に刊行した『抗（あらが）いと創造――沖縄文学の内部構造』では、中心テーマは戦後の「沖縄現代詩」の膨大な詩集を集めて読み込み書き上げた画期的な労作だ。その米軍統治下の復帰以前から復帰後の平成時代が終わるまでの数多くの詩人たち、例えばリアリズムの牧港篤三、シュールリアリズムの克山滋、新しい抒情の船越義彰、『琉大文学』の清田正信などから始まり、戦後にも活躍した山之口貘、平成時代に活躍する伊良波盛男・八重洋一郎・佐々木薫・新城兵一・高良勉・与那覇幹夫・網谷厚子・あさとえいこ・佐藤モニカまで、その沖縄で発せられた詩的言語の特徴を生き生きと自由な個人言語の歴史として記してきた。後世、詩に関心ある研究者や愛好家たちは、きっと大城氏の沖縄の詩や詩人を愛する詩論に対して、深い情熱を感じ取り文化遺産のように感じ取るだろう。

その『抗いと創造』には小説などの沖縄文学に関しても概括的に論じられている。例えばI章「沖縄文学の特質と可能性／四「沖縄文学」の特異性と可能性／I「沖縄文学」の定義と特異性」の中で次のように語っている。

> 終戦後の沖縄の現代文学（戦後文学）については、次の五点の特徴を指摘することができる。一つ目は「戦争体験の作品化」である。沖縄県民が等しく体験した沖縄戦や土地の記憶の継承をどう文学作品として表象化していくか。これが戦後一貫して流れている今日までの課題である。二つ目は「米軍基地の被害や米兵との愛憎の物語を描く」作品である。米軍基地あるが故に生まれた「沖縄文学」の作品世界の特徴である。
>
> 三つ目は「沖縄アイデンティティの模索」で、四つ目は「表現言語の問題」である。この二つの特徴は、近代文学の課題と重なりこれを引き継いだものだ。表現言語の問題は今日では「シマクトゥバ」と呼ばれる「生活言語」をどう文学作品に取り込んでいくかという課題に継承される。作品はさらに自覚化され一層広がりと深化を見せて創出されている。
>
> 五つ目は、作者も作品も「倫理的である」ということだ。このことは「沖縄文学」の大きな特徴の一つになっている。文学は虚構であることを前提に表出される世界であるが、沖縄の作者や作品には笑いやファンタジーな世界を紡ぎ出した作品はほとんどない。この特徴は沖縄の戦後がこのことを許さない過激な状況が七十二年間余も続いていることを表しているように思われる。

この五つの特徴は、戦後を二区分して「占領下の時代」と「復帰後の時代」と区分しても継続される「沖縄文学」の特徴だ。このことは、時代のエポックを記した本土復帰の一九七二年以降も沖縄社会や沖縄文学を担う基盤が本質的に何も変わらなかったことを示しているように思われる。

さらに沖縄文学の特徴を挙げれば、「国際性」を帯びた作品世界の創出と、昨今の作品の傾向から「個人の価値の発見と創出」を新たに付け加えることができるだろう。「沖縄文学」のこれらの特徴は、本土の他地域にみられない特異な作品世界をつくっているのである。

沖縄文学の特徴を考える場合に大城貞俊氏の考える五つの特徴である「戦争体験、米軍基地の被害、沖縄アイデンティティ、表現言語（シマクトゥバ）、倫理的であること」はとても重要な指摘だ。さらにそれに加えて「国際性」と「個人の価値の発見と創出」という、広がりと深さを抱えて発展している今日的な沖縄文学の可能性を指摘している。このさらに加えた二つが今回の評論集『多様性と再生力』を書き上げるための原動力になったと推測される。大城氏にとって「国際性」とは異質な他者と出会う「国際性」であり、「個人の価値の発見と創出」とは行き詰った古い個人が新しい個人に脱皮していくことを促すための「再生力」という、生き直すための根源的な力を奮い起こすことなのかも知れない。

2

本書は序辞と第Ⅰ章～第Ⅲ章、付録から成り立っている。序辞「沖縄で文学することの意味 ―極私的体験論から普遍的文学論へ」の冒頭で沖縄文学の特徴を左記のように前評論集の特徴をもっと集約し絞り込んで左記のように三つあげている。

沖縄文学の特質は、一つに戦争体験を作品化すること、二つに国際性に富んでいること、三つに地方語であるウチナーグチを共通語を使用した日本文学の中にどう取り込んでいくかということ。この三つの特質が際立っていると言えるだろう。

大城氏は、沖縄戦での十四万人余りの県民の死者を出したこと、戦前から貧しい移民県であり戦後は米軍に土地を奪われて海外に活路を開いた人びとのこと、「奪われていくウチナーグチをどのようにして生き延びさせるか。その一つの試みが文学表現に定着させること」などの三点の切り口から、これらの特徴を抱え込む戦後の沖縄小説について語り始める。第Ⅰ部「沖縄文学の構造」は一章「大城立裕の文学」、二章「東峰夫の文学」、三章「又吉栄喜の文学と特質」、四章「目取真俊文学の衝撃」に分かれている。四人の芥川賞作家の初期のころの作品群からその作家の本質的な課題に分け入り、その作家たちの目差す文学の構造を明らかにしようとする。

一章「大城立裕の文学」の大城立裕氏は昨年の十月二十七日に他界された。立裕氏の訃報記事は半5、6段の大きなスペースで、東京新聞では〈「複眼」で見つめた沖縄〉、朝日新聞では〈生の輝き示した〝沖縄文学の父〟〉と大見出しが飛び込んできた。大城立裕氏を語るキーワードは新聞紙上では「複眼」と「沖縄文学の父」であった。立裕氏のことはその後も天声人語や文芸欄でも親交のあった作家たちの追悼記事がでていた。きっと他の新聞でも追悼記事が大きく出ていたに違いない。私は二〇一八年五月二〇日に沖縄で開催された日本ペンクラブ〈「平和の日」の集い「人　生きてゆく島　沖縄と文学」〉の実行委員の一人であった。沖縄側の実行委員会の代表には立裕氏に就いて頂き、その中心の象徴的存在感によって「平和の日の集い」は成功をおさめ大変お世話になった。心よりご冥福をお祈りしたい。その沖縄での会で大城貞俊氏と又吉栄喜氏は実行委員会の実務的な中心となり沖縄の文学者や教育者たちの実行委員会を組織して、八百人以上を集めて会の運営を取り仕切ってくれた。その際に大城氏や又吉氏を含めた沖縄人がいかに立裕氏を尊敬し誇りに思っているかを実感することが出来た。そんな立裕氏の「複眼」や「沖縄文学の父」の作品群の原点を大城氏は左記のように論じている。

大城氏の一章「大城立裕の文学　1　重厚な問いの行方―「朝、上海に立ちつくす―小説東亜同文書院」」では、戦争中の中国留学体験が立裕氏に生涯に渡るどのような根本的な問いをもたらしたかを辿っていく。

〇いま一九四五年十二月、中国革命はいまだ達成されていない。革命とはまず欧米勢力を駆逐することだと、中国近代の先覚者たちが信じ、日本がそれに手を藉そうとしたが、日本はいつのまにか欧米の代わりをつとめていた。それを中国に進出してきた日本人は、いま知らされた。革命を達成するのは国民党か共産党か。孫文はいずれにも信奉されながら、究極はいずれの神でもないのかも知れない。孫文はかつて日本に亡命し、日本を盟邦と頼んだが、それは誤りであったのか。日本を駆逐したあと、中国革命はどのような経過をたどって達成される見込みなのか。東亜同文書院はそれを見届ける資格を剝奪された。（277頁）

〇「東亜同文書院は君たち中国人にとって何であったか」／「東亜同文書院は中国の敵だ」／范景光ははっきりと言った。（321頁）

〇「そうか。敵か。そして、それをいま駆逐したことが嬉しいか。しかし、将来また米英資本の侵略があったら、どうする？」／「その侵略はもはやあり得ない」／「なぜ？」／「中国の歴史は変わる」／「そうか長江の流れは変わるか」／「長江の流れは変わらないが、その流域が変わる」（中略）「同文書院は敵だが……」／景光がゆっくり言った。「しかし、君や金井が将来同士になるよう期待している」／「僕や金井は長江の水か」／「そうだ」／范景光の唇からはじめて笑い声が洩れた。（321－322頁）

このような問いが、作品の冒頭から次々と繰り出される。そしてこれらの問いこそが作品の特質をも示している。作品は作者の上海での戦争体験を基底に据えた問いで構築されているようにも思われるのだ。

しかし、前戦での銃撃戦や戦争で犠牲になる人々の姿はほとんど描かれない。作者にそのような体験がなくても、軍服を着た兵士である以上、戦場での悲惨な殺戮や戦闘の場面が挿入されてもおかしくないはだが。作者の関心はそこにはないのだろう。

作者大城立裕の関心は、血なまぐさい戦場での戦死者を描くことではなく、国家や民族の自立、あるいは平和な国際社会の創出や日本国家や中国社会の行方に関心があるかのように思われる。大戦に遭遇する過渡期の時代の中で、手探りするかのように国家や個としての自立を問うているように思われるのだ。

この引用で大城氏は、立裕氏が日本の植民地である沖縄の若者であるにもかかわらず、日本の大学となった東亜同文書院への留学生となり、さらに日本軍の兵士にもなった主人公に託したことを読み取ろうとする。それは「国家や民族の自立、あるいは平和な国際社会の創出や日本国家や中国社会の行方に関心がある」ことへの問いを発することだと言う。つまり立裕氏の文学とは日本と中国のせめぎ合う両国の生々しい歴史の目撃者となり、「手探りするかのように国家や個としての自立を問うている」のだと理解しようとする。そして「大城立裕文学は、このような場所から発せられる深く重厚な問いと戸惑いから創出されるように思われる」とその試みを位置付ける。日本と中国もまた世界情勢やアジア情勢の中で刻々と変わっていくのであり、それらの国々と同様に沖縄もまた独自の文化を抱えて新たなる領域を占めるべきだと問い続けているのだろう。加えて大城氏はブラジルなど中南米への沖縄人の移民たちを主人公とした「ノロエステ鉄道」などの「国際性」を問うていく作品群もその試みに注目していく。その意味では大城氏が沖縄文学の特徴に挙げた五つの特徴である「戦争体験、米軍基地の被害、沖縄アイデンティティ、表現言語（シマクトゥバ）、倫理的であること」とそれに加えて「国際性」と「個人の価値の発見と創出」の七つの特徴が、立裕氏の初期の小説にもすべて含まれているのであり、きっと大城氏は立裕氏の小説を分析してこの七つの特徴を導き出したようにも思える。立裕氏の小説に対する多くの思想家や文芸評論家たちの言説を検証し、立裕氏自身のエッセイ集を通して、「多様な異文化接触を経験した沖縄文化」を背景にしたその小説群は、「自問する文学」であるとその魅力を浮き彫りにしている。

3

第Ⅰ部のその他の作家について大城氏のその評価の最も重要な箇所を引用しておく。

二章の「東峰夫の世界」では、「「オキナワの少年」が示した方向性や、シマクトゥバの実験的な試行は、少なくとも沖縄の表現者にとっては勇気を与えるものとなった」と東氏の「シマクトゥバの実験的な試行」の先駆性を指摘する。

三章の「又吉栄喜の文学と特質」では、「又吉文学に持続されているテーマの一つである救いへの挑戦、或いは自立への可能性を求める姿勢は沖縄文学の大きな課題でもある。同時に人間の自立や文学の自立は世界文学の永遠のテーマでもある。自由や自立こそが古今東西の表現者が追い求めてきた課題であるからだ」と又吉氏が沖縄文学や世界文学の王道を追求していると語っている。

四章の「目取真俊文学の衝撃」では、「目取真俊は、ここで自らが「沈黙の彼方にある言葉」を探すことの大切さを述べている。もちろんこれらの言葉は、戦争体験のみならず、正義をかざし不条理な力によって抹殺された死者たちの言葉を考え続けることにも繋がるはずである」と米兵と日本兵に犯され、沖縄戦で死んでいった沖縄人の「絶対の沈黙」を聞き続けている言葉を紡ぎ出していると言う。

大城氏は、これら芥川賞作家の小説の言葉の構造を作り上げた内面の息遣いを聞き取って書き記している。

第Ⅱ部「沖縄文学の多様性と可能性」では、「第一章　池上永一の文学世界」、「第二章　長堂英吉と吉田スエ子」、「第三章　崎山多美の提起した課題」、「第四章　沖縄文学の多様性と可能性／1「九州芸術祭文学賞」受賞作品と作家たち／2「新沖縄文学賞」受賞作品と作家たち／3「琉球新報短編小説賞」受賞作品と作家たち」、「第五章　胎動する作家たち／1　山入端信子論／2　白石弥生論／3　崎山麻夫論／4　玉木一兵論／5　富山陽子論／6　崎浜慎論」などの沖縄のその後の作家たちの試みを丹念に読解していく。そして例えば大城氏は、沖縄文学の特徴とは異質な「池上永一は全く異なる作品を提出し、沖縄の歴史さえもエンターテインメントの対象にしたのだ。従来のテーマや題材とは異なる作品世界の大胆さに衝撃を受けたのである」と、池上氏のマジックリアリズムの手法を丁寧に読み取りながらその可能性を検証し、その他の新しい作家たちの試みも沖縄文学の特徴の継承、発展、逸脱、飛躍する新たな沖縄文学の「多様性と再生力」を詳細に読み取り記している。

第Ⅲ部「沖縄文学への視座」では最近の芥川賞、ノーベル賞の作品を読解し、沖縄に関わる接点や沖縄文学と交差する世界文学との共時性を発見し、「沖縄自立の思想」を模索して沖縄文学が世界文学になるための土壌づくりを大城氏は試みているかのようだ。

このような沖縄戦後文学の過去・現在・未来を探索する大城貞俊氏の労作『多様性と再生力』を、前評論集『抗いと創造』と共に沖縄文学を愛する人びとの座右の書にして欲しいと願っている。

「文字マンダラ」を通した根源的で多様性に満ちた宮沢賢治論
桐谷征一『宮沢賢治と文字マンダラの世界—心象スケッチを絵解きする』に寄せて

鈴木　比佐雄

1

桐谷征一氏は、長年にわたり雑司ヶ谷で日蓮宗本納寺住職を務め、中国石刻経の研究や中国仏教史の分野で世界的にも知られる仏教学者である。そんな桐谷氏は若い頃から半世紀近くもの間、宮沢賢治の「雨ニモマケズ」の最後に記された「文字マンダラ」と日蓮の「マンダラ本尊」からの影響について研究を重ねてきた。私の詩友で法華経精神での詩論や石橋湛山論を執筆した石村柳三氏から、賢治文学に貫かれている法華経思想を研究されている方だと紹介を頂き、私が事務局長をしていた鳴海英吉研究会で二〇〇八年に賢治について講演をして頂いた。その講演の賢治の「文字マンダラ」の解釈を拝聴し、賢治文学の理解において根源的で画期的な宮沢賢治論になる構想を抱かれていると思われた。そのようなご縁で私はこの内容をぜひ深めて出版させて欲しいと十年以上前に提案したのだった。その後に研究を書籍にすることを促す石村氏と一緒に本納寺を訪ねて執筆状況をお聞きしたこともあり、二人の友情の強さに感じ入ったこともあった。石村氏は二〇一八年に評論集『石橋湛山の慈悲精神と世界平和』を刊行した後に他界されてしまった。きっと誰よりも本書の刊行を石村氏は天上から喜んでおられることと思われる。

今年の二〇二一年三月十一日で東日本大震災から十年を経たことになる。当時日本の人びとを励ますために宮沢賢治の「雨ニモマケズ」英語版が米国などの海外で朗読されたというニュースが想起された。また地震・津波・原発事故などの被災の大きかった浜通りの人びとにもこの「雨ニモマケズ」という詩は朗読されて、最もつらい時にこの詩は潜在意識の中から日本人の心に湧き上がってくるように感じられた。十年後の新型コロナが収束しない今日でも、某保険会社のテレビCMでこの詩を女優が朗読していて、私たちは賢治の言葉に宿る精神性に励まされている。賢治は生前に唯一刊行した詩集『春と修羅』の作品を詩ではなく「心象スケッチ」だと語っていた。その言葉を賢治の謙虚さだと多くの人は思っていた。しかし賢治は本当に「心象スケッチ」だと考えていたのであり、その「心象スケッチ」はある種の謎として理解の及ばないことと考えられてきた。

これほど日本人に愛されている「雨ニモマケズ」は、手帳に記されていた言葉であり、その最後には七行の「文字マンダラ」が記されてあった。賢治研究の草分け的な存在で戦争中でも花巻まで広島から通い、その手帳を写し研究を続けた小倉豊文の『「雨ニモマケズ手帳」新考』では、「「雨ニモマケズ」とこのページを同時に書いたとは私には考えられない。しかし形の上で並んでいるので注目され易い」と語り、賢治研究の第一人者だった小倉豊文でさえこの詩と「文字マンダラ」七行の関係は、重要なことだと認識してこなかった。しかし私には「雨ニモマケズ」を記した後に「文字マンダラ」七行を賢治が書き上げて完成させたようにも感じられた。そのことは究明されるべき謎として残されていた。

二十世紀の日本の文学者においてこれほどの影響を与え続けている人物は宮沢賢治以外には存在しない。そんな汲めども尽きぬ豊穣な文学を生み出した宮沢賢治を最も代表する「雨ニモマケズ」を生み出した内面の奥底に肉薄する論考は、実はいまだに存在していないように思われた。そのような賢治研究の前に立ちふさがる目に見えない壁に異次元のアプローチをされて、桐谷氏は賢治の広大な「心象スケッチ」の領域に、一貫した宗教哲学である「一念三千」が貫かれていることを明示してくれている。

2

宮沢賢治の文学の源泉には法華経があることは本人が語っていた。しかしながら法華経と賢治文学の本質的な関係を明らかにする本格的な研究書は出現してこなかった。そのことは当時の法華経研究の最先端の島地大等たちから若くして学んでいた賢治を理解することは、その教学を理解していなければ至難の業であったからだろう。ところが桐谷氏は賢治の「雨ニモマケズ」手帳に記されてあった五種の「文字マンダラ」の基になった日蓮の「マンダラ本尊」の研究者であることから、賢治が日蓮の「マンダラ本尊」の本質をいかに理解してそれを自らの文学に応用していったかに若い頃に気付き、その観点から賢治文学を検証すべきだと読解を続けていた。その重要な手掛かりとして、賢治の「心友」で盛岡高等農林を退学し山梨県に戻った保阪嘉内へ送った数多くの手紙などに注目した。この私信の中に賢治が「心象スケッチ」を生み出す謎が解明できると考えて、その私信類を深く読み取っていく。

本書は、序文（渡邊寶陽氏執筆）、はじめに（「雨ニモマケズ」自筆原稿含む）、八章と付録「文字マンダラを絵解きする」からなっている。「はじめに」には手帳の五十九、六十頁の見開きにある「雨ニモマケズ」最後の五行と「文字マンダラ」七行、また他の四つの「文字マンダラ」も収録されている。桐谷氏は「はじめに」で賢治の「文字マンダラ」について次のようにその特徴を記している。

《㈠ 賢治がマンダラの内容を意図的に描き分けた問題には、日蓮が自身のマンダラ本尊を同じく多様に描き分けている歴史的事実があるのである。しかも、その根本的意義については、賢治が所属した新興教団国柱会はもちろん、その源流としての伝統教団日蓮宗においても、当時は未解決の問題であった可能性がある。賢治は、その問題に一歩踏み込んで独自の新説を提示したことになるのではないか。これは宗教学史的にも注目されることであるが、当時の賢治が日蓮のマンダラを理解することにおいて、専門家すら思考の及んでいない議論にまで達していたことを窺わせる。》

《㈢ 手帳六十頁のマンダラ二は、その手帳において描かれた位置がとくに注目される。それは、かの詩「雨ニモマケズ」のすぐ後ろに置かれているからである。すなわち、詩とマンダラは一体不二のものとして受け止めるべき賢治の暗示なのではあるまいか。賢治はそのとき、マンダラの心に彼自身の心境をオーバーラップさせていたのではないか。あえて直言すれば、かの詩「雨ニモマケズ」はマンダラの姿（様式）と心（世界観・人生観）とを詩形によって表現したものではないのか。一般では往々見られるように、詩とマンダラとを分離して鑑賞することは、賢治の心情としては遺憾に思うことと言えるのではないか。》

以上のように本書の重要テーマはこの「はじめに」に記されている。従来はマンダラと言えば真言密教の絵画的マンダラであったが、日蓮が考案して生み出された「文字マンダラ」である「マンダラ本尊」は、唯一絶対なものではなく日蓮が多様に書き記していたこともあり、賢治は日蓮と対話しながら独自の解釈をして賢治の「文字マンダラ」を作り出していた。そのことに桐谷氏は驚き、賢治の生み出した「文字マンダラ」と日蓮の「マンダラ本尊」との関係を研究することになったとその動機を語っている。また「詩とマンダラは「一体不二」のものとして受け止めるべき」であり、そのことが賢治の意志に添うものであり、本書がそのための実証的な研究の成果であることを明示している。

一章は「一、浄土門か聖道門か／1．父政次郎の浄土信仰／2．島地大等と天台宗の法華教学／3．「赤い経巻」との邂逅／4．浄土門と聖道門とのはざまで／5．法華信仰の道へ／6．「菩薩」へのあこがれ／7．惨憺たる「戦」」に分かれている。その中でも「2．島地大等と天台宗の法華教学」「3．「赤い経巻」との邂逅」などで紹介されている島地大等との出会いは、賢治にとって「浄土門」から「聖道門」に転換して法華経に目覚めていく大きな選択を促したことになった。桐谷氏は次のようにその出会いの意味を記している。

《私はここで、おそらく島地大等は彼と賢治との交流のごく早い時期に、「赤い経巻」を通して法華経の教えの中で最も重要な、一つの思想を賢治に伝えたであろうことを指摘しておきたい。それは、前述の『漢和対照妙法蓮華経』中でも「法華大意」の目次に見られる「一念三千」の思想である。／「一念三千」の思想は、仏の教えという意味で「一念三千の法門」とも呼ばれるが、前出の中国天台宗の開祖である隋の天台智者大師智顗（五三八―五九七）の『摩訶止観』に創説された法華経究極の観心の教えであり、これによって一切衆生の成仏の原理とその実現が説かれた、とされるものである。ごく端的に説明すれば、「一念」とは、凡夫であるわれわれの一人一人が刹那刹那に起動する心であり、「三千」とはその心にさまざまな世界を具えているということである。》

後に桐谷氏は賢治が「心象スケッチ」によってひと月に三千枚を書いたと言われた童話やその後の詩篇を爆発的に執筆していく際に、その原動力になったものが『「一念三千」の思想』であり、それを応用したものであることを手紙類から明らかにしていく。

「6「菩薩」へのあこがれ」では、なぜ「浄土門」から「聖道門」に転換していったか、賢治の内面に寄り添うように、保阪嘉内への手紙を引用し、そこに込められた賢治の熱烈な「菩薩」信仰を辿っていく。

《あなたはむかし、私の持ってゐた、人に対してのかなしい、やるせない心を知つて居られ、またじっと見つめて居られました。今また、私の高い声に覚び出され、力ない身にはとてもと思はれるやうな、四つの願を起こした事をもあなた一人のみ知つて居られます。／／まことにむかしのあなたがふるさとを出づるの歌の心持、また夏に岩手山に行く途中誓はれた心が今荒び給ふならば、私は一人の友もなく自らと人とにかよわな戦を続けなければなりません。／今あなたはどの道を進むとも人のあわれさを見つめ、この人たちと共にかならずかの山の頂に至らんと誓ひ給ふならば、何とて私とあなたとは行く道を異にして居りませうや。／仮令しばらく互に言ひ事が解らない様な事があつてもやがて誠の輝きの日が来るでせう。／／どうか一所に参らして下さい。

この手紙で賢治は、過去に心友保阪にのみ明かしたとする自分の誓願のことを持ち出している。その誓願とは、保阪としてはともかく賢治にとっては自身の一生をかけた、きわめて重大な意義を秘めた決意であった。

ここで賢治は、「四つの願」と表現しているが、私はこれは、菩薩が初発心のときにかならず大願をもつといわれる「四弘誓願」のことであると推断したい。あらためて「四弘誓願」とは、経典や宗派によって語句に若干の異同はあるが、一般には「衆生無辺誓願度（生死の苦海に沈む一切の衆生を悟りの彼岸に渡すという願）、煩悩無数誓願断（衆生のあらゆる煩悩を断じ尽くし、涅槃にみちびくという願）、法門無尽誓願知（仏の諸々の法を知り、迷いをはなれ真の知恵を得んとする願）、仏道無上誓願成（無上の仏道を行じ完成せんという願）」の四句の誓願をいう。》

桐谷氏は賢治が保阪嘉内に向かって「四つの願」を共に共有して生きていこうと誘っていく時に、それが「四弘誓願」であることを発見して、二十歳そこそこの若者たちが大いなる迷いのただ中で「菩薩」を目指していこうとする高貴な志を読み取っていく。

その他、二章「心友保阪嘉内との交換」、三章「法華信仰の理念と実践」、四章「国柱会入信」、五章「賢治マンダラ世界の発見」、六章「賢治マンダラ世界の開放」、七章「賢治マンダラ世界の社会展開」、八章「われやがて死なん」、「付録　文字マンダラを絵解きする」を読み継ぐごとに賢治の息遣いが伝わってきて、作品を通して抱いていた賢治像がさらに豊かさを増し、新たな重層的で多様性に満ちた宮沢賢治が立ち現れてくるように思われる。そんな「文字マンダラ」を通した根源的な宮沢賢治論を多くの人たちに読んで欲しいと願っている。

あの店の名前

淺山　泰美

あの店の名前は『コロナ』と言った。木屋町四条のレトロな喫茶室『フランソワ』の前を通って、漬物の『村上』の東側の、人が二人は並んで通れるか通れないかくらい細い路地の中に、その古い洋食屋『コロナ』はあった。原さんという年配の主人と、その身内らしい老嬢が二人で切りもりしている小さな店だった。客が五、六人も入れば満員になるような狭い店であった。私の父はここの常連であったらしく、二人は親しげに軽口を叩き合っていたのを憶えている。原さんはおそらく父より一回りは年長のようだったが、年よりずっと若く見えた。髪を綺麗に黒く染め上げ、白の調理士のユニフォームをスマートに着こみ、立ち働く元気な人だった。

店のメニューに「海老フライ　時価」とあったのを今も憶い出す。時価って、いくらなんやろう、と思いながらも遂にそれを聞けずに終わった。その他のメニューはいたって普通の、大衆的な店の値段であった。それが、何故海老フライだけ？今も解けぬ謎である。

この店の名物に「卵サンドウィッチ」があった。

厚さが一センチ以上もある厚焼き玉子を、これも厚切りの食パンに挟んだそれ。二、三年前のこと、この『コロナ』の卵サンドのレシピを受け継いで出しているという市内の店がテレビで紹介されていて驚かされた。その途端、あの店のことや主人の原さんの笑顔が憶い出されてたいへん懐かしかった。けれど、私はあの店で一体何を食べたのだったろう。海老フライでないことだけは確かなのだが。

『コロナ』のあった路地の北には、『月村』という釜飯屋があった。やはりここも、戦後間もなくからあるらしい、古くゆかしい店だった。私の母よりは年長の女将さんが、地味な盲格子の和服に白い割烹着の姿で店に出ていた。寒い時期には特に、炊きたての釜飯の使い込まれた木の蓋を取る時立ち昇る湯気の暖かさが心底嬉しかった。忘れられない店の、懐かしい味である。

よく通った店だった。けれど私に娘が産まれたのを潮に、ぱったりと行けなくなってしまった。昭和が終わる頃である。

二十代の頃、今は亡き友人たちと月に一度逢って夕食を共にしていた時期があった。思えば呑気な時代であった。四条木屋町を下った高瀬川の西の通りには、『森繁』というカウンターだけのインカ料理の店があり、『高瀬舟』という小料理屋があった。その斜め向かいにあった、『開化』という喫茶店。通りから細く急な階段を上がってゆくと、刻が止まったかのような異空間があった。店の主人はかつて歌舞伎の女形をしており、南座にも出ていたという。いつだったか、その頃の写真を見せてもらったことがある。やがてその主人が病身となり、店を引き継いだ人が店に洋楽を流すようになると、それまでの店の雰囲気とどことなく違うものとなり、いつしか足が遠のいてしまった。浮世離れした心地良い店に俗世の塵が舞い始めたような居心地の悪さが感じられた。あの店はいつ姿を消したのだろう。

二〇二〇年の早春から吹き荒れ始めた、コロナウィルス禍。『コロナ』という店があった頃、まさかこのような時代が来ようとは夢にも思わなかった。京都が一番京都らしかったのは、あの頃かもしれない。

麒麟の行方

二月七日に、全四十四話の放映をもって完結した、二〇二〇年度のNHK大河ドラマ『麒麟が来る』を毎週見ていた。放送開始前に準主役の信長の妻、帰蝶役の交代劇があり、その出演場面を撮り直すというアクシデントに見舞われ、一月五日の開始予定が二週間延長されるという前代未聞の波乱の幕開けとなった、大河『麒麟が来る』。

タイトルの由来は、世が平らかに治まっている時に出現するという幻の霊獣「麒麟」に由来しているという。このドラマの作者、池端俊策はかつて真田広之主演の大河ドラマ『太平記』と手がけたベテラン中のベテランであり、岡田准一が主演した『大化の改新』や吉岡秀隆が主演した『大仏開眼』等の名作を執筆している。池端俊策が再度大河ドラマに登板することを知って、大いに期待していた。

『太平記』の主人公、足利尊氏は戦前までダークヒーローであった。今回の『麒麟がくる』の主人公明智光秀も、戦国史最大の謎とも言われる「本能寺の変」で、主君織田信長を討った武将として長くその名を記憶されてきた人物である。光秀は何故信長に謀叛(むほん)を起こしたのか。今回のドラマでも信長は襲撃されてなおてしまったのか。今回のドラマでも信長は襲撃されてなお、光秀の桔梗の旗印を見るまで敵が誰であるかがわかっていなかった。史実に即しているのかどうかは寡聞(かぶん)にしてわからないが、ドラマでは信長が自死する間際に一言、「是非もなし」と呟くのである。これは、いたしかたない、という意味であろう。光秀ならばしかたがない、と。

このドラマの前半で、斎藤道三の娘、帰蝶が尾張の信長への輿入(こしいれ)を父から迫られ、逡巡(しゅんじゅん)する場面がある。縁者である光秀が帰蝶に「尾張にお行きなされませ」と言うと、彼女は複雑な表情を浮かべた後、「十兵衛(光秀)が申すのじゃ。是非もなかろう」と呟くように言う。印象に残るシーンである。

信長役の染谷将太はこの大役をよく演じていた。当初は小柄でぽっちゃりしている自身の容姿が信長約を演じることにいささかの不安もあったようであるが、池端俊策の炯眼は正しかったと思う。幼児性と無邪気さを纏(まと)った風変りな若者が、次第に残虐性と嫉妬深さを発露させて「魔王」へと転身してゆく様がよく体現されていた。幼き日から母の愛を渇望して得られず、彼女から溺愛されている弟に対する嫉妬心に苛(さいな)まれて、父から褒められたいばかりに徳川家康の父を暗殺してしまう信長。その心の闇の発芽がまことにわかり易く描かれていた。それに対して光秀は細やかな母の愛に包まれて成長したであろう、誠実な人格として描かれている。その時代にあって珍しく側室も持たず、妻や息女たちとの関係もすこぶる良好であった。妻の葬儀に主が参列するということもきわめて稀な事であったとされている。後の細川ガラシャ夫人となる、娘のたまからは、「父上が戦さで亡くなられたら、すぐ後を追って死ぬつもりでございました」と言わしめるほどに慕われている。彼女だけではない。光秀は出逢う多くの者たちを魅きつけ、かつ愛され慕われる。もちろん、信長もその一人であったろう。

光秀と信長の出逢いと蜜月の歳月と、その後の訣別に到るプロセスは、何も彼らだけに起こる出来事ではあるまい。日本仏教の二大巨頭である最澄と空海しかり、千利休と豊臣秀吉しかりである。人と人との関わりはまさに薄氷を踏むがごとし、と久世光彦氏は書いていた。そこまではいかなくとも、再会の難しい相手が誰にも一人や二人はあってあたりまえであろう。

『麒麟が来る』最終話の最後の場面では光秀が馬に乗って颯爽（さっそう）と野の果てへと駆け去ってゆく。本能寺の変の三年後、京の都では光秀が山崎の合戦で討ち死にせず、丹波の山奥に潜んで再起の時を窺（うかが）っているという噂がある、と光秀と縁の深かった登場人物の駒に言わせている。光秀も又、源義経のように民に愛された悲運の兵（つわもの）の一人に数えられようとしているのだろうか。巷には徳川の黒衣の宰相と言われる天海大僧正になったという珍説まである。とにもかくにも、光秀と家康の親密さと光秀の家康への大きな期待を匂わせて、ドラマは意表を突く終わりかたをして見せたのである。今しばらくは、ジョン・グラム作曲の重厚なオープニングテーマが頭の隅に残りそうである。

ノースランド・カフェの片隅で—文学&紀行エッセイ連載
第二十八回　小林多喜二の奈良

宮川　達二

北海道の港町小樽で青春時代を過ごした作家小林多喜二の書き残した文学と生き方に、私は深い共感を持っている。左翼作家である小林は昭和八年二月二十日、東京赤坂で特高に捕まり、築地署で拷問により命を落とした。彼は、昭和初期の貧困を生む社会に鋭い眼差しを向けて小説を書き、人々に誠実を貫くという点で、日本近代の文学者の中では群を抜いている。

—奈良への旅—

昭和六年十一月一日、小林多喜二は秋の奈良を訪れた。奈良公園南の上高畑に住む作家志賀直哉を訪ねるためである。小林が小樽高商の学生だった大正末期に志賀の作品『雨蛙』を読んで志賀に書簡を出して以来、二人には書簡の往復があった。

二人はこの時が初対面である。小林は当時二十七才、二年前の小樽にいた時の暮れに『蟹工船』を戦旗社より刊行、新進気鋭の左翼文学の旗手であった。一方志賀は東京から奈良に移り住んで六年、当時四十八才、漱石、鷗外、そして芥川龍之介らが次々と亡くなった後の文壇では、文学者として誰もが認める確かな位置を占めていた。小林は志賀を尊敬し、文学上の師と仰ぎ私淑していた。小林は、この年夏に東京から自分の作品を奈良に送り、八月上旬に志賀から次の書簡を受け取っている。

—私の気持ちから云えば、プロレタリア運動の意識の出て来る所が気になりました。小説が　主人持ちである点好みません。作品として不純になり、不純になるが為に効果も弱くなると思いました。（略）作品に運動意識がないほうがいいと云うのは私は純粋に作品本位でいった事で君が運動を離れて純粋に小説家として生活されることを望むというような老婆心からではありません。

昭和六年八月七日　志賀直哉より小林多喜二宛書簡

小林は明治三十六年に秋田県大館の貧しい農家に生まれ、四歳の時に一家で北海道小樽へ移住する。当時の小樽は、札幌を凌ぐ北海道の中心都市で、銀行、官庁などが集まり樺太までの航路も開かれた港町だった。父の兄の支援を受け小樽高商を卒業後、北海道拓殖銀行の職員となった小林多喜二。作家武者小路実篤と共に白樺派で人道主義者、しかも父が財界で重きをなした人物で、東京帝国大学卒である志賀直哉とは出発点からして違っている。しかし、小林はこの時の書簡に書かれた志賀の言葉を、作品への率直な感想として有難く受け止めた。

小林は昭和四年暮れに『不在地主』発表が原因で小樽の北海道拓殖銀行を解雇され、昭和五年三月に上京、同年夏に治安維持法違反で豊多摩刑務所に収監されたが以後保釈の身だった。この旅の直前の同年十月には共産党へ入党、東京で左翼作家として活動の場を広げていた。

奈良の志賀の家は、二階に客間があった。初対面の小林に対し、志賀は客間へ案内した。志賀は質素な服装でまじめな態度の小林に好感を抱き、小林も志賀へ文学のこと、友人たちのこと、刑務所の生活などについて語った。志賀は自分の子どもを連れて、小林と共に近所のあやめが池の遊園地に行っている。志賀はこの日の夜、二階の客室の隣の寝室に小林を泊めた。小林はこの日の滞在のお礼として約一週間後に東京から、奈良の志賀直哉宛の葉書を出している。この葉書の最後の文章は、次のような言葉で終わる。実りある出会いは、これが最後だった。

――又何時か是非沢山の話題を持ってお会いできる日を待っております。 昭和六年十一月九日 小林多喜二より志賀直哉宛

―志賀直哉の手紙―

昭和八年二月二十日正午過ぎ、東京赤坂で特高に逮捕された小林は東京築地署で午後七時四十五分ごろに拷問により虐殺された。志賀は四日後、当時東京杉並馬橋に住んでいた小林の母せきに次のような書簡を送っている。

――拝呈 御令息御死去の趣き新聞にて承知誠に悲しく感じました。前途ある作家としても実に惜しく、又お会いした事は一度でありますが人間として親しい感じを持って居ります。不自然なる御死去の様子を考えアンタンたる気持ちになりました。 昭和八年二月二十四日 志賀直哉より小林せき宛

志賀は、この時小林の母せきに花代五円を同封している。この小林の母宛ての文面は、志賀が如何に小林の死を悼む気持ちが強かったかがわかる。

小林は、志賀が書簡で率直に述べた左翼運動、つまり主人持ちの意識を持たずに文学活動をする方向を選ばなかった。その結果、あまりにも早すぎた悲惨な死が彼を襲った。志賀は自分の文学上の考えを小林に強いることはなかった。むしろ、立場を乗り越えて最大限の好意を小林に示したと言える。昭和十年十一月、志賀は左翼系の雑誌『文化集団』で作家貴司山治（きしやまじ）のインタビューを受けた。小林の死後、二年半が経過している。この場で志賀は、小林多喜二を代表とするプロレタリア文学に関し次のようなことを述べている。

――主人持ちの文学でも人をうつものはあるかもしれない。要は人をうつ力があるもの、人一段たかいところへ引き上げる力がある作品であればいいのだ。

「志賀直哉氏の文学縦横談」 昭和十年十一月

―志賀直哉旧居―

昭和十三年に志賀直哉は奈良を去り東京へ戻った。以後、志賀は東京に住み続け、作家として活動を続け、昭和四十六年に八十八才で亡くなる。志賀は、青山墓地の志賀一族の墓所に葬られる。二十九歳で早世した小林と比べると、志賀は圧倒的に長命だった。

私はかつて、今も奈良上高畑にそのまま残されている志賀直哉旧居を訪れたことがある。旧居は、数寄屋造りが基本だが、志賀自身の設計による洋風のサンルームとサロンを持つ。ここに、大正末期から昭和初期に掛けて志賀を慕い、瀧井孝作、尾崎一雄、小林秀雄、藤枝静男、網野菊、亀井勝一郎ら多数の文学者が集まった。当時の志賀直哉を中心とした文学者の集まりは「高畑サロン」と呼ばれ、文学界では広くその名を知られていた。この噂を、小林多喜二は小樽時代から知っており、昭和二年五月に改造社主催の講演で小樽に来た作家里見弴に、小林が中心となった懇親会で敬愛する志賀のことを詳しく聞いている。

こうして小林多喜二は、小樽高商時代に初めて志賀の作品を読んで以来、念願だった志賀直哉との出会いを奈良で果たした。日本がファシズムの道を歩み、軍部の力を強め左翼への弾圧が強かった昭和初期のことである。私は、立場や思想を越えた奈良での二人の文学者の出会い、そして彼らの書簡に於ける親交の深まりを今なお我々の記憶にとどめるべきだろう。

アメリカ東海岸に暮らす（7）バージニアで育った娘と息子

小島　まち子

合計一八年に及ぶアメリカ暮らしの間、私と子供たちは三年間日本で暮らしたことがある。最初の赴任地、インディアナ州から帰国し、二度目の赴任地バージニア州に出発するまでの期間がそれにあたる。インディアナ州スコッツバーグ市に二年半滞在して日本へ帰国した後、夫は再度アメリカへ赴任しバージニア州で働いていた。家族と離れ、単身赴任生活は既に三年目に入っていた。その間子供たちは徐々に日本の学校生活に慣れて行った。

長女はスコッツバーグから戻って地元小学校六学年に二学期から編入した。

四年生の一学期まで通った小学校なので、

「おかえり！」と迎えられ順調に卒業した。

小学校卒業後は、英語を続けたい、と本人が望むので海外子女枠で中学受験をし、英語学習が盛んな都内の私立中学に入学した。

一方、同じ小学校の二学年に編入した息子のほうはトラブルが続いた。

スコッツバーグにいる間、日本の小学校への憧れが強かった息子は喜び勇んで登校したが、担任の先生からは呼び出しが相次いだ。

「土足のまま教室に入りました」、

「音楽教室がどこなのかわからなかったらしく現れませんでした」、

「板書した文章を書き写すのが遅くてノートがとれていません」、等々。

その都度言われるのだが、アメリカの小学校と勝手が違うので、とお願いしたのは何のためだったのか。長い髪を垂らし、伸ばした爪にマニキュアを施し、ミニスカートにヒールの高い靴を履いた若い担任教師は、

「子供に何かあった時、あれでどうやって対処できるのだろう」などと、他の保護者からも苦情が出る程見た目も低学年の教師としては相応しくなかったし、子供の扱いもぞんざいだった。子供を叱った後、

「椅子にグルグル巻きにして縛っちゃうわよ」

と生徒を脅す、とも聞こえてくる。

そんなところに日本の小学校は初めて、という息子が転入したのだから、運が悪かったともいえる。しかし、夢にまで見た日本の小学校なので、本人は始終ニコニコしていて問題がなさそうに見える。だんだん慣れるだろう、と母ものんきに構えていた。

ある日、同じクラスの女の子のお母さんと道ですれ違い、呼び止められた。

「T君がクラスの男子たちに囲まれてツネられたり押されて倒れたりしてしまったとか、悶着があったようですが知っていますか」、

「上履きも隠されたようです」

と、続けざまに教えてくれる。さらに、
「なんでも掃除当番をしないで帰ってしまうとか」
そこまで言われて、そういえば口の周りを赤く腫らして帰ってきたことがあったな、上履きをどこかに忘れた、とも言っていた、と初めて合点がいく。どちらの時も大事には考えず、
「給食で何かかぶれるもの食べたのかしらね」と言い、
「上履き、よく探して。なかったら先生にも言いなさいよ」
と、息子が自分でどこかに置き忘れたのだろうと思い込み、小言じみた注意をした気がする。そんな対応の仕方をした自分を悔やみながら、学校から帰った息子にそれとなくクラスでの様子を訊ねてみるのだが、本人は何も困っていないと言うのみ。もう少し様子を見ようと決心する母も何も言わないことにした。

日本の学校では入り口で靴を脱ぎ上履きに履き替えることも、音楽や体育の授業があって教室を移動することも、掃除の業者が来るのではなくて自分たちで掃除をすることも、アメリカの小学校とは違うから、と本人に説明した筈だった。自分の内なる世界が強すぎる息子は好きなことには没頭するが、興味のないことは見落としがちだし、聞いてすらいないことがよくある。少し痛い思いをしても、それでは通らないのだと身をもって覚えてもらうしかない。

しばらくはそれとなく息子の表情を伺っていたが、笑顔が曇ることはなく幸いだった。

そんな息子でも、三年生に進級する頃には唯一無二の親友ができ、編入してきた中国人の男の子とも仲良くなった。息子の中で外への扉が大きく開いた時期だった。

四年生になると勉強でも力をつけてきた。あれ程苦手だったノートの書き取りをこなし、得意な図表や地図を書き込んだ研究発表を褒められたりして、ようやく自信が出てきたように見受けられた。

しかし子供たちの様子に一喜一憂しながら一年過ぎ二年過ぎると、だんだん私の中で葛藤が渦巻くようになった。子供たちがようやく落ち着いたのだから、たとえ母子家庭でもこのまま日本で、と考えたり、夫の所へ行くべきか、と思い直したり。再び子供たちの生活を変えさせるのは残酷な気がした。そう思いながらも、渡米したらもっと広い視野で世界を学べるいい機会が得られる、とも思った。

背中を押してくれたのは義父で、
「何でも家族で乗り越えないとダメなんじゃないか。それに、インディアナからはたった二年で帰って来たから子供たちの英語もまだ中途半端だろう」
と言われ、ようやく覚悟が固まった。娘は事ある毎に、「アメリカに帰りたい」と言う程だったので、再渡米の話をすると小躍りして喜んだ。苦労して入学した中高一貫の女子学院を中学までとしても、何の未練もなさそうだった。息子は泣きも笑いもせず、相変わらず感情を内に閉じ込めて出口を塞いでしまう。

かくして子供たちと私は移動のためのあれこれを終え、ニューヨーク行きの飛行機に乗って再び太平洋を越えた。

さすがに、それが一六年の長きに渡る滞在になるとは想像もしなかった。

バージニアに移って二週間が過ぎようとしていた。ニューポートニュースの町の様子が大分解ってきた頃、地元高校と中学のESL（English as Second Language- 第二母国語としての英語）のクラスに編入手続きをした。インディアナ州スコッツバーグでは、外国から転入してくる子供がほとんどいないためESLのクラスそのものがなかったが、ここニューポートニュース市では外国籍の子供はまずESLクラスに入ることが義務付けられている。

高校のESLクラスに転入した娘は二、三日通うと、終了してよい、とお墨付きをもらい普通クラスに異動した。同じ学年には他の日系企業赴任者の子供が二名在籍していて、娘は大喜びだった。そのうえ一年間の交換留学制度で日本から来ている女子が三名いる。登校初日から彼らのアメリカ人の友人も加わって、娘の生活は俄然賑やかになった。アメリカでは一六才で運転免許が取れるので、高校生の運転する車が始終我が家の駐車スペースを占領するようになり、娘は家族よりも友人たちと一緒に過ごす時間が増えていった。まさしく「青春グラフィティ」、親はあっけにとられ、どんな付き合い方をしてどんなところに行くのか、と始終疑心暗鬼にもなりながら、受け入れる努力をするしかない。

息子はESLクラスに通うも一言も発話せず、寡黙な日々が続いた。運の悪いことに、この地域の中学は普通クラスに移っても日本人の生徒は皆無だという。黙々と通学する息子に様子を訊ねると、

「スカーフ被ってる子とか、黒人とか、変な言葉話す子とかいて、もう訳わかんないよ」

と頭を抱える。

「あなたもその中の一人でしょう」

と言ってみるが納得しない様子を見て、こちらはまた前途多難だ、とため息が出る。初めてのアメリカではない、といってもスコッツバーグではほとんどが白人だったから、様々な人種の子供たちがひとつの教室に在籍していることに戸惑っているのは理解できた。

そんなある日、ESLクラスから電話があり、息子の弁当が他の生徒の憧れの的となっているので、皆の分を作ってくれないか、と言う。早起きして準備した一五人分くらいの弁当は、いつものようにふりかけをまぶしたおにぎりにから揚げ、卵焼き、プチトマト、ブロッコリー、といった内容。買って来たプラスチックの容器に一人分ずつ詰め、早速クラスに届けに行くと、皆手を叩いて歓迎してくれた。先生の勧めもあって同席して弁当の説明をしたりした。生徒たちは人懐こく、笑顔で話しかけてくれる。

弁当を食べ終えると、「私のランチはこれよ」とスカーフを巻いた女の子たちが、黒曜石のように美しい瞳を真っ直ぐ私に向けながら、ポテトチップスやクラッカーが少量入ったビニール袋を見せてくれた。他の子供たちも丸いロールパンが一つだけとか、リンゴ一個のみという子もいる。それが彼らの昼食だった。彼らは次々に自分のランチを私に見せに来ては、大事そうに、嬉しそうに自分のランチも食べ始めた。

「あら、私もこれ好き。美味しそう」

と笑顔を返しながら、胸が塞がるほど後悔していた。

日系赴任者の子供は会社が配慮してくれるため不自由なく暮らしているが、同じ外国人でも自国から逃れてきた難民や移民の子供もいる。彼らの親にも言葉の壁があり、すぐにいい仕事が見つかる保証はなく、貧しい家庭の子が多いのだ。配慮が足りなかった、と息子にそれまで持たせた弁当が悔やまれた。日本製の弁当箱すらこの子達にしてみれば特別なものに見えただろう。しかも、一五人分の弁当を作って持参するなんて、これ見よがしではなかったか。

そういえば、アメリカの公立学校ではカフェテリアで供されるランチを食べるのが一般的なので、彼らがESL教室内でランチをとることも不思議だった。カフェテリアのランチを食べるには食券を買わなければならず、払えない生徒が多いこのクラスでは教室で食べるのだ、とその時初めて理解した。二人の担任教師も丸く並べ直した机に、当たり前のように持参のサンドイッチなどのランチを広げている。会話力を引き出すためか生徒たちに盛んに話しかけ、和気あいあいとランチの時間を過ごしている。

雑多な人種が暮らすニューポートニュース市には、白人社会のスコッツバーグ市とは違うアメリカ社会の実情があった。

それ以降息子のランチは茶色い紙袋に入れたサンドイッチやおにぎりに変更した。

ある日、息子が珍しく寝坊をし、スクールバスが迎えに来る時間がとうに過ぎてしまった。バスは毎日それぞれの自宅近くまで送迎してくれる。仕方がないのでその朝は車で送って行くことにして、のんびり朝食を摂っていた。その時、外から重々しいクラクションの音が聞こえてきた。鳴り止まないので玄関の窓から覗くと、何と、黄色いスクールバスが家の前に横付けになっているではないか。息子が二階から転げるように階段を駆け下りて来るやいなや、ダッシュで玄関から飛び出して行った。それでも事情が呑み込めないまま慌てて後を追うと、バスに乗っているスカーフを巻いた女の子達や、褐色の肌をした子たちが中から窓を叩いて、口々に息子の名前を呼んでいた。

息子が乗り込むと、運転手が呆然としている私に、

「バス停に彼がいなかったのでそのまま学校に向かっていたら、気づいた子供たちが騒ぎ出したから迎えに来たよ」と言う。「『彼が乗っていない』と、止まらないんだよ」、と両腕を広げて笑った。

ESLのクラスは学区の違う生徒たちが一か所に集まるため、スクールバスも一緒なのだ、ということも初めて知った。彼らの殆どは朝のスクールバスを逃したら、もうその日学校に行く手立てはない。皆必死に乗り込んでくるのだ。それに比べて我が家では子供がバスに乗り遅れたら悠然と自家用車で送っていく、それを当たり前だと思っていた自分を恥じた。

同時に、息子がバスに乗り込むと手を叩いて無事を喜んでくれる、そんな彼らの仲間意識に気持ちが温かくなり、感激もしていた。愛想の悪い息子だが、仲間として気にかけてくれたことが嬉しかった。バスの後方の窓に張り付き、見送る私に見えなくなるまで手を振る国際色豊かな子供たちを乗せて、バスはみるみる見えなくなった。

程なく夏休みに入り、九月新学期からは息子も学区内の中学の普通クラスへ移ることが決まっていた。

あの子たちはどうしただろう、と今でも折に触れて思い出す。私達のような一時的な赴任者家族と違い、彼らが祖国に戻ることは恐らくないだろう。まさに新天地で生きて行かなければならない。アメリカにしっかりと根を張り逞しく生きていて欲しい、思い出す度に祈るように目を閉じる。


アメリカでは empty nest「空の巣」と言うのよ、と教えてくれたのは娘のボーイフレンドの母親だった。日本にも「巣立ち」という言葉があって leave the nest、意味は同じだね、と話したことがあった。

賑やかな高校生活が終わった夏、子供たちは大学の寮へ、またはは軍隊へ、職場に近い地へと荷造りを始める。生まれ育った親の家から巣立つ時を迎えた彼ら。見送る親は空っぽの巣を抱きしめて涙にくれるのだ、と彼女は声を詰まらせながら笑った。

地元の大学に進学するとばかり思っていたわが娘も、友人たちに触発されて飛び立つ覚悟をしたらしい。それが高速を四時間も走った先にある大学だとは想像もしなかったが。同じ州内ではあるが、西へ延々と走りアパラチア山脈の一部であるブルーリッジ山脈の峠を越えた先にその大学はある。冬など峠のこちらとあちらでは全く気候が異なり、山道のてっぺんから吹雪に見舞われたりする。

寮に持ち込む荷物を積んで娘を送って行ったのが最初だった。駐車場に着いたはいいが、娘はなかなか車を降りようとしない。急に不安になったらしい。

「一人で入れないから一緒に来て」

荷物を運びがてら一緒に寮に入ってみると、どの部屋もドアが開けられ、二段ベッドの一つに男女が一緒に寝そべってテレビを見ている。ほかの部屋では男の子の膝の上に座り込んで話している女の子、その手は相手の背中に回っている。

「えっ」、としばらく絶句し、「男の子と一緒の部屋じゃないよね」

訊きたいのはその一点のみだ、と言わんばかりに娘に詰め寄る。親よりも自分のほうが早い、と心得て入学手続きをすべて一人でやり終えた娘と、詳しいことがさっぱり把握できていない情けない母親である。

「そんなことないよ。この寮は交互に女子階と男子階に分かれているんだよ」

「で、でも、あの部屋じゃ男女でベッドに寝転んでいるじゃない」

「だから何。友達だってそれくらいするよ」

口論を避けるためそこで言葉を飲み込むが、私は娘の言う、アメリカ的友人と恋人の距離の取り方の違い、がどこにあるのかいつも判断できず混乱する。それは彼女が高校生になってから繰り返された口論で、あいさつのハグだと言いながら深く抱き合い背中を撫でまわす、ただの友達だと言いながら軽いキスをする、といった場面に遭遇する度に起こった。その都度私はうろたえ、眉をしかめ、娘はそんな私を軽蔑の眼差しで見てきた。この時もむっつりと黙り込んでしまった彼女をよそに、「こんな所に娘を置いて帰れない」と後悔ばかりが頭の中を渦巻いた。

しかし、二段ベッドと二つ並んだ机以外には立っているだけのスペースしかないような娘の部屋に入った時、ルームメイトの女の子が上のベッドから顔を覗かせた。その純朴で人懐っこい笑顔に一瞬で気持ちが和らいだ。その子の親はもう帰ったという。そうだ、この子たちはもう巣立ったのだ、と目が覚め、じたばたとあがく親鳥の未練を捨てた。

ペンシルバニア州からやって来たというその子と娘はたちまち意気投合し、大学生活のほとんどを一緒に過ごすことになる。そして、順調に大学生活に馴染んでいき、その眼差しは常に行く手に広がる未来に向かい続けた。

かつて娘のボーイフレンドの母親が嘆いたように、そしてはるか昔、東京まで見送って来た母親の気持ちを意にも解さなかった私自身と同様に、卒業してニューヨークに就職先を見つけた娘が古巣に戻ることはなかった。


息子は中学の三年間通った日本語補習校で四人のクラスメートができ、気持ちの拠り所ができたようだった。現地校では相変わらず、

「彼の前には見えないシャッターが下りているようだ」

と、教師にユーモア交じりに嘆かれるほど静かだったが、補習校では羽目を外し過ぎて苦情が来た。同学年の男子二人は半島の先端の方に住んでいたので、補習校のある土曜日にしか会えない。彼らは授業が終わると決まってどこかの家に泊りがけで集まり、まるで日頃のうっ憤を晴らすように夜を徹して日本語の世界を堪能しているようだった。

そんな息子は高校に進学すると、選択科目で美術を専攻した。ある日学校から呼び出しがあり、「またか」と重い気持ちで学校に向かった。

ガイダンス・オフィス（学生課）に向かって歩いている時、見知らぬ教師が向こうから笑顔でやって来た。

「ハーイ。彼はアーティストだね。向こうのコーナーに彼の彫刻が飾ってあるよ」

と言う。何のことだろう、と思いながら教師が指さした先に行ってみると、ガラス張りの陳列棚の中に息子の名前が添えられた彫刻が展示されている。何故親には言わないのだろう、と訝りながら、立ち上がって今にも跳びかからんばかりにこちらを威嚇している白熊の像と息子のネームプレートを交互に見続けた。この白熊は息子自身なのだろう。行き場のない怒りや悲しみが見て取れる。複雑な思いでガイダンスオフィスに入ると応対してくれた職員も、

「アラ、あなたはあのアーティストのママね」

と笑顔を向ける。指摘された書類に住所や名前を書き込みながら、学校から呼び出しがある度に緊張していた神経から、水が流れるようにこわばりが抜けていくのを感じた。一つ抜きんでたものがあれば、それが全てとばかりに過大評価し褒めてくれる。そんな応対が子供だけではなく親の気持ちまでも救ってくれるのだ、とありがたかった。

その後も陶芸に熱を入れたり、油絵に取り組んだりして、最終年のシニアになると学校側から美術大学へ推薦できる、とい

う誘いもいただいた。

しかし、確実な道をと願う親の私たちは自宅から車で通学できる大学にあるテクノロジー科専攻を勧め、息子は何も言わずに従った、かに見えた。気づいた時には、コンピューターアート・デザイン専攻に勝手に変更していたのには驚いた。その隠密行動に怒った私が教材費とガソリン代の支払いを拒否すると、大学キャンパス内のアジア料理専門の学食で皿洗いのアルバイトを始め、親に拒否された分を自分で賄いながら大学を終えた。

そして卒業と同時に、もういいだろう、という顔で日本への帰国を望んだ。

いよいよアメリカを発つ日、見送る夫と私に晴れ晴れとした笑顔を残して搭乗口への通路を遠ざかる息子は、もう二度と振り向かなかった。


ビザサポートを得るために日本食レストランで働いて労働ビザを取得した娘は、ニューヨーク市内で念願の病院事務職に移ることができた。多くの友人を得て大都会での生活を満喫していたが、状況はだんだん厳しいものになっていった。たとえ父親がアメリカで働いて税金を納めていても、永住権も市民権も取得していない私たちは外国人居住者であり、その子供は二一歳になれば親のビザの恩恵を受けることができない。大学生には学生ビザが支給されるが、卒業後は一年間のインターンシップ（職業体験）ビザが与えられるだけとなる。その後はビザサポートをしてくれる勤め先を探して労働ビザを取得しなければならない。

しかし、労働ビザの更新プログラムも変わってきて、申し込み者の中から抽選で選ばれた者にしか与えられないことになった。娘はニューヨークで働き始めて七年目に抽選から漏れてしまった。一週間以内に国外退去しなければならない。突然破り捨てられた未来に呆然としながら娘はバージニアに帰宅し、数日後には日本行きの飛行機に乗った。息子を見送った同じリッチモンドの国際空港で、夫と私は振り返っては立ち止まり何度も手を振る、物言いた気な表情の娘に笑顔でエールを送り続けた。


現在、娘は結婚して二児の母となり、都内の大学病院で働いている。

息子は相変わらず手仕事が好きで、モノづくりをする会社で働いている。

たまに集まるとアメリカで暮らした日々の思い出話に花が咲く。過ぎてしまえばただ懐かしく、娘も息子も遠い目をしながら笑顔を浮かべる。

旭山動物園の狼たち（2）
『雪あかり』の動物園

石川　啓

昨年の二月に旭山動物園を再訪した。一月に旭川市の方から、「ケンは歩くのがやっとで今年の冬を越せるかといった状況です」という手紙を頂いた。一月の休暇はもう取れないので、二月の休暇を申請した。ケンとのわだかまりを解きたくて、ケンが元気になるように祈った。今回は一泊しかできないので、申し訳ないがTさんには連絡をできなかった。

バスの予約を取った後、『二月は吹雪で交通機関がストップするかもしれない!!』と思ったが、反面『まあ、何とかなる』という根拠のない自信もあった。それは快晴を呼び寄せた。

旭川市に着くと、すぐ十二時四〇分のバスに乗ったが、時刻表には夜の八時台まで時刻が書かれていて理解に苦しんだ。

動物園のパンフレットを頂くと納得した。『雪あかりの動物園』というイベントで、午後八時半まで開園している。しかもそれが明日で終わるのを知り、タイミングの良さに心が跳ねた。バスから降りると、空気がピシッ!!と張っていて動揺した。セーターを二枚重ね着してダウンコートを着ているので上半身は平気なのだが、下半身は重ね着していても寒さに耐えられない。売店で「貼るカイロ」を求め、両脚の脛、腿、お尻に貼り付けた。イヤーマフもしていって大いに助かった。

狼達が寝ているのを確認すると、「キングペンギンの散歩」を見に行った。まだ時間が早いので前の場所に並べた。氷の地面に赤い線が引かれ、ペンギンの通路であるのでそれ以上中に入らないで下さいとスタッフ達が呼び掛けている。

じっくり時間をかけてペンギンが歩いて来る。六、七羽いる。その後をスタッフ三人がボチボチ歩いている。キングペンギンは黒の燕尾服にオレンジ色のネッカチーフのような配色で、屈んでいる私よりも背が高い。私の前を通過すると見物の列から抜け、ペンギンの通路を辿った。Uターンする通路は思っていた以上に長く、南極でペンギンが海からかなり離れた場所で生活しているのを思い浮かべた。ヨチヨチ歩きでこの距離を苦にせず歩くペンギンに敬意を抱いた。

時間も頃合いとなり狼の様子を見に行った。まだ寝ていたが、マースだけが豪快に大の字で寝ていて『マース、マズイヨ〜〜』と思いつつ、記念の一枚をカメラに収めた。他の狼達は目を覚まし始め、グレーのワッカが前脚を揃えて前方に伸ばし、お尻を上げて「ウ〜ン」と大きく伸びをした。マースも立ち上がり同じく軀を伸ばした。冬毛のせいか夏よりも一回り太って見える。色も雪の上だからか、白ではなくクリーム色だった。完全に起きてから、前回決めた通り「マース　お早う」と声をかけたがスルーだった。

四時近くになり、今回は整列せず左寄りの位置に集まり遠吠えを始めた。α（アルファ）（リーダー）のケンは左端の柵の元に蹲り、寝たまま顔だけ上げて吠えた。

『ケン、そんなに体力失くなっちゃったの?!』と大きなショックを受けた。ワッカが先陣を切ったが、夏よりも声が高く切なさを帯びていた。『このキィなら私の声も合いそう』と思え、二回目からは最初から一緒に吠えた。違和感なく溶け込めた。

第一部が終わるとケンが中央に歩いてきたが、トボトボと覚束ない足取りで『ケン、無理して歩かなくていいんだヨ…』とハラハラして見た。寝そべるのもスッと前脚を伸ばさずにズッ、ズッ、ズッと三段階に分けて軀を伏せた。軀も一回り小さく見えた。『去年の五月はあんなに元気だったのに、こんなに急に――』と痛々しかった。だが人間にとっては九ヶ月だが、狼にとってはその四倍位の時間であるのに気がついた。

第二部は覚えていないのだが今回持っていったカメラを現像してもらうと、中央でケンとマースが横並びで吠えていた。私も吠えた筈だが記憶がない。狼達は「ウオォ――ン」と吠えるが、私は「ウオォ――ン」と吠える。「ウオォ――!!」と吠える終わる気恥ずかしさもあるが、「オォ――ン」と尾を引き、狼達への親愛と簡単に会えない情感を込めている。

第三部はケンとワッカが右端にいて開始し、私は本気で吠えた。声を出した瞬間、今までは狼が吠え終わると私も止めていたが、今回は狼が終わっても吠え続けて丸ごと私を狼にぶつけてみたくなった。今しかチャンスはないと思った。狼が吠え終わった後、私がお腹の底から出す「オォ――ン!!」と尾を引いた声が凍りつく空気を裂いた。

意外にもワッカが耳をピッと立てハッとした表情(かお)で「ウオォー!!」と私の声に被せてくれた。『繋がった――』と思った。ケンも吠えてくれ、吠え終わった私は息を整えると、ケンの後を追った。ワッカ、ケン、私の順で途切れず輪になった遠吠えが三巡した。四巡目に入ろうとする時、何とケンがワッカより早く吠えて私の声に重ねてくれた。『ケン、私を認めてくれたのだろうか?…』と感無量だった。ケンは私を憶えていないだろうが、夏に私を凝視していた事への懸念が消えた。今度は、ケン、ワッカ、私、の順で三巡以上吠えた。

吠え終わって静かになった時、ある考えが浮かび私の方から吠えてみた。やはり、ケンもワッカも反応しなかった。遠吠えはαかαの雌が先陣を切るのかもしれない。

第三部が終わり少しすると、右端のワッカが中央に向かって歩き出した。私と平行に歩いて来る姿を何気なく見ていた。私が立っている地点に来ると、90度左に向きを変え、私の真正面から近づいて来た。悠然とした足取りはαの雌に相応しいものだった。私に向かって敷地を斜めに歩いてくるのではなく、真正面から歩み寄る姿に狼の矜持を見た。ワッカの眼には厳しさはなく、私も自然体で受け入れた。喩え厳しい眼であったとしても、私はワッカを丸ごと受け入れていた。

網の直前で止まった後、『ワッカはこれから何をするのだろう?』と戸惑った。それに答えるように、私に向かって遠吠えを始めた。『ああ、コレ?!』と私もすぐに応答した。他の狼は吠えず、一対一の遠吠えが輪になり、何巡したのか判らなくなった。自分の姿の形が無くなり、宙に浮遊した。ワッカの姿も見えず、闇の中でワッカも私も声だけの存在になった。

遠吠えが終わると軽い放心状態になり、ワッカがいつ離れていったのかも判らない。それに気がつくと、「闇」ではなく、辺りはまだ薄明るかった。とても不思議な体験だった。そしてワッカが来た訳を考えた。切実な私の遠吠えに興味を持ったのか。それとも、ワッカはケンのサブとして行動する場合がある。今回もケンの代役として私を見定めに来たのかもしれない。とにかく嬉しさと驚きはじわじわと心に染み通った。

「遠吠えタイム」が終わり、狼たちは自由に過ごした。私の目の前にケンが寝そべり、その両脇にワッカとノチウがいた。原因は解らないが、二頭が争い始めた。どちらかが「キャンッ!!」と高い声を上げた。『痛い時は犬と同じ声を出すんだ』と知った。ワッカがノチウの背後から横に並ぶと、ジャンプして上半身を捻り、ノチウの背中を激しく咬んだ。ノチウはかなりダメージを受け、顔を地面に着けた。姉弟喧嘩で手加減しているとはいえ、激しい闘いに圧倒された。母親のマースが駆けつけ、ノチウを禁(いさ)めているように見えた。それで喧嘩は終わった。

ワッカとノチウが離れると飄々と寝そべっているケンが現れた。だがケンの眼が金色のオーラを放っていないのが淋しい。あの光りはどんな仕組みで発光するのだろう？

雪山の上では逃げるレラを追いかけ攻撃するワッカを見て、思わず「ワッカ!!」と叫んでしまう。なるべく狼の生態に介入したくはないが、つい声が出た。とんでもない暴君の女王様だが、それでもワッカも可愛い。攻撃的なのは、αの雌の地位に自信がないのか。レラとノチウにもっと崇めてほしいのか――。

何時間も動かずに同じ場所に立っていたので、足が寒さで悲鳴を上げた。脛のカイロを剥がして靴底に敷き足を暖めた。五時半を過ぎても狼達は餌を食べに行かない。六時半頃まで我慢していたが、下半身の冷えは限界にきていた。男性のスタッフに狼達がこの場から去らないか確認して暖を取りに行った。

入口の側の休憩所で旭川ラーメンを注文した。できた時、旭川ラーメンは醤油味だが、一瞬味噌ラーメン？と思う。しかし白濁したスープは豚骨スープらしい。こってりしているが諄(くど)くはなく深い味わいで美味しい。冷えた手はお箸が持てず、自覚しているよりずっと寒さに耐えていたのを知る。考えると一年で一番寒い時期だった。蓮華でスープばかり飲んでいる内、体の芯から少しずつ暖まってきた。麺も美味しかった。人心地がつき、甘酒を飲むと幸せになりまた外で立つ覇気が出てきた。

心機一転して戻ると、暗闇の中で何かを説明している男性の声が聞こえる。辿りついた時には話しは終った。近付くと二十代初めくらいのスタッフだった。「今、暖をとってきて話しが聞けなかったのですが、どんな事を話していたんですか？」と尋ねた。「いや、大した事は話していないんですヨ。狼の紹介をしていました」。「ああ、あの看板にも書いてありますね」。「はい」。「ケンが寝て遠吠えをしていたんですが、かなり軀が弱っているんでしょうか？」「いえ、いつもですから大丈夫ですよ」に一瞬安心したが、これはお客に心配かけない為ではと思い直した。

「もしノチウがαになったらお嫁さんを貰うんですか？」に「いや、そうするとワッカが…」と言葉を呑み込んだ。きっとワッカはお嫁さんを攻撃するだろう。「それじゃ、ワッカにお婿さんを貰うんですか？」と話すと、「そうなるとノチウが出なくちゃならなくなります」に、「あ、そうですね」と了解する。ケンのパック（群れ）は、ケン無しでは組織できない、と理解する。αの存在は思っている以上に大きい。

話題を変え、「アイスキャンドルは職員さん達が創ったんですか？」に、「はい。雫型のは七〇〇個創りました」に、「七〇〇個！…」と絶句する。「丸いキャンドルもですか？」には、「あれは頂いたんです」。下さった相手を覚えられなかったが、「頂けて良かったですね」と、大変さを想像して答える。雫型の創り方を知りたかったが、スタッフの方は長い時間話して下さっているので質問は控えた。次回に取っておく。

「僕は狼達に餌をやっているせいか、僕を見ると狼達が近寄ってくる事があるんですよ」と嬉しそうに話して下さった。『いいですねぇ〜!!　役得ですね！』と言葉が出かかったが、一瞬考えた。生き物相手の仕事は大変だ。体調管理は元より、急に体調が悪くなったら休日出勤もあるだろう。軽い言葉は言えなかった。しかし今でもとても羨ましい。言えば良かった…。

狼がまた遠吠えをしたが、私は吠えなかった。スタッフの方が「繋がらなかった…」と呟いたが、『私が吠えていました』とは羞ずかしくて言えなかった。

「それじゃ、僕これからキャンドルに火を点けに行きますので」と云い、仕事の途中で引き止めていたのを知り、お礼もそこそこに慌てて頭を下げた。

ケンが一声上げてノチウが応えたので私も吠えた。ケンは又吠えたがノチウが吠えなかったので私も止めた。二頭で会話したいのだと思ったが、ケンももう吠えはしなかった。

狼達はいつ餌を食べたのか、二階から去る様子はない。八時半までいて最終のバスで帰った。動物園から出る前、階段に置かれている雫型のアイスキャンドルを眺めたが、創り方はやはり解らなかった。出口で振り返ってみると、闇夜をキャンドルの灯りがフワッと温めながら幻想的な空間を創っていた。

翌日の朝、テレビで旭山動物園のニュースが流れた。カバの赤ちゃんが水中で二足歩行している映像が流れた。現在は園長に就任されている坂東元（ばんどうげん）氏も感心して見ている、というナレーションが入った。今日はカバの赤ちゃんも見る事にした。

一〇時頃のバスを待っていると、動物園への直行のバスが来た。日曜日であったからかもしれない。満員になり、私は前の方の吊り革を握った。バスの窓は外側に氷が張りついていて外が見えない。窓枠の近くの氷が少し溶けた隙間から外を見ると、雪に覆われた畑らしきものが見えた。どんどん郊外に向かっているのは解った。「旭山」は本当に「山」なのだ。昨日の寒さも納得できる。到着すると、三〇分位で着いたのを知る。

狼が側で見れる透明なドームに入ろうとしたが、階段にチェーンが渡され「ヘアーズアイは積雪の為閉鎖です」という紙が貼られていた。正式な名称が解ったが、意味は解らない。冬期閉鎖は考えていなかったので残念だった。

今日も快晴で狼達は寝ていた。私の後ろで二人の男性スタッフが会話していた。突然「人間なら八〇歳位ですね」と言葉が飛び込んできて、『ケンやマースの事だ！』とクリッ!!と後ろを振り向いた。私の左隣の女性も振り向きながら、「一〇年前に来た時、子供の狼が走り回っていて可愛かったです」とスタッフの方に話した。『子供の狼も見せてくれたの？』とうれしくなった。二〇代後半位のスタッフが、「一〇年前でしたら、アレかアレですね」と指を差して女性に教えていた。『レラかワッカかナ？』と考えた。私も「ヘアーズアイってどういう意味ですか？」と伺った。すると「〝ヘアー〟というのは〝野兎〟という意味です」と教えて下さった。「あの事ですよね」と指で示してくれ、雪で隠れていたドームが解った。「今日は雪掻きができなかったから、見る事ができないんですよ」という話しに、「雪掻きをすると冬でも入れるんですか？」に「はい、見れます」の答えが嬉しかった。「夏に来た時ヘアーズアイの前で黒い狼が寝ていたんですが、ケンだったのですか？」と質問した。「ああ、あの辺は大体レラが寝ていますね」と云って、レラが好んでいる場所を何箇所か示してくれた。レラとは意外だった。ケンかノチウかと思っていた。

「狼は夏は暗い所、冬は明るい所で寝ます。夏と冬では寝る場所が逆なんです」とも教えて頂く。そして「昨日は狼達が寝に行ってくれなくて、お掃除ができていないんです」と話して下さった。「狼はここで寝るのではないんですか？」に、「はい、別に寝る場所があります」との事で、いかに狼が寒さに強いか解った。雪の上に寝ていても雪が解けない程体毛が厚いのを知った。いつもならどこで寝るのだろう？

夏に来た時、糞は土の上だから分解されると考えていた。冬なら雪の上が糞だらけになってしまう。衛生面も良くない。

お礼を言って狼を見ていると、「駅に行くにはどう行けばいいのですか？」と女性が尋ねる声がした。その会話はすぐ英語になり、よりスタッフの仕事の大変さが解った。

狼達は熟睡していたが、雪山にいるワッカだけは時折シバシバと眠そうな眼を開けて辺りを見回すと、また眠りについた。眠そうなので声はかけなかった。

カバの赤ちゃんを見に行ったが、展示室にはいなかった。「カバが来るのは遅れます」と書いた紙を見て諦めた。

今回はマースは度々姿を隠して、コンタクトが取れなかった。私もとにかくケンが心配で、心はケンに向いていた。マースの前足の傷跡がピンク色に浮かび上がり痛々しかった。

家に帰ってパンフレットを良く見ると、冬期は夏期と開園時間が異なっていた。一〇時三〇分～午後三時三〇分までと、かなり短縮されている。『雪あかりの動物園』も五日間しかなかった。何も考えずにスケジュールを組んだが、一日でもズレていたなら、寝ている狼を見るしかない日に当たっていた。パンフレットを持ったままゾッとした。狼達が招き寄せてくれたのかもしれない…、と本気で考えた。

「狼」は、「お犬様」として信仰の対象になっている土地もあるから、霊力もある気がする。

ケンの容態を教えて下さった方に深い感謝の念を抱いた。ケンのパックがとても好きなので『ケンが回復しますように』と深く祈り、また会える日に心を馳せた。橙色の『雪あかり』が、狼と私に魔法のような一夜をもたらしてくれたと思った。

――神無月救いの主の手を借りず
野趣の魂空へと還る――

二〇二一年一月一三日、旭山動物園に狼達の様子を伺う電話をした。ケンは二〇二〇年一〇月一〇日のお昼頃に永眠したと教えて下さった。いつかは来る日だが消沈した。

昨年行きたかった夏の『夜の動物園』は新型コロナウィルスの為、催されなかった。ケンが元気でいるのを聞いて嬉しく、また会える日が来ると喜んだが、コロナ禍はしぶとい。

ケンとの遠吠えは一度きりとなってしまった。でもあの日の事は生き生きと心に根差している。

旭川市旭山動物園園長の坂東元氏がケンについて書かれた言葉があるので、ここに記述させて頂く。

「旭山の群れ（学術的にはパックと言います）はケンとマースとその子供たちで形成されています。ケンもマースも十三歳になります。もう高齢個体で体力的には息子には及びもしない状態なのですが、精神的に皆に慕われ威厳があり、現在もアルファの地位は不動です。多くの子孫を残し、いつ逝っても「素晴らしい生き方だった」といえる存在です。」二〇二〇年一月。

また、坂東氏自身も「オオカミに関しては私自身も思い入れが深く、施設の設計、建設には力が入りました。日本人が絶滅させた最初の生き物がエゾオオカミでした。私達の生き方の原点があるように思います。」とも仰っている。

坂東氏が考案された、平らな岩を棚のように幾つか埋め込んだ岩山は、夏は岩の上に狼が座ったり、寝そべってくつろいだりしている。冬には雪山となり、狼達は登って裏側に行ったり、座ったりするお気に入りの場所になっている。『雪あかりの動物園』で、黒い狼のノチウが雪山に登り頂上で横向きになると、とても絵になる光景になった。

「ヘアーズアイ」は、人間には嬉しい設備だ。狼の領分の中に入って、間近に狼を見る事ができる。狼にとっても見られるのは無害なようだ。（遠吠えをする人間を除いては）。透明なドームの着想は素晴らしく、どこから得たのだろう？　と感嘆する。

生き物相手の仕事の大変さを感じたが、生き物と死別する辛さを考えていなかった。

謹んでケンの冥福を祈ります。その存在は忘れられない。岩山の岩に座って、眼が金色の光りを放っていた姿は心に刻まれている。コロナ禍が完全に収束したなら、また動物園を訪れたい。人間もコロナウィルスに負けないで乗り越えたい。

＊二〇二〇年の夏の『夜の動物園』の中止が私の勘違いで、通常どおり開催されたと知る。遠吠えはできなかったかもしれないが、ケンに会えたのに無念である。

光のパイプオルガン―宮沢賢治の告別を読む―

岡田　美幸

好きな詩を紹介したいと思う。タイトルから分かる通り宮沢賢治の告別だ。この詩は賢治が農業学校の教師を辞す時、ある生徒へ贈ったものとされている。その男子生徒は絶対音感の持ち主であったが、音楽学校へ進学せず家業を継ぐことが決まっていた。そういった事情も踏まえてこの詩は胸に迫る。先生から生徒への語りかけの詩だが、あたかも読者も賢治に語りかけられているかのような気分になる。そういった詩としての上手さを感じる。

告別　宮沢賢治

おまへのバスの三連音が／どんなぐあひに鳴ってゐたかを／おそらくおまへはわかってゐまい／その純朴さ希みに充ちたたのしさは／ほとんどおれを草葉のように顫(ふる)はせた／もしおまへがそれらの音の特性や／立派な無数の数列を／はっきり知って自由にいつでも使へるならば／おまへは辛くてそして天にかゞやく天の仕事もするだらう／泰西著名の楽人たちが／幼齢弦や鍵器をとって／すでに一家をなしたがやうに／おまへはそのころ／この国にある皮革の鼓器と／竹でつくった管とをとった／けれどもいまごろちゃうどおまへの年ごろで／おまへの素質と力をもってゐるものは／町と村との一万人のなかになら／おそらく五人はあるだらう／それらのひとのどの人もまたどのひとも／五年のあひだにそれを大抵無くすのだ／生活のためにけづられたり／自分でそれをなくすのだ

（中略）

多くの侮辱や窮乏の／それらを噛んで歌ふのだ／もしも楽器がなかったら／いゝかおまへはおれの弟子なのだ／ちからのかぎり／そらいっぱいの／光でできたパイプオルガンを弾くがいゝ

この詩は創作活動をする人々に当てはまる事が多い。創作活動をしていると必ず色々な壁に直面する。このままの作風で良いのか。生活の為にもっと稼げる仕事に就いて、創作活動はセーブした方がいいのではないか。家族のこと、自分の将来など枚挙に遑がない。そういった悩みにこの詩は優しく語りかける。

私は創作活動や仕事や私生活で息詰まると、YouTubeで告別の音読動画を再生する。そして少し前向きになっている自分に気づくのだ。

文庫本の宮沢賢治の詩集を買い、いつでもすぐ読めるように告別のページに付箋を貼ってある。

些事に気を取られて自分が本来すべき事を忘れたり、ないがしろにしていないだろうか。創作活動に壁を感じた時は、この詩に立ち返り自分らしい作をのびのびと発表出来るようにしたいと思う。

（参考文献）
・新編宮沢賢治詩集　新潮文庫（詩の引用に使用）
・宮沢賢治コレクション10文語詩稿・短歌　詩V　筑摩書房
（周辺の詩歌の調査に使用）
・ザ・賢治　第三書館（告別の旧字体表記の参照に使用）

エッセイ連載1　追憶の彼方から呼び覚ますもの

日野　笙子

原郷、小さき漁港にて

原郷という言葉をこれまで私はよく意識することがなかった。だが最近になってその言葉を心に聞くように眼にとめた瞬間、イメージされる風景にひどくノスタルジックでなおかつ新鮮な感動を覚えたのだ。心に息づくある懐かしい光景のことだ。私は半世紀以上の歳月をすでに生きてきていた。

私が生を終える処はそういう場所でありたい、と思った。帰りたい心象風景なのだ。心が安住をひっそりと願うように帰郷するように、私は原郷という処に憧れる。

実際に具体性を持った場所ではない。はっきりとした風景ではないから思い描くときの心理状態はどこかもどかしい。遠い海辺の波の音だったり、里山に咲く花が散る川辺だったり、様々に想像は変幻する。

そのままでいいと思う気持ちもあるが、一方では観念の世界を彷徨するおぼつかなさを、一気に目の前にリアリティとして解消したい欲求もある。ときに小旅行に出かけたくなるのも、それを現実のものとしたい現れのような気もする。

夏になると、休暇の何日かを友人たちとニセコで過ごした。断っておくが、今はコロナ禍の不況の時代である。人々の大半は旅行どころの話ではないはず。私の日常も然り、当分旅行なども諦めている。

雄大な羊蹄山の麓である。近年の恒例の行事になっている。私はこの土地が本当に好きだ。北海道ならではの大自然をまるごと感じることができるような土地だからだ。春夏秋冬、どの季節もいい。

知人のログハウスを借りるのだ。自炊して散策したり山に登ったり温泉に入ったり、スケッチをしたり歌を歌ったり、一日で変わってゆく自然の色や感触、におい、鳥のさえずりそして仲間たちの笑い声、いつ訪れても忘れられない思い出が残る。夏のこの時期にはいつでもそのログハウスを開放してもらえた。人生のちょっとした休暇だった。ノスタルジー。

ニセコは作家、有島武郎の記念館がある処としても知られているが、機会があって有島氏の遺書を拝見した。私がこの広大な土地に惹かれるもう一つの訳なのかもしれない。小さき者へ残した言葉は心に染みた。それは、自らの死を自覚した者が、残された人々への感謝と愛を伝えるものだった。人が最後の最後に書いた遺書というものは、揺るがすことの出来ない、その人の紛れもない真実なのだ。私などは何も言えない。

年を重ねてみて私が生を終えるところは、心の確かな拠り処でありたいと思う。紛れもない本来の自分に出会う場所に。

私にとって原郷とはそういう意味合いを持っている。

かつて、ある街でタウン誌の記事を書いていたことがある。若い頃のことだ。あくまで副業の域を越えるものではなかった。

その街の人口は近隣の三つの町村を合わせて二十万弱だった。タブロイド判四面の紙面でチラシの体裁より少し厚みがあった。部数は当時で二万部強ほど。街の情報誌だ。広告や街のイベントそして読み物としてのちょっとした文章を書いていた。なによりも人との出会いが楽しかった。今のようにＩＴ器機をそれほど自由に使えなかったから、企画から取材、記事、輪転機による印刷、発行、礼状を出すなど、結構時間を要し盛りだくさんの内容であった。さまざまな活躍をしている人の紹介記事を毎回書いた。新聞や主要な雑誌で取り上げられた人と重複しないように気をつけた。個人的にはマイノリティーな事柄を掘り起こして行ったつもりだ。

実際によく歩き人の話を聞かせてもらった。私はプロのジャーナリストでもなんでもなかったからもっぱら素人精神が売り物だったと思う。喜んでもらえればそれでよかった。そこで取材した人の話を書くのだ。大抵は一度の出会いで話を記憶するようにし、安易な主観を入れぬように留意して書いたつもりでも苦慮した経験は多々あった。図書館へ行ってよく調べものをした。人の話を聞いて取材するということは、その趣旨をきちんと相手に理解されるように根気よくこちらも学ぶ必要があると痛感した。

若かった私は至らないことが多かった。取材先から逆に教えてもらうことがなんと多かったことか。その街の人々はやさしかった。どの人も懸命に暮らしていた。裏方に徹する人や無名と言われる人に会えるのが嬉しかった。たくさんの人に会ったから忘れている事柄も多いが、なぜだかひっそりと澄んだ心で生きている人々に私は惹かれた。決して陽の当たる場所にいるわけではない人々を。ご本人は無名の人というが、これまたじっと話を聞いていると、なるほど、人生の達人なのだ。体験は本当に強い。

一方ではメジャーな街の話題も提供した。広告は低額だったが収入源になった。近年は多くの種類のフリーペーパーが無料で発行されるようになった。何よりも巨大なネット社会になっていた。時代は変わったのだ。いつの頃からか、その町の人口は半減し、どこか疲弊した感をぬぐえない街になってしまった。

その後、私は転居しタウン誌の編集の仕事も辞めた。あの頃出会った人々は今どうされているのだろう。

原郷についてこうして書いているあいだ、実は私の脳裏から消えなかった情景がある。それはタウン誌を書いていた頃の、ある漁師の女性との出会いだった。

海抜百メートル以上はある断崖絶壁の下の浜辺に、わずか二軒の漁民が身を寄せ合うように暮らしていた。荒々しい岩肌が垂直に近い形で聳え、太平洋に面した砂浜は上から見下ろすと目もくらまんばかりだ。風光明媚な絶景として知られる断崖が十三キロ以上続くのだが、その展望台から見下ろしたところの砂浜に、よく見るとぽつんという感じで、漁師が暮らしていたのだ。

見渡す限り海だった。当時はテトラポットがあった。荒涼とした海には不可欠な波止めだった。険しい岩と静かな砂浜と波音。その対比が美しかった。秘境の砂浜だ。断崖の岬にはカモメやハヤブサなどの鳥が飛び交っていた。海鳥の楽園としても知られる断崖の連続地帯だった。この地区は近くに内海である港を囲む工業地帯や商店街が賑わっているが、この浜の静けさにあってはすぐには信じ難かった。変わった地形なのだ。

展望台から崖を降りる道も細く、急勾配で足場も悪かった。車ももちろん通れず、くねくねと、人がようやっと通れるくらいの道を下っていくのである。交通手段は太平洋の外海への船と、崖の上にある展望台からの自動車である。言ってみればちょっとした孤島だった。北国のこの土地の冬は想像を絶する厳しさだ。断崖の道は吹雪いたら歩けそうになかった。日常物資はまとめて運んでおくという。

春だった。やっとの思いで私はその道を降りた。不便で怖いところだと感じた。しかし砂浜に降り、立ってみると、なんて不思議な浜だろう、と感嘆した。静かだった。波の音と、海鳥の鳴く声だけが聞こえた。寂しくもあり、美しくもあり、その静寂と厳しい自然の中で暮らす人のなんとも言えぬ哀愁が漂っているのだ。

漁師の家の年老いた女性を私は訪ねた。二軒のうち一家族は夫婦で暮らし、もう一軒は女性が独りで暮らしていた。漁業で生計を立ててきた人たちだ。

私がお会いした方は夫婦の奥さんの方だったと思う。長い時間はとれなかったが印象的な出会いの記憶が残った。

老婦人はこの時も昆布の手入れをしていた。終始にこやかで、人の好さそうな丸顔が笑うとこちらまで穏やかな気分になった。おおらかなのだ。

そのときの私の問いかけはまったく愚問であった。

「こんな人のいないところで、寂しくないのですか?」

老婦人は言った。

「なんも寂しくない。こんなきれいな自然があるっしょ。毎日、海見てれば、飽きない。一日中居てもいい。ここの海はきれいだべ。ほら」

私はお土産に昆布と浮き球をもらった。昆布は肉厚の上等品だった。そしてこの海と空の色に似た見事なガラス玉は、本物の素敵な浮き球だった。ガラスに陽が当たってきらきら光った。

その後私はその街を離れた。何度か身辺整理をし、荷物を極力少なくして暮らしてはいるが、どうしたわけか、彼女から頂いた浮き球は今も本棚にある。この浮き球に目を懲らすと、その老婦人と人気のない砂浜が見えてくるのだ。不思議な巡り合わせだった。

いつの時代になっても、色褪せることなく人の心に残る光景、というものがあると私は思う。永遠に変わらぬものなどこの世に生きているうちはないのだろう。けれども、求めてやまないところがある。旅をするように自分であるための懐かしい風景を探す。そしてまた、世捨て人の心のように、それを観たり見失ったり、原郷への憧れは続くのだろう。私が私でなくなるところへゆくまでに。

ピロスマニの頃　―インスパイアされた映画観

インスパイア、この表題は決してオーバーじゃなかったつもり。時は一九七八年。神田神保町の岩波ホールではじめて観た「ピロスマニ」(ゲオルギー・シェンゲラーヤ監督)は、グルジアの放浪画家の伝記映画だった。こう言えばたいていの人はわかるだろう。あぁ、あの歌の主人公か、と。ニノ・ピロスマニ（一八六二―一九一八）は「百万本のバラ」の「貧しい絵描き」なのだ。岩波ホールは今や誰しも知る「エキプ・ド・シネマ」。埋もれた名画を紹介するミニシアター先駆けの劇場だ。二〇一三年二月に、創立四十五周年の節目に総支配人の高野悦子さんが亡くなられた。心からご冥福をお祈りしたい。

同時代のいっときを、どれほど上質な名作で感動させてもらったことだろう。上映スタイルはずっと同じだ。有り難くなくて、何だろう。神保町の交差点のあの大きな看板が、まるで当時の時代への道しるべのように感じられる。しみじみ、懐かしい。

あの頃、私は一目で「ピロスマニ」に惚れ込んだ。恋に落ちるように。何もかも放り投げて浮浪者になりたかった。この時ほど本気で男性に生まれたかったことはない。どう言ったらいいのだろう。男性だと羞恥心というものが女性より少なくてすむ。たぶんそうだと思ったのだ。不遜だった。既にジャパニーズ・カローシという言葉が登場していた。

八十年代に入った頃だった。別々の場所だったと記憶しているが高野悦子さんと字幕翻訳家の戸田奈津子さん、この二人の講演を聴いた。スーパーウーマンあらわる、という感じだった。無類の映画好きの女性が、道なき道を歩まれたのだ。二人ともに、すがすがしかった。私の眼には、飾りのない大人の女性として魅力的に映った。当時の私はひどく無気力だった。モラトリアムの成れの果てに感じた。本来やるべきことに対してことごとく意欲がなく、殆どアパシー状態と言ってよかった。当たり前のことだが、アパシーだろうがモラトリアムだろうが暮らしていかなければならない。そのためになぜだか映画館へ行くことが必要だったのだ。そしてそういう状態でインスパイアされた記憶は、たぶん人の一生の記憶の座標軸の定点みたいに揺るぎないんだと思う。

その時の高野悦子さんがこう言ったのを覚えている。まるで一人一人の聴衆に約束するように。

「どんなにストーリー的によくできていても、暴力や戦争を肯定する作品は決して上映しません」

高野悦子さんの作品の選び方は明快だった。

ついでに言ってしまえば、その頃、東京の街頭で、こんなシュプレヒコールが聞こえていた。

「大型間接税ゆるすなぁ！」（今の消費税）「沖縄から米軍基地はでていけぇ！」

何故だか耳に残っている。カルチャーショックにすぎないと言えば、そうなのだ。なんせ、北海道から出てきたのである。たとえれば、島国にっぽん、開国前の村娘が黒船を発見したときのようなショックだ。別段、「見栄張る年齢でもありません」（これは芥川賞を受賞された黒田夏子さんの台詞）。とにかく霊感を受けるほどの衝撃だった。曲折多い人生だったが、以後私は映画とそれにまつわる何かを追いかけることになる。

振り返ると、「ピロスマニ」はそれほど当時、話題に上っていなかった。と言うより、すぐに「家族の肖像」（ルキノ・ヴィスコンティ監督）とかフランソワー・トリュフォーの作品とか、巨匠と言われる監督の作品がヒットしていたような気がする。だからピロスマニは映画も主人公も私にとって孤高を貫いた象徴だった。

あの頃はこの劇場に通う事を楽しみとした。「木靴の樹」や「旅芸人の記録」はとても長い映画だったが、ちゃんと最後まで眠らずに観た。アンジェイ・ワイダ監督「大理石の男」、イングマール・ベルイマン監督「秋のソナタ」、いずれも心に残った。

暮らしはモラトリアムという現実との格闘であった。神保町の大きな交差点で、岩波ホールのあの大きな看板を見るとほっとした。いわば目の前のにんじんだったのだ。チケット代は決して安くはなかった。しかし働く場所はすぐに見つかった。食事は殆どアルバイト先で済ませた。若いということはほんとにいいもんだ。夢ばかり見ていれば多少の辛いことは思い出さなくてすむ。その後の私の半生は、曲折多々のアパシー人間だ。

二〇〇九年頃だったと思う。ある日テレビを見ていると、確か日曜日だったが、画面に、あれぇ、ピロスマニがいるという感じで彼が映っていた。青春期に憧れた画家である。それは、ひょっこり登場した私の記憶の定点、という感じの番組だった。「百万本のバラ」に歌われた「女優マルガリータ」や「動物」「牛乳しぼり」など、そのモチーフは映画に登場していたものと同じで、清冽だった。グルジアの民衆の生活やその風土が次々と発掘されるように映し出された。

こういうジャンルをナイーブ・アートとかプリミティヴな画風、と言うのだそうだ。このあたりは美術家の本の方がもちろん詳しいだろう。放浪の画家の本を探せば、必ずその代表格としてピロスマニは登場する。現在、「ピロスマニ」は優れた名作として、美術品と共に世界中で取り上げられるようになった。

最近観た映画で似たような感動を覚えたのが「セルフィーヌの庭」。これも、フランスの女流、素朴画家のバイオグラフィーだ。やはりピロスマニのように孤独と自閉の中で、独自なプリミテイヴな絵を描き続ける。日本で言えば、山下清がこのタイプらしい。「裸の大将放浪記」がある。こちらも味わい深い。おにぎりを頬張る俳優、芦屋雁之助が本当においしそうに食べる。「野に咲く花のように」がテーマソングだ。西欧の「百万本のバラ」と趣はだいぶ違うが、辛いときにハミングするといい歌だ。私などいつも口ずさんでいる。

映画の中で主人公は通称ニコラと呼ばれ、全編通じて殆ど喋らなかった。第一次大戦とロシア革命までの激動の時代が背景だ。グルジアは旧ソ連の独立国。音楽や衣装などグルジア独自の民族性が色濃く出ていた。ゆったりとした時の流れで絵画や自然を堪能できるのだ。大国の支配のもと、この民族を映す映像は、大地に根付く民衆のひたむきなドラマを感じさせる。思えばユーラシアの大地はなんと傑出した芸術を生み出してきたことだろう。島国にっぽん、村びとである小娘がびっくりしたわけである。

「ピロスマニ」のラストシーンがまた忘れられない。祭りの日に彼は衰弱死する。暗い納屋で横たわるピロスマニに知り合いの民衆の一人が「何をしているの?」と尋ねる。彼は言う。「これから死にに行くのだ」と。こうして無欲とイノセンスの象徴ニノ・ピロスマニは私の永遠の憧れの人となった。

彼をオマージュしたような最期のセリフを書いてみたいものだ。きっと私は好きな酒を最後まで放さないだろう。未練たっぷりに。想像しただけで飲み足らないような気がしてくる。たぶんおにぎりではない。所詮、彼のようなイノセンスを私は持ち合わせてはいないのだ。

ピロスマニが夢に見たのは大きな木の下に、みんなが集い、お茶を飲み、夢を語る、という素朴なものだった。そうなのだ。みんなが夢を見られるように、独自の上映スタイルにこだわりつづけた岩波ホールは、すでにその大きな木にも似ていないか。はじめは女性でありながら監督を夢に見て、今度は映画人の夢を育てる人生を貫いた高野悦子さんだった。常に弱い者に対する配慮を忘れずに、優しいまなざしで人間の尊厳を映し出した。遠い昔に、いつまでも残る、インスパイアされた映画の記憶として。それが私の若い時代、自分なりのプロテストだったような気がしてくる。

コロナ禍の不況の折り、劇場や映画館の存続も危ぶまれている。そして日本の政策は人々から文化の愉しみさえ奪っている。

岩波ホール最盛期、その同時代に青春期を過ごし、たくさんの夢を見させてもらった者として、小さな劇場が残っていくことを心より望んでいる。

（「原郷、小さき漁港にて」初出「開かれた部屋」２０１１、３月）
（「ピロスマニの頃」自著「映画の中のセラピー」２０１３、改稿）

五十五年前の「発見」清戸迫横穴（きよとさくよこあな）*

鈴木 正一

今年の二月下旬、一冊の詩集が届いた。『母なる故郷 双葉―震災から十年の伝言』である。核災棄民の被災の実相が綴られている。脳梗塞を患い、不自由な左手でキーボードを一つ一つたたきながら綴った詩集で、お孫さんへの形見の伝言である。

詩集を手にしたときに驚いた。詩集カバーの表装が、清戸迫横穴の壁画であったからだ。それは、五十五年前に私が、双葉高二年生の秋に「発見」した遺跡であった。偶然に発見した時の記憶が甦った。横穴の中に入ったら、真正面に時計回りの渦巻状の朱色の太い線が、猟師の右肩につながっていて、回りには小人の猟師や鹿と思われる動物等が、描かれていた。表装の写真よりはもっと色は鮮明で、下地の壁色も均一だった。

筆者の斉藤六郎氏は、福島県内の高校教師を三十八年間勤め、その後は、故郷双葉町両竹（東京電力福島第一原発から三㎞圏内）の行政区長を、震災時も含め十数年務めた方だ。

私は、詩集に引き込まれ一気に読了。久しぶりに福島県立双葉高校（現在は核災で休校）の卒業アルバム（一九六九年）を覗いてみた。教職員の写真を見たら、斉藤先生が写っていた。

当時、双葉高校で一緒に時間を過ごしていた偶然に驚いた。

双葉町教育委員会の吉野高光学芸員に、清戸迫横穴の資料をお願いしたら、快諾して下さった。頂いた数点の資料では、発見された時の様子を「―偶然に発見された―」の表記だけで、詳細な状況については記述されていなかった。

発見された当初の話題は、壁画の歴史的な価値が主に取り上げられた。誰がどの様にして発見したのかは、調査の対象ではなかったようだった。私は、進学の準備に集中し、煩わしい事に関わりたくなかった。それ故に、自己申告の機会を逸してしまった。又、太陽を連想した渦巻状朱色の太い線の一部を、爪で2～3回掻いた（染料が壁にしっかり染み込み固くて無傷）ことも、自己申告を躊躇させた。

斉藤六郎先生の詩集を介した、清戸迫横穴壁画との偶然の再会。そして、吉野高光学芸員が、私との話で幾つかの謎を解明できたこと。思いがけない幾重の偶然。書き留めて置くことは、自己申告をしなかった私の義務だと悟った。

2年Eクラスで自習をしていた時、史学部の遺跡発掘調査の事を知った。場所は、近くの小山なので一人で向かった。私は、小学生の頃から縄文時代の土器、やじり等の石器、貝塚（浦尻地区）の収集が趣味で、興味を抱いたのはごく自然であった。

発掘現場までは、双葉高校敷地の南側に流れている前田川の木造橋を渡り十分程度の所だった。現場では、史学部員が竹べラで発掘活動（平場）をしていた。私は、邪魔にならないように、造成が終わった平地と削り取られた山壁（傾斜六十度程度か）の道路際の山壁を、スコップで削り掘っていた。数回スコップを壁に押し込み、土砂を削り取っていたら、突然「スポッ」と深く中に入っていった。空洞の存在を推認できた。夢中で土砂を掻き出した。外光で中が見えるようになって、状態を確認することができた。気が付いたら、私は横穴の中にいた。史学部員は、誰も分からなかった様子。

中に入って絶句。真正面に奇麗な朱色の大きな壁画を発見した。私はその瞬間、千数百年前の空気を、呼吸している事に感動、何度も呼吸を繰り返した。横穴の中にいたのは、二十分程度だったと思う。その時の横穴状況について、箇条書きする。半世紀以上前の出来事であるが、今でも鮮明に記憶している事を書き留める。

①中は半球状で空気は、カビなどの異臭は無くヒヤーとした冷気であった。外気との違和感は、とくに感じなかった。水は無く湿気も感じなかった。

②土砂に埋まっていたので、出入り口の状態は確認できず。

③横穴内には、土器、石器その他の遺物は無かった。

④壁と床との接点には、排水のためと思われる溝が掘られていた。溝は、出入り口まで続いていたと思われた。およそ、幅は5～6㎝、深さ1㎝程度。

⑤横穴の頂点から床までの壁面に、逆二等辺三角形が掘られていた。三角形の頂点（下）は、底辺（上）より深く掘られていた。横穴内の湿気を壁に吸着させ床の溝まで誘導する、天井から直接床に水滴を落下させない、工夫だと思った。

⑥横穴は山の頂上付近に有り、横穴を背に左側の向こうに太平洋が見えた。族長の居場所かと思った。数日後、職員室前に横穴から見渡せる全景写真が掲示された。

一九七〇年福島大学に進学し、同年九月に開館した福島県文化センター（現とうほう・みんなの文化センター）の大ホールへ行った時に、舞台の緞帳の絵柄が清戸迫横穴の壁画であったのに驚いた。同級生に「あれは、私が発見した壁画だ！」と、自慢げに語りかけたことを思い出した。貴重な発見であったことを、その時初めて諭された。二〇一二年十一月四日浪江町主催の核災後の住民説明会が、同センターで開催された。その時も舞台の緞帳は、清戸迫横穴の壁画であった。

斉藤六郎先生の詩集が縁で、双葉町の貴重な遺跡の謎解明に少しでも貢献できれば、そして当時自己申告をしなかった、罪滅ぼしになればと思う。現在、南相馬市と浪江町の二重生活を余儀なくされているが、ストレスは軽減されるどころか、増すばかり。詩集は、核災棄民の厳しい避難生活を癒す、抱きしめたくなる情涼剤になった。

斉藤先生には、読了したその日に礼状を認めた。

（注）清戸迫横穴の紹介
『月刊文化財』令和2年5月号（文化庁監修）に寄稿された、吉野高光学芸員の紹介文を引用する。
「史跡清戸迫横穴は、渦巻き、人物、狩猟風景などに特筆される…、古墳時代の壁画の中でも東日本を代表する壁画…。横穴は、福島県双葉郡双葉町新山字清戸迫地内に在所する、三〇〇基を超える清戸迫横穴群のうちの七六号墓であり、昭和四十二年の工事中に偶然発見（十一月三日）され、翌年五月十一日に国史跡の指定を受けている。」

書評

谷光順晏詩集『ひかることば』を読む

小田切　敬子

著者から本を贈呈された時私は必死に読んで感じたままを記して感謝とすることにしています。谷光順晏詩集『ひかることば』にもそのように対峙してお礼のことばを送りました。表紙には日輪が輝き、五弁の花びらと美しい葉をつけた一輪の枝をくわえた青い鳥が飛んでいました。それは私には神道か仏教の境地の表現のように迫ってきて谷光順晏という名前は一人の男性のお坊さまとして理解できました。

生れたばかりの赤ちゃんのようなやわらかい皮膚の、腕や手首のくびれたお釈迦さま誕生仏画のお返事を受けとった時「何と丁寧な人なのだろう」とおどろきました。自著への感想への返書です。「おもいきって一冊にして残そうと思ったことが今でも信じられなくて、私にとっては、もしかして、目をそらした瞬間、消えてしまう幻のような詩集です」とありました。

裏表紙には「偶然にも出会い写真におさめた、消えかかっている虹」の写真があります。詩集の最後におかれているのは「虹」の作品。

たぶん見えないのだ／足もとから空にむかって／わきたっているのが／／
誰にもみえないだけなのだ／あんなにも小鳥がさえずっているのに／雨上りのしめった風が／甘く匂うというのに／／
何よりも／雲の切れめから／光の束が　こぼれるようにあふれ／私たちを／照らしはじめているではないか／／
今／私たちの頭上高く／輝いているにちがいない虹を／ながめている人たちが／きっと　どこかにいる／／
そう思うだけで／虹を見ることができる

私にも「偶然にも出会い、写真におさめた、消えかかっている虹」の写真がありました。

思うだけで涙がにじんでくる、夫が死んでゆこうとしている朝、いたたまれぬ思いでいる病院の窓から遠くみえた虹でした。ああれをつたってのぼっていくのならがまんしなければいけないのか。助けられてどうにか耐えた虹の姿でした。虹の詩を読んで誰にも言えずにいた想いを葉書に記して送りました。だって相手はお坊さま。凡人の世迷いごとを受けとってくださるに違いない。返して下さった葉書にはこうありました。

「お葉書に入りきれなくてこぼれてしまったあなたの悲しみが伝わってきます（略）奇跡のように大きかった虹はあなたの心の中にいつまでも架け橋になって、いつまでも消えない虹です」

年が明けて詩集の書評をと頼まれたそのときはじめて順晏さんは女性でお坊さまでないことを知りました。あらためて詩集を開き一行一行再読しました。詩人は一九四九年生れでした。「ひかることば」は詩人三十八才のとき上梓した「しんきろう」に依っているらしいこと。それまでの十五年間を詩で自己表現活動をしていたらしいこと。詩集上梓後十年余を経て短歌での表現活動に入っていったことなどを読みとったのでした。詩集の中の詩人は自分を知ろうとして自在に変身します。

　廃屋、砂時計、しんきろう、カラス、くらげ、あさがお、樹……私によみとれたのはこれと指さして示すことのできる事物ではなくて変容そのものこそが自分であるという谷光さんの認識の在り方でした。

　具体的な行為やそこから生じた思考ではなく生命という実態をこのように認識せざるを得ないのが谷光さんの個性なのでしょうと私は理解しました。それは高みをめざして必死にのぼってゆき、ついには絶望をもって何回でも地に墜ちてゆく実存の把握でした。そのいくつかを作品に添って例示してみます。

作品「あさがお」より抜粋

　そうして私はあおいだ
　はるか
　手のとどかないほどの空のたかみを（七連）
　そのとき
　私は
　絶望からまっさかさまにおちる（八連）

作品「空は」より抜粋

　空ははてしがなくこえることができない（二連）
　どこかひびわれた心を抱いたままで
　くり返されるむなしさに
　おちつづける鳥がいる（五連）

作品「噴水」より抜粋

　　ひとつのものへむかって
　　より高く
　　さらに高く
　　かさねていかなければならない刹那（二連）
　　地がさかさまに落ちてくる
　　ふかい吃水のほとりから
　　悲しみのようにあふれ流れていく己れ（三連）

このように生命の実相を凝視してしまう諦念の眼力はどんな方向をめざすのでしょうか。

　五十才をすぎてから短歌を、さらにその後仏画を習いはじめたと「あとがき」にあります。

　あとから編集の方から贈られてきた歌集『あじさゐは海』の書に十一枚の仏画が編まれておりました。きっと細い細い筆で一画一線集中して描いてゆくのでしょうか。

仏像、仏画、多くの人は手をあわせて祈りますが、えがくという行為も祈りそのものなのでしょうと想像したのでした。

　私が最も深く魅せられた作品は「しんきろう」でした。まるごと詩を掲載したいのですが紙数が不足です。谷光さんの生まれは富山県だそうです。蜃気楼は大気の密度、温度の状態、条件によって出現する現象で、富山湾でよく発生しているとパソコンにありました。

　青春期の詩。五十代からはじめて七十代の今につづく短歌、仏画。まよい、失意、かなしみ、こころをみつめてことばを刻む谷光さんの祈りに根差したことばは真の詩精神なのだと私には思われます。

谷光順晏詩集『ひかることば』に寄せて

近藤　八重子

歌人・谷光順晏さんは仏の姿を描く時
無我の内に自分自身と向き合っている　と言われる
仏画を鑑賞し「ひかることば」詩集を読ませていただくと
「言葉が光る」とは人それぞれの魂から出る光ではないかと思います
純粋で汚れなき少年少女の瞳のように奥深く澄んだ光
順晏さんが発する光る言葉は温かく眩しく
時には力強く読者を魅了します
言葉のあちらこちらにヒューマニズムが息づいて
生命の尊さを感じます

「廃屋」
幸せな日々であった　物量に満たされ続けた家
抜け殻になり　慈しむ人たちの表札さえも失っている家に
惜しみなく降り注いでくれる光
私は生き続けよう
草となって生い茂り　小さな虫たちの巣作りの場となって
一握りの土塊となるまで

「カラス」
中途半端な高さのままで空を横切っていく
時おり　アーアーと悲しげに鳴く声にギクリとしてしまう
あれは私が思わず漏らしてしまった心の奥底の泣き声ではなかったろうか

「コスモス」秋桜
はじめから失うものなんて何もないという事に気遣される花

「川」
淀んでしまった記憶や後戻り出来ない躊躇（ためら）いに打ちのめされても、
川は流れて行く
流れを幾度となく変えながら何処へ続いていくのか
一度きりの一方通行への不安
流れていかなければ川であることを失ってしまう
溢れるほどの光を集めて一気に下っていく

「星」
遠い闇の中で今はじめて光始めたように星が瞬く
変わらない輝きで　光続ける星を
今まで意識していただろうか
思い込むことの愚かさや大事なものを見落としてしまっていないだろうか
今　始めて気付いたように星を見上げる

「夕焼け」

明日もまたね　子供たちが手を振る
今日その手で摑み取ったものを振っているのだ
その手の先が指し示す向うにつながっている生命というもの
握り締めていた明日をそっと解き離すように
夕暮れは私を包み込んでくれる

「ある日」
コノテガミハ　フコウノテガミデス
アナタハダレカニ　コノテガミオダサナケレバシンデシマイマス
私にも順晏さんと同じ不幸の手紙が高校生の時届いた
順晏さんと同じく私も破いて捨てました
その後　何となく不安で怖い思いで過ごしたものです
今でも不幸をつなげなくて良かったと思っています

「すずめ」
雀という字に出会うといつも思い出すのは雀の止め卵の話です
斑な卵を産んでいた雀が最後に産み落とす白い卵
雀の止め卵と言ってもう卵を産めない証の卵
その白い卵を自らの嘴で突っき壊すという話
老いを悟る雀の哀しさが蘇ってきました

谷光順晏詩集「ひかることば」は
み仏の内に秘める願いと重なり読者の心に寄り添う詩集です

谷光順晏歌集『あぢさゐは海』をんなに刻まれた沈線

遠藤 由季

ひとりすむ母をおもひて眠る日はわれもひとりの孤独を持てり
ゆふぐれにさやうならと手を振るひがんばな泣きべそ顔の母を残して
ビル風に母はたふれぬそれからはカランコロンと骨の鳴るとぞ

この歌集は母へ手向けた一冊である。その思いは実に複雑で様々な感情が交錯している。ひとりで暮らすことを選んだ年老いた母。その母を見守り、時おり訪ねてゆく〈われ〉も、母と同じように孤独を抱えながら生きている。母と会った日の、別れ際の切なさと心の痛みは「ひがんばな」に重ねられかなしくも美しい。脆くなった母の骨はまるで洞を抱えたように風に鳴るという。母を見守るよりほかにないやるせなさが「カランコロン」と心の洞に響く。母へのさみしさは詩となり歌となる。

「軍服のボタンのやうだ」と言ひし母あれから植ゑず黄のダリアを
こはさぬやう母の桐簞笥を動かせば裏に護符あり網走神社の

黄のダリアに思い出す戦争の記憶を、母はどのように秘め続けたのか。戦時を生き抜いた「母」の内なる思いが心を打つ。桐簞笥の裏から出てきた「網走神社」の護符のように、その裡には多言に語ることなく秘め続けられた思いなのだろう。

人の手をかりるは嫌ひ背をさするわれを遠ざけあかり消す母
死にゆくもくひしばる気力要ることをまざまざと見せて母よ母よ
白骨の母は恥ぢてゐるやうなりうからの囲む収骨台に
人は人われはわれとのくちぐせに母は生きたり睡蓮ひらく

人の手を拒み、一人で生き抜こうとした母。背に添えた手を遠ざける母の精一杯の意地とさみしさを、〈われ〉はどんなにせつない気持ちで受け止めただろう。生きること以上に壮絶な死へと、最後の体力と気力を振り絞る母の姿に矜持を感じずにはいられない。そして、ついに骨となった母と向き合う時、その白骨を「恥ぢてゐるやう」と詠う。人の手を借りることを良しとせず、凛然として「人は人われはわれ」と孤独を愛した生前の母の姿を愛おしみかなしむ心がある。あとがきによれば、生前は疎遠になった時期もあるようだ。しかし、母の矜持を痛いほど感じ、最期を見届けた〈われ〉だからこそ、睡蓮のひらく姿に母を思うのだ。その睡蓮は「咲き終り花は水中へ沈みゆく白き睡蓮誇ることなく」この歌のような姿で描かれている。

目の下に沈線数条涙とも乳房と臍に土偶はをんな

沈線とは土偶に引かれた模様である。模様とも涙とも見える沈線を刻まれた土偶は、「をんな」の象徴だ。沈線を涙と捉える時、おんなの生と性が浮かび上がる。穀物豊穣の祈りの象徴とされ、子孫繁栄を託されることは、生命の営みそのものを請け負うことだ。この重荷に対する沈線＝涙を思う時、次の歌のにぎりめしを握る祖母や、手助けを拒んだ母の姿が思い出される。

ダム工事現場にあら塩のにぎりめし握りて働きし祖母の手ぬくき

出稼ぎの飯場の飯炊きだつた父区切りなき時間休日もなき

をさな日の雲はコッペパン空腹はやがてふくらむ夢でもあつた

ふるさとは見知らぬ町になりてゐて旅のお人と呼ばるる富山

ふるさとの立山杉の苗一木（ひとき）植ゑしは婚のきさらぎの朝

母への思いのなかに交差するように、〈われ〉自らの生い立ちやふるさとへの思いも語られている。「塩のにぎりめし」を握る祖母の手が逞しくもやさしい。「飯場」とは、労働者が寝泊まりする場所である。懸命に働く父を一家で支えたのだろう。決して豊かではない暮らしでも雲を見てコッペパンを夢想し、未来への希望に胸を膨らませる少女〈われ〉の姿にも逞しさを感じる。故郷富山を思い、訊ねる歌には心に沁みるものがある。立山杉は、見知らぬ町となった故郷に今も香っているのだろうか。

著者は仏画にも縁が深く、著者自身の仏画と歌が響き合う歌集でもある。

われもまた三世のなかのいちにんと除夜の鐘を聴くひびきくる音

ふたたび描く釈迦誕生図まみふかくわれを見すゑるをさなのかんばせ

三世は親・子・孫の三世代でもあり、仏教でいう三世（さんぜ）（過去世・現在世・未来世）でもあろう。釈迦誕生図の歌と合せて解釈すると、現在過去未来という時空に「いちにん」として生きながら、孫である「をさな」の眼に時空を超えた崇高なものを見出す、この世のものへの畏れを抱く〈われ〉の思想が見える。〈われ〉という存在を微細なものとして捉えようとするつつましやかなまなざしを持っているのだ。

抱へきれないことごとぎゆつと詰めこんできつと弾くるざくろの真つ赤

盗まるる心のあるか今日のわれのからだ骨なくけむりのやうな

しかし、人は〈心〉という捉えどころのないものを抱えて生きている。時には抱えきれないことを詰め込んで重たくなったり、盗まれたりしてしまう人の〈心〉。あたかもひとつの生き物のように意思を持つ、不可思議なものだ。この不可思議さと向き合おうとすることは、短歌を詠み、仏画を描くことにまい進しようとすることと、決して無関係ではないだろう。

谷光順晏歌集『あぢさゐは海』
母を送るということ、継ぐということ

尾﨑　朗子

『あぢさゐは海』は、谷光順晏の二冊目の歌集である。未発表の新作を収めた第一部と、結社誌を中心に既発表の作品を収めた第二部で構成されている。この歌集には、要所要所に、谷光が描いた仏画が織り込まれており、本歌集の大きな主題が母の死であることを考えると、ページをめくりながら出会うこの仏たちの優しい眼差しにほっとさせられる。

　寒き日のこらへどころにかをりくるしら梅ひとへかさねをほどく

　これは巻頭に置かれた一首である。暦の上では春となったが、まだまだ体感的には冬の最中、そんなときに勝ち名乗りを上げるかのように、花をほころばせる梅には凛とした佇まいがある。この凛としたイメージは谷光の母の生き方にも通じるのではないだろうか。詩的でありながら抑制が効いた下の句は、谷光の作家性を伝えるのに十分だ。

　夏草にまぎるる一日むずむずとバッタのひげのごときもの生ゆ

　まんじゆしやげふと揺るるとき兆したり野分の雲の空のきざはし

　しじみ蝶のこんがらかりて舞ふ軌跡わからなくなる切なきことも

　こほろぎのふつり鳴きやむまだそこにゐたのか虫の耳になりゆく

　一首目、草取りをしているときに、ふとバッタのひげのようなものが生えてきたと感じる身体感の伴うユーモア、二首目、野分の過ぎた空から垂れ下がる光の階段をまんじゅしゃげという彼岸の花と取り合わせる感覚、三首目、しじみ蝶が無軌道に飛ぶさまに「切なさ」を覚えるのは、「生」とは、予定通りにはいかないことを知っているからだろう。ここには抑制された意識がある。そして、四首目、種を超えた生き物への心寄せ。これらは谷光の歌人、詩人としての資質だと思う。

　だからなのか、気性の激しい母親とは、ぶつかりあい、疎遠な時期もあったという。だが、本歌集に収められた多くの母の歌はとても魅力的な人物を想起させる。

　生前は「ほとけの定（さだ）さん」でありし父　われには泥のごとねむる父なり

　トンボ子といつよりか母のペンネーム富子は極楽蜻蛉になりしと

　若くして亡くなった父親は、周りの人から「ほとけの定さん」と呼ばれていたという。懸命に働き、疲れて「泥のごとねむる」実直な人だったようだ。一方、母親は、自ら極楽蜻蛉の「トンボ子」と名乗っていたそう。この二首を並べてみると母親の開放的な性質がうかがえて楽しい。夫を早くに亡くし、子どもたちも独立した後は、日本舞踊、琴、三味線、太鼓、ギターなどを趣味に、一人の時間を楽しんでいたとあとがきにはある。高齢になった作者は、家の近くに呼びよせて、母との時間を多くもつようになったときに、これまで気づかなかった母の内面を

知り、さまざまに思いを巡らせた。

「軍服のボタンのやうだ」と言ひし母あれから植ゑず黄のダリアを

蜘蛛の糸にからまり必死にもがきゐるあれは唖蟬　かたむく夕陽

戦争を体験した母は、戦争を連想させるものを嫌う。ダリアのような向日性の花をもってしても、この拒絶は翻らない。静かだが、堅固な戦争反対だ。次の歌は、目の前に実際に広がっていた光景かもしれないが、「唖蟬」はメスの蟬、心の奥にある戦争を拒絶する思いを声に出せなかった当時の女性、そして息子を戦地に送った母たちの心情に重ねることも可能だろう。もちろん作者の母の年齢を考えれば、戦時中は「母」ではなかったのだが、母なるものの悲しみにつなげて読んでしまう。

飄々と悪事たくらむ顔の母口をすぼませ目に笑ひあり

人の手をかりるは嫌ひ背をさするわれを遠ざけあかり消す母

死にゆくもくひしばる気力要ることをまざまざと見せて母よ母よ

含ませる末期の水に浮きたつやうピンクほのかな母のくちびる

子どもは無垢、老人は穏やかな人格者というのは、おそらく多くが幻想だ。お仕着せの既成概念の外にいるからこそ、人間という生き物は面白いのだ。

一首目の「悪事たくらむ顔」をしていても、実は娘には見透かされているあたり、なんとも憎めない人間くささがある。谷光が詠む母はシニカルなところもチャーミングだ。二首目の「人の手をかりるは嫌ひ」と娘を拒絶する母の胸のうちにはどんな風が吹いていたのか。「人の手をかりるは嫌ひ」という言葉は、娘の時間を奪わぬための配慮かもしれない。また、長く一人で暮らしてこられたのは、このような意地が必要だったのかもしれない。それをどのような思いで娘は受け止めたのか。人は人と助け合いながら生きるものだが、同時に一人で生きていくという覚悟も必要なのだと思い起こされる。それは、死が近づく時期ならばなおさら必要なのかもしれない。死ぬことにも気力が必要なことを娘に伝えて、母は旅立つ。その面差しはとても穏やかなものだったようだ。

ひしひしと伝はりてくる死の覚悟母にはありてわれうろたふる

「終活」という言葉が使われるようになって久しい。エンディングノートなどに自らの葬儀についての考えを記す人も少なくない。とはいっても、意識として「死」という終わりを見据えても、そう遠くない将来にそれが訪れることをフラットに受け入れることはなかなか難しいのではないか。そう思うのは、私の中途半端な年齢によるものかもしれないし、思いきりの悪い性格が起因しているのかもしれない。だが、いつの日か頭ではなく、全身の感覚で「その日」が来ることを感じ取り、受け入れるようになるのではないかとも思っている。そして、この歌では、「死の覚悟」をうろたえる娘に見せることで、母は最後の教えを果たしたではないだろうか。

いささか母と作者の関係に勝手な想像で踏み入ってしまったようにも思う。その点はお許しいただきたい。

高橋公子歌集『萌黄の風』
家族を想い、水辺を想う

清水亞彦

平成二十一年より「水甕」に在籍する作者。一冊の中には、お母様の歌集について触れた作品があり、また自身、国語教師としての経験を綴った一連もあって、短歌定型に親しんできた時間の厚みを、そこに思い描くことが出来る。Ⅰ章（平成二十五年～二十七年）、Ⅱ章（平成十年～二十四年）、Ⅲ章（平成二十八年～令和二年）というスイッチバック式の構成も、本書の内容に相応しい。長年住み慣れた「沼津」の家から「柏」のマンションへ――その転居前後の心模様を、先ずは巻頭に据えることで、メリハリの効いた導入部が演出されているからだ。

作者にとって、それは単なる空間移動なのではなく、「広い庭のある」家から「七階のベランダを小庭とする」マンションへの転居である。また、ほんの少し歩けば「海へ出られる」町から、「海のない」市街への転居でもあり、更には、父祖らの生活習慣に、じかに触れうる環境から、エトランゼとして新たな街並みに馴染んでいく、その歓びと不安とが綯い交ぜになった環境への移行とも言える。そういう変化の象徴として、次のような歌が紡がれていく。

松の間の海のかけらを食み育つ少年靖も少女のわれも
梅桜もちの木なぎの木アーモンドな行きそ行きそと梢をゆらす
鬼瓦もガーゴイルもなき高層に香をくゆらす姑の命日
七階までアサギマダラを誘はむとフジバカマ買ふ飛びてこよかし

一首目には〈井上靖は少年時代を沼津で過ごした〉との詞書が添えられているが、何といっても眼目は「海のかけらを食み育つ」という措辞。あの沼津の千本松原を、歩きつつ眺めるときの「海」の感触が、これ以上ないほど見事に捉えられていると思う。二首目は、庭の木々が風に揺れるさまを、作者に対する惜別の情に見立てた愛くるしい一首。本書掉尾の一連では、そんな庭木々の中から「オリーブ」の一樹だけを鉢植えにして、新居へ携えたことも詠われている。

三首目のガーゴイル（gargoyle）は、雨水の排水口に鳥獣等のゴシック装飾を加えたもの。これによって沼津の家が、かなりの格式をもった建築物であったと想像できる。また、姑の命日に燻らす香に焦点を合せることで、沼津の仏壇をそのまま持って来たのだろうか、或いは小さめのものを新しく設えたのだろうか等々…　生活周辺の諸々に思いが誘われたりもする。四首目のアサギマダラとフジバカマの取り合わせは、作者ならではの味わいと言って良いのだろう。本書には、これに限らず、多くの植物や虫たちが詠まれていて、こうした「小宇宙」との交歓が、その毎日を豊かに彩っていることが、読み手の側にも、しぜんに了解されてくる仕立てだ。

加えて、作者の歌の美質は、過去（＝沼津）への愛惜は感じられても、そこに要らざる感傷などが含まれない点である。「下総に」と題された一連のラストは〈デンマークへ鍵一つ掛け飛機に乗るそんな気楽さうれしくもある〉という一首で閉じられているのだが、次の連の冒頭では、早くもデンマークに到着している(!)のである。正に抜群のフットワーク。確かに柏は「成田」に近いし、一軒家とマンションでは、戸締まりに掛かる手間も全く違っているのだろうが…　こういうあっけらかんとした気質、プラス志向のベクトルも、作者・高橋さんの持ち味として数えて良いものだろう。

そして、その同じ気質が「家族」へと向けられたとき、また別様の面白さが、歌に醸し出されてくる。

プラモデル夢中に作りし長の子は音楽堂を造る夢持つ

息子と子馬鼻面つけて語りゐる聞いてみたしよふたりの会話

ぽぴんぽぴんビードロの笛吹いてみる娘の部屋の長崎みやげ

春日いずみ氏の跋文を参照しながら、これらの歌を眺めていると、思わず微笑が湧いてくる。三人のお子さんは、それぞれ成人してのち、建築家、競走馬の調教師、ユニセフでの難民支援の仕事、に就いているらしいのだが、その成長過程がここではギュッと圧縮されて、一首が持つ味わいのエッセンスになっている。コトダマによって家族を護り、コトダマによって家族の絆を育くんでいく——作者の歌が、無意識の内に、そんな役割さえも果しているように思えてくるのだ。

乳歯抜けニッと笑へば少年の面差し見する一の孫はも

ごんべんにとうきやうのきやうの諒（りやう）ですと自己紹介の二の孫三歳

病む父の笑顔がみたく道化師の赤い鼻つけドアをノックす

病む吾の配膳のぞき夫笑まふ小鳥のやうな夕食ですね

普通なら大甘になってしまう筈の孫歌も、斯くの如し。翻って、病身を労る場面では、大どかなユーモアを失わない。四首目は、自身が手術を受けた際の歌なのだが「小鳥のやうな夕食」の比喩が至妙である。こういう言葉の遣りとりが可能な伴侶との関係は、実に幸せなものと言える。そして、そんな家族詠の中でも「夏障子」一連は、やはり集中の白眉だと思う。

祖母が拭き祖父の蔵ひし夏障子いとけなき日に秋をしりけり

痙攣の吾を抱きて足袋のまま医者に走りし祖父でありきと

モシャシャノモシャ祖母の唱へるお呪ひコンガラガッタ糸をほぐせり

大正の母の和箪笥かたされて抽斗にただ鶸色のひも

夏障子（＝簾戸）、和箪笥、男足袋、おまじない——とモノやコトバを通じて、ひとつの時代の生活習慣と気分とを巧みに掬っている。こうした感情の蓄積が有ればこそ、「柏」での新生活も奥行を増し、歌材としての趣きが深くなるのだろう。

加えて、もう一つ。本書を読む愉しみのなかには、遠近の旅行詠に施された、文学的・芸術的な素養の味付けがある。「デンマルク國の話」と内村鑑三。鶯宿峠の「なんぢやもんぢや」（＝りやうめんひのき）と山崎方代…等々。まだ幾つも拾うことは出来るのだが、取りわけ「水辺」を恋うようにして、手賀沼で詠まれた歌々は、その濃やかな措辞によって忘れ難い。

牧水が真菰の蔭に舟とめて埃は来ずと酒を酌みたり

あの雲は川瀬巴水の彫りし雲手賀沼の上に僧形を成す

あるいは眼前の景に重ねて、遠く沼津の水辺（海や、狩野川）の景が呼び返されているから、かも知れない。

高橋公子歌集『萌黄の風』
ただ微笑むだけ

池下　和彦

なかなかの歌集をものにする我が詩友のSさんは、たまに私が歌集の感想をコールサック誌などに寄稿すると、遠まわしに（詩を書く人の歌集の批評は微妙に的外れ）といったニュアンスの発言をなさいます。そのとおり、的を射た指摘ですから、まるで反論する余地はありません。

高橋公子さんの処女歌集『萌黄の風』についても同様、短歌の詠み手ならぬ読み手の一人にすぎない一人の詩の書き手として、堂々と的外れの感想を述べることにしようと思います。

歌集『萌黄の風』は行きなり、次の一首から始まります。

黄をこぼし瑠璃色こぼし揚羽とぶ庭の夏柑古木になりぬ
（海のかけら）

なんとも鮮やかな出だしですね。揚羽が身にまとう黄や瑠璃色の鱗粉をこぼしながら、萌黄（葱の萌えでる色、黄と青の中間色）の風に乗って飛ぶさまを描いたこの一首は、歌集名とともに、この一冊の色合いを決めます。夏柑古木との組み合わせも絶妙、一冊の色合いを過不足なく〆ています。

次に目を留めざるをえなかったのは、次の一首です。

原子炉の無き草原に粛粛と風車は回る七基また十基
（デンマークの青）

根拠なく原発の安全を信じていた私に対し、しかと厳しく問いかけてくる一首です。地球温暖化は科学者の間でも知見が必ずしも一致しないといわれていますが、もし温暖化が事実であるとすれば取り返しがつかなくなるまえに手を打とうと多くの国が力を合わせています。原発も事故が起きれば取り返しがつかなくなることを多くの国が承知のうえで、全廃の舵を切ることができずにいます。日本も、その国の一つです。この一首は、その意味で断固とした祈りの歌であると私は思います。

そして、思わず心寄せた一首は、次の歌です。

「パパちらい、ちらい」と言ひつつ縋る子の頭撫づる吾子まさしく父に
（青き星の子）

これは、やや破調の短歌で描いた見事な家族画ですね。ユーモラスな味が、世代のきずなを描いて過不足ありません。

また、次の一首。

カラカラと掃除機の中に吸われゆく役目果たしし追儺の豆は
（魔除けの獅子）

集中、白眉の一首だと思います。ついさっきまで「鬼は外　福は内」と重宝に用いられていた豆が役目を果たしおえた途端、ごみは邪魔とばかり掃除機のなかに吸われてゆくさまを描いて十全です。現実に同居するところの軽み、と申していいかもしれません。まさに、俳句と短歌との垣根を軽々と取りはらった胸のすく佳品であると私は思いました。

次の一首も、情動が揺れます。

「よく助かってくださいました」とふ皇后のみ言葉頼みて人は生きゆく
（三つ巴）

これは、おそらく東日本大震災の際に発せられた皇后さまの言葉の引用であると思われますが、光宿る言葉に感応すること

も大切で貴重な才能であると私は考えます。光宿る言葉に感応して詠まれた一首に、私も思わず涙ぐみました。

そうして、次の一首に辿りつきます。

母の家の一重の薔薇に雨の降る母は小さき寝息立てゐつ　（小さき寝息）

これは、もう一服の掛けがえのない家族名画ですね。「母の家」「一重の薔薇」「雨の降る」と、小さき寝息に至るまでの言葉の積みかさねに心底、感服しました。

次の一首は眼前の景色の切りとり方が、じつに出色です。

女童も男童もまた真裸で羽黒とんぼ追ひ糸とんぼ追ふ　（泉郷）

昔の田舎では変哲もなかった眼前の景色をいとも鮮やかに切りとって詠う技。おまけに、詩情の普遍性まで備えています。

次の歌は、片頰をくずしてしまうおかしみを帯びた一首です。

珈琲の出来上がるまでを銀杏の硬き殻割る　四の五の言わず　（樟に抱かれ）

一体全体「四の五の言わず」（つべこべ言わず）なんて文言を短歌に用いるなんて、もしかしたら初出かもしれませんね。これは、自由な才能の余力ということでしょうか。

かと思えば、次の一首です。

ちちはははいかにおはすと問ふすべのいまは無けれど川辺の温し　（狩野川）

この歌は、すべをなくした子の痛切な独白ですね。川辺のことは川辺にまかせるほか、ないのでしょう。

またまた、そのすぐ一つ置いて隣りの次の歌。

人工のレンズを入れて眼球の改造されぬ　ちちはは知らず　（小鳥のやうな）

この誇張法を用いたユーモラスな一首、自在ですねえ。

一転、淡々と詠む次の一首。

軍隊を持ちてもどうせ負ける故持たないと決めた国コスタリカ　（兵無き国）

こんなふうに啖呵を切る度胸も天晴れ、じつに大したものです。これは、ガンジーも顔負けの絶対的な無抵抗主義ですね。

さて、次の一首は？

会へぬ日に会ひたき人の多くゐて雲に伝へむ月に伝へむ　（萌黄の風）

万葉集の一首と教えられても、無知な私は信じてしまいそうです。この一首は、和歌と短歌との架け橋ですね。

とうとう、最後に置かれた次の一首。

美味しいとふあなたの笑顔に会ひたくて夏柑を煮る春のいちにち　（*）

この夏柑は、おそらく巻頭「黄をこぼし…」の古木でしょうか。〆にも、いささかの手抜かりなしの完璧な仕上がりに詠み手ならぬ読み手である私は仕合わせを感じつつ、ただ微笑むだけ……。それが、今の私にとって最良の仕事のようです。

望月孝一歌集『風祭』に寄せて

長島　清志

『風祭』は望月孝一さんの第二歌集である。風体とでもいうのだろか、歌群が醸し出す趣きは、そこに「人が生きていること」のひそやかな息づかいであり、声高な歌調を抑制して紡ぎ出された言葉の確かさかもしれない。不如意においても自らを大仰に言立てることなく、しかし経験せざるを得なかったいくつもの悲しみやせつなさ、不条理と静かに向き合い、視てしまった自己の在りようを丁寧に確かめて生の証しを探ってゆく。そんな作者の姿勢が率直に読む者に伝わって来た。技巧や奇抜さをもくろまず「歌は誠の心が大事」と語る望月さんのスタンスともいえよう。

歌集は四つのパートからなる。パートⅠからⅢまでは「歌林の会」に入会し、歌を詠み始めた一九九四年から二〇二〇年までの四半世紀間の作品群、パートⅣは様々な場で発表された随筆と書評で構成されている。第二歌集であるのに、なぜ最も早い時期の歌が？と思われる向きもあるかもしれない。後書きで、三年半前に上梓した第一歌集『チェーホフの背骨』は二〇一一年の大震災から六年間の歌で編集されたが、近年「遅出の歌作りを始めた頃の自分の気持ちが甦ってくるような歌に目がとまる」と記している。表現者として自らの原点を再確認したい、との意思なのだろう。パートⅠからⅢのいくつかの歌を紹介したい。

パートⅠより　愛知県富山村に遊ぶ

戦後復興の国策なりし佐久間ダム　沈む村々山へと移す

天龍の峡の湖畔に軒寄せて村は人口二百を守る

ふんばりて一村一校一議会みずから治める形がみえる

「斧入れず」の掟に森を守り来しかかる知恵にて今日に村あり

一首目はこの歌集の冒頭の歌、一九九四年の詠である。昭和三〇年代に建設された佐久間ダムは当時日本最大の高さを有する巨大ダム、土木技術史の金字塔とも讃えられ、その後の高度経済成長への礎となる国策だった。しかし、作者の視線はその栄光より犠牲に向けられる。「人口二百を守る」「一村一校一議会」「斧入れず」と連なる一見平易な言葉も、「戦後復興の国策なりし」の結果、この村が離島を除く市町村中、日本で最も人口の少ない村となった事実と静かに対峙している。「軒寄せて」「ふんばりて」「知恵にて」は作者の凝視が発見した意味でもあり表現者としての立ち位置でもあろう。

同年、現新潟県柏崎市女谷に江戸期から伝わる村祭り・綾子舞の場へ足を運んだ。

少女舞う「恋の踊り」はいにしえの御霊招きの仕草にありぬ

この村なくばこの踊り絶ゆ　山村の無形文化財とはこの子七人

子ら去れる日は遠からず　消えゆくは古風の舞いと学校ひとつ

この村の少女たちが通う女谷小学校は二年後に閉校。二首目の「この村」「この踊り」「この子」の韻律と繰り返しは、単なる郷愁からではなく勿論懐古趣味でもない。敢えて言うなら、かつて多くの村落に息づいていた共同体の「根」そのものへの強い共感ではなかったか。それは今、「根無し草」となってしまった私たちへの強いメッセージとも受け止められよう。「いにしえの御霊招き」「無形文化財」の暗示に耳を澄ませたい。
パートⅡ「山の友逝く」の中には、職場の同僚を詠んだ歌もある。

軍国の若人の夢海軍兵学校に入りしは大和の出撃まぢか
海軍兵学校の身長検査に背伸びすも戦後の人生身の丈に生く
説教を人にしないは賢者のしるし気儘を突かれて抗弁もせず
この翁ボードレールだランボーだ周りの背伸びに聞えぬふりす

何気ない言葉が「厳しい錘」となって読者に問いを仕掛ける。背負ってしまった過去と現在の〈生の時間〉に耐えながら《沈黙の測り知れない意味》と《生きることの過酷さ》に、読者はどう向き合うのか？　その応えを、誠実な言葉で求められている気配を覚える。この翁への作者の挨拶は、次のようだ。

バッカスをわれつい諌めつ焼酎をビールで割りしが朝のうちより

こうでもしなければ、持ち応えらぬ内面が互いに響きあったのだろう。
「ある日のこと」には、こんな日々も散見する。

沼に棲みミジンコとなり泳ぎつつ酸素足りない　メーデーにゆく
団結の仲間とはいえ距離のある顔をみとめて「やあ」とのみ言う
幼な子の手を引きデモする人ら減り老いてゆく群れビル街をゆく
さびしさはホップの効いたビールでいやし友と別れてまたビール飲む

「団結」という語も死語となり、「メーデーにゆく」も「距離のある」さびしさ、周囲は自分と同じ「老いてゆく群れ」ばかり、しかし酸素不足の閉塞感の中で生きるしかない現実、そして「友と別れてまたビール飲む」このように〈今を生きていること〉の証しを探っていく作者の姿が浮かぶ。
タイトルでもある「風祭」の歌群はパートⅢに纏められている。風祭とは、正月の大学箱根駅伝・小田原中継所付近の呼称だが、望月さん両親の戦時疎開地でもあり、作者はこの地で生まれ育ち、五歳までの幼少期を過ごした。後書きに「大切な思い出の場所なので、この一〇月半ばに小田原までバイクを走らせた」とある。

みかんの花葉かげにかくれ薫りつつかくも小さきふる里なりしか
若き母「みかんの花咲く丘」よく唄いかなたに光る海もありたり
遠き日の記憶はセピアそのままに明日へと続く時間を問わん

疎開地再訪（二〇〇六年）のこうした感慨とともに、作者の記憶は風祭駅間近の「箱根病院」かつての「傷兵院」へ遡る。

大人たちのショウヘイインとよぶ丘に不治の兵らの暮しありけり
傷兵ら箱根細工の端切れ捨てわれはおもちゃに拾いて帰る
傷兵は義手も義足もあらわにて着衣の様は記憶に失せつ
いかように感じただろう傷兵は「もはや戦後ではない」と打ち上げし白書

先に歌集『風祭』は、作者自らが表現者としての原点を再確認する表象と記した。望月さんの「心の故郷・風祭」は戦後復興の中で切り捨てられ、葬り去られて行ったもの、還らざるものへの記憶と共感と愛惜とを育んだのかも知れない。その原点から、現在の日常の姿を確かめた次の詠も生まれた。（パートⅢ）

初孫は中学一年生なるも発語せず　人の世常々吸う息で読む
やまゆり園の惨劇が　用と無用を別けたがる世が　玄関に立つ

速歩でこの歌集の主調音を辿ってきたが、勿論、これらの歌群とは異なる作者の素顔も随所にのぞかれ、楽しませてくれる。

桜鱒厚き切り身は朴の葉に　山にしあれば酒は余さず
アスパラとオクラ・エダマメわれが茹で妻はビールを忘れず冷やす

第一歌集『チェーホフの背骨』と共に、多くの方々に味読して頂きたい歌集である。

望月孝一歌集『風祭』
吹く風は古の故郷の、山稜の音色を運ぶ

速水　晃

表紙のタイトルと写真に清澄な風が吹いた。読後、古層から吹く風、それらを全身でとらえる表現者の意思を受けとめ、時空のイメージがひろがった。本歌集は『チェーホフの背骨』（二〇一七）にまとめられた作品を割き、一九九四年から二〇二〇年までの編年体で編まれる。それ故、表現者の視点、特に暮らしにつながる思想の変遷を見ることができる。視線の高さは登山者のように一定で不変、地を確かめ地を這う低い姿勢で歩を進める。リズムを刻む歩幅、山頂からの俯瞰。自らの足で捉えた村や町の光景に接すれば、そこに住む人々の、土とつながる長年の営みに寄り添おうとする意思となる。私は大学の一時期を山岳部に属し表現者とほぼ同年齢、作品が醸しだす雰囲気、生き方に親近感をもち、山行のメンバーとして状況や実景を味わう。

「Ⅰ（1994～2000）」は宮本常一『民俗学の旅』に似て、知的好奇心に従い辺境の地を歩き、土地に根ざした人々の暮らし、過去から現在を詠み、日本列島は北から南への山行を編む。冒頭の、「愛知県富山村に遊ぶ」の一首を記す。

戦後復興の国策なりし佐久間ダム　沈む村々山へと移す

追記に「一九五〇年代のこと」とある。戦後復興は目覚ましいものがあったと教育された私は、当たり前にあった生活を奪われ故郷を追われ、湖底へ沈む村を想像できなかった。「天龍の早瀬のたぎち堰き止めし日よりあきつの飛ぶ国かわる」は意識をも激変させる一瞬を切り取り、国策への気づきを促した。表現者は高台に移転した村を辿り、「『村史』頒け受く」ことをし、故郷（歴史・自然・民俗・風習・文化・交流等の生活そのもの）の再生を願ったことだろう。一九九四年時の光景に、「天龍の峡の湖畔に軒寄せて村は人口二百を守る」「ふんばりて一村一校一議会みずから治める形がみえる」「新家にはむつきが朝日に干されおりオオルリたかく澄みて鳴く村」「…日本蜜蜂競い飼う村」「隠れ里の師走神楽を舞い継ぎて…」等、希望の視線を向ける。通過する旅人とならず、村の心を写し、新たな地で生きる人たちの思いを発信する。「湖面へとわずかに届かぬ山藤を揺らして風はわたりゆきたり」の描写・印象は、定住者の視点すら感じさせる。「後日追記」は「村の小中学校をテレビが晒す『地交税のムダ遣い』キャンペーンに」と抑えた筆致の一首を置き、「『平成の町村大合併』で二〇〇五年に富山村は豊根村に統合された」と付文する。村は二度解体され、わずかに残されていた豊かさを失っていくのだろうか。「宮本常一『民俗学の旅』から」の断りを付し、「『山地の旅は心を締め付けるようなものがある』いまの暮しに?のあれば」と詠んだ時点で、母なる故郷、自らの存在が土砂で埋まり、幻視となることを感じ取っていたのだろうか。

「恵那山」は村を辞した翌日に登り、山中に一泊したとある。「母負えるさまに荷を背に『胞』の字を『恵那』ともあてし山を登りぬ」は山の由来を詠み、故郷＝母への思いが表出されていると考えるのは曲解か。「葛道どっかり塞ぐ沢胡桃　根瘤またいで五十は若いぞ」に、厄介で体力消耗するものに道をふさがれながらその意気や良し、と気力を讃えたい。「半解の雪は

ウエハスに似たるを踏みぬき」の喩に陰となった狭い道、幻想的光景を想いうかべ、化かされて沈んでいく行程には「苦笑い」するしかない。「牛刀鶏頭のたぐいかもよピッケルは杖に使いてほかに用なし」、じわじわと来て噴き出してしまった。「半解の雪」「初夏の山」とあるから時期は五月の連休か、容易な山でないから重装備で臨まれたのだろう。もしアイゼンまで用意されておれば、重くかさばる荷に「苦笑い」で済まなかっただろう。「黒雲の降りくる早さよ山包み氷雨ぶちまけ轟きにけり」は冬の様相で表象される。装備は、避難はと気になるが、山のベテランは状況だけを映し、心象を隠す。「万葉の墾道こゆる御坂の峠われも越えたり苅り跡つづく」は時空を超えて伸びる道を身近に感じ、昔から息づく営みを想う。「恵那山をずんずんくだるは御坂峠まで」、リズムを刻んでの下山は風を切って爽快。「あとはがまんの車道を歩く」と結ばれて腹立たしい実感が襲う。

歌集の入り口で私を足踏みさせ、引き寄せて離さないのは何なのだろうか。昔のままに在る、復元力を秘め豊かさを維持する暮らし、土地と結びつく人々と自然との共生なのだろうか。その印象や記憶が〈今〉に伝わり、過疎となる地に朝の光を見る。しかし時代は急速に変貌する。現在進行形で描写される「学校と小道を挟む郵便局は村より外へと開く窓なり」は、山形県山元村「『山びこ学校』と無着成恭の残映」なのだ。「村を穿つ新道広し　閉ざされし村の重石も砕き敷かれて」に見る希望は、二〇〇九年閉校と付記される。過疎から限界集落の道を辿るしかないのだろう。「この村なくばこの踊り絶ゆ　山村の無形文化財とはこの子七人」「子ら去れる日は遠からず　…」（注：一九九六年度閉校）は新潟県女谷に限ったことではない。中富良野の旅は「空を描く青年ひとりのアトリエとなりて十年子らなき校舎」とある。子どもの姿と声が消えた校舎は形を留めているにすぎない。子どもがいての——との感慨を共有する。宮本常一が著作や写真で山村や農村・漁村の暮らしを記録したように、望月さんも人々の暮らしに向き合い短歌という表現で、鋭くも温かく記録・映像化して〈今〉に届ける。

開聞岳登山後の宿舎、「酒甘し焼酎辛し缶ビールいくらか温いが」と呑み続け、「刺身が旨い」とは繊細な味覚であることよと笑う。単独行の達成・開放感がたまらなくいい。「欄間の魚拓が酔う猿睨む」に赤ら顔の表現者を想う。この御仁、二日酔になりそうもない。「晩夏のトムラウシ山」は厳しさを知る人の自然詠。「玻璃戸開け小糠の雨を払いつつ明けぬ森へと四人踏み込む」、難度の高い行程と天候変動を覚悟しての出発と読む。「雨風にあわれなネズミぞ」に体温を奪われ、道を誤りはしないかと不安を抱く。霧の底に「巌と見紛う山小屋の屋根」を発見、安堵する。「蝦夷小桜カメラも向けず小屋の戸めざす」と急ぎ、「小屋の建つほとりみっしり薊が囲む」と鮮やかな印象を詠む余裕が戻る。臨場感に私の遭難寸前の体験が重なる。翌日は嵐と化し、驟雨、日の暮れ、泥濘の小径等の場景が最悪事態を想定させる。「暗闇の林道歩むに倦みしころ木々の枝間に一灯漏れる」の心境はいかばかりか。夕食時限を既に過ぎ「まずはお食事を」の支配人に従い、湯舟で体を温めて「涼みに出れば命からがら下山者続く」。注記は宵を過ぎてから、果ては日付も変わった真夜中に着くパーティーがあった、と。三年後、一〇人の凍死者を出した一帯だ。只見川源流の初夏を詠んだ「釣りですか　いえ川でなくテント持ち星を拾いに山に行きます」「われひとりひと山占めて寝ねし夜はのの字山鼠の寝姿まねて」は、単独行の楽しさが直截だ。「山にしあれば酒は余さず」とは清涼な美酒だろうと羨ましい。「雪を沸かし朝餉すませて帰る荷が仕事と家族を語りはじめる」の擬人化、リフレッシュして現実へと戻る境界、後ろ姿が見える。

「Ⅱ（２００１〜２０１０）」は山行や旅に加え、日々の出来事や第二の勤務生活、弟の過労死などを詠う。

「高校山岳部」は、「山岳部の名のみ重たしハイキング細々続けて小春日をゆく」「部員三人相手に…日溜まりハイクだ…」と詠み、「達成感の単純手軽は代え難し　己が足もて頂めざせ」と登山の楽しさを説く。一方で「取り返しえざりし事故を思うとき教師の負いたる山の荷重し」と引率する顧問の重責・苦労を突き付ける。「山の友を偲ぶ旅」の、「この秋に実り乏しき山毛欅なるも根を張りてたつ幹はゆるがず」は「バッカス爺」の鎮魂、「高原の真夜へと酒が語りだすペンションその名も『エンドレス』なり」に不変の友情を思う。「春に秋に訪うは丹沢帰りには木霊従き来る冬にまた来い」は山の友が発する声か、厳しさを乗り越えて再びやって来るぞという内省か。死者は語らず問いに応えるのは作者、読者は余情を噛みしめる。

「優先は『列車を定時に走らせよ』職員の質選別のとき」は旅の地、山陰線餘部鉄橋の列車転落事故を詠う。場所、企業の規模や職種にかかわらず、同じことが繰り返し起こる。「末の弟」は「機械が人を従える世のどん詰まりに寝食削る」労働、日曜勤務で倒れているのを発見される。「大停電そは弟の脳なりき都会の夜ほどに混み合いし果て」「弟に会わむと長きトンネル抜けて…」の長い闇が映すものは何か。Ⅲの「やまゆり園の惨劇」、「用と無用を別けたがる世」の表象にも根強い社会効用論や効率主義を認識する。

「Ⅲ（２０１１〜２０２０）」は、「みかんの花葉かげにかくれ薫りつつかくも小さきふる里なりしか」と、二〇〇六年に再訪した風祭の地を詠む。「父母に風まつごとき戦後あり五とせをしのぎ風祭辞す」までの「踏み跡」、「小猿のときに喰いし」金柑の実、「棚田は干上がり」、「湧くがにおりし沢蟹」の涸れた沢、「山の家は傾ぎ朽ちたり家具ありしまま」と、「疎開の地」の残影を目にする。「バイクで行く山」「南信一巡」を読めることは私の至福、「使いてへたらず三十年過ぎつ」という寝袋、「屋根形を張綱四本のみにて立てん」という年代物のテント等を慈しみ、新奇を追わない姿勢にほっこりする。「名のままに岩塊寄り合う二子山ボルダリングにフェイスはよろし」、その意気やよろしと応えよう。「三点確保」とあれば、ロッククライミングかと思うが、未だ内部でうごめくものがあるのだろう。「歳なれば見上げるほかなき聖岳　仰ぐ山里かの日のままか」の感慨も良し。老いへの、豊かな道に分け入るような「あしたには極楽峠を訪ねんかすこし妖しきことばに遊ぶ」、も。「遠き日の記憶はセピアそのままに明日へと続く時間を問わん」、私も希望を持つ生き方を身体感覚として捉え、親しく縦走し、歌集の心を我が事とした。チェーホフの、宮本常一の、日本列島の、望月孝一さんの背骨だ。「Ⅳ　随筆と書評」を含め、大きな喜びを得た。「山よさよなら」の歌は口にしない。再びのピッチを　待つ。

照井翠句集『泥天使』
龍宮からの使者と、二つの「時」

鈴木　光影

十年前のあの日、照井翠氏は岩手県沿岸の町、釜石で被災した。照井氏が教師として勤めていた高校の体育館は、避難所となった。被災者たちが身を寄せたその場所は、多様な「被災」の集積地であったと想像される。ロングセラーになっている前句集『龍宮』は、照井氏個人の直接の被災体験に加え、避難所で様々な被災者から過酷な体験を聞き、その息遣いや体の震えを通して伝わったものが、俳句の源になったのではないだろうか。その意味で、照井氏の震災に関する俳句とは、表現する言葉を持たぬ被災者たちの声が、俳人の奥深くでその想像力と交り合い、ある共同的な無意識として汲み上げられたものではなかったか。

喪へばうしなふほどに降る雪よ　『龍宮』
双子なら同じ死顔桃の花　〃
喉奥の泥は乾かずランドセル　〃
鰯雲声にならざるこゑのあり　〃
虹忽とうねり龍宮行きの舟　〃

「降る雪」は、まさに今、喪い続けている人々の心の深淵に降り積もる悲しみの雪だ。遺体が見つからない双子の片方の死顔は、幻視するしか術がない。二人の子に、桃の花が供花として捧げられた。そう私は読みたい。照井氏にとって、震災の究極的な象徴物は「泥」だった。津波による災害とは、「喉奥の泥」といった凄絶で生々しい身体実感を伴う体験だったに違いない。師・加藤楸邨の句〈鰯雲人に告ぐべきことならず〉への返歌のように、「声にならざるこゑ」を聴こうと照井氏は耳を澄ます。それは、からがら生き延びた者達の「こゑ」であり、彼の世へ渡っていた人々の「こゑ」でもある。「龍宮」は、そのような死者たちの住む世界で、虹の向こう側の根元の、海の底にあるらしい。

震災十年目に合わせて刊行された新句集『泥天使』では、『龍宮』以降の震災詠と、震災以前からの「常の句」も収録されている。照井氏の句は、震災を題材にしていても、同時に人間存在の深層を詠もうとする。震災以前から人間の生と死に向き合ってきた常の句の延長線上に、照井氏の震災の俳句があっただろう。句集題となった

三・一一死者に添ひ伏す泥天使

には、震災で亡骸となった死者の傍らに「泥天使」が現出する。〈三・一一神はゐないかとても小さい〉（『龍宮』）と、救済者なき現世を詠んだ照井氏にこの「泥天使」を幻視させたのは、経過した「時」であったように思われる。

時は、物事を風化させ、忘却させ、ゆえに人を癒すこともある。しかしその一方で、時が経っても決して癒えない痛みがあり、繰り返す恐怖が、人を喪った悲しみがある。「泥天使」とは、そのような「時」による癒しと、痛みや悲しみへの祈りという両義的な存在の現れではなかったか。

ここで折口信夫の民俗学を援用すれば、前句集の「龍宮」とは霊の国である〝常世〟であり、「泥天使」とは常世からの来訪神である〝まれびと〟ではないだろうか。折口の〝常世〟〝まれびと〟は、生死・禍福・善悪の両義を合わせ持つ概念であった。命を奪いも与えもする「泥」から誕生した、龍宮からの使者「泥天使」は、震災をきっかけとした死と生の真実を私たちに何度でも問い掛けてくる。

盆の月海は砂浜喪ひぬ

被災沿岸地域に建てられた、巨大防潮堤の光景だろうか。砂浜は、海と、人が暮らす陸の間であり接点だ。盆の月は、海と人が共に育んできた砂浜の記憶を照らす。その記憶もまた、喪われつつあるのだろうか。

三月の針ばらばらに指されをり

私たちはどこまでいっても、私以外の当事者にはなり得ない。他の被災者にはなり代われない。百人百様の三月の時計の針を前にして、絶句してしまう。しかし照井氏は、そんなばらばらの他者に流れる時を直視し、思い遣りつつ、詩の言葉を紡ぐことで、自らの一つの時を刻もうとする。

双蝶の息をひとつに交はりぬ

単なる生殖行動を越えた、生物の個体同士の甘美なる交感の一瞬が捉えられている。「息をひとつに」という性愛における生の歓喜の裏には、全てを委ねて息を止めてしまいかねない、死への衝動が蠢いているように思われる。

海を発つ群青列車流れ星

群青色の列車「SL銀河」は、釜石と、照井氏の故郷・花巻を結ぶ。思えば、宮沢賢治の童話「銀河鉄道の夜」で、主人公ジョバンニが共に銀河の旅をした親友のカンパネルラも、水死だった。津波で多くの死者を出した海沿いの町から内陸の故郷への列車の旅は、深い鎮魂の祈りの先に一筋の流星の光を見た、銀河鉄道の旅でもあったのだろう。

三月を喪ひつづく砂時計

十年前に喪われた三月は、デジタル時計や文字盤の時計のようにリセットされない。砂時計の落下する砂のように、何年たっても、積もり止まない喪失体験がある。それは、時の経過による忘却で薄まっていく記憶とは逆に、時が経つにつれて募っていく思いなのかもしれない。繰り返す喪失は、辛く苦しい。しかし翻っていえば、喪うことは、死者との邂逅であり、祈りの時なのだ。忘却の癒しと喪失の祈り、二つの「時」を生きるからこそ、生者は、未来に向けて歩いてゆけるのかもしれない。

＊俳誌「草笛」二〇二一年六月号より転載

鈴木比佐雄詩集『千年後のあなたへ――福島・広島・長崎・沖縄・アジアの水辺から』共感する精神

成田　豊人

この詩集には序詩の他に三十三篇の作品が収められている。ⅠからⅣまでに分けられ、大雑把な纏め方とはなるが、Ⅰには広島・長崎の原子爆弾による被害、Ⅱには原子力発電に関連した事故、Ⅲには東日本大地震に伴った津波被害・原子力発電所の事故と放射能被害、Ⅳには沖縄戦による被害・米軍基地建設の問題、Ⅴには主に韓国とベトナムにおける原子力発電、がそれぞれ主なテーマとなっている。時の流れを意識した構成であり、訪れた土地に纏わる「被害」の物語をドキュメンタリー的に描写し、全体から核兵器・原子力発電所のない世界平和を希求するというメッセージが強く伝わって来る。また日本における原子力政策とそれに関連した核事故の歴史を垣間見る事もできる。そして何といっても特徴的なのは、「被害」を受けた人々に対する共感（エンパシー）の精神に溢れている事だ。詩の本質とは何かが導き出されている。

「とうろう　とうろう／とうろうをながす
　ときがやってきたよ／にいさん　ぼくはでてしまうよ／はやくきて　あのとき／ぼくがしんだときだって／とうさんがなくなったときだって／まにあわなかったじゃないか」（「海を流れる灯籠」冒頭）

原子爆弾の被害者と思しき父と弟。その弟の霊は生き残った兄を責める。原爆の被害の甚大さを思い起こす時、「とうろう」の繰り返しは哀切極まりない。鈴木は理不尽に亡くならざるを得なかった人々の恨みを一身に受け止めているようだ。

世界で唯一原爆を投下された日本は、戦後アメリカの勧めもあり原子力の平和利用に邁進、その過程で何度も事故を繰り返した。本詩集の中では「３・11」以前の五発電所における事故を取り上げている。

「二〇〇〇年七月／その人はシュラウドのひび割れが／もっと広がり張り裂けるのを恐怖した／東京電力が十年にわたって／ひび割れを改ざんしていたことを内部告発した／二年後の二〇〇二年八月　告発は事実と認められた／私はその人の胸の格闘を聞いてみたい／その良心的で英雄的な告発をたたえたい／そのような告発の風土が育たなければ／東北がチェルノブイリのように破壊される日が必ず来る／福島第一原発　六基／福島第二原発　四基／新潟柏崎刈羽原発　三基／十三基の中のひび割れた未修理の五基を／原子力・安全保安院と東京電力はいまだ運転を続けている／残り八基もどう考えてもあやしい」（「シュラウドからの手紙」部分）

既に福島第一原発にも警告を発していたのだった。そして、それは現実となる。

鈴木は福島県との縁をこう記す。「私の先祖は太平洋の黒潮に乗って北上し／福島の浜辺に住みつき船大工をして漁師を助けた」（「福島の祈り」部分）祖父母や両親が長年暮らした場所であり、鈴木自身子供の頃親戚を訪れる土地であった。だが、福島県は「３・11」で津波の他に第一原発の事故で放射能被害も被ってしまった。それなのに原発はいつの間にか息を吹き返してしまった。鈴木は再び警告せざるを得ない。

「二〇一五年に鹿児島・九電川内原発が再稼働された／その他の原発も稼働させるのだろう／福島の祈りを無視すれば／近未来のいつの日か／海の神や大地の神によって／『私たちはどこに姿を消せばいいのか』／と突き付けられる日が必ず来る」（同部分）

鈴木の目は沖縄へも向けられる。沖縄も政府の米国への追随政策の犠牲となって来た場所である。日本唯一の戦場となり住民が莫大な被害を受けたばかりではなく、現在に至るまで米軍基地が存在し、さらに辺野古には新たな基地が建設されようとしている。鈴木はその過去の不幸な歴史と現在の閉塞した状況を包括的に捉え、その痛みを共有する。

「一九四五年四月一日午前八時三十分／連合軍沖縄攻略作戦の約四十五万人は読谷村から上陸した／Aさんはそんな読谷村の洞窟（ガマ）の悲劇がおこった海辺から／キャンプ・シュワブの同志たちと機動隊との流血を心配し／今日も一日おきに辺野古にやってくる／甥っ子や土地を売り渡した親戚との／切り裂かれた痛みを確認するために／沖縄を二つに切り裂いていく痛みを確認するために」（「読谷村からの手弁当」部分）

目はさらにベトナムや韓国にも向けられる。鈴木はダイオキシン被害を受けた子供達の実態調査と、その子供達の家の支援のためベトナムを訪れた。ベトナム戦争中米軍の撒いた枯葉剤は今もなお人々を苦しめている。さらに日本政府は二〇一〇年、経済援助としてベトナム初の原発二基の建設を受注し人々を憤らせた。幸いな事にベトナム政府は二〇一六年に計画再検討の方針を打ち出した。

「ベトナム人は恋人に詩で語りかける国だ／日本も詩や短歌や俳句を日常的に愛する国だ／ベトナム人も日本人も本当は詩を愛し己を知り／他者の幸せを願う人びとなのだ」（「己を知っている国、己を知らない国」部分）

かつて宮沢賢治がそうであったように、他者の痛みを自分の痛みと感じ他者の幸せを願うという、人間としての尊さが正に詩の精髄ではないかと鈴木は訴える。この精神は韓国の月城（ウォルソン）原発の近くに赴いた際にも発揮される。

ほぼラストに置かれた長詩「モンスーンの霊水」は本詩集を代表する作品と言える。核爆弾、工場から排出された化学物質による海の汚染、核事故、放射能による汚染、原発から出る核のゴミ等々、人間が創り出した愚かな産物に我々ずっと脅かされているという哀しい現実。だからこそ次のように記す。

「高炯烈（コ・ヒョンヨル）さん　韓国の詩人たちよ／林莽（リン・マン）さん　中国の詩人たちよ／いったいモンスーンはどこから吹いてくるのか／あなたたちの国の霊木霊水のことを聞かせてほしい／東アジアの隣国である韓国・中国・日本／仏教精神を共有する人びとは、木や水に霊の力を感じていた／私たちの肉体はモンスーンの霊水から成り立っている／韓国の国花の木槿（ムグンファ）に降り注ぐ／中国の国花の牡丹に降り注ぐ／日本の国花の桜に降り注ぐ」（「モンスーンの霊水」部分）

鈴木は東アジアまで視野を広げ、愚かな人工物に依存する生活ではなく、そこに生活する人々が根源的に依拠していた「霊木霊水」、つまり自然の力を尊崇する生活を求めている。さらに、国境なども超越し「命の根源に寄り添う」心の有り様も強く望んでいるのだ。

鈴木比佐雄詩集『千年後のあなたへ―福島・広島・長崎・沖縄・アジアの水辺から』に寄せて

藤田　博

平和への立脚点に立った汎世界的な視野を持つ深い思いに満ちた詩集である。二十世紀後半の南太平洋のフランスの核実験に対して感じた、世界の、自分の髄を抉られたような衝撃から、作品「桃源郷と核兵器」、さらには『原爆詩一八一人集』という作者の壮大なアンソロジーへの旅は始まった。それからの平和を希求する様々なアンソロジーは、未来への作家達の祈りとなって、しずかにしかし力強く世界に向けて花開こうとしている。

歴史には二つの局面がある。天災などの繰り返さざるを得ない歴史。人災などの繰り返してはならない歴史。しかし人災の歴史は繰り返されてきた。作者は未来のたしかな歴史を守るために、人類に元々付与されている想像力や予見能力、実行力を信じ、それに賭けている。天災も人災も「想定外」としてきたこの国に対する警告と未来の人々へのメッセージが、「千年後のあなたへ」のタイトルに集約されている。ここに、全文を載せよう。

「千年後のあなたへ／／恐れの中に恐るべかりけるはただ地震(なゐ)なりけりとこそ覚え侍りしか〈方丈記〉／／私たちは忘れた自然光の恵みを／人は産道を抜けて　闇から現れてきたのに／人工の光に取り囲まれて　自然光の陰影を忘れた／朝焼けと夕焼けの仄(ほの)かな光は　いつも在ったのに／／私達は忘れた　古代の「なゐ」（大地）「ふる」（震える）日には／町や村や山河の「無い」日が来ることを／恐れの情報がテレビやネットからは来ないことを／／私たちは忘れた／八六九年の貞観地震の記憶を／地は裂け岩は砕け落ち大津波がきた恐怖の日を／千百年前の鴨長明が記した地震、竜巻の記憶を／宇宙や地球は人間のために存在していないのに／／伝えねばならない　二〇一一年三月十一日を／人びとに津波の襲来を伝え海に消えた勇敢な人を／福島原発の放射能で遺体も捜せない人や避難民を／死者行方不明二万名もの固有名と復興の日々を／千年後のあなたへ」

千年後という大きな時間のスパンを支えるのは、「2030年　未来の分岐点」という温暖化などの地球の未来を警鐘する危機の時代を生きる我々にとって、日々の平和への着実な行動以外にはありえないだろう。平和は目減りする。とくに若者はもっと社会状況に関心を持ち、現在の路上的抗議ばかりではなく、政界へ打って出て、為政者としての構造改革をしてゆかねばならないだろう。作者にとって、千年後のあなたとは、今のあなたであり、近未来のあなたでもある。

作者の過去の体験と記憶、膨大な知識、ルポルタージュ的な現場主義の体感から構築されたこの叙事詩的な作品群から、キーワード、キーセンテンス、詩的に昇華されている表現を抄出して感想を述べたいと思う。作品の根底に流れるのは、村上昭夫の世界にも通底する、愛に満ちた怒り、怒りに満ちた愛である。

序詩「ほんとの空へ」。作者も一人の「巡礼者」。世界の負を背負った地への巡礼が、その行為を通して聖化され、また、聖化から浄化への道程を孕む。私達の地上の虚飾は、一時忘却され、しかし、また、非を飾る地上は満ちる。高村智恵子の「ほんとの空」とは、作者の天空の色でもあり、その透明な青は、永劫に作者を貫いて輝く。パートⅠの作品から。「海を流れる灯籠」。「とうろう　とうろう／灯籠に乗り込む弟や父に／一輪のノカンゾウを手渡すために／わたしは賢治の眼をした少年の後から／五輪峠を駆け降りてゆくのだ」。作者の肉親と広島長崎の犠牲者、賢治の「銀河鉄道の夜」の世界が交響して、作者の自戒と懺悔をこめた哀悼の念が表現されている。「桃源郷と核兵器」。作者の原爆詩の原点。「もりあがる／もりあがる／もりあがる／もりあがる／うみがもりあがる／海の怒りがもりあがる／海の悲しみがもりあがる／地球の失意が／蒼白の乳房のように／もりあがり　はりさける」。フランスのタヒチでの水爆実験の比喩表現が見事だ。長崎原爆で兄を亡くしたA先生から作者がいただいた絵の「桃源郷」は、架空の理想郷ではなく、非核化を切に願う架橋の祈りの果ての、「現実郷」であるはずだ。「被爆手水鉢（ちょうずばち）の面影」。「私は被爆手水鉢の前で手を合わせ／赤と白の夾竹桃に囲まれた／門の前で頭をたれていると／平和公園の樹木からの蟬の合唱が／子供たちの泣き叫ぶ声に聴こえてくる」。「広島・鶴見橋のしだれ柳」。「数多の蟬の鳴き声が一つの願いに聴こえてくる」。「大地と樹木たちから発せられる蟬の合唱は／なぜか僧侶たちの念仏のようにも聞こえてくる」。

「蟬の合唱は数多の勤労奉仕の学生たちの悲鳴に重なってくる」。「蟬」は、再生と不死の象徴である。作者の耳奥にこだまする蟬の透明なかなしみと祈りのフーガに、人々は、謙虚に耳を澄ませねばならない。鶴見橋のしだれ柳も、被爆者の心身のケロイドを修復する再生と不死の祈りの象徴である。パートⅡの作品から。東海村での度重なる臨界事故も広島長崎の放射能被爆も、規模は異なるとは言え、悲劇においては変わらない。作者は、東海村の被爆作業員に思いを寄せ、犠牲者を悼む。「二十世紀のみどりご　一九九九年十二月二十一日未明　大内久さん被爆死」は、その簡潔性と比喩の鋭さ、詩的昇華において際立つ、挽歌の名作である。最終連を載せる。

「二十シーベルトを被爆した／ぼくの壊れたDNAを置いていくよ／ぼくのように被爆した多くの人よ／ぼくらはミ（美しい）ドリ（鳥）の子となって／二十世紀の放射能　の森に永遠に閉じ込められたね／妻と子供　たちよ、近寄らないで、恐いことだが／この森では二十一世紀の時間が朽ち果てているよ」。アポカリプス的予言。二十一世紀の人類の破滅的なカプセル棲息化。パートⅢは、作者の祖先の地、東北福島の被災を哀悼した力作揃いであるが、「〈本当は大人たちは予想がついていたんじゃない〉」を載せる。

「班ごとで模造紙に本音を記した／〈放射線のない所へ引っ越したい〉／〈差別されてる　福島はきれいですよ〉／〈政治家は何をやっているの?〉／〈大人はおろか〉／〈子供の話を聞いて欲しい!〉／〈本当は大人たちは予想がついていたんじゃない!〉／〈命よりも金だったから、判断する力が鈍っちゃった〉／〈命が長く続く環境が欲しい〉／そして〈福島は見捨てられている〉と子供たちは語った」。俵万智第5歌集『未来のサイズ』より、三首を載せる。〈こうなってしまったことのほんとうの悪い人たち現場におらず〉〈あの世には持っていけない金のため未来を汚す未来を殺す〉〈国、首相、社長、官僚見殺しの方法ばかり歴史に学ぶ〉。子供は宝である。子供は未来である。未来の子供のサイズを決めるのは、大人の責任である。パートⅣは、沖縄の風光のうつくしさと歴史、伝統、人情、また、辺野古闘争など現在までの苦難を愛情を込めて描いている。ここでは、「生物多様性の亀と詩人」を載せる。「日本軍が島民を守るどころかマラリヤ蚊の多い場所に／追いやって多くの島民を無駄死にさせた／今度はミサイルを持ち込み戦争の災いを招くのではないか／Yさんの詩の言葉「日毒」を再び振りまくことではないか／生物多様性の「癒しの島」と言われる石垣島の未来について／MさんもYさんも雨空のように顔を曇らせる」。Yさんの詩の言葉「日毒」は、ウチナーンチュの立ち位置を言い得て、実に衝撃的だ。石垣島に於いても、癒されぬ「分断」の構図があるのだろう。作者が誤って踏んでしまった天然記念物の背丸箱亀は、八重山の、さらには世界全体の豊饒、長命、平和、多様性の象徴を担っている。パートⅤは、ベトナムでの原発の立地の賛否や韓国に於ける原発での被爆や増設の問題を扱っているが、ここでは、「モンスーンの霊水」を載せる。作者は、日本と東アジアの国々が、詩的精神に於いて普遍的な共通性があると直観している。

　平和的な連帯を目指す「原故郷」としての東アジアの可能性を、作者は、モンスーンの雨がもたらす霊水と重ね合わせる。「東アジアの隣国である韓国・中国・日本／仏教精神を共有する人びとは、木や水に霊の力を感じていた／私たちの肉体はモンスーンの霊水から成り立っている／韓国の国花の木槿（ムグンファ）に降り注ぐ／中国の国花の牡丹に降り注ぐ／日本の国花の桜に降り注ぐ」。この作品の10のパートから成る叙事詩的な交響曲は、この詩集のクライマックスを飾るのにふさわしい。木は大地。水は湧き水、河川や海だ。水は、万物の根源である。そうして、根源が放射能で汚染されてはならない。水は、世界を還流する。水の星である地球の未来を思おう。

　原発・原爆問題を主要なテーマとしたこの祈りとメッセージ性にあふれた詩集の、核心に触れ得たかどうかわからない。私の拙句を捧げることでお許しいただきたい。

　　人類の標の廃炉燕来る

標とは、人間の愚行を象徴するモニュメントであり、恒久平和への一歩一歩の道標でもある。核は、人類に地球に馴染まない。この違和感を持ち続けることこそ、持続可能な人類の未来を力強く約束する。文明とはエネルギーであり、エネルギーの選択が、未来を決める。そのためには、すぐに平和のために行動を起こさなければならない。アインシュタインの、未来への普遍のメッセージを載せて、この書評を結びたい。「悪い行いをする者が、世界をほろぼすのではない。それを見ていながら何もしない者が、世界をほろぼすのだ」。

　原爆が投下されたことに対する、人道的な責任の思いから、理論物理学者としての反省を、全世界に向かって宣言したに違いない。

「本当のやさしさ」を若者たちに伝える人
——中津攸子『仏教精神に学ぶ　み仏の慈悲の光に生かされて』に寄せて

鈴木　比佐雄

1

市川に暮らす作家の中津攸子氏は、令和になって『令和時代に万葉集から学ぶ古代史』や『万葉の語る　天平の動乱と仲麻呂の恋』などを刊行し、古代史や万葉集などの古典の深い知識を駆使して、令和時代の若者たちに歴史の真実やそこで生きた人びとの姿を想像的に伝えてくれている力作を刊行している。今回の『仏教精神に学ぶ　み仏の慈悲の光に生かされて』については、中津氏の中に秘められていた仏教精神との出逢い、その仏教精神に救われ、生かされてきた切実な経験が率直に綴られている。仏典の知識も大切だが、仏教の知慧を生きるために必要な力に変えてきた中津氏の足跡を辿ることが出来る。

本書は「はじめに」と四章から成り立っている。この「はじめに」において中津氏は一九四五年三月十日の東京大空襲で十万人が死亡した現場を目撃した生々しい経験から語り始めている。戦後は疎開先の山梨県から進学のためにと母から何も聞かされずに、父のいる東京に向かったところ、そこには父が愛人と暮らし十歳下の妹がいた。父たちは食卓で食事をするが、中津氏だけは別のお盆で時には饐えたご飯も食べさせられた惨めな経験をした。そんな大人たちの醜さや理不尽な振る舞いに翻弄されて、偽りの生活をするよりも、東北地方に行きそこで死んでしまいたいと家出を試みる。最後に信頼できる友人に別れを告げに行った際に、その子の母親が何か異常なものを感じて「あなたは弱すぎる。負けては駄目、逃げては駄目」と言い、自分を本当に心配してくれる大人の言葉が心に染みた。そして「世の中に、真理とか真実とか聖人とか偉人などの言葉がある。言葉がある以上、真実などと言えるものがあり、聖人とか偉人と呼ばれるにふさわしい人が居るのかもしれない。尋ねてみよう。とことん尋ねて真理や真実は空言であり、偉人や聖人などいないと本当にわかったら、この世をあざ笑って死のう。それまで死ぬのはお預け」と、生きてこの世にあるかも知れない「真理・真実」を探求することを命がけで志していく。そして仏教、哲学などの様々な書物を読み、次のような箇所を発見して「発想の転換」が起こったと言う。

《—煩悩（ぼんのう）に眼さえぎられ見ずといえども、大悲（だいひ）ものうきことなく常に我を照らしたもう—／の二行に触れ、涙がとめどなく流れたのです。その時不思議な体験ですが、溢れる光の只中に座っている私に気付いたのです。二行の偈は深い哲理に根差し、絶対無条件の絶対救済を説く無限に優しい親鸞聖人の、／—気付きさえすればあなたは既に救われているのです—／と呼びかける正信偈（しょうしんげ）の一節で、私はこの偈を読んだ瞬間、身も心も救われたのです。／／月かげの至らぬ里はなけれども／眺むる人の心にぞすむ／／の法然上人の歌の通りで、月の光はどこにでも、どんな人にでも常に平等に降り注いでいる。気付きさえすれば……。／と同じでした。この時、人は生きているのでなく生かされていると実感したというに近く、この二行の偈に触れたことでコペルニクス的な発想の転換が起こり、私は生きることがとても楽になったのです。》

この衆生を苦しみから救ってくれる仏や菩薩の大きな慈悲の

心である「大悲」という親鸞の言葉と、法然の歌の中にある「月かげ」（月の光）という言葉は、中津氏の心の奥深くに染み通っていった。本書は絶望を抱き死を決意した少女が、「慈悲の心である大悲」を自らの心に発見し、それがいつでも「月の光」のように降り注いでいることに気付かされ、再び生きることの意味を発見する書物と言えるだろう。不条理に傷つき思い悩んでいる若者たちにこの「はじめに―発想の転換」を読ませたら、多くの共感を得られるに違いない。そしてそのあまねく「慈悲の心」を全編のエッセイの中にも感じられるきっかけになるに違いない。

2

本書は一章「すべてのものは移り変わる――諸行無常」、二章「自然と人生――自然法爾」、三章「幸せに生きる――常楽我浄」、四章「自らの思いを浄める――自浄其意」から成っている。その文体は若者たちに自分の経験を語りかけ伝えるような会話体で記されている。

一章の冒頭「すべてのものは移り変わる」では、《体が硬くなり動きを止めた時、すなわち移り変わらなくなった時が死です。しかしその亡骸さえいつかは朽ち果てます。／形あるものはすべて移り変わります。この事実を「無常」といいます。常がない、必ず変わる、です。》というように、中津氏はこの世界が刻々と移り変わって行くという在りようの真実を突き付ける。その「無常」をまず受け入れることによって、自らの存在が有限であることに気付くことの重要性を語っている。

二章の冒頭「星の大きさ」では、《すべての生物に仏性ありというのは生命の根源である遺伝子が共通という面からもいえるかも知れません。言葉を変えれば仏とは宇宙の働き、宇宙のありようそのものなのですからすべての生物に仏が宿っているといえるのです。》というように、中津氏は生命の遺伝子の共通性や宇宙の在りようもまた、仏が宿っていると認識し、その自然の摂理を生きようとすることが「安らかな生き方」だと語っている。

三章の二番目の「本当のやさしさ」では、《「寝たきりの君がどうしてそんなに明るくしていられるの」／と思い切って聞いたのだそうです。（略）その時、筋ジストロフィーの子はこう言ったそうです。／「僕はもう自分で体を動かすことも物を食べることもできない。そんな僕のできることは、明るくして僕のことを悲しんでいるお父さんやお母さんを少しでも悲しめないことだけです」／と。／死を前にした十代の少年とも思えない、やさしさに裏付けられた強さが感じられます。／そうなのです。本当のやさしさこそ強さなのです。》という例を挙げて、「本当のやさしさ」とは何かを深く問いかけてくる。

四章の最後から二番目の「み仏の慈悲の光に生かされて」では、《私は頑張れなくなったり、間違ったり気弱になったりした時、親鸞聖人の念仏する人と共に居ますとの言葉を思い出します。念仏とは「南無阿弥陀仏」で「南無」とは敬意を表わし礼をすること、「阿弥陀」とは大宇宙のことです。ですから念仏とは大宇宙の摂理・理法にひれ伏すことです。すると不思議なことに、また正しく生きようとの心の張りを感じることができるのです。》と、中津氏が等身大の自分として日々このようにして生きていることを淡々と語る。私はこのような中津氏のしなやかな強靱さを、「本当のやさしさ」を多くの若者たちに読んで生きる糧にして欲しいと願っている。

ふるさとを支える「影」の存在と語り合う人
――長嶺キミ詩集『静かな春』に寄せて

鈴木　比佐雄

長嶺キミ氏は、福島県会津美里町に生まれ育ち、東京の美大を卒業し故郷に戻り、長年美術の教員をしながら、二科展などに大作を発表してきた画家であり、同時に地元の詩誌「詩脈」の同人として詩を書き続けてきた。同人の前田新氏の紹介でご自宅のアトリエで拝見させて頂いた大作の絵画には、天空と大地と水をテーマとしていて、大胆な構図に世界の本質が迫ってくるようだった。太陽の炎のエネルギー、温かみのある土色の大地、命の根源の水の湧き出す流れなどを予感させる作品の世界であるが、なぜか大地の香りや色彩や膨らみが伝わってきて、会津の体温が世界に広がっていくような抽象画であった。

余談だが長嶺氏の自宅に向かうために中通りの郡山駅でレンタカーを借りて車を走らせて会津に向かったのだが、高速道路の右手に聳える安達太良山や会津磐梯山などを眺めながら進んでいくと、郡山は晴れていたが会津に近づくと三月下旬だが小雪が舞ってきて、会津は新潟を越えて北風が雪を降らす寒いところだと感じた。会津に暮らす歌人本田一弘氏の歌集『あらがね』の中の「磐梯山を宝の山と呼ぶならば磐梯山に降る雪も宝ぞ」が想起されてきた。

ところで長嶺氏の詩篇の特徴は、一読すると会津の多彩な自然、その暮らしの事物、家族や愛犬との関わり、そして愛する死者たちへの鎮魂、それらの故郷を見詰めて詩の中に宿らそうとすることが大きなテーマとなっているようだ。故郷は遠くから詠うものではなく、故郷を内側から呟くような声で讃えて、静かに詠い上げているような気がする。

本詩集『静かな春』はⅢ章に分かれ四十二篇が収録されている。Ⅰ章十五篇は、戦死した父、三人の子を守り育てた母、良き理解者であった夫、家族だった愛犬、そのような家族との暮らしを想起しながら故郷で共に生きて来た、掛け替えのない時間を淡々と伝えてくれている。冒頭の詩「ふるさと」を引用してみる。

その／玄関に立つと／格子戸のガラスのむこうに／影が映る／／山があり水がある／広がる田園と赤い彼岸花と／だれもが見てきた／この地の／ふるさとの中に立つ影が映る／／父は第二次世界大戦のとき／比島（フィリピン）で戦死したとされている／遺骨はない／小さな木の御位牌を埋めて墓とした／享年三十三／／母は／それから三人の子を育て／苦労などは言葉にしないで／不都合は全て時代や／年齢のせいだと括り／九十七歳の夕刻には／旅立った

「ふるさと」の前半部分を読めば、長嶺氏の子供の頃からの父と母への関係とその想いが理解できる。父は比島で戦死したが、子ども心にいつも父の存在が「影」となって立ち現れてくる。父の魂は戻ってきていつも「影」となって「ふるさと」の風景の中で佇んでいるかのようだ。長嶺氏は父のいない子としてどんなにか淋しかったであろう。しかし「母は／それから三人の子を育て／苦労などは言葉にしないで」生きて九十七歳の天寿を全うした。そんな父親の代わりもして三人の子どもを育て上げた母の強い生き方を、長嶺氏は誇りに思っていることが詩行から感じられる。長嶺氏を紹介して下さった前田新氏も父を戦争で亡くしてその悲しみを共有している詩友なのであり、会津だけでも数多くの父が戦争によって帰らぬ人となり、残された母と子がどんなに大変な日々を送ったのか、想像を越える困難さだったろう。長嶺氏の母のような存在が戦後の社会を根底で支えてきたことを伝えてくれている。後半部分を引用してみる。

夫は／「描く時間を　なくしてしまってわるいな」と／通院の為の運転手を務める私に／助手席でつぶやく／そして入院／「くたびれるから　明日は来なくていいよ」と／退室する背中にむかって声がかかる／どっちが病人かわからない言葉を残して／翌日の明け方に逝ってしまった／／遺影の中にみる／ふるさと／／ふるさとは／そこに在る

夫の「描く時間を　なくしてしまってわるいな」という言葉は、自分の病気がかなり深刻で生死を彷徨っているにもかかわらず、妻の創作活動に配慮した限りない優しさに満ちている。長嶺氏と同じ教師であった夫は、きっと妻の絵画の理解者でもありその創作物も愛していたことが想像できる。夫は生前に詩集を出版した方がいいと勧めていたと長嶺氏からお聞きした。つまり本詩集が誕生するきっかけは、夫が長嶺氏の詩を評価して世に出すべきだと考えたことが発端だった。私はこの言葉に会津の地で生きた男の妻への深い愛情を感じ取る。長嶺氏は最後の二連目に「遺影の中にみる／ふるさと」と、父や母や夫が会津の大地に立ち還り、その遺影そのものが「ふるさと」なのだと自然に感じて、「ふるさとは／そこに在る」と噛み締めている。長嶺氏の詩を語る際に、この自伝的であり家族史的な詩「ふるさと」は良き手引きとなるだろう。

二番目の詩「男」では、《ひとむかし前までは／日本にも／あんな男がいた／／骨は太いけれど／痩身で／耳目の澄んだ／父の姿で／きちんと立って動かない／／息子や娘たちが／自分の仕事の躓きや／暮らし向きに／右往左往したり／議論をしたり／一歩ふみだせないでいるときでも／「早くせよ」と／子供らの後に廻って囁いたり》などという、家父長的な父ではなく、失敗しながらも自分の頭で考えることを辛抱強く待ち、人間的な成長を促す民主主義的な父が「数限りなく／いたことがあった」と語っていて、会津の人びとの美風を物語っている。

三番目の詩「慈母観音」では、《八十四年の間「いつもよくやった」と／しっかりと抱きしめてくださる／／小学生の孫が／仕事から帰宅した母に抱きしめられ／甘えるように／あなたも／慈母の胎にもどって／甘えたらいい／裸になって／赤子のように／／線香の／やわらかい煙のゆきつくところで／／亡夫・敏令和元年九月二十七日　永眠》というように、夫の生涯を「いつもよくやった」と褒めたたえて慰労し、これからは赤子のように母の胸に抱かれることを心から願っている。このような詩が本来的な鎮魂詩なのだと頷く思いがする。

四番目の詩「また会えるよ」では、《太陽が／炎のすべてを内に秘めたその姿を／大きな赤い円に描いて／刻々と落ちてゆく／／いまは黙しているけれど／いまは西に沈むけれど／／また会えるよ／きっとまた会えるよ　と／それは風だったり／それは水だったり／大地だったり／だれかの耳や手や背中だったりしてね》というように、母の死を壮麗な落日のように感じ、また「きっと会えるよ」と、自然の存在に生まれ変わった母への再会を希望のように夢見るのだ。

Ⅰ章はその他に母への鎮魂詩三篇と、愛犬メイとの暮らしやメイへの鎮魂詩六篇、暮らしの中の事物や鴉の生態などの二篇が記されている。

Ⅱ章十七篇は、長嶺氏が雪空の月から春を予感し夏秋を経て再び冬まで続く会津の自然観を表現した詩篇群だ。冒頭のタイトルにもなった詩「静かな春」では、《月は雪空のなかの／小さな窓／窓の向こうは見えないが／カーテンのような／雪雲が消え／暖かく澄んだ空に会えるかもしれない／月よ／わたしの空の白い月よ／ときには窓を開けて風を入れよう／冷たく縮み込んだ記憶を棄てて／移ろう季節に／その身を任せてみよう／静かな春が／きっと／来るから》というように、雪空の月を春に向かう小窓として感じ取り、「静かな春」を待ち焦がれている。この詩を読めば長嶺さんのしなやかな向日性が感じ取れ、会津の雪を宝と感ずる本田一弘氏と共通する会津の人びとの感受性が了解できる。

Ⅲ章十篇は3・11以降の放射能被害や現在の長嶺氏の家族を含めた暮らしを記している。

冒頭の詩「待つ」は、《山には野鳥の死骸がごろごろ転がっているという風評。五月には、いつものように燕が来てくれて、いつものように巣作りをし、卵を産んだ。雛は孵化するとすぐに死んだ。我が家の燕も隣家の燕も、四軒もの家の燕の雛が死んだと語る女の人。野鳥の会は、野鳥の種類も数も減ってしまっていると紙上に発表する。／／野鳥のほとんどが姿を消したという／二〇一一年の三月の／この映像はどこにも送られなかった》というように、東電福島第一原発から約百㎞離れている会津であっても放射性物質は降り注いだらしく、その被害の一端を伝えてくれている。最後に詩「今　二〇一七年十月」を引用したい。この詩の中に長嶺氏が戦死した父のような存在を二度と生み出してはならないという思いが込められていて、孫の世代など後世の平和を願う精神が刻まれている。このような戦死した父という「影」の存在と深い対話を続けている詩集『静かな春』を多くの人びとに読んで欲しいと願っている。

大きい孫は　二十一歳です／震災の年に生まれた／小さな孫は　六歳／紙いっぱいに　魚を描くのが好きな／小学校の一年生です／（略）／再び／若者の生涯を／閉ざすようなことがあってはなりません／政治も経済も文化も／世界平和を軸芯として動くことを願います／／夫々の地で／分を守り／ささやかに生き来る人々の頭上に／願いの言霊が／飛び輝き／おだやかな空が／かぎりなく広がる未来を／描き切れますように

『地球の生物多様性詩歌集——生態系への友愛を共有するために』公募趣意書

出版内容＝世界各地で生きる生きものたちの実相を伝え、生物多様性の根幹にある生きもの・生態系への友愛を込めた作品や、新型コロナ以後の世界で生物多様性がどのように再評価されるべきかを問う作品を公募します。

発行日＝二〇二一年七月下旬発行予定

A5判　約三五〇～四〇〇頁　本体価格一八〇〇円＋税

編者＝鈴木比佐雄、座馬寛彦、鈴木光影

発行所＝株式会社コールサック社

公募＝二五〇人の詩・短歌・俳句を公募します。作品と承諾書をお送り下さい。既発表・未発表を問いません。趣意書はコールサック社HPからもダウンロードが可能です。http://www.coal-sack.com/

参加費＝一頁は詩四十行（一行二十五字）、短歌十首、俳句二十句で一万円、二冊配布。二頁は詩八十八行、短歌・俳句は一頁の倍の作品数で二万円、四冊配布。校正紙が届きましたら、コールサック社の振替用紙にてお振込みをお願い致します。

しめきり＝二〇二一年六月二十日必着（本人校正一回あり）

原稿送付先＝〒一七三-〇〇〇四

東京都板橋区板橋二-六三-四-二〇九

データ原稿の方＝〈m.suzuki@coal-sack.com〉（鈴木光影）までメール送信お願いします。

【よびかけ文】

「生物多様性」という言葉は、「社会生物学」を提唱した米国のエドワード・O・ウイルソンが、著書の『社会生物学——新しい総合』、『バイオフィリス』、『生命の多様性』などでキーワードとして論じている。それは経済のグローバル化により生態系を破壊し絶滅種を増やしていく在り様を根本的に考え直し、生態系システムを持続した方がマクロ的な経済においても有益であり、また思想哲学・文明批評的な役割を担う根拠になる考え方だ。ウイルソンは「生命の多様さ」を「遺伝的多様性」、「種や個体群」、「生態系」、「地域」などの様々なレベルにおいてフィールドワークでその実態を明らかにして、現実の政策に反映させようとした。ウイルソンは「バイオフィリア」という仮説を提案する。「バイオフィリア」とは「バイオ」（生物）への「フィリア」（友愛）であり、「生きものたちへの友愛」という意味だ。これは多くの短詩形文学者や作家たちが地域の自然の生きものたちを詠う際の精神と重なっている。例えば次の宮沢賢治の詩「風景観察官」などは、地域の風景を眺めながら生態系という環境への友愛に満ちている詩だと言える。《あの林は／あんまり緑青を盛り過ぎたのだ／それでも自然ならしかたないが／また多少プウルキインの現象にもよるやうだが／も少しそらから橙黄線を送つてもらふやうにしたら／どうだらう》天上から降り注ぐ生態系を見つめる視線と同時に農民の視線が合わさって「風景観察官」という言葉が生まれたのだろう。賢治の修羅は『春と修羅』の主旋律だが、この詩ではむしろ通奏低音としてのサイエンティストである賢治が強くなり、風景の一部として鳴り響く。賢治は修羅を通した「風景観察官」で「生物多様性」を実践していた先駆者だった。

俳人宮坂静生氏の著書に『季語体系の背景　地貌季語探訪』があり、その「地貌季語」という考え方は、地域の生態系や歴史とその地で暮らす人びとと本質的な関係を言葉で表現する意味で俳句の解釈や評価にとどまらない重要な問題提起となっている。宮坂氏は「自分の息遣い」とは、突き詰めると「私という身体のことばを介した生者と死者とのとの語り合い」に向かい、その際に「語り継がれてきたことばの中にも大事な古人の感受性の集積がある」ことに気付かされる。そして次の沖縄の俳人の「立雲」という「地貌季語」から沖縄の民衆の深い思いを受け止めていく。〈立雲のこの群青を歩みけり　渡嘉敷皓駄〉

　生物多様性の石垣島に暮らす松村由利子氏の歌集『光のアラベスク』の中には生態系の破壊を危惧し、生きものたちを賛美する短歌を見出す。〈虎たちは絶滅危惧種となり果ててサンボのいない森も消えゆく〉〈深海に死の灰のごと降り続くプラスチックのマイクロ破片〉〈絶滅した鳥の卵の美しさ『世界の卵図鑑』のなかの〉このような生きものたちへの存在の危機を明らかにし、その友愛を詠いあげるには短歌の響きは適しているように思われる。

　以上のようなその土地や地域で生きる生きものたちを讃美する左記のような観点の俳句、短歌、詩などの短詩系文学を公募したいと考える。ぜひご参加下さい。

①世界各地で生きる生きものたちの実相とそれを讃美する作品
②世界各地で絶滅した生物を悼み、絶滅危惧の恐れのある動植物に触れた作品
③原発事故などの制御できない科学技術によって生態系が壊されることを憂う作品
④生物多様性の根幹にある生きもの・生態系への友愛を込めた作品
⑤新型コロナ以後の世界で生物多様性がどのように再評価されるべきかを問う作品

キリトリ線（参加詩篇と共にご郵送ください）データ原稿をお持ちの方は〈m.suzuki@coal-sack.com〉までメール送信お願いします。

『地球の生物多様性詩歌集——生態系への友愛を共有するために』参加承諾書

応募する作品の題名	
氏名（筆名）	
読み仮名	
生年（西暦）	年
生まれた都道府県名	

現住所（郵便番号・都道府県名からお願いします）※	〒 TEL（　）
代表著書（計二冊までとさせていただきます）	
所属誌・団体名（計二つまでとさせていただきます）	

※現住所は都道府県・市区名まで著者紹介欄に掲載します。校正紙をお送りしますので、すべてご記入ください。

以上の略歴と同封の詩篇にて
『地球の生物多様性詩歌集——生態系への友愛を共有するために』に参加することを承諾します。

印

『日本の地名 百名詩集』公募趣意書

出版内容＝日本全国の地名に宿る多様な地域文化の魅力や民衆の歴史を詩で詠いあげて欲しい。
A５判　約二〇〇～二五〇頁　本体価格一八〇〇円＋税
発行日＝二〇二一年七月下旬発行予定
編者＝金田久璋、鈴木比佐雄
発行所＝株式会社コールサック社
公募＝百名の詩を公募します。作品と承諾書をお送り下さい。既発表・未発表を問いません。趣意書はコールサック社HPからもダウンロードが可能です。http://www.coal-sack.com/
参加費＝一頁は詩四十行（一行二十五字）で一万円、二冊配布。二頁は詩八十八行で四冊配布。校正紙が届きましたら、コールサック社の振替用紙にてお振込みをお願い致します。
しめきり＝二〇二一年六月二十日必着（本人校正一回あり）
原稿送付先＝〒一七三-〇〇〇四
東京都板橋区板橋二-六三-四-二〇九
データ原稿の方＝〈h.zanma@coal-sack.com〉（鈴木光影）までメール送信お願いします。

【よびかけ文】

日本地名研究所 所長　金田久璋
コールサック社 代表　鈴木比佐雄

例えば突然、サン＝テグジュペリの『星の王子さま』の作者と思しき操縦士が、不運にも茫漠としたサハラ砂漠のような空間に不

全国いたるところに大小の地名が張り巡らすように分布している一方、これまで地名にまつわる歴史的意義や民俗文化をいささかおろそかにしてきたきらいがないわけではない。とりわけ、市町村合併や圃場整備において生活文化が根付く無数の大小の地名が抹殺されてきた。

世界に誇る日本文化の粋ともされる古典文学においても、地名は各地の歌枕として古代から詠み込まれて、「百人一首」や短詩系文学のなかで今なお親しまれている。宮沢賢治、萩原朔太郎、高村光太郎、谷川俊太郎、大岡信、安水稔和、杉谷昭人をはじめ、現代詩につながる明治以降の詩作品においても、地名は多様に詩の中で歌いこまれ、多くの日本人に愛唱されているものも多い。風土と地名は詩人の豊かな情操を育んできたいわば母胎である。地名と言う言語を通してへその緒のように詩人は深く風土とつながっているのである。言うまでもなく多くの地名は比喩でできている。誰が名づけたのか、その発語の根拠を問い、折々の喜怒哀楽が込められた、地名にまつわる詩を網羅することで、豊饒な日本語の万華鏡の世界が繰り広げられる。地名の小宇宙がそこにある。

民俗学者で歌人の谷川健一が立ち上げた、日本地名研究所は来春創立四十周年を迎える（ちなみに、２０２１年は谷川健一生誕百年に当たる）。五月二十一日には川崎市で記念シンポジウムが企画されている。この機会に、あらためて日本の地名の歴史的、文化的意義を再確認し、併せて地方創生の趣旨を根底から問うべく、

時着した場合に、どのように自分の位置を確かめることが出来るのか。たぶん計器は役立たず、星座の動きもあてにはならない。とりわけ、砂嵐が吹き荒れ、周囲の地形や形状も刻々と変わる流砂地帯では確固たるものは何もない。その不安と恐怖、錯乱は計り知れないのではないか。翻って私たちが住まいをする日本のことを考えると、いかに風土に根付いた地名が自分の立ち位置を確認し、いわば自己のアイデンティティーを保証する有力なアイテムの一つであることがわかる。約九割を占めるという名字と地名の関連も興味深い。

日本の地名は、公称、通称、私称も含め三密状態といえるほど、

『日本の地名 百名詩集』の刊行を日本地名研究所とコールサック社が力を合わせ、また地名に関わる古典的な名詩を収録するだけでなく、全国の現役の多くの詩人の参加とご協力を求めたい。

① 日本全国の地名・山河名などをタイトルにしてその場所の暮らしや風土性を浮き彫りにする作品
② 詩作品の中に地名・地域名が出て来て、その場所で生きる人びとの暮らしが表現される作品
③ 地名などに込められ歴史的な意味を掘り起こし、さらに想像的にその意味を深化させていく作品

キリトリ線（参加詩篇と共にご郵送ください）データ原稿をお持ちの方は〈n.zamma@coal-sack.com〉までメール送信お願いします。

『日本の地名 百名詩集』参加承諾書

応募する作品の題名	
氏名（筆名）	
読み仮名	
生年（西暦）	年
生まれた都道府県名	

現住所（郵便番号・都道府県名からお願いします）※	〒 TEL（　　）
代表著書（計二冊までとさせていただきます）	
所属誌・団体名（計二つまでとさせていただきます）	

※現住所は都道府県・市区名まで著者紹介欄に掲載します。校正紙をお送りしますので、すべてご記入ください。

以上の略歴と同封の詩篇にて『日本の地名 百名詩集』に参加することを承諾します。

印

編集後記

鈴木　比佐雄

今号は四月二十一日に他界された若松丈太郎氏の追悼特集を組んだ。若松氏とは詩集『夷俘(いふ)の叛逆』が三月十一日の奥付で刊行されたことと、一年前から計画していて実行委員長を引き受けて頂いていた「3・11から10周年　福島浜通りの震災・原発文学フォーラム」を四月三日に開催することもあって、メールや電話でも頻繁に連絡を取り合っていた。二月頃から体調が思わしくなくフォーラムへの出席が難しくなり、その代わり文書での参加をしてももらうために、私の質問内容にメールで答えてくれた次の言葉は、ある意味で若松氏の遺言になってしまった。「質問①について／人類には、ことばがあります。ことばによって、人類は記録と伝達が可能になりました。人類がこれまでに学びとったことがらすべてを、未来の人類へ伝え残すことが、なによりも大事な役割だと考えます。」、「質問②について／核物質は、百年たらずのヒトの生存期間、いや、万年程度の人類の存続期間をはるかに超える長期間を存続しつづけます。核物質は人類の手に負えない物質です。ヒトは、その生存期間内で管理を全うできない核物質を扱うべきではありません。／以上、若松丈太郎」（若松氏のメールより）。この三月二十二日に送られた若松氏の言葉は、私たちに根源的な課題を突き付けている。人類のあらゆる経験を記録し伝達する言葉を、「未来の人類へ伝え残すことが、なによりも大事な役割だ」と語る。若松氏は一貫して北狄(ほくてき)と言われた阿弖流為(あてるい)の立場に立つ東北の民衆の根源に立ち尽くしていたが、それは中央集権ではない人類の多様性を根底に見据えて、地域の言葉の豊かさを人類の財産として認識して、その経験を「記録と伝達」を通して「未来の人類に伝え残す」ことを自らに課してきたことが理解できる。その志の高さは稀有なものだと私には感じられる。また「核物質は人類の手に負えない物質です。ヒトは、その生存期間内で管理を全うできない核物質を扱うべきではありません」との最後のメッセージは、一九九四年のチェルノブイリへの視察後の詩「神隠しされた街」を記した詩人が未来の人類に残した警告とも言える素晴らしい遺言だと痛感する。

四月七日頃に若松氏には「震災・原発文学フォーラム」について充実した内容であったことの報告をした。当日に短詩型文学者の座談会にも出席する予定だった若松氏は、安堵されて労りの言葉さえ掛けて下さった。この三時間半のフォーラムをすべて文字起こしし、若松氏の詩篇などの資料編も入れた一冊本にするため、若松氏の言葉も含めて収録したいお願いを伝えたところ、すべて任せて下さる承諾を頂いた。電話を終える際には、日頃はどこかクールな感じなのだが、いつになく感情のこもった感謝の思いが伝わってくる言葉で締めくくられた。私はもちろんこの言葉が最後になるとは思っていなかったが、振り絞って語られた言葉に体調の異変を感じてお元気になられることを祈念していた。

今号の冒頭には他界される一週間前に書かれた詩と若松氏の代表的な詩十一篇を収録し、次に五月二日の南相馬市で開かれた偲ぶ会・告別式での齋藤貢氏の弔辞を再録させてもらった。

フォーラムの副実行委員長の齋藤氏と事務局長の私は、昨年の十月九日のご午前中に若松氏宅に行きフォーラムの内容の最終的な打ち合わせをした。打ち合わせを終えた後に近くのラーメン店に行き昼食をとった。思えば若松さんとはこの南相馬市原ノ町駅近くで何度も行きつけの店でラーメンを食べたものだ。齋藤氏に同行していた妻で国語教師の恵子氏は食事後にお茶を飲みながら、3・11の後に全く本を読む気が失せてしまっていたが、若松氏の『福島原発難民　南相馬市・一詩人の警告　1971年〜2011年』だけは例外で何度も読み返してた勇気や希望を頂いたと感謝の言葉を伝えていた。いつも真面目な表情を崩さない若松氏もこの時ばかりは少し頬が緩んだようだった。この書籍は二〇一一年五月上旬に発売された三年後には三千部が完売し、二版目が刊行されて今も読者は絶えない。また『若松丈太郎詩選集一三〇篇』も詩集の中では例外的に読まれ続けている。若松氏の読者は日頃は詩を読まない人びとたちの心に届く何かが存在しているに違いない。店先で若松氏と別れその背中を見送ったことが直接お会いした最後となってしまった。

　特集で執筆してくれた朝倉宏哉氏と柏木勇一氏は、二人とも岩手県立水沢高校の後輩だった。期せずして二人とも最後は「先輩」という言葉を万感の思いで呼び掛けている。また会津の前田新氏、当初から高い評価をされてきた石川逸子氏と石垣島から熱い共感を寄せてくれた八重洋一郎氏からもお言葉を頂いた。私も南相馬市「夜の森公園」に触れた追悼詩と、若松氏の第一詩集『夜の森』の連作詩を中心にした論考を書かせてもらった。

　若松氏とは三年前位から『極端粘り族の系譜——相馬地方と近現代文学とその周辺』の編集の相談を受けていて、昨年の十月にはそのタイトルも編集案もほぼ確定していた。埴谷雄高や島尾敏雄などの浜通りの「極端粘り族」の研究書を見ることなく若松氏は他界してしまい、無念であったろうと思われる。今後は『若松丈太郎著作集』を構想しその研究書や『若松丈太郎全詩集』なども収録する予定だ。その際には若松氏の既刊本に収録されていない詩や評論の収集にご支援・ご協力を賜りたいと願っている。

　先にも触れた「震災・原発文学フォーラム」を文字起こした書籍と同時に、当日の三時間半を三台のビデオカメラで撮影して編集したＤＶＤもご希望の方に実費でお分けしたいと考えている。ご希望の方は編集部までご連絡を下さい。一部の福島の短詩型作家たちの自作の読解はその作品誕生の感動に立ち会えるだろう。二部の作家のドリアン助川氏、桐野夏生氏、吉田千亜氏、玄侑宗久氏たちの原発事故に寄せる熱く本質を語る肉声は心に響く。三部の「震災・原発文学」を高校生に読ませ考えさせる現場の取り組みは多くの教育現場にも役立つだろう。

　それから、公募している『地球の生物多様性詩歌集——生態系への友愛を共有するために』と『日本の地名　百名詩集』の公募期間は、古典的な優れた作品の選定にもう少し時間が必要なこともあり、また新型コロナウイルス流行下で公募人数にまだ達していないこともあり、六月二〇日まで締め切り日を延長することにします。まだ間に合いますのでぜひ参加下さい。刊行は七月下旬の予定です。

　今号にも多くの作品をご寄稿下さり感謝致します。次号の一〇七号にもぜひご寄稿下さい。

編集後記

鈴木　光影

歌人の鹿又冬実氏が、『「コールサック105号」の俳句短歌を読む』に寄稿いただいた。氏の「共感のまま思い浮かんだエピソードを筆に乗せるのも楽しいが、光景や個性を共有するべく書くのも生きている実感を得られる」という言葉は、詩歌鑑賞とは受動と能動の複合的行為であることを教えてくれる。

さて、今号の作品の共鳴句を挙げよう。

群れ咲けどなほ孤の翳り姫女苑　　原　詩夏至
暁のわが夢この世ほのぼのと　　水崎　野里子
立春の柱時計が一分進む　　松本　高直
望郷や前世の家まで猫の旅　　福山　重博

悲しみや／象の耳さへ／だらりかな
Sadness – ／even the elephant ears／are drooping
デイヴィッド・クリーガー

昨年の五月から始めたコールサック句会（インターネットにて奇数月の月初に開催中）が、これまで七回の句会が開催され、先月丸一年を迎えた。第七回句会の最高得点句は〈脱皮して昨日を蛇が振り返る　重博〉。伝統俳句的には「蛇皮を脱ぐ」という夏の季語が使われるが、掲句は「脱皮」によって、季節を超えた普遍的な文学性を獲得した。コールサック句会の大きな魅力は、参加者からの創造的で熱のこもった選句コメントだと思っている。専門俳人に限らず、多様なジャンルの参加者をお待ちしております。ご興味のある方はお気軽にご連絡ください。

編集後記

座馬　寛彦

間もなく沖縄忌を迎える。「闇の記憶」と題された大城静子氏の短歌二十首は、沖縄戦を経験した作者の、痛みを伴う勇気ある回想と告白。きっと多くの読者にとって重い警鐘となるに違いない。同じ沖縄出身、一九七四年生まれの高柴三聞氏の狂歌〈デニーさん　言わぬが花を　決め込めば／民意の花は　あわれ散るらむ〉は、地元浦添市の市長選に当たり、那覇軍港の浦添市移転に賛成しつつ明言を避ける知事への忠告。絶えず政治や社会に厳しい目を向け、自らの頭で考え表現する沖縄の文学者の精神を感じる。一方、福山重博氏の〈考える力を棄てて優秀な鸚鵡（おうむ）になった彼らの見る夢〉で詠われるファシズムに加担する人々を連想させる「鸚鵡」の安楽は、対照的と言えないか。岡田美幸氏の〈人の目を気にしすぎてもいけないし表現界は迷宮である〉も、「人の目を気にしなければならない」という、表現者を萎縮させたり、表現の自由を侵したりする同調圧力の「鸚鵡」へのアイロニカルな返答と読める。原詩夏至氏の〈人狼をやめ狼に特化した安らぎの遠吠え朧の夜〉は騙し合いを楽しむ「人狼ゲーム」に世相を見る。現代社会のゲームから逸脱し、人ではなく獣になった方が幸せではないかと病的な状況を暗喩するようだ。いずれも異なるアプローチで時世への危機感を抱かせてくれる。〈境あり国境あれどもお互いに鯉のぼりのごと生きて行かむか〉と水崎野里子氏の詠う、思いやりとゆるやかな連帯が、現代人を光明へ導いてくれそうな気がする。

雄　編集委員／山田和子、山田貴己、中里嘉昭、鈴木比佐雄　A5判・624頁・上製本・5,000円
- 『福田万里子全詩集』表紙画／福田万里子　題字／福田正人　解説文／下村和子、鈴木比佐雄　A5判・432頁・上製本（ケース付）・5,000円
- 『大崎二郎全詩集』帯文／長谷川龍生　解説文／西岡寿美子、長津功三良、鈴木比佐雄　A5判・632頁・上製本・5,000円

コールサック詩文庫（詩選集）シリーズ

- 17『青木善保詩選集一四〇篇』解説文／花嶋堯春、佐相憲一、鈴木比佐雄　四六判・232頁・上製本・1,500円
- 16『小田切敬子詩選集一五二篇』解説文／佐相憲一、鈴木比佐雄　四六判・256頁・上製本・1,500円
- 15『黒田えみ詩選集一四〇篇』解説文／くにさだきみ、鳥巣郁美、鈴木比佐雄　四六判・208頁・上製本・1,500円
- 14『若松丈太郎詩選集一三〇篇』解説文／三谷晃一、石川逸子、鈴木比佐雄　四六判・232頁・上製本・1,500円
- 13『岩本健詩選集①一五〇篇（一九七六〜一九八一）』解説文／佐相憲一、原圭治、鈴木比佐雄　四六判・192頁・上製本・1,500円
- 12『関中子詩選集一五一篇』解説文／山本聖子、佐相憲一、鈴木比佐雄　四六判・176頁・上製本・1,500円
- 11『大塚史朗詩選集一八五篇』解説文／佐相憲一、鈴木比佐雄　四六判・176頁・上製本・1,500円
- 10『岸本嘉名男詩選集一三〇篇』解説文／佐相憲一、鈴木比佐雄　四六判・176頁・上製本・1,500円
- 9『市川つた詩選集一五八篇』解説文／工藤富貴子、大塚欽一、鈴木比佐雄　四六判・176頁・上製本・1,500円
- 8『鳥巣郁美詩選集一四二篇』解説文／横田英子、佐相憲一、鈴木比佐雄　四六判・224頁・上製本・1,500円
- 7『大村孝子詩選集一二四篇』解説文／森三紗、鈴木比佐雄、吉野重雄　四六判・192頁・上製本・1,500円
- 6『谷崎眞澄詩選集一五〇篇』解説文／佐相憲一、三島久美子、鈴木比佐雄　四六判・248頁・上製本・1,428円
- 5『山岡和範詩選集一四〇篇』解説文／佐相憲一、くにさだきみ、鈴木比佐雄　四六判・224頁・上製本・1,428円
- 4『吉田博子詩選集一五〇篇』解説文／井奥行彦、三方克、鈴木比佐雄　四六判・160頁・上製本・1,428円
- 3『くにさだきみ詩選集一三〇篇』解説文／佐相憲一、石川逸子、鈴木比佐雄　四六判・256頁・上製本・1,428円
- 2『朝倉宏哉詩選集一四〇篇』解説文／日原正彦、大掛史子、相沢史郎　四六判・240頁・上製本・1,428円
- 1『鈴木比佐雄詩選集一三三篇』解説文／三島久美子、崔龍源、石村柳三　四六判・232頁・上製本・1,428円

新鋭・こころシリーズ詩集

- 中道侶陽詩集『綺羅』四六判・112頁・1,500円
- 羽島貝詩集『鉛の心臓』四六判・128頁・1,500円
- 洞彰一郎詩集『遠花火』四六判・128頁・1,500円
- 畑中暁来雄詩集『資本主義万歳』四六判·128頁·1,500円
- 松尾静子詩集『夏空』四六判・128頁・1,500円
- 林田悠来詩集『晴れ渡る空の下に』四六判·128頁·1,500円
- 藤貫陽一詩集『緑の平和』四六判・128頁・1,500円
- 中林経城詩集『鉱脈の所在』四六判・128頁・1,500円
- 尾内達也詩集『耳の眠り』四六判・128頁・1,428円
- 平井達也詩集『東京暮らし』四六判・128頁・1,428円
- 大森ちさと詩集『つながる』四六判・128頁・1,428円
- おぎぜんた詩集『アフリカの日本難民』　四六判・128頁・1,428円
- 亜久津歩詩集『いのちづな　うちなる〝自死者〟と生きる』四六判·128頁・1,428円

「詩人のエッセイ」シリーズ

- 堀田京子エッセイ集『旅は心のかけ橋──群馬・東京・台湾・独逸・米国の温もり』解説文／鈴木比佐雄　四六判・224頁・1,500円
- 矢城道子エッセイ集『春に生まれたような──大分・北九州・京都などから』帯文／淺山泰美　装画／矢城真一郎　解説文／鈴木比佐雄　四六判・224頁・1,500円
- 佐相憲一エッセイ集『バラードの時間──この世界には詩がある』写真／佐相憲一　四六判・240頁・1,500円
- 奥主榮エッセイ集『在り続けるものへ向けて』写真／奥主榮　解説文／佐相憲一　四六判·232頁·1,500円
- 中村純エッセイ集『いのちの源流～愛し続ける者たちへ～』帯文／石川逸子　写真／亀山ののこ　解説文／佐相憲一　四六判・288頁・1,500円
- 門田照子エッセイ集『ローランサンの橋』帯文／新川和枝　解説文／鈴木比佐雄　四六判·248頁·1,500円
- 中桐美和子エッセイ集『そして、愛』帯文／なんば・みちこ　解説文／鈴木比佐雄　四六判・208頁・1,428円
- 淺山泰美エッセイ集『京都　桜の縁(えに)し』帯文／松岡正剛　写真／淺山泰美・淺山花衣　栞解説文／鈴木比佐雄　四六判・256頁・1,428円
- 名古きよえエッセイ集『京都・お婆さんのいる風景』帯文／新川和枝　写真／名古きよえ　解説文／鈴木比佐雄　四六判・248頁・1,428円
- 山口賀代子エッセイ集『離湖(はなれこ)』帯文／小柳玲子　装画／戸田勝久　写真／山口賀代子　栞解説文／鈴木比佐雄　四六判・200頁・1,428円
- 下村和子エッセイ集『遊びへんろ』帯文／加島祥造　四六判・248頁・1,428円
- 淺山泰美エッセイ集『京都　銀月アパートの桜』帯文／新川和枝　写真／淺山泰美　栞解説文／鈴木比佐雄　四六判·168頁・1,428円
- 山本衞エッセイ集『人が人らしく　人権一〇八話』推薦のことば／沢田五十六　栞解説文／鈴木比佐雄　四六判・248頁・1,428円

エッセイ集

- 田村政紀『今日も生かされている――予防医学を天命とした医師』四六判・192 頁・1,800 円
- 千葉貞子著作集『命の美容室 ～水害を生き延びて～』A5 判 176 頁・上製本・2,000 円解説文／佐相憲一
- 田巻幸生エッセイ集『生まれたての光――京都・法然院へ』解説／淺山泰美　四六判・192 頁・並製本・1,620 円
- 平松伴子エッセイ集『女ですから』四六判・256 頁・並製本・1,500 円
- 橋爪文 エッセイ集『８月６日の蒼い月――爆心地一・六kmの被爆少女が世界に伝えたいこと』跋文／木原省治　四六判・256 頁・並製本・1,500 円
- 岡三沙子エッセイ集『寡黙な兄のハーモニカ』跋文／朝倉宏哉（詩人）　装画（銅版画）／川端吉明　A5 判・160 頁・並製本・1,500 円
- 伊藤幸子エッセイ集『口ずさむとき』解説文／鈴木比佐雄 A5 判・440 頁・上製本・2,000 円
- 間渕誠エッセイ集『昭和の玉村っ子――子どもたちは遊びの天才だった』解説文／鈴木比佐雄　A5 判・160 頁・並製本・1,000 円
- 吉田博子エッセイ集『夕暮れの分娩室で――岡山・東京・フランス』帯文／新川和江　解説文／鈴木比佐雄　A5 判・192 頁・上製本・1,500 円
- 鳥巣郁美 詩論・エッセイ集『思索の小径』 装画・挿画／津高和一　栞解説文／鈴木比佐雄　A5 判・288 頁・上製本・2,000 円
- 鈴木泰左右エッセイ集『越辺川（おっぺがわ）のいろどり――川島町の魅力を語り継ぐ』解説文／鈴木比佐雄　A5 判・304 頁＋カラー８頁・並製本・1,500 円
- 石田邦夫『戦場に散った兄に守られて～軍国主義時代に青春を送りし～』栞解説文／鈴木比佐雄　A5 判・160 頁・上製本・2,000 円
- 五十嵐幸雄・備忘録集Ⅲ『ビジネスマンの余白』写真／猪又かじ子　栞解説文／鈴木比佐雄　A5 判・352 頁・上製本・2,000 円
- 五十嵐幸雄・備忘録集Ⅳ『春風に凭れて』写真／猪又かじ子　栞解説文／鈴木比佐雄　A5 判・312 頁・上製本・2,000 円
- 中津攸子 俳句・エッセイ集『戦跡巡礼 改訂増補版』装画／伊藤みと梨　帯文／梅原猛題字／伊藤良男　解説文／鈴木比佐雄　四六判・256 頁・上製本・1,500 円
- 中原秀雪エッセイ集『光を旅する言葉』銅版画／宮崎智晴　帯文／的川泰宣　解説／金田晉　四六判・136 頁・上製本・1,500 円
- 金田茉莉『終わりなき悲しみ――戦争孤児と震災被害者の類似性』監修／浅見洋子　解説文／鈴木比佐雄　四六判・304 頁・並製本・1,500 円
- 壺阪輝代エッセイ集『詩神（ミューズ）につつまれる時』帯文／山本十四尾　A5 判・160 頁・上製本・2,000 円
- 金光林エッセイ集『自由の涙』帯文／白石かずこ 栞解説文／白石かずこ、相沢史郎、陳千武、鈴木比佐雄　翻訳／飯島武太郎、志賀喜美子 A5 判・368 頁・並製本・2,000 円

評論集

- 鈴木正一評論集『〈核災棄民〉が語り継ぐこと――レーニンの『帝国主義論』を手掛りにして』解説／鈴木比佐雄　四六判・160 頁・並製本・1,620 円

- 石村柳三『石橋湛山の慈悲精神と世界平和』序文／浅川保　四六判・256 頁・並製本・1,620 円
- 中村節也『宮沢賢治の宇宙音感―音楽と星と法華経―』解説文／鈴木比佐雄　B5 判・144 頁・並製本・1,800 円
- 井口時男評論集『永山則夫の罪と罰――せめて二十歳のその日まで』　解説文／鈴木比佐雄　四六判 224 頁・並製本・1,500 円
- 浅川史評論集　『敗北した社会主義　再生の闘い』序文／鈴木比佐雄　四六判 352 頁・上製本・1.800 円
- 高橋郁男評論集『詩のオデュッセイア――ギルガメシュからディランまで、時に磨かれた古今東西の詩句・四千年の旅』跋文／佐相憲一　四六判・384 頁・並製本・1,500 円
- 千葉貢評論集『相逢の人と文学――長塚節・宮澤賢治・白鳥省吾・淺野晃・佐藤正子』栞解説文／鈴木比佐雄　四六判・304 頁・上製本・2,000 円
- 鎌田慧評論集『悪政と闘う――原発・沖縄・憲法の現場から』栞解説文／鈴木比佐雄　四六判・384 頁・並製本・1,500 円
- 清水茂詩論集『詩と呼ばれる希望――ルヴェルディ、ボヌフォワ等をめぐって』解説文／鈴木比佐雄　四六判・256 頁・並製本・1,500 円
- 金田久璋評論集『リアリテの磁場』解説文／佐相憲一　四六判・352 頁・上製本・2,000 円
- 宮川達二評論集『海を越える翼――詩人小熊秀雄論』解説文／佐相憲一　四六判・384 頁・並製本・2,000 円
- 佐藤吉一評論集『詩人・白鳥省吾』解説文／千葉貢　A5 判・656 頁・並製本・2,000 円
- 稲木信夫評論集『詩人中野鈴子を追う』帯文／新川和江　栞解説文／佐相憲一　四六判・288 頁・上製本・2,000 円
- 新藤謙評論集『人間愛に生きた人びと――横山正松・渡辺一夫・吉野源三郎・丸山眞男・野間宏・若松丈太郎・石垣りん・茨木のり子』解説文／鈴木比佐雄　四六判・256 頁・並製本・2,000 円
- 前田新評論集『土着と四次元――宮沢賢治・真壁仁・三谷晃一・若松丈太郎・大塚史朗』解説文／鈴木比佐雄　四六判・464 頁・上製本・2,000 円
- 若松丈太郎『福島原発難民　南相馬市・一詩人の警告 1971 年～ 2011 年』帯文／新藤謙解説文／鈴木比佐雄　四六判・160 頁・並製本・1,428 円
- 若松丈太郎『福島核災棄民――町がメルトダウンしてしまった』帯文／加藤登紀子　解説文／鈴木比佐雄　四六判・208 頁（加藤登紀子「神隠しされた街」CD 付）・並製本・1,800 円
- 片山壹晴詩集・評論集『セザンヌの言葉――わが里の「気層」から』解説文／鈴木比佐雄 A5 判・320 頁・並製本・2,000 円
- 尾崎寿一郎評論集『ランボーをめぐる諸説』四六判・288 頁・上製本・2,000 円
- 尾崎寿一郎評論集『ランボーと内なる他者「イリュミナシオン」解読』四六判・320 頁・上製本・2,000 円
- 尾崎寿一郎評論集『ランボー追跡』写真／林完次　栞解説文／鈴木比佐雄　四六判・288 頁・上製本・2,000 円
- 尾崎寿一郎評論集『詩人 逸見猶吉』写真／森紫朗　栞解説文／鈴木比佐雄　四六判・400 頁・上製本・2,000 円
- 芳賀章内詩論集『詩的言語の現在』解説文／鈴木比佐雄　A5 判・320 頁・並製本・2,000 円

- 森徳治評論・文学集『戦後史の言語空間』写真／高田太郎　解説文／鈴木比佐雄　A5判・416頁・並製本・2,000円
- 大山真善美教育評論集『学校の裏側』帯文／小川洋子（作家）解説／青木多寿子　A5判・208頁・並製本・1,500円
- 長沼士朗『宮沢賢治「宇宙意志」を見据えて』跋文／大角修　四六判・312頁・上製本・2,000円
- 佐々木賢二『宮澤賢治の五輪峠──文語詩稿五十篇を読み解く』解説文／鈴木比佐雄　四六判・560頁・上製本・2,000円

国際関係

- デイヴィッド・クリーガー詩集『神の涙──広島・長崎原爆　国境を越えて』増補版　四六判216頁・並製本・1,500円　訳／水崎野里子　栞解説文／鈴木比佐雄
- デイヴィッド・クリーガー詩集『戦争と平和の岐路で』Ａ５判192頁・並製本・1.500円　訳／結城文　解説文／鈴木比佐雄
- 『原爆地獄 The Atomic Bomb Inferno──ヒロシマ 生き証人の語り描く一人ひとりの生と死』編／河勝重美・榮久庵憲司・岡田悌次・鈴木比佐雄　解説文／鈴木比佐雄　日英版・Ｂ５判・カラー256頁・並製本・2,000円
- 日本・韓国・中国　国際同人詩誌『モンスーン2』A5判・96頁・並製本・1,000円
- 日本・韓国・中国　国際同人詩誌『モンスーン(MONSOON)1』A5判・96頁・並製本・1,000円
- ベトナム社会主義共和国・元国家副主席グエン・ティ・ビン女史回顧録『家族、仲間、そして祖国』序文／村山富市（元日本国内閣総理大臣）　監修・翻訳／冨田健次、清水政明 他　跋文／小中陽太郎　四六判・368頁・並製本・2,000円
- 平松伴子『世界を動かした女性グエン・ティ・ビン ベトナム元副大統領の勇気と愛と哀しみと』帯文・序文／早乙女勝元　栞解説文／鈴木比佐雄　A5判・304頁・並製本・1,905円　【ベトナム平和友好勲章受賞】
- デイヴィッド・クリーガー詩集『神の涙―広島・長崎原爆 国境を越えて』帯文／秋葉忠利（元広島市長）栞解説文／鈴木比佐雄 日英詩集・四六判・200頁・並製本・1,428円
- デイヴィッド・クリーガー 英日対訳 新撰詩集『戦争と平和の岐路で』解説文／鈴木比佐雄　A5判・192頁・並製本・1,500円
- 高炯烈（コヒョンヨル）詩集『長詩 リトルボーイ』訳／韓成禮　栞解説文／浜田知章、石川逸子、御庄博実　A5判・220頁・並製本・2,000円
- 高炯烈詩集『アジア詩行──今朝は、ウラジオストクで』訳／李美子　写真／柴田三吉　栞解説文／鈴木比佐雄　四六判・192頁・並製本・1,428円
- 鈴木紘治『マザー・グースの謎を解く──伝承童謡の詩学』A5判・304頁・並製本・2,000円
- 堀内利美図形詩集『Poetry for the Eye』解説文／鈴木比佐雄、尾内達也、堀内利美　A5判・232頁（単語集付、解説文は日本語）・並製本・2,000円
- 堀内利美日英語詩集『円かな月のこころ』訳／郡山直　写真／武藤ゆかり　栞解説文／吉村伊紅美　日英詩集・四六判・160頁・並製本・2,000円
- 堀内利美図形詩集『人生の花　咲き匂う』栞解説文／鈴木比佐雄　A5判・160頁・並製本・2,000円

絵本・詩画集など

- キャロリン・メアリー・クリーフェルド日英詩画集『神様がくれたキス The Divine Kiss』B5 判・フルカラー 72 頁・並製本・1,800 円　訳／郡山　直　序文／清水茂
- 井上摩耶×神月 ROI 詩画集『Particulier ～国境の先へ～』B5 横判・フルカラー 48 頁・上製本・2,000 円　跋文／佐相憲一
- 島村洋二郎詩画集『無限に悲しく、無限に美しく』B5 判・フルカラー 64 頁・並製本・1,500 円　解説文／鈴木比佐雄
- 正田吉男 絵本『放牛さんとへふり地蔵──鎌研坂の放牛地蔵』絵／杉山静香、上原恵 B5 判・フルカラー 32 頁・上製本・1,500 円　解説文／鈴木比佐雄
- 大谷佳子筆文字集『夢の種蒔き──私流遊書（わたしのあそびがき）』解説文／鈴木比佐雄 B5 判・96 頁・並製本・1,428 円
- 吉田博子詩画集『聖火を翳（かざ）して』帯文／小柳玲子　栞解説文／鈴木比佐雄　A4 変形判・136 頁・上製本・2,000 円
- 多田聡詩画集『ビバ！しほりん』絵／赤木真一郎、赤木智恵　B5 判・フルカラー 32 頁・上製本・1,428 円
- 日笠明子・上野郁子の絵手紙集『絵手紙の花束～きらら窯から上野先生へ～』A4 変形判・フルカラー 48 頁・並製本・1,428 円
- 渡邉倭文子ほか共著『ことばの育ちに寄りそって　小さなスピーチクリニックからの伝言』写真／柴田三吉　A4 判・80 頁・並製本・1,428 円
- 黒田えみ詩画集『小さな庭で』四六判・128 頁・上製本・2,000 円

10 周年記念企画「詩の声・詩の力」詩集

- 山岡和範詩集『どくだみ』A 5 判 96 頁・並製本・1,500 円　解説文／佐相憲一
- 江口 節 詩集『果樹園まで』A 5 変形判 96 頁・並製本 1,500 円
- 秋野かよ子詩集『細胞のつぶやき』A 5 判 96 頁・並製本・1,500 円　解説文／佐相憲一
- 尹東柱詩集／上野 都 翻訳『空と風と星と詩』四六判 192 頁・並製本・1,500 円　帯文／詩人　石川逸子
- 洲　史　詩集『小鳥の羽ばたき』A 5 判 96 頁・並製本・1,500 円　解説文／佐相憲一
- 小田切敬子詩集『わたしと世界』A 5 判 96 頁・並製本・1,500 円　解説文／佐相憲一
- みうらひろこ詩集『渚の午後　ふくしま浜通りから』A 5 判 128 頁・並製本・1,500 円 解説文／鈴木比佐雄　帯文／柳美里
- 阿形蓉子詩集『つれづれなるままに』A 5 判 128 頁・並製本・1,500 円　装画／阿形蓉子 解説文／佐相憲一
- 油谷京子詩集『名刺』A 5 判 96 頁・並製本・1,500 円　解説文／佐相憲一
- 木村孝夫詩集『桜螢　ふくしまの連呼する声』四六判 192 頁・並製本・1,500 円　栞解説文／鈴木比佐雄
- 星野　博詩集『線の彼方』A 5 判 96 頁・並製本・1,500 円　解説文／佐相憲一
- 前田 新 詩集『無告の人』A 5 判 160 頁・並製本・1,500 円　装画／三橋節子　解説文／鈴木比佐雄
- 佐相憲一詩集『森の波音』A 5 判 128 頁・並製本・1,500 円
- 高森 保詩集『1 月から 12 月 あなたの誕生を祝う詩』A 5 判 128 頁・並製本・1,500 円

解説文／鈴木比佐雄
- 橋爪さち子詩集『薔薇星雲』Ａ５判 128 頁・並製本 1,500 円 《第 12 回日本詩歌句随筆評論大賞　奨励賞》
- 酒井 力詩集『光と水と緑のなかに』Ａ５判 128 頁・並製本・1,500 円　解説文／佐相憲一
- 安部一美詩集『夕暮れ時になると』Ａ５判 120 頁・並製本・1,500 円　解説文／鈴木比佐雄　《第 69 回福島県文学賞詩部門正賞》
- 望月逸子詩集『分かれ道』Ａ５判 128 頁・並製本・1,500 円　帯文／石川逸子　栞解説文／佐相憲一
- 二階堂晃子詩集『音たてて幸せがくるように』Ａ５判 160 頁・並製本・1,500 円　解説文／佐相憲一
- 高橋静恵詩集『梅の切り株』Ａ５判 144 頁・並製本・1,500 円　跋文／宗方和子　解説文／鈴木比佐雄
- 末松努詩集『淡く青い、水のほとり』Ａ５判 128 頁・並製本・1,500 円　解説文／鈴木比佐雄
- 林田悠来詩集『雨模様、晴れ模様』Ａ５判 96 頁・並製本・1,500 円　解説文／佐相憲一
- 勝嶋啓太詩集『今夜はいつもより星が多いみたいだ』Ａ５判 128 頁・並製本・1,500 円《第 46 回 壺井繁治賞》
- かわいふくみ詩集『理科室がにおってくる』 Ａ５判 96 頁・並製本・1,500 円　栞解説文／佐相憲一

既刊詩集

〈2006 年刊行〉
- 朝倉宏哉詩集『乳粥』栞解説文／鈴木比佐雄　A5 判・122 頁・上製本・2,000 円
- 山本十四尾詩集『水の充実』栞解説文／鈴木比佐雄 B5 変形判・114 頁・上製本・2,000 円

〈2007 年刊行〉
- 宮田登美子詩集『竹藪の不思議』栞解説文／鈴木比佐雄 A5 判・96 頁・上製本・2,000 円
- 大掛史子詩集『桜鬼（はなおに）』栞解説文／鈴木比佐雄 A5 判・128 頁・上製本・2,000 円 【第 41 回日本詩人クラブ賞受賞】
- 山本衞詩集『讃河』栞解説文／鈴木比佐雄　A5 判・168 頁・上製本・2,000 円 【第 8 回中四国詩人賞受賞】
- 岡隆夫詩集『二億年のイネ』栞解説文／鈴木比佐雄　A5 判・168 頁・上製本・2,000 円
- うおずみ千尋詩集『牡丹雪幻想』 栞解説文／鈴木比佐雄　B5 変形判・98 頁・フランス装・2,000 円
- 酒井力詩集『白い記憶』栞解説文／鈴木比佐雄　A5 判・128 頁・上製本・2,000 円
- 山本泰生詩集『声』栞解説文／鈴木比佐雄　A5 判・144 頁・上製本・2,000 円
- 秋山泰則詩集『民衆の記憶』栞解説文／鈴木比佐雄　A5 判・104 頁・並製本・2,000 円
- 大原勝人詩集『通りゃんすな』栞解説文／鈴木比佐雄　A5 判・104 頁・並製本・2,000 円
- 葛原りょう詩集『魂の場所』栞解説文／長津功三良、鈴木比佐雄　A5 判・192 頁・並製本・2,000 円
- 石村柳三詩集『晩秋雨』栞解説文／朝倉宏哉、鈴木比佐雄 A5 判・200 頁・上製本・2,000 円

〈2008 年刊行〉
- 浜田知章詩集『海のスフィンクス』帯文／長谷川龍生　栞解説文／浜田文、鈴木比佐雄 A5 判・128 頁・上製本・2,000 円

- 遠藤一夫詩集『ガンタラ橋』栞解説文／鈴木比佐雄　A5判・128頁・上製本・2,000円
- 石下典子詩集『神の指紋』帯文／山本十四尾　栞解説文／鈴木比佐雄　A5判・128頁・上製本・2,000円
- 星野典比古詩集『天網』帯文／山本十四尾　栞解説文／鈴木比佐雄　A5判・128頁・上製本・2,000円
- 田上悦子詩集『女性力（ウナグヂキャラ）』帯文／山本十四尾　栞解説文／鈴木比佐雄 A5判・144頁・上製本・2,000円
- 壷阪輝代詩集『探り箸』帯文／山本十四尾　栞解説文／鈴木比佐雄　A5判・128頁・上製本・2,000円
- 下村和子詩集『手妻』栞解説文／鈴木比佐雄　A5判・128頁・上製本・2,000円
- 豊福みどり詩集『ただいま』帯文／山本十四尾　栞解説文／鈴木比佐雄　A5判・128頁・上製本・2,000円
- 小坂顕太郎詩集『五月闇』栞解説文／鈴木比佐雄　A5判・128頁・上製本・2,000円
- くにさだきみ詩集『国家の成分』栞解説文／鈴木比佐雄 A5判・152頁・上製本・2,000円
- 山本聖子詩集『宇宙の舌』栞解説文／鈴木比佐雄　A5判・128頁・上製本・2,000円
- 鈴木文子詩集『電車道』栞解説文／鈴木比佐雄　A5判・176頁・上製本・2,000円
- 中原澄子詩集『長崎を最後にせんば──原爆被災の記憶』（改訂増補版）栞解説文／鈴木比佐雄　A5判・208頁・上製本・2,000円【第四十五回福岡県詩人賞受賞】
- 亜久津歩詩集『世界が君に死を赦すから』栞解説文／鈴木比佐雄　A5判・160頁・上製本・2,000円
- コールサック社のアンソロジーシリーズ『生活語詩二七六人集　山河編』編／有馬敲、山本十四尾、鈴木比佐雄　A5判・432頁・並製本・2,000円

〈2009年刊行〉……………………………………………………………………………………

- 吉田博子詩集『いのち』装画／近藤照恵　帯文／山本十四尾　栞解説文／鈴木比佐雄 A5判・128頁・上製本・2,000円
- 黛元男詩集『地鳴り』装画／田中清光　栞解説文／鈴木比佐雄　A5判・136頁・上製本・2,000円
- 長津功三良詩集『飛ぶ』帯文／吉川仁　栞解説文／福谷昭二　A5判・144頁・並製本・2,000円
- 堀内利美詩集『笑いの震動』栞解説文／鈴木比佐雄　A5判・176頁・上製本・2,000円
- 貝塚津音魚詩集『魂の緒』装画／渡部等　帯文／山本十四尾　栞解説文／鈴木比佐雄 A5判・128頁・上製本・2,000円【栃木県現代詩人会新人賞受賞】
- 石川早苗詩集『蔵人の妻』栞解説文／鈴木比佐雄　A5判・128頁・上製本・2,000円
- 吉村伊紅美詩集『夕陽のしずく』装画／清水國治　栞解説文／鈴木比佐雄　A5判・144頁・上製本・2,000円
- 山本十四尾詩集『女将』題字／川又南岳　AB判・64頁・上製本・2,000円
- 中村藤一郎詩集『神の留守』題字／伊藤良男　栞解説文／鈴木比佐雄　A5判・208頁・上製本・2,000円
- 上田由美子詩集『八月の夕凪』装画／上田由美子　栞解説文／鈴木比佐雄　A5判・160頁・上製本・2,000円
- 山本倫子詩集『秋の蟷螂』栞解説文／鈴木比佐雄　A5判・160頁・上製本・2,000円
- 宇都宮英子詩集『母の手』栞解説文／鈴木比佐雄　A5判・128頁・上製本・2,000円

〈2010年刊行〉……………………………………………………………………………………

- 山佐木進詩集『そして千年樹になれ』写真／猪又かじ子　栞解説文／鈴木比佐雄　A5判・112頁・並製本・2,000円
- 杉本知政詩集『迷い蝶』装画／岸朝佳　栞解説文／鈴木比佐雄　A5判・144頁・並製本・2,000円
- 未津きみ詩集『ブラキストン線 ―十四歳の夏―』栞解説文／鈴木比佐雄 A5判・176頁・上製本・2,000円
- 水崎野里子詩集『ゴヤの絵の前で』栞解説文／佐相憲一　A5判・128頁・並製本・2,000円
- 石村柳三詩集『夢幻空華』写真／片岡伸　栞解説文／牧野立雄、水崎野里子、鈴木豊志夫　A5判・264頁・並製本・2,000円
- 秋山泰則詩集『泣き坂』装画／宮浦真之助（画家）　帯文・解説文／小澤幹雄　A5判・128頁・並製本・2,000円
- 北村愛子詩集『今日という日』装画／藤田孝之　栞解説文／鈴木比佐雄　A5判・176頁・並製本・2,000円
- 郡山直詩集『詩人の引力』写真／仲田千穂　栞解説文／鈴木比佐雄　A5判・208頁・並製本・1,428円
- 徳沢愛子詩集『加賀友禅流し』装画／太田秀典（加賀友禅作家）　栞解説文／鈴木比佐雄　A5判・184頁・上製本・2,000円
- 多田聡詩集『岡山発津山行き最終バス』装画／江草昭治　栞解説文／鈴木比佐雄 A5判・160頁・上製本・2,000円
- 矢口以文詩集『詩ではないかもしれないが、どうしても言っておきたいこと』写真／CPT提供　栞解説文／鈴木比佐雄　A5判・224頁・並製本・2,000円
- 鳥巣郁美詩集『浅春の途（さしゅんのみち）』帯文／山本十四尾　装画／木村茂　栞解説文／鈴木比佐雄　A5判・128頁・上製本・2,000円
- 直原弘道詩集『異郷への旅』帯文／山本十四尾　写真／柴田三吉　栞解説文／鈴木比佐雄　A5判・152頁・並製本・2,000円
- 酒木裕次郎詩集『筑波山』帯文／山本十四尾　写真／武藤ゆかり　栞解説文／鈴木比佐雄　A5判・112頁・上製本・2,000円
- 安永圭子詩集『音を聴く皮膚』帯文／山本十四尾　装画／安永圭子　栞解説文／鈴木比佐雄　A5判・136頁・上製本・2,000円
- 山下静男詩集『クジラの独り言』栞解説文／鈴木比佐雄 A5判・136頁・上製本・2,000円
- 皆木信昭詩集『心眼（こころのめ）』写真／奈義町現代美術館　栞解説文／鈴木比佐雄 A5判・144頁・上製本・2,000円
- 岡三沙子詩集『わが禁猟区』　装画（銅版画）／川端吉明　栞解説文／鈴木比佐雄　A5判・144頁・上製本・2,000円

〈2011年刊行〉……………………………………………………………………………………

- 北村愛子詩集『見知らぬ少女』装画／藤田孝之　栞解説文／鈴木比佐雄　A5判・176頁・並製本・2,000円
- 浅見洋子詩集『独りぽっちの人生（せいかつ）――東京大空襲により心をこわされた子たち』跋文／原田敬三　栞解説文／鈴木比佐雄　A5判・160頁＋カラー16頁・上製本・2,000円
- 片桐ユズル詩集『わたしたちが良い時をすごしていると』栞解説文／鈴木比佐雄　四六判・128頁・並製本・2,000円

- 星野明彦詩集『いのちのにっき 愛と青春を見つめて』装画／星野明彦　栞解説文／鈴木比佐雄　A5判・352頁・並製本・2,000円
- 田中作子詩集『吉野夕景』栞解説文／鈴木比佐雄　A5判・96頁・上製本・2,000円
- 岡村直子詩集『帰宅願望』装画／杉村一石　栞解説文／鈴木比佐雄　A5判・160頁・上製本・2,000円
- 木村淳子詩集『美しいもの』写真／齋藤文子　栞解説文／鈴木比佐雄　A5判・136頁・上製本・2,000円
- 岡田恵美子詩集『露地にはぐれて』栞解説文／鈴木比佐雄　A5判・176頁・上製本・2,000円
- 野村俊詩集『うどん送別会』栞解説文／鈴木比佐雄　A5判・240頁・上製本・2,000円
- 福本明美詩集『月光（つきあかり）』栞解説文／鈴木比佐雄　A5判・120頁・上製本・2,000円
- 池山吉彬詩集『惑星』栞解説文／鈴木比佐雄　A5判・136頁・並製本・2,000円
- 石村柳三詩集『合掌』装画／鈴木豊志夫　栞解説文／佐相憲一　A5判・160頁・並製本・2,000円
- 田村のり子詩集『時間の矢──夢百八夜』栞解説文／鈴木比佐雄　A5判・192頁・上製本・2,000円
- 青柳俊哉詩集『球体の秋』栞解説文／鈴木比佐雄　A5判・176頁・上製本・2,000円
- 井上優詩集『厚い手のひら』写真／井上真由美　帯文／松島義一　解説文／佐相憲一　A5判・160頁・並製本・1,500円
- 牧葉りひろ詩集『黄色いマントの戦士たち』装画／星 純一　栞解説文／鈴木比佐雄　A5判・136頁・上製本・2,000円
- 大井康暢詩集『象さんのお耳』栞解説文／鈴木比佐雄　A5判・184頁・上製本・2,000円
- 片桐歩詩集『美ヶ原台地』栞解説文／鈴木比佐雄　A5判・160頁・並製本・2,000円

〈2012年刊行〉……………………………………………………………………

- 大原勝人詩集『泪を集めて』栞解説文／鈴木比佐雄　A5判・136頁・並製本・2,000円
- くにさだきみ詩集『死の雲、水の国籍』栞解説文／鈴木比佐雄　A5判・192頁・上製本・2,000円
- 司 由衣詩集『魂の奏でる音色』栞解説文／鈴木比佐雄　A5判・168頁・上製本・2,000円
- 宮﨑睦子詩集『美しい人生』栞解説文／鈴木比佐雄　A5判・160頁・上製本・2,000円
- 佐相憲一詩集『時代の波止場』帯文／有馬 敲　A5判・160頁・並製本・2,000円
- 浜本はつえ詩集『斜面に咲く花』栞解説文／佐相憲一　A5判・128頁・上製本・2,000円
- 芳賀稔幸詩集『広野原まで──もう止まらなくなった原発』帯文／若松丈太郎　栞解説文／鈴木比佐雄　A5判・136頁・上製本・2,000円
- 真田かずこ詩集『奥琵琶湖の細波（さざなみ）』装画／福山聖子　帯文／嘉田由紀子（滋賀県知事）　栞解説文／鈴木比佐雄　A5判・160頁・上製本・2,000円
- 大野 悠詩集『小鳥の夢』栞解説文／鈴木比佐雄　A5判・160頁・上製本・2,000円
- 玉造 修詩集『高校教師』栞解説文／佐相憲一　A5判・112頁・上製本・2,000円
- 田澤ちよこ詩集『四月のよろこび』栞解説文／鈴木比佐雄　A5判・192頁・上製本・2,000円
- 日高のぼる詩集『光のなかへ』栞解説文／鈴木比佐雄　A5判・208頁・並製本・2,000円
- 結城文詩集『花鎮め歌』栞解説文／鈴木比佐雄　A5判・184頁・上製本・2,000円
- 川奈 静詩集『いのちの重み』栞解説文／鈴木比佐雄　A5判・136頁・並製本・2,000円

〈2013年刊行〉……………………………………………………………………

- 二階堂晃子詩集『悲しみの向こうに――故郷・双葉町を奪われて』解説文／鈴木比佐雄 A5 判・176 頁・上製本・2,000 円【第 66 回福島県文学賞 奨励賞受賞】
- 東梅洋子詩集『うねり 70 篇 大槌町にて』帯文／吉行和子（女優） 解説文／鈴木比佐雄　四六判・160 頁・並製本・1,000 円
- 岡田忠昭詩集『忘れない』帯文／若松丈太郎　栞解説文／鈴木比佐雄　A5 判・64 頁・並製本・500 円
- 白河左江子詩集『地球に』栞解説文／鈴木比佐雄　A5 判・160 頁・上製本・2,000 円
- 秋野かよ子詩集『梟が鳴く――紀伊の八楽章』栞解説文／鈴木比佐雄　四六判・144 頁・並製本・2,000 円
- 中村真生子詩集『なんでもない午後に――山陰・日野川のほとりにて』帯文／梅津正樹（アナウンサー） 栞解説文／鈴木比佐雄　四六判・240 頁・並製本・1,400 円
- 武西良和詩集『岬』栞解説文／鈴木比佐雄　A5 判・96 頁・並製本・2,000 円
- うおずみ千尋詩集『白詰草序奏――金沢から故郷・福島へ』栞解説文／鈴木比佐雄　B５判変形・144 頁・フランス装・1,500 円
- 木島 章詩集『点描画』栞解説文／佐相憲一　A5 判・160 頁・並製本・2,000 円
- 上野 都詩集『地を巡るもの』栞解説文／鈴木比佐雄　A5 判・144 頁・上製本・2,000 円
- 松本高直詩集『永遠の空腹』栞解説文／鈴木比佐雄　A5 判・112 頁・上製本・2,000 円
- 田島廣子詩集『くらしと命』栞解説文／佐相憲一　A5 判・128 頁・並製本・2,000 円
- 外村文象詩集『秋の旅』栞解説文／鈴木比佐雄　A5 判・160 頁・並製本・2,000 円
- 川内久栄詩集『木箱の底から――今も「ふ」号風船爆弾が飛び続ける 増補新版』栞解説文／鈴木比佐雄　A5 判・176 頁・上製本・2,000 円
- 見上 司詩集『一遇』栞解説文／鈴木比佐雄　A5 判・160 頁・並製本・2,000 円
- 笠原仙一詩集『明日のまほろば～越前武生（たけふ）からの祈り～』栞解説文／佐相憲一　A5 判・136 頁・並製本・1,500 円
- 黒田えみ詩集『わたしと瀬戸内海』四六判・96 頁・並製本・1,500 円
- 中村 純詩集『はだかんぼ』栞解説文／鈴木比佐雄　A5 判・128 頁・並製本・1,500 円
- 志田静枝詩集『踊り子の花たち』栞解説文／佐相憲一 A5 判・160 頁・上製本・2,000 円
- 井野口慧子詩集『火の文字』 栞解説文／鈴木比佐雄　A5 判・184 頁・上製本・2,000 円
- 山本 衞詩集『黒潮の民』栞解説文／鈴木比佐雄　A5 判・176 頁・上製本・2,000 円
- 大塚史朗詩集『千人針の腹巻き』栞解説文／鈴木比佐雄 A5 判・144 頁・並製本・2,000 円
- 大塚史朗詩集『昔ばなし考うた』解説文／佐相憲一　A5 判・96 頁・並製本・2,000 円
- 根本昌幸詩集『荒野に立ちて――わが浪江町』帯文／若松丈太郎　解説文／鈴木比佐雄 A5 判・160 頁・並製本・1,500 円

〈2014 年刊行〉……………………………………………………………………

- 伊谷たかや詩集『またあした』栞解説文／鈴木比佐雄 A5 判・144 頁・上製本・2,000 円
- 池下和彦詩集『父の詩集』四六判・168 頁・並製本・1,500 円
- 青天目起江詩集『緑の涅槃図』栞解説文／鈴木比佐雄　A5 判・144 頁・上製本・2,000 円
- 佐々木淑子詩集『母の腕物語――広島・長崎・沖縄、そして福島に想いを寄せて　増補新版』栞解説文／鈴木比佐雄　A5 判・136 頁・並製本・1,500 円
- 高炯烈詩集『ガラス体を貫通する』カバー写真／高中哲　訳／権宅明　監修／佐川亜紀　解説文／黄鉉産　四六判・256 頁・並製本・2,000 円
- 速水晃詩集『島のいろ――ここは戦場だった』装画／疋田孝夫　A5 判・192 頁・並製本・

2,000 円
- 栗和実詩集『父は小作人』栞解説文／鈴木比佐雄　A5 判・160 頁・並製本・2,000 円
- キャロリン・メアリー・クリーフェルド詩集『魂の種たち SOUL SEEDS』訳／郡山直　日英詩集・A5 判・192 頁・並製本・1,500 円
- 宮﨑睦子詩集『キス・ユウ（KISS YOU）』栞解説文／鈴木比佐雄　A5 判・160 頁・上製本・2,000 円
- 守口三郎詩集『魂の宇宙』栞解説文／鈴木比佐雄　A5 判・152 頁・上製本・2,000 円
- 李美子詩集『薬水を汲みに』帯文／長谷川龍生　A5 判・144 頁・並製本・2,000 円
- 中村花木詩集『奇跡』栞解説文／佐相憲一　A5 判・160 頁・並製本・2,000 円
- 金知栄詩集『薬山のつつじ』栞解説文／鈴木比佐雄　日韓詩集・A5 判・248 頁・並製本・1,500 円

〈2015 年刊行〉……………………………………………………………………………………

- 井上摩耶詩集『闇の炎』装画／神月 ROI　栞解説文／佐相憲一　A5 判・128 頁・並製本・2,000 円
- 神原良詩集『ある兄妹へのレクイエム』装画／味戸ケイコ　解説文／鈴木比佐雄　A5 判・144 頁・上製本・2,000 円
- 佐藤勝太詩集『ことばの影』解説文／鈴木比佐雄　四六判・192 頁・並製本・2,000 円
- 悠木一政詩集『吉祥寺から』栞解説文／鈴木比佐雄　A5 判・128 頁・上製本・1,500 円
- 皆木信昭詩集『むらに吹く風』栞解説文／鈴木比佐雄　A5 判・128 頁・上製本・2,000 円
- 渡辺恵美子詩集『母の和音』帯文／清水茂　栞解説文／鈴木比佐雄　A5 判・128 頁・上製本・2,000 円
- 朴玉璉詩集『追憶の渋谷・常磐寮・1938 年──勇気を出せば、みんなうまくいく』解説文／鈴木比佐雄　A5 判・128 頁・上製本・2,000 円
- 坂井一則詩集『グレーテ・ザムザさんへの手紙』栞解説文／鈴木比佐雄　A5 判・128 頁・上製本・2,000 円
- 勝嶋啓太×原詩夏至 詩集『異界だったり 現実だったり』跋文／佐相憲一　A5 判・96 頁・並製本・1,500 円
- 堀田京子詩集『大地の声』栞解説文／鈴木比佐雄　A5 判・160 頁・並製本・1,500 円
- 木島始『木島始詩集・復刻版』解説文／佐相憲一・鈴木比佐雄　四六判・256 頁・上製本・2,000 円
- 島田利夫『島田利夫詩集』解説文／佐相憲一　A5 判・144 頁・並製本・2,000 円

〈2016 年刊行〉……………………………………………………………………………………

- 和田文雄『和田文雄 新撰詩集』論考／鈴木比佐雄　A5 判・416 頁・上製本・2,500 円
- 佐藤勝太詩集『名残の夢』解説文／佐相憲一　四六判 192 頁・並製本・2,000 円
- 望月逸子詩集『分かれ道』帯文／石川逸子　栞解説文／佐相憲一　A 5 判 128 頁・並製本・1,500 円
- 鈴木春子詩集『古都の桜狩』栞解説文／鈴木比佐雄　A5 判 128 頁・上製本・2,000 円
- 高橋静恵詩集『梅の切り株』跋文／宗方和子　解説文／鈴木比佐雄　A5 判 144 頁・並製本・1,500 円
- ひおきとしこ詩抄『やさしく うたえない』栞解説文／鈴木比佐雄　A5 判 128 頁・並製本・1,500 円
- 高橋留理子詩集『たまどめ』栞解説文／鈴木比佐雄　A5 判 176 頁・上製本・2,000 円

- 林田悠来詩集『雨模様、晴れ模様』解説文／佐相憲一　A5 判 96 頁・並製本・1,500 円
- 美濃吉昭詩集『或る一年～詩の旅～』解説文／佐相憲一 A5 判 208 頁·上製本・2,000 円
- 末松努詩集『淡く青い、水のほとり』解説文／鈴木比佐雄　A5 判 128 頁・並製本・1,500 円
- 二階堂晃子詩集『音たてて幸せがくるように』解説文／佐相憲一　A5判 160 頁・並製本・1,500 円
- 神原良詩集『オタモイ海岸』装画／味戸ケイコ　跋文／佐相憲一　A5判 128 頁・上製本・2,000 円
- 下地ヒロユキ詩集『読みづらい文字』解説文／鈴木比佐雄　A5 判 96 頁・並製本・1.500 円

〈2017 年刊行〉……………………………………………………………………………………

- ワシオ・トシヒコ定稿詩集『われはうたへど』四六判 344 頁・並製本・1,800 円
- 柏木咲哉『万国旗』解説文／佐相憲一　A5 判 128 頁・並製本 1,500 円
- 星野博『ロードショー』解説文／佐相憲一　A5 判 128 頁・並製本 1,500 円
- 赤木比佐江『一枚の葉』解説文／佐相憲一　A5 判 128 頁・並製本 1,500 円
- 若松丈太郎『十歳の夏まで戦争だった』栞解説文／鈴木比佐雄　A5 判 128 頁・並製本 1,500 円
- 鈴木比佐雄『東アジアの疼き』A5 判 224 頁・並製本 1,500 円
- 吉村悟一『何かは何かのまま残る』　解説文／佐相憲一　A5 判 128 頁・並製本 1,500 円
- 八重洋一郎『日毒』解説文／鈴木比佐雄　A5 判 112 頁・並製本 1,500 円
- 美濃吉昭詩集『或る一年～詩の旅～Ⅱ』解説文／佐相憲一　Ａ５判 208 頁・上製本・2,000 円
- 根本昌幸詩集『昆虫の家』帯文／柳美里　装画／小笠原あり　解説文／鈴木比佐雄　Ａ５判 144 頁・並製本・1,500 円
- 青柳晶子詩集『草萌え』帯文／鈴木比佐雄　栞解説文／佐相憲一　Ａ５判 128 頁・上製本・2,000 円
- 守口三郎詩集『劇詩 受難の天使・世阿弥』栞解説文／鈴木比佐雄　Ａ５判 128 頁・上製本・1,800 円
- かわいふくみ詩集『理科室がにおってくる』栞解説文／佐相憲一　Ａ５判 96 頁・並製本・1,500 円
- 小林征子詩集『あなたへのラブレター』本文書き文字／小林征子　装画・題字・挿絵／長野ヒデ子　Ａ５変形判 144 頁・上製本・1,500 円
- 佐藤勝太詩集『佇まい』解説文／佐相憲一　四六判 208 頁・並製本・2,000 円
- 堀田京子詩集『畦道の詩』解説文／鈴木比佐雄　Ａ５判 248 頁・並製本・1,500 円
- 福司満・秋田白神方言詩集『友ぁ何処サ行った』解説文／鈴木比佐雄　Ａ５判 176 頁・上製本・2,000 円【2017 年 秋田県芸術選奨】

〈2018 年刊行〉……………………………………………………………………………………

- 田中作子愛読詩選集『ひとりあそび』解説文／鈴木比佐雄　A5 変形判 128 頁・上製本 1,500 円
- 洲浜昌三詩集『春の残像』A5 判 160 頁・並製本・1,500 円　装画／北雅行
- 熊谷直樹×勝嶋啓太 詩集『妖怪図鑑』A5 判 160 頁・並製本・1,500 円　解説文／佐相憲一　人形制作／勝嶋啓太
- たにともこ詩集『つぶやき』四六判 128 頁・並製本・1,000 円　解説文／佐相憲一
- 中村惠子詩集『神楽坂の虹』A5 判 128 頁・並製本・1,500 円　解説文／鈴木比佐雄

- ミカヅキカゲリ 詩集『水鏡』A5判　128頁・並製本・1,500円　解説文／佐相憲一
- 清水マサ詩集『遍歴のうた』A5判144頁・上製本・2,000円　解説文／佐相憲一　装画／横手由男
- 高田一葉詩集『手触り』A5判変型96頁・並製本・1,500円　解説文／佐相憲一
- 青木善保『風が運ぶ古茜色の世界』A5判128頁・並製本1,500円　解説文／佐相憲一
- せきぐちさちえ詩集『水田（みずた）の空』A5判144頁・並製本・1,500円　解説文／鈴木比佐雄
- 小山修一『人間のいる風景』A5判128頁・並製本1,500円　解説文／佐相憲一
- 神原良 詩集『星の駅―星のテーブルに着いたら君の思い出を語ろう…』A5判96頁・上製本・2,000円　解説文／鈴木比佐雄　装画／味戸ケイコ
- 矢城道子詩集『春の雨音』A5判128頁・並製本・1,500円
- 堀田京子 詩集『愛あるところに光は満ちて』四六判224頁・並製本・1,500円　解説文／鈴木比佐雄
- 鳥巣郁美詩集『時刻（とき）の帷（とばり）』A5判160頁・上製本・2,000円　解説文／佐相憲一
- 秋野かよ子『夜が響く』A5判128頁・並製本1,500円　解説文／佐相憲一
- 坂井一則詩集『世界で一番不味いスープ』A5判128頁・並製本・1,500円　装画／柿崎えま　栞解説文／鈴木比佐雄
- 植松晃一詩集『生々（しょうじょう）の綾（あや）』A5判128頁・並製本・1,500円　解説文／佐相憲一
- 松村栄子詩集『存在確率―わたしの体積と質量、そして輪郭』A5判　144頁・並製本・1,500円　解説文／鈴木比佐雄

〈2019年刊行〉……………………………………………………………………………

- 葉山美玖詩集『約束』解説文／鈴木比佐雄　A5変形判128頁・上製本1,800円
- 梶谷和恵詩集『朝やけ』栞解説文／鈴木比佐雄　A5判96頁・並製本・1,500円
- みうらひろこ詩集『ふらここの涙　九年目のふくしま浜通り』解説文／鈴木比佐雄　A5判152頁・並製本・1,500円
- 安井高志詩集『ガヴリエルの百合』解説文／依田仁美・鈴木比佐雄　四六判256頁・並製本・1,500円
- 小坂顕太郎詩集『卵虫』栞解説文／鈴木比佐雄　A5判変型144頁・上製本・2,000円
- 石村柳三『句集 雑草流句心・詩集 足の眼』解説文／鈴木比佐雄　A5判288頁・並製本・2,000円
- 栗原澪子詩集『遠景』A5変形128頁・フランス装グラシン紙巻・2,000円
- 坂井一則詩集『ウロボロスの夢』A5判152頁・上製本・1,800円
- 美濃吉昭詩集『或る一年 ～詩の旅～ Ⅲ』解説文／鈴木比佐雄　A5判184頁・上製本・2,000円
- 長田邦子詩集『黒乳／白乳』解説文／鈴木比佐雄　A5判144頁・並製本・1,500円
- いとう柚子詩集『冬青草をふんで』解説文／鈴木比佐雄　A5判112頁・並製本・1,500円
- 鈴木春子詩集『イランカラプテ・こんにちは』解説文／鈴木比佐雄　A5判160頁・並製本・1,500円

アンソロジー詩集

- アンソロジー詩集『現代の風刺25人詩集』編／佐相憲一・有馬敲　A5判・192頁・並製本・2,000円

- アンソロジー詩集『SNSの詩の風41』編／井上優・佐相憲一　A5判・224頁・並製本・1,500円
- エッセイ集『それぞれの道～33のドラマ～』編／秋田宗好・佐相憲一　A5版240頁・並製本・1,500円
- 詩文集『生存権はどうなった』編／穂苅清一・井上優・佐相憲一　A5判176頁・並製本・1,500円
- 『詩人のエッセイ集 大切なもの』編／佐相憲一　A5判238頁・並製本・1,500円
- 畠山隆幸詩集『ライトが点いた』解説文／佐相憲一　A5判112頁・並製本・1,500円

句集・句論集

- 川村杳平俳人歌人論集『鬼古里の賦』解説／鈴木比佐雄　四六判・608頁・並製本・2,160円
- 長澤瑞子句集『初鏡』解説文／鈴木比佐雄　四六判・192頁・上製本・2,160円
- 『有山兎歩遺句集』跋文／呉羽陽子　四六判・184頁・上製本・2160円
- 片山壹晴 随想句集『嘴野記』解説文／鈴木比佐雄　A5判・208頁・並製本・1,620円
- 宮崎直樹『名句と遊ぶ俳句バイキング』解説文／鈴木比佐雄　文庫判656頁・並製本・1,500円
- 復本一郎評論集『江戸俳句百の笑い』四六判336頁・並製本・1,500円
- 復本一郎評論集『子規庵・千客万来』四六判320頁・並製本・1,500円
- 福島晶子写真集 with HAIKU『Family in 鎌倉』B5判64頁フルカラー・並製本・1,500円
- 藤原喜久子 俳句・随筆集『鳩笛』A5判368頁・上製本・2,000円 解説文／鈴木比佐雄

歌集・歌論集

- 田中作子歌集『小庭(さにわ)の四季』Ａ５判192頁・上製本（ケース付）2,000円　解説文／鈴木比佐雄
- 宮﨑睦子歌集『紅椿』Ａ５判104頁・上製本（ケース付）2,000円　解説文／鈴木比佐雄
- 髙屋敏子歌集『息づく庭』四六判256頁・上製本・2,000円　解説文／鈴木比佐雄
- 新藤綾子歌集『葛布の襖』四六判224頁・並製本・1,500円　解説文／鈴木比佐雄
- 大湯邦代歌集『玻璃の伽藍』四六判160頁・上製本・1,800円　解説文／依田仁美
- 大湯邦代歌集『櫻さくらサクラ』四六判144頁・上製本・1,800円　解説文／鈴木比佐雄
- 栗原澪子歌集『独居小吟』四六判216頁・上製本・2,000円　解説文／鈴木比佐雄

小説

- 青木みつお『荒川を渡る』四六判176頁・上製本1,500円　帯文／早乙女勝元
- ベアト・ブレヒビュール『アドルフ・ディートリッヒとの徒歩旅行』四六判224頁・上製本2,000円　訳／鈴木俊　協力／FONDATION SAKAE STÜNZI
- 崔仁浩『夢遊桃源図』四六判144頁・並製本・2,000円　訳／井手俊作　解説文／鈴木比佐雄
- 崔仁浩『他人の部屋』四六判336頁・並製本・2,000円　訳／井手俊作　解説文／鈴木比佐雄

• 日向暁『覚醒 ～見上げればオリオン座～』四六判 304 頁・並製本・1,500 円　跋文／佐相憲一　装画／神月 ROI
• 黄英治『前夜』四六判 352 頁・並製本・1,500 円
• 佐相憲一『痛みの音階、癒しの色あい』文庫判 160 頁・並製本・900 円

「年間購読会員」のご案内

ご購読のみの方	◆『年間購読会員』にまだご登録されていない方 ⇒４号分（107・108・109・110号） ……4,800円＋税＝ 5,280円
寄稿者の方	◆『年間購読会員』にまだご登録されていない方 ⇒４号分（107・108・109・110号） ……4,800円＋税＝ 5,280円 ＋ 参加料……ご寄稿される作品の種類や、 ページ数によって異なります。 （下記をご参照ください）

【詩・小詩集・エッセイ・評論・俳句・短歌・川柳など】

・1～2ページ……5,000円+税= 5,500円／本誌4冊を配布。

・3ページ以上……

ページ数×（2,000円+税= 2,200円）／ページ数×2冊を配布。

※1ページ目の本文・文字数は1行28文字× 47行（上段22行・下段25行）
2ページ目からは、本文・1行28文字× 50行（上下段ともに25行）です。

※俳句・川柳は1頁（2段）に22句、短歌は1頁に10首掲載できます。

コールサック（石炭袋）106号

編集者　鈴木比佐雄　座馬寛彦　鈴木光影

発行者　鈴木比佐雄

発行所　㈱コールサック社

装丁　松本菜央

製作部　鈴木光影　座馬寛彦

発行所（株）コールサック社　2021年6月1日発行

本社　〒173-0004　東京都板橋区板橋 2-63-4-209

電話　03-5944-3258　FAX　03-5944-3238

suzuki@coal-sack.com

http: //www.coal-sack.com

郵便振替 00180-4-741802

落丁本・乱丁本はお取り替えいたします。

ISBN978-4-86435-488-2　C0092　￥1200E

本体価格　1200円+税

最新受賞図書

永瀬十悟 句集『三日月湖』
第74回現代俳句協会賞
文庫判256頁・上製本・1,500円
装画／澁谷瑠璃　解説文／鈴木光影

与那覇恵子 詩集『沖縄から見えるもの』
第33回福田正夫賞
A5判176頁・上製本・1,500円　解説文／鈴木比佐雄

永山絹枝 評論集『魂の教育者 詩人近藤益雄 綴方教育と障がい児教育の理想と実践』
第49回壺井繁治賞
四六判360頁・上製本・2,000円　カバー写真／城台巖
解説文／鈴木比佐雄

洲浜昌三 詩集『春の残像』
第50回中四国詩人賞

A5判160頁・並製本・1,500円　装画／北雅行

井上摩耶 詩集『鼓動』
第50回横浜詩人会賞
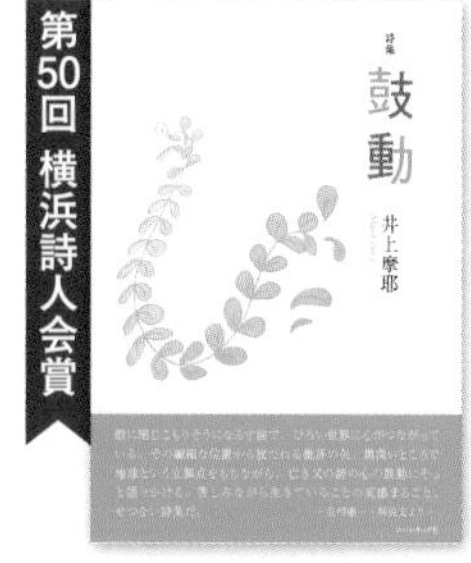

A5判128頁・並製本・1,500円
解説文／佐相憲一

葉山美玖 詩集『約束』
第16回日本詩歌句随筆評論大賞 詩部門優秀賞／第26回埼玉詩人賞
A5判128頁・上製本・1,800円
解説文／鈴木比佐雄

北畑光男 評論集『村上昭夫の宇宙哀歌』
第14回日本詩歌句随筆評論大賞 随筆・評論部門優秀賞

四六判384頁・並製本・1,500円
帯文／高橋克彦（作家）　装画／大宮政郎

勝嶋啓太 詩集『今夜はいつもより星が多いみたいだ』
第46回壺井繁治賞

A5判128頁・並製本・1,500円

崔龍源 詩集『遠い日の夢のかたちは』
第14回日本詩歌句随筆評論大賞 詩部門優秀賞
A5判144頁・並製本・1,500円

小野田陽子 文集『福島双葉町の小学校と家族 ～その時、あの時～』
重版
第41回福島民報出版文化賞特別賞
四六判304頁・並製本・1,500円
序文／二階堂晃子　跋文／佐相憲一

坂田トヨ子 詩集『源氏物語の女たち』
第48回福岡市文学賞詩部門
A5判128頁・並製本・1,500円
装画／三重野睦美　解説文／鈴木比佐雄

原詩夏至 歌集『レトロポリス』
第10回詩歌句随筆評論大賞・短歌部門大賞／第7回日本短歌協会賞・次席
A５判144頁・並製本
1,500円　解説文／鈴木比佐雄

エッセイ・評論・研究書・その他の著作集

五十嵐幸雄　備忘録集V
日々新たに
四六判288頁・上製本・2,000円
写真／五十嵐幸雄

吉田美惠子
原発事故と小さな命
――福島浜通りの犬・猫救済活動
四六判192頁・並製本・1,500円
解説文／鈴木比佐雄

詩人のエッセイシリーズ⑭
浅山泰美エッセイ集
『京都　夢みるラビリンス』

京都に生まれ育った詩人が、失われゆく京都の古（いにしえ）の佇まい、亡き作家・芸術家たちの面影を留めるように綴る
四六判240頁・並製本・1,500円
写真／浅山泰美

中村雪武
『詩人 吉丸一昌の
ミクロコスモス
――子供のうたの系譜』
B５判296頁・並製本・
2,000円　推薦文／中村節也

二階堂晃子エッセイ集
『埋み火
福島の小さな叫び』
四六判192頁・並製本・1,500円
解説文／鈴木比佐雄

堀田京子 作　味戸ケイコ 絵
『ばばちゃんのひとり誕生日』
B5判32頁・上製本・1,500円

子どもと一緒に芭蕉の名句と遊ぶ　MIX 三句ス
俳句かるたミックス
- 俳句入門に最適
- 松尾芭蕉の俳句が自然に覚えられる
- 英語版もセット
- イラスト付きで意味が分かりやすい
- 全俳句の現代口語訳説明書つき

企画／鈴木比佐雄　監修／夏石番矢　イラスト／いずみ朔庵

松尾芭蕉30句（日本語版・英語版）説明書付き
2,000円+税

「俳句かるたミックス」特設Webサイトで遊び方動画を公開中！
http://www.coal-sack.com/haiku-karuta/　「俳句かるたミックス」で検索！
＊書店、山寺芭蕉記念館・芭蕉翁記念館のミュージアムショップ、弊社HPなどでご購入いただけます。

宮沢賢治関係

吉見正信

『宮澤賢治の原風景を辿る』
384頁・装画／戸田勝久

第25回宮沢賢治賞
四六判・並製本・2,000円

『宮澤賢治の心といそしみ』
304頁・カバー写真／赤田秀子
解説文／鈴木比佐雄

【吉見正信　近刊予定】第三巻『宮澤賢治の「デクノボー」思想』

末原正彦
『朗読ドラマ集
宮澤賢治・中原中也・金子みすゞ』
四六判248頁・上製本・2,000円

最新刊

桐谷征一
『宮沢賢治と文字マンダラの世界
―心象スケッチを絵解きする』
A5判400頁・上製本・2,500円

佐藤竜一
『宮沢賢治の詩友・黄瀛（こうえい）の生涯
日本と中国　二つの祖国を生きて』
四六判256頁・並製本・1,500円
解説文／鈴木比佐雄

佐藤竜一
『宮沢賢治
出会いの宇宙
賢治が出会い、心を通わせた16人』
四六判192頁・並製本・1,500円
装画／さいとうかこみ

森 三紗
『宮沢賢治と
森荘已池の絆』
四六判320頁
上製本・1,800円

中村節也
『宮沢賢治の宇宙音感
――音楽と星と法華経』
B5判144頁・並製本・1,800円
解説文／鈴木比佐雄

高橋郁男
『渚と修羅
震災・原発・賢治』
四六判224頁・並製本・1,500円
解説文／鈴木比佐雄

和田文雄
『宮沢賢治のヒドリ
――本当の百姓になる』
四六判392頁・上製本・2,000円
栞解説文／鈴木比佐雄

和田文雄
『続・宮沢賢治のヒドリ
――なぜ賢治は涙を流したか』
四六判256頁・上製本・2,000円
解説文／鈴木比佐雄

赤田秀子写真集
『イーハトーブ・ガーデン
――宮沢賢治が愛した樹木や草花』
B５判64頁フルカラー・
並製本・1,500円

朝日新聞などで紹介されました！

少年少女に希望を届ける詩集

3版

教育、子育て関連の施設へ無償配付しています

編／曽我貢誠・佐相憲一・鈴木比佐雄
装画／戸田勝久
A5判320頁・並製本1,500円

非戦を貫く三〇〇人詩集

編／鈴木比佐雄・佐相憲一
装画／宮良瑛子
A5判432頁・並製本・1,800円

日本国憲法の理念を語り継ぐ詩歌集

編／鈴木比佐雄・佐相憲一
A5判320頁・並製本・1,800円

ベトナム独立・自由・鎮魂詩集175篇

（日本語・英語・ベトナム語 合体版）

編／鈴木比佐雄、佐相憲一、グエン・クアン・ティウ　翻訳／冨田健次、清水政明、グエン・バー・チュン、ブルース・ワイグル、郡山直、矢口以文、結城文、沢辺裕子、島田桂子　他
A5判632頁・並製本・2,500円

水・空気・食物300人詩集

子どもたちへ残せるもの

編／鈴木比佐雄・佐相憲一・亜久津歩・中村純・大塚史朗
装画／戸田勝久A5判408頁・並製本・2,000円

平和をとわに心に刻む三〇五人詩集

十五年戦争終結から戦後七十年

編／鈴木比佐雄・佐相憲一
装画／香月泰男　A5判432頁・並製本・2,000円

原爆詩一八一人集

1945〜2007年

Against Nuclear Weapons
A Collection of Poems by 181 Poets 1945-2007

第18回宮沢賢治学会 イーハトーブセンター
イーハトーブ賞 奨励賞

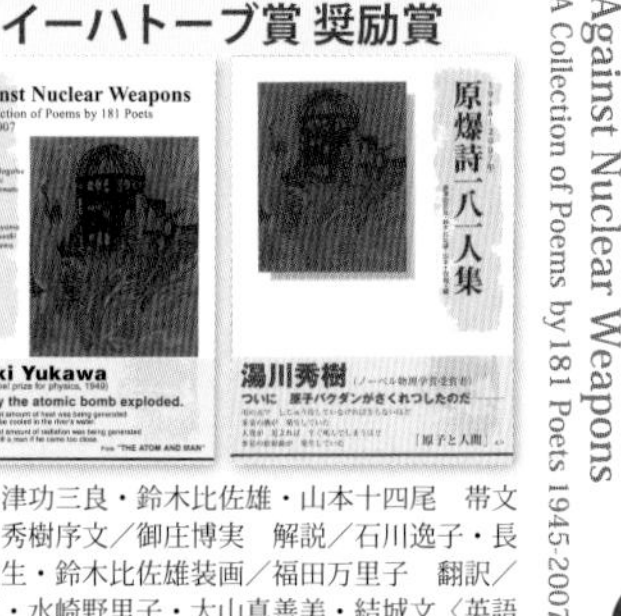

編／長津功三良・鈴木比佐雄・山本十四尾　帯文／湯川秀樹序文／御庄博実　解説／石川逸子・長谷川龍生・鈴木比佐雄装画／福田万里子　翻訳／郡山直・水崎野里子・大山真善美・結城文〈英語版 日本語版〉A5判304頁・並製本・2,000円

脱原発・自然エネルギー218人詩集

編／鈴木比佐雄・若松丈太郎・矢口以文・鈴木文子・御庄博実・佐相憲一
翻訳／郡山直・矢口以文・木村淳子・結城文・島田桂子、棚瀬江里哉・沢辺祐子　序文・帯文／坂本龍一
A5判624頁・並製本・3,000円

『REVERBERATIONS FROM FUKUSHIMA
—50 JAPANESE POETS SPEAK OUT』
EDITED BY LEAH STENSON
AND ASAO SARUKAWA AROLDI
（『福島からの反響音
—日本の詩人 50 人の発信』）

(Inkwater Press)
日本販売価格3,000円
(1,500円＋送料)

命が危ない311人詩集

いま共にふみだすために

若松丈太郎　解説付

編／佐相憲一・中村純・宇宿一成・鈴木比佐雄・亜久津歩　帯文／落合恵子
A5判544頁・379篇・並製本・2,000円

大空襲三一〇人詩集

1937年〜2009年

編／鈴木比佐雄・長津功三良・山本十四尾・郡山直　帯文／早乙女勝元
A5判520頁・361篇・並製本・2,000円

鎮魂詩（レクイエム）四〇四人詩集

編／鈴木比佐雄・菊田守・長津功三良・山本十四尾　帯文／早乙女勝元　装画／香月泰男
A5判・並製本・640頁・496篇・2,000円

小説集

村上政彦
台湾聖母

台湾の〝日本語世代〟の葛藤を抱える老俳人が若い日台ハーフ、秀麗（しゅうれい）の日本語に恋をする。

四六判192頁・並製本・1,700円

大城貞俊
記憶は罪ではない

禁じられた恋愛感情、多様な顔をもつ生徒…悩める教師五人が、教え子の心の闇に触れる。

四六判288頁・並製本・1,700円
装画／柿崎えま

伊良波盛男
神歌（カンヌアーグ）が聴こえる

ムヌスー（ユタ）の精神世界を知りたい人びとに読み継がれる小説集

四六判280頁・並製本・1,700円
解説文／鈴木比佐雄

黄輝光一
『告白 ～よみがえれ魂～』
四六判240頁・並製本・
1,500円　解説文／佐相憲一

石川逸子
『道昭　三蔵法師から
禅を直伝された僧の生涯』
四六判480頁・並製本・1,800円

第114回芥川賞受賞作家

又吉栄喜
『仏陀の小石』
四六判448頁・並製本・1,800円
装画／我如古真子

北嶋節子
『ほおずきの空』
四六判336頁・上製本1,500円
帯文／三上　満
解説文／佐相憲一

北嶋節子
『暁のシリウス』
四六判272頁・上製本1,500円
解説文／佐相憲一

北嶋節子
『茜色の街角』
四六判336頁・上製本
1,500円　跋文／佐相憲一

原 詩夏至小説集
『永遠（とき）の時間、地上（とき）の時間』
四六判208頁・並製本1,500円
解説文／佐相憲一